dtv

Reihe Hanser

Benno Köpfer Peter Mathews

Kadir, der Krieg und die Katze des Propheten

Roman

dtv

MIX
Papier aus verantwortungsvollen Quellen
FSC® C013736

Originalausgabe

Umschlag: buxdesign, München, Carla Nagel
Gesetzt aus der Aldus Nova Style 11,25/14,25˙
Satz: Fotosatz Amann, Memmingen
Druck und Bindung: Druckerei Kösel, Krugzell
Gedruckt auf säurefreiem, chlorfrei gebleichtem Papier
Printed in Germany · ISBN: 978-3-423-65023-6

Hells Bells

Wie viele Leben hat eine Katze? Kadir, der sich ABU HUREIRA, Vater des Kätzchens, nannte, hatte alle Leben aufgebraucht. Jetzt, am Ende seines Weges, sollte Blut fließen. Blut im Krieg für seinen Gott.

Das war verdammt noch mal nicht witzig. Ich hatte zum ersten Mal in meinem Leben beschissene Angst. Eine andere Angst als in der Achterbahn oder bei einem Horrorfilm, wo alles explodiert, Arme und Autos durch die Gegend fliegen und die Helden sich nach dem Weltuntergang einen Splitter aus dem Auge wischen, als wäre nichts passiert. Es war eine Angst, bei der dich jemand von innen würgt, dir der Atem wegbleibt und die Füße keinen Boden mehr spüren.

Kadir wollte sich auf das höchste Level, das er Paradies nannte, bomben und alle um ihn herum in die Hölle schicken. Er schrie »Allahu Akbar, Gott ist groß!«. Und an seinem Blick sah ich, dass er es ernst meinte, sich aber gleichzeitig nichts sehnlicher wünschte, als dass ihn jemand von seinem Vorhaben abhielt. Er streckte sein Handy in die

Höhe, den Zeigefinger gen Himmel gerichtet, den Daumen über der Tastatur wie einen Finger am Abzug. Zwischen seinen Beinen stand die verdammte Sporttasche. Wieso, zum Henker, wollte Kadir im Trainingsanzug sterben?

Kadir liebte den Anzug mit den drei Streifen, da war er schon immer eigen. Er hatte einmal mit mir den Verein gewechselt, nur weil wir als Ablöse einen Trainingsanzug, zwei paar Treter und eine Sporttasche bekamen. Jetzt trug er den Anzug wie eine Ritterrüstung oder eine Uniform. War er Lancelot oder Rambo? Jedenfalls war das nicht mehr Kadir, sondern ein gehirngewaschener Alien, der vor seinem Tod Katzen fütterte und sich und andere in die Luft jagen wollte. Zum Lobe des Herrn.

MAMA, DU SOLLST DOCH NICHT UM DEINEN JUNGEN WEINEN. Diese Uraltschnulze, die eigentlich nur noch Rentner kannten, hatten Kadir und ich manchmal nach einem Spiel gesungen, wenn wir unsere Gegner auf dem Platz schwindelig kombiniert hatten und die sich in der Nachbarkabine grämten und ihre Beine zu entknoten versuchten. Ich wusste nicht, warum mir in diesem Augenblick das blöde Heintje-Lied in den Sinn kam.

Wir standen vor dem Millerntor-Stadion in Hamburg St. Pauli. Vor dem Eingang drängten sich die Fußballfans, die das Spiel ihrer Mannschaft sehen wollten. Die B-Jugend unseres Vereins hatte für dieses Spiel Freikarten bekommen, und wir freuten uns auf den Kick und die Show im Stadion. Kadir war wie so oft zu spät gekommen. Unser Trainer Harry nannte ihn deshalb auch den »Schläfer«. Eigenartigerweise trug er seinen Trainingsanzug und hatte seine Sporttasche dabei. Er hatte seine Kapuze weit über die Stirn gezogen und war ganz ernst und kaum ansprechbar gewesen, als Harry ihm die Karte gab. Kadir war in den letzten Wochen manchmal so. Wir sagten uns, er braucht noch Zeit, denn er hatte wohl einiges Schlimmes erlebt. Da wollten wir ihn nicht auch noch aufziehen mit seinem Rumgezicke. Am Eingang sagte der Ordner: »Damit kommst du hier nicht rein.« Das hätte Kadir wissen müssen, dass er nicht mit einer Tasche in ein voll besetztes Stadion kommen würde. Sonst würden die Hools mit ihrer Pyrotechnik ständig Feuerwerk und Nebelkerzen zünden. Oder ihr Bier mitbringen. Echt naiv von Kadir.

Er hatte sich daraufhin wortlos umgedreht und war zurück vor das Stadion gegangen, direkt vor den Eingang. Nun stand er auf dem Vorplatz, die Tasche zwischen seinen Beinen, hob beide Hände vor die Brust und blickte gen Himmel. Er betete.

Ich war ihm gefolgt, in der Hoffnung, ihn überreden zu können, die blöde Tasche an der Garderobe abzugeben oder sie bei Harry ins Auto zu packen. Die Zeit drängte, denn wir waren spät dran und das Spiel würde bald angepfiffen. Aber Kadir war schon ganz woanders. Er hatte einen finalen Plan.

Plötzlich brach Hektik aus. Polizeisirenen heulten, auf der Straße hielten Mannschaftswagen der Polizei, und Polizisten in schwarzen Kampfmonturen mit Gewehren sprangen aus den Autos. Kadir bemerkte das, riss sich die Kapuze vom Kopf und die Jacke auf. Es schien so, als fühlte er sich ertappt. Er blickte sich um, suchte nach einem Ausweg, aber es gab keinen. Er trug ein schwarzes Stirnband mit arabischen Zeichen drauf und ein schwarzes T-Shirt mit dem Bild eines Wolfes. Er reckte den rechten Arm in die Höhe, den Zeigefinger gen Himmel. Am Arm eine dicke Uhr und in der Hand ein Handy. Er schrie: »ALLAHU AKBAR.« Die Polizisten stoppten sofort ihren Sprint, orientierten sich und scheuchten die Leute vom Platz. Sie richteten ihre Waffen auf Kadir.

In diesem Moment läutete aus dem Stadionlautsprecher die große Glocke BBBOING einmal, BOOOING zweimal, BOIIING dreimal, BOINGGG viermal. Ein Gitarrenriff dröhnte durch die Luft. Im Stadion hatte einer »Hells Bells« von AC/DC aufgelegt. Damit liefen die Mannschaften bei St. Pauli durch einen weißen Tunnel ins Stadion ein. Aber so weit war es doch noch gar nicht. Jetzt dröhnte das in voller Lautstärke durch die Arena und über den Platz. HELLS BELLS. Waren das die Totenglocken oder ein IS-Terror-Wunschkonzert? Glockenläuten. Schlagzeugbeats, Gitarrenriffs. Nach einer gefühlten Ewigkeit die Stimme des AC/DC-Sängers Brian Johnson, die sich anhörte, als würde jemand ein Motorrad ohne Bremsbeläge stoppen.

I'm a rolling thunder, a pouring rain / I'm comin' on like a hurricane / White lightning's flashing across the sky / You're only young but you're gonna die / Ich mache keine Gefangenen, schone niemanden / Keiner, der sich mir widersetzt / Mit dieser Glocke nehme ich dich mit in die Hölle / Ich werde dich kriegen, Satan kriegt dich.

Kadir war in diesem Moment der Herr der Höllenkatzen. »HELLS BELLS.« Ein Schrei aus Tausenden Kehlen. Die Musik brach plötzlich ab. Stille. Ein Mikrofon quietschte, und eine sehr beherrscht klingende Stimme sagte: »Achtung, Achtung! Hier spricht die Polizei. Bitte verlassen Sie sofort das Stadion. Bitte verlassen Sie sofort das Stadion über die Ausgänge zum Heiligengeistfeld. Benutzen Sie nicht die Ausgänge Richtung Feldstraße.«

Ein Aufschrei und endlose Buhrufe hallten herüber. Hier wurden Männer um ihren Sonntag, den Sinn ihrer Woche, gebracht. Und das von der Polizei, also vom Staat, den man noch nicht einmal für zuständig hielt, wenn es darum ging, den Verkehr auf der Straße und zwischen den Geschlechtern zu regeln. Jetzt wollte die Bullerei die Fans so einfach nach Hause schicken. Protest, Widerstand, Rebellion. Viele wollten bleiben. Sie ahnten nicht, dass sie mit ihrem Leben spielten.

Denn Kadir hielt sein Handy in die Höhe und den Daumen über der Tastatur, im Gesicht die große Leere. Um ihn herum das Chaos. Die Leute hatten ihre Fahnen und Pappbecher weggeworfen, sonst heilige Dinge. Kadir stand allein mitten auf dem Platz vor dem Eingang. Alles rannte durcheinander, flüchtete, schrie. Die Polizei versuchte, den Platz zu räumen. Keiner wollte mit auf diesen Trip, viele wussten aber nicht, wohin.

Ich hätte auch wegrennen sollen, denn die GROSSE SCHEISSE war im Anmarsch, und je weiter ich mich von Kadir entfernen konnte, desto wahrscheinlicher war es, dass ich diese Himmelfahrt überleben würde. Doch ich machte genau das Gegenteil. Ich hatte Angst, aber anstatt wegzurennen, rannte ich auf Kadir zu, der vielleicht fünfzig Meter entfernt war. Ich rannte im wahrsten Sinne des Wortes um mein und Kadirs Leben und hoffte, schneller als der Freund mit seiner Himmelsbotschaft zu sein. Ich wusste nicht, warum ich es tat. Meine Füße dachten für mich. Vielleicht glaubte ich, ich könnte es verhindern, weil ich doch der Einzige war, der wusste, wie es um Kadir stand. Ich fühlte mich schuldig, weil dieser Selbstmörder doch mein Freund war. Aber in Wahrheit dachte ich in diesem Moment an gar nichts. Ich rannte und hoffte, dass ich ihn erreichen und umgrätschen konnte, bevor Kadir oder die Polizisten abdrückten. Auch wenn es mich erwischen sollte. Es war so ernst wie ein Endspiel, ach was, es war das Endspiel.

Ich stand auf Mädchen, aber nicht auf 72 oder wie viele Jungfrauen auch immer, von denen Kadir und seine »Brüder« immer quatschten und dann doch, wie sie sagten, »beste Fleisch« nachgafften.

Ich rannte an einer Mauer mit Graffiti entlang, da vorne war Kadir, der Terrorist. Über ihm hing eine schwarze Fahne mit einem weißen Totenkopf und dem St.-Pauli-Emblem darauf. Daneben hatte jemand auf die Wand gesprüht »Das Beste zum Schluss«. Wenn das lustig sein sollte, war ich ab sofort ein Spaßverderber. Ich lebte und rannte, ich wollte in die Zukunft und wurde in Gedanken doch Schritt um Schritt jünger, bis ich wieder sechs Jahre alt war und wie damals auf dem Bolzplatz Kadir das erste Mal von den Beinen holte. Gegen seine Schnelligkeit wusste ich mir nicht anders als mit einer Blutgrätsche zu helfen. Ich rannte, und Kadir schrie: »Allahu Akbar. Gott ist groß.«

1

Wo ist Kadir?

Das Endspiel

Ich hatte gehört, angesichts des Todes würden im Kopf wie im Zeitraffer die Stationen des Lebens ablaufen. Während ich rannte, zeigte mir mein Kopfkino noch einmal als Film, wie ich in diese Scheiße geraten war. Was Kadir hier vor dem Stadion am Millerntor zu Ende bringen wollte, hatte ein halbes Jahr vorher begonnen.

Ich stand damals mit den anderen aus der Mannschaft auf dem Parkplatz vor dem Vereinsheim des Fußballvereins HEBC in Hamburg-Eimsbüttel. Aus der Tür der Vereinskneipe zog der Geruch von Bier und wehten Fetzen eines Helene-Fischer-Songs herüber. Es war Samstag, dreizehn Minuten nach zwölf Uhr. Einige der Jungs rieben sich noch den Schlaf aus den Augen, denn samstags war für Männer um die sechzehn selbst Mittag noch recht früh. Vor ihren Füßen die Sporttaschen mit den Schuhen und Trikots, in der Mitte ein Netz mit Bällen, am Rand zwei Väter, die uns zum Spiel fahren wollten. Wir warteten auf Kadir, denn Kadir fehlte.

Harry, der Trainer, zog an seiner Zigarette. Ganz langsam und ausdauernd, die Glut der Kippe wurde lang und hell. Das war kein gutes Zeichen. Wenn Harry so rauchte, brannte die Hütte. Ich versuchte zum siebten Mal, Kadir per Handy zu erreichen. Aber sein Anschluss war mausetot. Noch nicht einmal die Sprachbox sprang an. Ich schickte ihm eine SMS: »Kadir, wo bleibst du? High Noon ist Treffen! Endspiel!« Nichts.

Harry schmiss den Glimmstängel auf den Boden und trat ihn aus. Er zog den Zipper an seiner Lederjacke hoch, guckte in die Runde und fragte: »Sonst alle da?« Nicken und Grummeln rundum. Alle wussten, nun ist Schicht. Zuspätkommen war bei Harry schlimmer als ein Eigentor schießen. Oder auf dem Feld die Position verlassen. Er musste gar nichts mehr sagen, denn jeder wusste, dass Kadir sich soeben selbst ausgewechselt hatte. Die Regel lautete, wer zu spät zum Treffen kommt, läuft pro Minute eine Platzrunde extra. Wer fünfzehn Minuten zu spät kommt, ist für diesen Tag raus aus der Mannschaft.

Kadir war raus. Und das ausgerechnet zu diesem Spiel. Auch wenn er jetzt noch um die Ecke gehetzt käme, würde Harry ihn auf die Bank setzen. Er müsste schon eine verdammt gute Ausrede haben, um begnadigt zu werden. Zu behaupten, die Oma wäre gerade gestorben, würde nicht reichen. Für Harry war Fußball kein Spiel. Wie für die meisten, die hier auf dem Parkplatz standen, war es das Leben an sich. Heute wollten wir um den Aufstieg in die B-Jugend Verbandsliga spielen und könnten – bei Erfolg – Vereinsgeschichte schreiben. Ohne Kadir würde das verdammt schwer werden. Denn Kadir spielte auf der Sechs, in der Mitte hinten, er war ein sogenannter Schlüsselspieler, den jede Mannschaft braucht. Die einen haben einen Messi oder Ronaldo, wir hatten Kadir – und mich. Aber ohne

Kadir war ich eben nur ein halber Messi. Kadir war auf dem Platz so etwas wie meine Lebensversicherung. Er hatte die Fähigkeit, einen Gegner »aus dem Spiel zu nehmen«, das heißt, er konnte jemandem auf den Füßen stehen und ihn buchstäblich »zustellen«, sodass der den Ball gar nicht erst bekam. Kadir räumte hinter mir ab, sicherte, schob mir den Ball perfekt in den Lauf, und ich machte dann was damit. Kurzer Pass, langer Ball, Seitenwechsel. Was man so macht, um nach vorn zu kommen und das Spiel zu machen. Ohne Kadir spielte Lukas auf der Sechser-Position. Lukas war eher der Typ Grobmotoriker. Er konnte den Gegner stellen und stoppen und die Pille weghauen. Aber den Ball auflegen, hinten rausspielen, das war nicht sein Ding. Wir nannten Lukas auch »Hölzenbein« nach dem legendären Spieler von Eintracht Frankfurt, der besser flog als lief. Aber nur, um ihn nicht Holzbein zu nennen, was die ehrlichere Bezeichnung gewesen wäre.

Harry sagte: »Mark, Lukas, Bernd, ihr fahrt bei mir mit. Die anderen verteilen sich auf die Wagen. Vergesst die Bälle nicht.« Der Tross setzte sich in Bewegung.

Kaum war der Wagen auf die Fruchtallee eingebogen, legte Harry auch schon los. »Mark, du musst heute hinten mehr helfen. Lukas, du suchst Mark und achtest darauf, wo er den Ball hinhaben will. Nicht nur raushauen, mit Köpfchen spielen. Bernd, weil Mark hinten absichern muss, will ich dich für zwei laufen sehen. Hol dir den Ball. Verstehst du? Wechsel öfter mal die Seiten und lauf dich frei, damit Mark dich leichter findet.«

»Ja, Trainer«, sagte Bernd, der sowieso nichts lieber tat, als rumzurennen. Lukas ahnte, dass es heute auf ihn ankam. Er nickte schwer, und ihm war die Aufregung an seinen Ohren anzusehen.

»Was ist mit Kadir?«, fragte Harry plötzlich. »Hat der eine Freundin, oder was?« Bernd lachte.

»Eher nicht«, sagte ich. »Der arbeitet jetzt viel bei seinem Onkel im Supermarkt.«

»Glaube ich jetzt nicht.«

»Doch, er muss arbeiten. Sein Vater ist doch abgehauen.«

»Holy Moly«, sagte Harry vor sich hin. »Dabei weiß sein Vater doch, wie gut Kadir ist. Etwas verrückt, aber verdammt talentiert. Aber ohne professionelle Einstellung wird das nichts. Unfassbar, dass er uns hängen lässt.« Damit war das Thema Kadir für Harry durch. Harrys Weltsicht war einfach. Es gab Fußball und dann noch mal Fußball. Und was dann kam, war ihm egal.

Als wir in Bergedorf unsere Gegner sahen, wussten wir, dass es schwer werden und Kadir uns definitiv fehlen würde. Zuerst dachten wir noch, das sei ein Irrtum, aber da stand ein unbekannter Typ auf dem Platz, der von einem anderen Fußballstern zu kommen schien. Offenkundig ein Afrikaner, groß, breit, schnell. Mit dem Ball konnte der alles, das sah man schon beim Aufwärmen. Harry starrte bei der Kontrolle der Spielerpässe durch den Schiedsrichter ungläubig auf den Pass des Neuzugangs unseres Gegners. Dieser Kerl sollte erst sechzehn Jahre alt sein?

»Wo habt ihr denn die schwarze Perle her?«, fragte Harry den Betreuer der 85er.

»Wir haben einen Flüchtling aus Somalia ins Boot geholt. Richtung Curslack ist ein Heim«, sagte der und fügte entschuldigend hinzu: »Die sind alle körperlich schon etwas weiter.«

»Oder älter«, sagte Harry trocken und steckte sich eine an.

Ich hoffte die ganze Zeit, dass Kadir doch noch irgendwie kommen würde. Dass ein Cousin ihn mit quietschenden Reifen herfährt und er auf den Platz stürmt. Harry hätte ihn – trotz aller gegenteiligen Behauptungen und Regeln – spätestens nach einer Viertelstunde eingewechselt. Und er hätte den Wunderstürmer in den Griff bekommen, das traute ich ihm zu. Manchmal macht einer den Unterschied. Und der Unterschied spielte nun bei Bergedorf. Nach fünf Minuten musste Harry das Spiel umstellen, sonst wären wir von dem Wüstensturm überrannt worden. Jojo, wie die anderen den schwarzen Bomber riefen, sprach kein Deutsch und spielte wie ein Alien. Einfach klasse. Lukas lief sich einen Wolf und guckte meist hinterher, wenn der mit dem Ball am Fuß an ihm vorbeizog. Bis er frustriert war und ihn im Strafraum von den Beinen holte. Elfer. Die Perle schoss selbst. Trocken unten rechts. Null zu eins.

Harry dirigierte mich dann nach hinten. Doppeldeckung für Afrika. Aber es half nichts, denn die anderen konnten auch Fußball spielen, und Mehmet, der sonst immer trickreich für Bergedorf die Tore machte, war jetzt öfter frei und fummelte uns auch diesmal einen rein. Null zu zwei. Lukas holzte, ich rannte hinter Jojo her, und Bernd verhungerte ohne Ball vor dem Strafraum der Gegner. Es gibt solche Spiele, da geht einfach nichts zusammen, und man hofft nur noch, dass es endlich vorbei ist. Aufstieg ade. Wir schoben Frust, Harry rauchte ununterbrochen, und die Bergedorfer Väter standen mit dem satten Lächeln der Sieger am Rand. Alle klopften dem Migranten auf die Schulter, und wir Eimsbütteler Jungs waren sicher, dass wir nicht gegen Bergedorf, sondern gegen die Afrika-Auswahl gespielt hatten.

Wer weiß was?

»Kannst mich am Hauptbahnhof rauslassen«, sagte ich, nachdem wir schweigend die Rückfahrt auf Harrys Rückbank abgesessen hatten.

»Ich guck mal, ob ich Kadir finde.«

»Wer ist Kadir?«, fragte Harry mit bitterer Miene. Er meinte das ernst. Kadir war für ihn Vergangenheit.

»Wir sehen uns am Dienstag.« Ich klatschte mit Bernd und Lukas ab, warf die Sporttasche über die Schulter und latschte los Richtung Steindamm.

Im Bahnhofsviertel in Hamburg St. Georg wohnten nicht nur viele Menschen, sondern hierher kamen Touristen zu den Hotels und Leute, die sonst nicht wussten, wohin. Früher war das hier wie ein kleines St. Pauli gewesen, mit Straßenstrich und vielen Bars, aber inzwischen gab es nur noch einige Spielhallen und Sexshops, an denen verschleierte Frauen vorbeiliefen. In der nahen Böckmannstraße und am kleinen Pulverteich gab es Moscheen. Kadirs Onkel hatte hier einen türkischen Supermarkt. Vor dem Laden wurde jede Art von Obst und Gemüse angeboten und drinnen alles, was man braucht, um türkisches Essen zu kochen. Man bekam hier Kichererbsen, grünen Apfeltee, Sucuk, das ist scharfe Knoblauchwurst, und Blätterteig mit Nüssen und Zuckersirup, Baklava. Kadir jobbte hier gelegentlich, wenn er nicht in der Autowäscherei eines anderen »Onkels« arbeitete. Er musste den Laden aufräumen und den Boden wischen. Es war ihm peinlich, wenn jemand ihn dort besuchte. Er wollte nicht, dass ihn jemand beim Putzen sah.

Vor dem Laden stand Zeki, einer von Kadirs vielen Cousins. Er war für das Obst und Gemüse zuständig: auffüllen, einpacken, abwiegen und so. Zeki war achtzehn und hatte gerade den Führerschein gemacht. Deshalb durfte er, nachdem Kadirs Vater sich aus dem Staub gemacht hatte, den »Dolmus« der Familie fahren. Dolmus war der Lieferwagen, mit dem die Ware vom Großmarkt geholt wurde. Das war wiederum für Zeki bitter, denn Großmarktzeit war morgens um sechs. Ich sah, wie Zeki gerade dabei war, Auberginen auf die Waage zu packen. Er redete mit der Kundin türkisch.

»Hi, Zeki«, sagte ich. »Ist Kadir da?«

Zeki packte weiter und sagte: »Was los, Alter. Kadir hat heute Spiel. Hat frei. Was machst du hier?«

»Kadir war nicht da.«

»Was sagst du?«

»Kadir war nicht beim Treffpunkt und nicht beim Spiel. Wir haben verloren.«

Die Frau mit dem Kopftuch zeigte auf den Weißkohl. Zeki warf den Kohlkopf in die Höhe und fing ihn mit der linken Hand auf, bevor er ihn auf die Waage legte. Die Frau lachte erschrocken.

»Mist, Alter. Und wo ist er?«

»Das frage ich dich.«

»Allah, Allah, woher soll ich das wissen? Bin doch nicht Kindermädchen. Ihr habt echt verloren?«

»Ja, zwei zu null.«

»Blöd, ay. Hast mal Handy probiert?«

»Zehnmal«, sagte ich.

»Frag meinen Vater. Der sitzt in der Moschee in der Teestube.«

»Ach, nicht so wichtig«, log ich. Ich war nicht sicher, ob Zeki mir die Wahrheit sagte. Wenn die Familie dahintersteckte, würde ich nichts erfahren. Wenn nicht, würden sie mir auch nichts sagen, weil es ihnen peinlich wäre, dass jemand, der nicht zur Familie gehörte, sich mehr Sorgen um ein Familienmitglied machte als die Familie selbst.

Es war klar, dass Zeki sofort seinen Vater anrufen und berichten würde. Auch sie würden jetzt Kadir suchen. Ob ich davon etwas erfahren würde, war schwer zu sagen. Zeki wandte sich wieder seinen Kohlköpfen zu, klebte Preisschilder auf die Tüten und gab der Frau die Plastiktüten mit dem Gemüse.

»Echt verloren, Alter?« Zeki lachte. Ich dachte mir meinen Teil, denn Zeki war auch nicht gerade ein Gewinner.

»Sag Kadir, er soll sich melden«, sagte ich und klatschte Zeki ab.

»Geht klar, Alter.«

Es muss etwas passiert sein

Dass Kadir ein Spiel versäumte, war ungewöhnlich und wäre bis vor ein paar Wochen undenkbar gewesen. Ich kannte ihn seit zehn Jahren, und er hatte noch nie ein Spiel verpasst. Ja, er war unpünktlich, verschlief schon mal. Aber er war immer da, wenn es darauf ankam. Deshalb musste etwas passiert sein. Vielleicht hatte er einen Unfall und lag irgendwo im Krankenhaus. Vielleicht hatte ihm jemand K.-o.-Tropfen in die Cola getan, und er wachte irgendwann in einer Gartenlaube auf. Oder die Bullen hatten ihn mit einer Tüte voll Gras erwischt. Er hatte mal angedeutet, dass einer seiner Freunde aus dem Getto mit Stoff handelte und er als Kurier ausgeholfen hatte. Mir gingen jedenfalls einige Horrorszenen durch den Kopf, in denen Kadir die Rolle des unschuldigen Opfers spielte.

Zugegeben, Kadir war in letzter Zeit etwas komisch gewesen. Und außer beim Training hatte ich ihn selten gesehen. Er traf sich wohl oft mit anderen in einem Kulturverein. Aber das war nichts Besonderes. Jeder muss sein Ding machen.

Kadir war nach der neunten Klasse von der Schule abgegangen, weil er meinte, Abi bringe sowieso nichts und er könne viel mehr Geld verdienen, wenn er auf der Tankstelle Autos wusch und bei seinem Onkel arbeitete. Das war zum Teil eine Ausrede, denn er hatte schon ein paar Probleme in Mathe, Physik und Deutsch, eigentlich überall, außer in Sport. Jedenfalls hatte er, seitdem er arbeitete, immer die neuesten Sneakers und Caps.

Vielleicht hatte sein Verschwinden auch mit seinem Vater zu tun. Der war nämlich seit ein paar Monaten weg. »Familiensache«, hatte Kadir nur geantwortet, als ich ihn einmal danach fragte. Eigentlich konnte er doch froh sein, dass sein Alter weg war. Der war nämlich hart drauf und langte auch schon mal zu, wenn Kadir nicht so spurte, wie er es wollte. Und er war immer dabei, wenn sie ein Heimspiel hatten. Dann stand er am Spielfeldrand und schrie auf den Platz, was Kadir tun und lassen sollte. Zum Glück hörte man das nicht, wenn man spielt. Es nervte auch, dass der Alte immer auf alles wetten wollte. Jedenfalls kam da einiges zusammen: Kadir war von der Schule abgegangen, sein Vater war weg, und jetzt war er auch noch verschwunden. Komisch, so ein Gefühl, wenn der beste Freund weg ist. Ich kannte Kadir, solange ich denken kann.

Die Grätsche

Weggegrätscht hatte ich Kadir zum ersten Mal an meinem fünften Geburtstag. Ich hatte mir von meiner Mutter Marshmellows und jede Menge zu trinken (außer Cola, die war auf Mamas No-Go-Liste) gewünscht und von Paps einen Fußball. Einen echten Fifa-Ball natürlich, nicht so eine Plastikpille.

Die Katastrophe begann beim Frühstück. Ich hatte meinen Topfkuchen mit Smarties und fünf brennende Kerzen auf dem Frühstückstisch. Mamika heulte, weil der Kindsvater mal wieder nicht da war. Dabei hatte er versprochen, wenigstens am Geburtstag seines Sohns zu kommen. Aber das war bei ihm immer so, erst große Worte, dann eine Ausrede. Diesmal hieß sie: »Schaffe es leider nicht.«

Mein Papa war eigentlich schon länger ausgezogen, kam aber gelegentlich, um mich zu besuchen. Wir spielten dann immer Fußball und gingen Eis oder Pommes essen. Wenn Papa und Mamika länger als fünf Minuten alleine waren, dann stritten sie, und am Schluss heulte einer. Meist Mamika, und Papa schmiss dann die Tür zu. Von außen. Danach war er »verreist«, wie sie es nannte. Von da an sagte sie, sie sei »alleinerziehend«.

Wenigstens hatte Papa mir den Ball geschickt. Mamika ging mit mir, Kuchen und Saft zum Spielplatz. Richtig feiern wollten wir mit Oma und anderen Kindern am Wochenende. Der Bolzplatz lag zwischen der Straße mit dem kleinen Reihenhaus, in dem wir wohnten, auf der einen und der Hochhaussiedlung auf der anderen Seite. Die Hochhaussiedlung war wie eine Burg gebaut. Am Rand unterschiedlich hohe Häuser mit acht bis vierzehn Stockwerken, dazwischen Durchgänge, die in einen großen begrünten Innenhof führten. Insgesamt wirkten die Häuser zu groß und zu gleich. Und sie warfen am Abend lange Schatten bis in unseren Garten, denn sie standen in Richtung Sonnenuntergang. In den Aufgängen wohnten viele, die woandersher kamen. Türken, Araber, Vietnamesen und Russlanddeutsche. War o.k. Wir hatten damit wenig zu tun. Die Jungs, die dort wohnten, nannten das Viertel selbst »das Getto« und sich die »Gettoboys«.

Kadir war an diesem Tag der einzige Junge auf dem Bolzplatz. Die anderen Jungs aus der Siedlung waren wie vom Erdboden verschluckt. Kadir hatte nur einen elenden Plastikball, der noch nicht einmal gerade kullern, geschweige denn fliegen konnte.

Meine Mutter setzte sich auf die Bank am Rand des Spielfelds, lächelte gequält und heulte vor sich hin. Man kann alleine Fußball spielen, aber man sollte nicht. Ich schoss mit meinem neuen Ball aufs Tor, und Kadir sah mir zu. Mit einer Kopfbewegung, die bedeuten sollte »darf ich auch mal?«, nahm er einen Abpraller auf und passte ihn zu mir zurück. Ich schob den Ball vor Kadirs Füße, sodass der mit einem Schritt ausholen und aufs Tor schießen konnte. Ein Ball macht Freunde.

Ich im Tor, und Kadir schoss, dann umgekehrt. Wir spielten Einschuss. Jeder darf dabei nur ein Mal gegen den Ball treten. Nix mit Dribbeln und so. Wir spielten gefühlt zwei Halbzeiten mit Verlängerung. Unentschieden. Und dann stritten wir uns, weil ich ihn umgegrätscht hatte. Es gab Elfer. Und dann stritten wir uns, ob der Ball drin war oder nicht. Er war drin, zeigte Kadir an. Ich schüttelte den Kopf, Wiederholung. Wir stritten uns ohne Worte, ich wusste gar nicht, welche Sprache er konnte. Plötzlich nahm Kadir den Ball, schoss ihn über den Zaun und rannte los. Der Ball war weg. Ich rannte hinterher, weil ich den Ball nicht verlieren wollte. Ich stürmte ins Gebüsch.

Kadir stand da und hatte gerade den Ball aus dem Graben gefischt. Er rieb ihn an seinem Pullover sauber und reichte ihn mir. Dann war Kadir weg. So begann unsere Freundschaft.

Lass, ist Baba

Noch bevor ich in die Schule kam, war ich im Fußballverein. Mamika wollte das nicht, denn sie hatte keine Zeit und auch keine Lust, mit mir immer zum Training und am Wochenende zum Spiel zu gehen. Außerdem fand sie, Fußball sei nichts für »uns«. Was immer sie damit meinte. Sie sollte ja nicht selber spielen. Für Fußball ist dein Papa zuständig, sagte sie zu mir. Aber der war ja nicht da. Deshalb spielte ich oft allein oder traf mich mit Kadir auf dem Bolzplatz. Kadir fragte dann irgendwann, ob ich mit zum »Verein« komme. Ich zuckte mit den Schultern. Dann quengelte ich zu Hause, dass Kadir auch darf und wir zusammen gehen können.

Beim ersten Mal brachte Kadirs Vater uns zum Training, zu den Spielen fuhr er immer mit. Das mit dem Training ging so, dass ich mit meiner Sporttasche Kadir im Getto abholte. Das war auf dem Weg zum Sportplatz. Er wohnte im siebten Stock. Seine Mutter war immer zu Hause, es gab ständig etwas zu essen, und der Fernseher lief. Ganz gleich, wann und was in den nächsten zehn Jahren passierte. Ich bekam Börek, das ist so eine Teigpastete mit Hack oder Schafskäse, es gab Cola oder Apfeltee und eine Familienserie im Türk-TV. Kadirs Mutter, genannt »Anne«, das heißt auf Türkisch Mutter, war immer in der Küche und kochte. Meine Mamika kochte auch, aber schnell, abends, wenn sie von der Arbeit kam. Bei »Anne« war es immer lecker. Am leckersten waren Köfte, diese Hackfleischbällchen aus Lamm oder Rind.

Kadir hatte ein Zimmer, das aussah, als wäre er zu Hause auf Besuch. Links ein Schrank, daneben das Bett, über dem Bett die gelb-dunkelblaue Fahne von Fenerbahce Istanbul, einem Verein aus dem asiatischen Teil von Istanbul. Der wurde meist Türkischer Meister. Auf der anderen Seite ein kleiner Schreibtisch, an der Wand darüber ein Regal für die zukünftigen Pokale. Bei »Fener« sollte Kadir einmal spielen. Das war jedenfalls der Plan von Kadirs Vater Mehmet, der, wie er sagte, aus Kadiköy, dem Stadtteil von Fener, kam. Geboren war er allerdings, wie auch seine Frau, in einem Dorf in der Nähe von Malatya in Zentralanatolien. Aber alle Türken wollten lieber aus Istanbul kommen. Doch das ist eine andere Geschichte.

Jedenfalls war Kadirs Zimmer immer aufgeräumt, denn Spielsachen wie bei mir, Lego, Playmobil oder so, gab es nicht. Und seine Mutter räumte ständig hinter ihm her, er musste nicht aufräumen oder sonst was machen. Wir haben da auch nie gespielt, den Eltern war das nicht so angenehm, wenn ein fremder Junge in der Wohnung war. Denn Meral, die ältere Schwester, war ja auch da. Und die hatte Freundinnen zu Besuch. Da gehörte es sich nicht, wenn fremde Jungs in der Wohnung sind, also mussten wir nach draußen. Die Nachbarn könnten ja reden.

Also, wenn ich Kadir abholte, zog ich die Schuhe aus, setzte mich ins Wohnzimmer vor den Fernseher und wartete, dass Kadir fertig wurde. Der Fernseher war riesig und stand neben der Schrankwand auf einer Konsole mit Spitzendeckchen. Gegenüber stand das Sofa für alle, außer für den Vater, der hatte einen Sessel mit Schonlappen auf den Lehnen. Später saß da dann der Onkel. Über dem Sofa ein Kupferbild mit arabischer Schrift und einem schwarzen Würfel; das sei die Kaaba in Mekka, wurde mir erklärt. Davor ein gekachelter Tisch, den man hoch- oder runterkurbeln konnte.

Kadirs Mutter trug auch in der Wohnung Kopftuch und sprach nicht so gut Deutsch, genau genommen sprach sie nur ein paar Worte wie »schön«, »Essen«, »gut Wetter« und so. Und ich lernte »Merhaba«, »Hos Geldiniz«, »tamam«, »ekmek«, »Çay«, »lütfen« und »güle, güle«. Und die Abla, Kadirs große Schwester Meral, übersetzte, was sonst nötig war. Dass sie an was glauben, merkte man nicht so. Kadir meinte einmal, als ich zur falschen Zeit kam: »Psst, Baba namazda«, das hieß: Vater betet. Er deutete mit dem Kopf Richtung Schlafzimmertür.

Ich wartete, bis Kadir seine Sachen gepackt hatte. Er wusste zwar, wann Training war, aber seine Sachen hatte er nie gepackt, und seine Mutter schimpfte, dass er die dreckigen Socken vom letzten Mal immer noch in der Tasche hatte und so weiter. Immer dasselbe. Wenn er fertig war, kam er ins Wohnzimmer sagte: »Lass los«, und wir gingen.

Kadirs Vater war streng und von Beginn an zu hundert Prozent davon überzeugt, dass Kadir einmal ein ganz großer Kicker wird. Er erzählte auch, dass er einen Kollegen hat, der einen Cousin hat, der Gündogans Vater aus Balikesir kennt. Gündogan war Profi und spielte in der deutschen anstatt der türkischen Nationalmannschaft, jammerte der Baba. Wenn Özil und Gündogan und Emre Can in der türkischen Nationalmannschaft spielen würden, dann wäre die Türkei Weltmeister, sagte er. Mindestens. Er wisse, wie das Geschäft geht. Er hielt Trainer und Schiedsrichter grundsätzlich für bestochen und die Spiele für verschoben. Als Beweis führte er immer die Skandale um Fenerbahce an. Er regte sich auf, schimpfte auf alles und jeden, und hinter allem gab es eine Verschwörung, besonders die Amerikaner waren schuld. Nicht beim Fußball, aber sonst. Wenn Kadir mal ausgewechselt wurde, beschimpfte er den Trainer, bei Fouls die Gegner oder den Schiedsrichter. Kadir war das peinlich, denn er spielte meist gut und brauchte gar keinen Hooligan an der Linie. Aber er sagte nie etwas, sondern nur: »Lass, ist Baba.«

Gettoboys

Meine Mutter sagte: »Ihr habt euren Kopf gegen einen Ball getauscht. Und weißt du, was in einem Ball drin ist? Luft, nichts als Luft.« Sie versorgte meine kaputten Knie und schimpfte über die Grasflecken in den Jeans. »Wenn du schlecht in der Schule wirst, ist Schluss«, war ihre Ansage. Ich war fast jeden Tag auf dem Sportplatz und lief nie ohne Ball herum. Der Ball gab Sicherheit und war das beste Mittel gegen Langeweile. Wenn man ihn gut behandelte, machte er manchmal, was man wollte. Wenn man wütend war, konnte man ihn, ohne schädliche Folgen für andere, gegen die Wand dreschen. Einfach so. Gegen einen Ball gab es nichts einzuwenden.

Ich sah Kadir manchmal draußen schon auf dem Platz spielen, aber ich musste immer erst meine Hausaufgaben vorzeigen, bevor ich rausdurfte. Das nervte mich ganz schön. Kadir interessierte die Schule nicht besonders, für mich war die Schule o.k. Aber Kadir konnte Übersteiger wie auch manch andere Tricks von Ronaldo und Co., und das brachte auf dem Platz mehr Scorerpunkte als in der Schule eine Eins in Mathe. Kadir träumte davon, Fußballprofi zu werden. Ins Stadion einlaufen. Das klackernde Geräusch von Stollen auf Beton, wenn man durch den Tunnel auf den Platz läuft. Was Geileres gibt es für einen Spieler nicht. Draußen die Wand der zehntausend Fans. Und zehntausend Mäuse auf dem Konto. Ein Traum? Klar. Aber einer aus dem Getto hatte es geschafft. Der hieß Owo, Patrick Owomoyela. Der hatte erst im Getto, dann bei Werder und Dortmund und in der Nationalmannschaft gespielt. Der wohnte früher um die Ecke, hatte Kohle ohne Ende, und Kadir durfte jetzt sein Auto waschen.

Kadir wurde langsam eine große Nummer im Getto. Er checkte alles und wusste, wo was lief. »Auge, Alter«, sagte er nur, wenn ich ihn fragte, woher er wusste, dass Serkan ein Fahrrad geklaut hatte. Durch Kadir konnte ich mich ohne Gefahr im Getto bewegen. Wenn mal jemand meinte, mich »abziehen« zu können, und versuchte, mir Handy, Jacke oder Schuhe zu klauen, sagte Kadir: »Der gehört zu uns«, und die Sache lief nicht. Wer dazugehörte, stand unter dem Schutz von allen. Das war so und galt auch »auswärts«, das heißt zum Beispiel in der Schanze. Das Schanzenviertel liegt zwischen Schlump und St. Pauli und hat einen eigenen Park mit Spielfeld und eine eigene Gang. Wenn wir da hingingen, passierte uns nichts, weil die Jungs von der Schanze wussten, dass wir zu den »Gettoboys« gehörten.

Nur wenn die türkischen Jungs zahlenmäßig in der Mehrheit waren, weil Typen aus Altona sich ins Getto verirrten, »Cousins« da waren oder so, dann gehörte ich plötzlich nicht mehr so richtig dazu. Sie sprachen dann türkisch untereinander, steckten die Köpfe zusammen und guckten mich schräg an. Dann galt nicht mehr die Gang, sondern nur, wer Türke war. Das war dann komisch.

Kadir ist Dschihad

Auf dem Rückweg vom Spiel war ich zu der Dönerbude in der Lutterothstraße gegangen. Da hingen immer die Jungs ab, die nicht, noch nicht oder nicht mehr, wissen, wohin. Keine Arbeit, keine Freundin, und zu Hause wollte sie auch keiner haben, aber Hunger und Durst nach allem. Ich hatte Hunger und bestellte Döner mit allem und scharf.

Volkan und Tayfun waren so zwei Jungs von nebenan und langweilten sich gemeinsam am Stehtresen bei Lahmacun, so eine Art gerollte türkische Pizza, und einem Mate-Tee. Ich nickte ihnen kurz zu.

»Hab gehört, ihr habt verloren. Echt?«, sagte Volcan, gleich als ich reinkam. Die schlechte Nachricht hatte sich also schon verbreitet. Volkan hatte auch einmal in unserer Mannschaft gespielt, dann aber schnell wieder aufgehört, weil er keinen Bock auf so viel Training hatte und lieber am Freitag Party machte, anstatt ausgeschlafen zum Spiel zu kommen. Egal. Ich nickte ihm zu.

»Ja, wenn wir nicht mitspielen, geht nix«, sagte Tayfun von hinten und lachte.

»Wen meinst du denn mit wir?«, fragte ich, während neben mir Ahmet, der Kebabista, mit dem elektrischen Messer das Gebratene rasierte.

»Türkiye, Türkiye«, rief Volkan und hob die Faust.

»Bei uns spielen nur HEBCler«, sagte ich. Ich wusste, die Jungs brauchten etwas, was sie besonders machte. Ich hatte keine Lust auf Stress und drehte mich zu ihnen.

»Mal im Ernst. Ihr habt doch den Überblick. Und vor allem den Durchblick. Ihr wisst doch alles. Sagt mal, wo ist Kadir?«

»Das willst wohl wissen, was?« Volkan stellte sich dicht neben mich und sah mich an. Der Dönermann wickelte das gefüllte Brot in Alufolie und reichte es mir zusammen mit einer Serviette.

»Ja, wäre super, der hat nämlich heute geholfen, dass Bergedorf gewinnt.«

»Wie? Echt?« Tayfun war kurzzeitig verwirrt.

»Ja, er war nämlich nicht da, und wir hatten Löcher in der Deckung, die waren so groß wie das Maul vom weißen Hai.«

»Hahaha. Weiß nicht.« Tayfun lachte Volkan zu, die beiden lösten sich aus ihrer Ecke und gingen zur Tür.

»Müssen los«, sagten sie. »Selam aleyküm, Ahmet.«

»Tschüss«, erwiderte Ahmet.

»Komm, wartet. Ihr hört doch sonst immer das Gras wachsen. Wo ist Kadir?«, rief ich ihnen nach.

»Brauchst du Gras?«, fragte Volkan. Tayfun lachte. Sie machten aus Gras Heu, das heißt, sie hatten immer irgendwo Marihuana oder Haschisch gebunkert.

»Nein. Ich suche Kadir.«

In der Tür stehend, sagte Tayfun: »Kadir? Weißt du nicht? Der ist Dschihad, du Kafir.« Sie gingen raus.

»Zweifünfundneunzig«, sagte der Verkäufer.

Ich sah ihn an.

»Ahmet. Was ist Kafir?«

»Ungläubiger, glaub ich«, sagte Ahmet.

»Das sind doch Spacken.«

Wo sollte Kadir sein? In oder auf oder mit Dschihad? Was sollte das sein? Ein Badeort oder ein neuer Freund? Wenn jemand Volkan, Tayfun oder Hartmut heißt, kann er auch Dschihad heißen.

Ich hatte in den Nachrichten gehört, dass Dschihad »Heiliger Krieg« bedeuten soll. Irgendwas mit Islamisten und Irak. Aber vielleicht war das auch ein neues Computerspiel für Playstation. Um sich bei Ahmet nicht ganz zum »Heinz« zu machen, behielt ich mein Unwissen für mich. Wozu hatte man zu Hause die allwissende Maschine?

Zurück in meinem Zimmer hatte ich dann den PC angeschmissen und in die Suchmaske den Begriff »Dschihad« eingegeben.

»Der Begriff **Dschihad** [dʒiˈhaːd] (arabischجهاد *Dschihād*, DMG*Ǧihād*, Anstrengung, Kampf, Bemühung, Einsatz; auch *Djihad* oder gelegentlich in der englischen Schreibweise *Jihad*, bezeichnet im religiösen Sinne ein wichtiges Konzept der islamischen Religion, die Anstrengung/den Kampf auf dem Wege Gottes.«

Und dann folgte ein endloser Text von Wenns und Abers, mit Zitaten aus dem Koran und was über großen und kleinen Dschihad. Das hatte ich aber nicht mehr gelesen, war mir zu viel.

Ich wusste nicht, wie lange ich den Bildschirm gescrollt und nichts verstanden hatte. Dann erinnerte ich mich, dass Kadir immer mal von Syrien und Irak gesprochen hatte und dass dort die Muslime in Not seien. Er war dann immer sehr ernst gewesen. Ich hatte das nicht so wichtig genommen, ihm aber mal bei einer Altkleidersammlung geholfen. Sonst hatte meine Mutter immer alte Sachen in den Container vom Roten Kreuz geschmissen. Für Kadir stopfte sie das Zeug in einen blauen Müllsack, und er nahm es mit zu seinem Verein. Er wollte nicht, dass ich da mit hinkomme. Er redete nicht darüber, was er da, wie er sagte, mit seinen »Brüdern« machte. Er wollte nicht, dass ich davon etwas erfuhr.

Aber zum Training kam Kadir regelmäßig, und dann war er auch wie immer. Nur nach dem Training schwang er sich auf sein Fahrrad und war meist schnell weg.

Aber etwas war doch anders. Das war mir aber eher peinlich. Nach dem Fußball war es üblich, dass alle duschten. War ja auch nötig, denn wir waren nach dem Training und nach dem Spiel immer ziemlich verschwitzt und eingesaut. Also scheuchte Harry uns unter die Dusche. Irgendwann fingen einige von den türkischen, besser, den muslimischen Jungs an, ihre Unterhosen oder Trikothosen anzubehalten. Kadir auch. Die Begründung war, sie seien doch nicht schwul. Yalcin sagte was von Aura. Das Mädel kannte ich nicht.

Und jetzt war Kadir »Dschihad«? Krieg, Muslim, Islam. Was sollte das denn bedeuten, und was hatte Kadir damit zu tun?

Ich hatte dann bei WhatsApp eine Rundfrage gestellt: »Wo ist Kadir?«, und bekam wie üblich schnell Antworten. Jamal wollte besonders witzig sein und schrieb: »Bist du verliebt?«, Benny: »Jurassic World« und Julian: »Ab durch die Mitte, hahaha.« Sehr witzig.

Danach hatte ich eine ernsthafte Frage ins Netz gestellt: »Kann mir mal einer erklären, was Islam ist?« Erst mal kam gar nichts. Dann wieder – das war zu erwarten – Jamal: »Schwul und beten geht gar nicht.« Jamal hatte ein Problem, aber das war nicht meins. Andere Meldungen waren auch nicht hilfreicher, wie »Guck auf Wiki« – »Allah ist groß« – »Die wahre Religion« – »Lies Koran« – »Was soll das denn?«, das waren die guten Ratschläge. Der Mist à la Jamal, der dann noch so kam, rauschte in den Papierkorb.

Merals Lächeln

Abends war ich dann zur Wohnung von Kadirs Eltern gegangen. Vielleicht lag Kadir ja einfach im Bett. Meral öffnete die Tür. Sie war inzwischen siebzehn und lernte Krankenschwester im ersten Lehrjahr. Zu Hause war sie die Tochter, und Töchter hatten die Älteren zu bedienen. So ist das bei den meisten Türken. Als ich Kadir einmal gefragt habe, warum seine Schwester ihm Tee brachte, sagte er nur: »Ist bei uns so. Respekt.«

Meral brachte Tee in kleinen Gläsern für alle, und der Onkel saß mit seinem dicken Schnäuzer, dem Käppi und der hellbraunen Strickweste im Sessel vom Vater.

»Wo ist Kadir?«, fragte ich.

Meral zuckte mit den Schultern.

»Ich bin hier, weil er heute nicht zum Spiel gekommen ist.«

»Aber er ist gestern doch schon mit der Tasche zu dir gegangen«, sagte seine Mutter erschrocken auf Türkisch zu ihrer Tochter. »Er sagte, er wollte heute Vormittag mit dir zum Spiel.«

»Er war nicht bei mir«, erwiderte ich. Manchmal hatte Kadir in der letzten Zeit bei uns übernachtet, wenn wir am anderen Morgen ein Spiel hatten. Dann konnten wir abends noch auf der Konsole daddeln.

»Seine Sporttasche und ein paar Sachen sind weg«, sagte Meral. »Vielleicht ist er wieder zu so einem Seminar gefahren.«

»Was für ein Seminar?«, fragte Enischte, der Onkel.

»Na, so ein Islamkurs vom Moscheeverein. Da war er doch schon einmal.«

Die Mutter nickte mit dem Kopf und legte Kuchen nach.

»Moscheeverein? Bei uns gibt es solche Seminare nicht. Bei uns gehen die Kinder in die Koranschule«, sagte der Onkel in Richtung Meral. »Wenn du gekommen wärst, wüsstest du das. Nermin ist freitags immer im Unterricht. Wo ist sie überhaupt?«

»Bei einer Freundin«, sagte die Mutter fast entschuldigend. Nermin war die kleine Schwester von Meral und Kadir.

»Um diese Zeit?«, fragte der Onkel und schaute auf die Uhr. »Aber Meral könnte sich auch mal in der Moschee sehen lassen.«

»Ach, Meral musste immer so viel für die Schule lernen, und jetzt hat sie ja im Krankenhaus so viel zu tun«, nahm die Mutter ihre Tochter in Schutz.

Der Onkel machte eine abwehrende Handbewegung und murmelte: »Wird Zeit, dass sie heiratet.«

»Vor drei Monaten war er auf so einem Islamseminar«, erzählte Meral, die die letzte Bemerkung ihres Onkels ignorierte. »Da war Kadir drei Tage, und seitdem betet er ständig.«

Die Mutter nickte wieder.

»Und seitdem hat er genervt. Ständig wollte er mir Vorschriften machen. Meral, setz ein Kopftuch auf, eine muslimische Frau geht nicht feiern und so.« Meral wirkte ganz aufgeregt.

»Na, recht hat er. Seit dein Vater nicht mehr da ist, muss ja jemand auf die Ehre der Familie achten«, warf der Onkel ein.

»Ich kann auf mich selber aufpassen«, sagte Meral trotzig und erntete von Mutter, Tante und Onkel strafende Blicke.

»Die Jungs im Imbiss sagen, Kadir sei Dschihad«, sagte ich leise.

Der Onkel sah nun mich böse an. Er hatte schon vergessen, dass ich bei dieser Familiensache anwesend war.

»Dschihad. Meinst du die Idioten in Syrien? Ich werde ihm die Beine brechen, wenn er diesen Verrückten hinterherläuft. Glaube nicht, was die Typen sagen. Ich sage dir, Islam ist Frieden, und Allah sagt, wer einen Menschen tötet, der tötet die ganze Menschheit. Damit haben wir nichts zu tun. Das liegt an den Computern, auf denen ihr Jungs ständig spielt. Da schießen sie alle tot und klauen Autos. Das kommt aus Amerika, das ist Teufelszeug. Ich sag euch, das sind die wahren Teufel und Verführer. Komm mal in die Moschee. Dann zeig ich dir alles.«

Ich nickte. »O.k.«

»Ich bin da jeden Tag. Ich zeig dir alles, und der Hodscha kann dir erklären, was ist.«

Ich nickte. Was sollte ich auch anderes tun.

»Versprochen?«, fragte der Onkel.

Ich nickte wieder. Ende der Debatte.

So Sprüche wie Beine brechen, Augen ausstechen und tot umfallen kannte ich schon von den Gettoboys. Das waren Ansagen, die meinten die nicht wörtlich, sagten sie wenigstens.

»Ich werde mal deinen Mann anrufen. Seit der nicht mehr im Haus ist, geht alles schief«, sagte Enischte zu Kadirs Mutter.

Die Frauen murmelten etwas mit Allah vor sich hin. Meral schenkte Tee nach und wollte die Lage beruhigen: »Vielleicht hat er bei einem anderen Freund geschlafen und taucht morgen wieder auf. Und sein Handy ist kaputt.«

Kadirs Mutter fing an zu weinen.

Mir war das alles peinlich. »Vielen Dank für den Tee.« Ich stand auf und verabschiedete mich per Handschlag vom Onkel. Meral brachte mich zur Tür. Als ich dort die Schuhe anzog, sagte ich zu ihr. »Ruf mich an, wenn du was hörst. Ich hör mich auch um.«

»Tamam«, sagte Meral.

Ich sah sie an und bemerkte zum ersten Mal, dass sie ganz große braune Augen hatte. Eigentlich sah sie ziemlich gut aus. Komisch, dass mir das nicht schon vorher aufgefallen war. Lächelte Meral, bevor sie die Tür schloss?

In der Moschee

Ich tat es. Ich zog frische Socken an und ging an einem der nächsten Tage zum Onkel in die Moschee. Denn das wusste ich schon, dass man in der Moschee seine Schuhe ausziehen muss. Wie das da sonst aussieht, wusste ich nicht so direkt. Ich dachte, wie in der Kirche, nur eben anders. Es gibt in St. Georg neun Moscheen, und ich wollte zur Centrums-Moschee. Sie liegt zwar in einer Nebenstraße, aber man findet sie leicht, denn sie hat nicht nur eine Kuppel, sondern auch zwei Minarette. Die Minarette haben ein grün-weißes Sechseck-Muster, das einem Fußball ähnelt. Das fand ich witzig. Außerdem sind in dem Gebäude ein Supermarkt und ein Restaurant untergebracht. Und an die Brandmauer hat man eine Moschee aufgemalt, so als müsse man es dazuschreiben. Doppelt hält besser.

Der Onkel saß mit anderen Männern in dem Restaurant der Moschee und begrüßte mich sehr freundlich. So als wäre ich hoher Besuch. Die anderen Männer trugen wie er ein weißes Käppi und hielten Ketten mit kleinen Kugeln in der Hand. Sie schleuderten sie so hin und her. Das sind *Tespih,* Gebetsketten, erfuhr ich später. Die Männer saßen vor einem türkischen Tee und waren überrascht, mich zu sehen, denn so oft kamen wohl keine Fremden in ihre Hallen.

Der Onkel zeigte mir dann voller Stolz den Moscheeraum. Natürlich zuerst Schuhe ausziehen und in ein Regal stellen. Der Raum war leer und ganz mit einem orientalischen Teppich ausgelegt. Der Teppich war in ganz viele Rechtecke eingeteilt, die jeweils eine Spitze hatten. Die

Spitze zeigte die Gebetsrichtung an. Außerdem war der ganze Raum mit blau-bunten Fliesen in orientalischem Muster wie auf dem Minarett gekachelt, auch die Gebetsnische und eine Kanzel, die wie eine Treppe aussah. Der Onkel führte mich zu einem Mann und stellte ihn vor.

»Das ist unser Hodscha. Er ist der Vorbeter, und er weiß Bescheid.« Der Mann trug einen Anzug und ein weißes Hemd. Er legte seine rechte Hand aufs Herz und begrüßte mich mit einer leichten Verbeugung.

»Willkommen in unserer Moschee. Alles, was du hier siehst, haben unsere Brüder und Schwestern gespendet. Wir haben die Kacheln aus der Türkei geholt und selbst verlegt. Ist schön, nicht wahr?«

Ich nickte, bisher hatte ich Kacheln immer nur im Badezimmer oder in der U-Bahn gesehen.

»Der Onkel hat mir gesagt, du hättest ein paar Fragen zu unserem Glauben. Hier in der Moschee beten die Menschen. Wer will, fünfmal am Tag. Die Zeiten hängen von der Jahreszeit ab. Genauer vom Stand der Sonne. Wir beten das erste Mal bei Sonnenaufgang und das letzte Mal zur Nacht. Und mittags und dazwischen. Ich lade dich ein, einmal mit uns zu beten. Oder nur dabei zu sein und zuzusehen.« Ich nickte und dachte, ich müsse etwas fragen. »Wie viele Menschen kommen denn so?«

»Ach, am Freitagmittag sind die Reihen der Umma geschlossen, dann ist der ganze Raum voll, und manche müssen im Gang beten. In der Woche kommen mal zwanzig, mal hundert Männer zusammen. Männer, wie der verehrte Enischte« – er zeigte auf den Onkel – »sind praktisch immer da.« Er lächelte.

»Aber um das zu erfahren, bist du nicht gekommen«, sagte der Mann.

Das stimmte, aber in diesem Raum konnte ich nicht so frei sprechen. Er wirkte so einschüchternd auf mich. Dann fiel mir ein, was wir in der Schule diskutiert hatten. Vielleicht war das unhöflich, aber ich stellte die Frage: »Warum wollen Muslime andere töten, zum Beispiel weil die Karikaturen gemalt haben?«

Der Hodscha lächelte, offenbar kannte er so etwas schon. Er legte die Hände übereinander, und seine Antwort kam schnell und korrekt wie gedruckt: »Ich verstehe nicht, wie man Menschen töten und dann behaupten kann, das sei für Allah, und auch nicht, warum wir jetzt alle mit dafür verantwortlich sind. Das waren orientierungslose Menschen, die weder den Islam noch die Demokratie verstanden haben.«

»Aber die nennen sich doch auch Muslime. Können Muslime den Islam nicht verstehen?«

Das Lächeln fror etwas ein, und der Onkel atmete schwer. Der Hodscha guckte mich ernst an: »Weißt du, wie viele unserer Imame von radikalen Muslimen bedroht werden, nur weil sie öffentlich für Demokratie und friedliches Zusammenleben einstehen? Wir kriegen von beiden Seiten Prügel. Und die Extremisten beschuldigen uns, dass wir keine richtigen Muslime seien.«

Offenbar hatten die Muslime untereinander Probleme. Es ging in dem Gespräch dann noch ein wenig hin und her. Der Hodscha hatte aber keine rechte Lust, sich mit mir zu streiten, und dem Onkel war das ein wenig peinlich. Ein Gast hatte dem Imam widersprochen. So etwas tat man schon aus Respekt vor dem älteren Lehrer nicht.

»Jetzt gehen wir erst mal was essen«, sagte der Onkel.

»War Kadir auch hier in der Moschee?«, fragte ich.

»Nur mit seinem Vater, später nicht mehr«, erzählte er

mir, als wir vor einem Berg Reis mit Salat und Hühnerbeinen saßen. Er blickte zu einer Gruppe von jungen Männern hinüber, die alle kurze Haare, lange Bärte und Hemden ohne Kragen trugen und von den älteren Männern kritisch beäugt wurden.

»Kadir ist bei denen da gelandet. Das sind Delikanli, junge Leute mit wildem Blut«, sagte der Onkel und deutete an, dass die am anderen Tisch verwirrt seien. Die Typen sahen aber nicht aus, als wären sie verwirrt. Ich kannte diesen Blick. So guckten welche, die einen anrempeln und dann sagen: »Hast du Probleme?«

»Und wo beten die?«, fragte ich. Der Onkel zuckte mit den Schultern und bot mir noch eine Hühnerkeule an.

Katzeklo6

»Hi«, sagte Meral, und mir verschlug es für einen Moment die Sprache. »Mark, bist du dran?«

»Ja, ja, ja.« Ich räusperte mich. »Ich hatte nur gerade was im Mund.« Das stimmte nicht ganz, denn ich kaute nur auf einem Stift, mit dem ich die Bio-Hausaufgaben zu lösen versuchte.

$CO_2 + 6\ H_2O \rightarrow C_6H_{12}O_6 + 6\ O_2$

a) Beschreibe den Vorgang der Fotosynthese!

b) In welchem Zellkompartiment läuft die Fotosynthese ab? Skizziere den Feinbau dieses Zellkompartiments.

»Mark, ich brauche deine Hilfe«, sagte Meral ganz leise.

»Wobei?«, fragte ich.

»Ich bekomme Kadirs Computer nicht auf.«

»Hast du eine Spur von ihm?«

»Nein, aber vielleicht ist was im Computer. Aber der ist durch ein Passwort geschützt.«

Ich wollte gerade ansetzen und alle möglichen Tastenkombinationen für den PC durchsagen, doch Meral wollte etwas anderes.

»Ich habe schon alles versucht. Geht irgendwie nicht. Du musst kommen.«

Ich kombinierte die Tastenkombinationen mit Merals Aussehen und stotterte: »Meinst du?«

»Ja, stell dich nicht so an. Meine Mutter ist bei der Tante zum Tee. Wir haben zwei Stunden.«

Wofür, fragte ich mich, schwang mich aus dem Stuhl und begann die Schnürsenkel von meinen Turnschuhen zu schnüren, das Handy eingeklemmt zwischen Schulter und Ohr. »Bin auf dem Weg«, sagte ich und stolperte aus der Wohnung.

Nein, es war kein Date, sagte ich mir. Es war so etwas wie technischer Notdienst. Was hatte Meral vor? Sollte ich den Computer hacken? Ehrlich gesagt, hatte ich davon nicht so viel Ahnung, aber das musste Meral ja nicht wissen.

»Komm«, sagte sie, als ich wenige Minuten später vor der Tür stand, und schob mich in Kadirs Zimmer, noch bevor ich die Schuhe ausziehen konnte. Sie trug Jeans und ein T-Shirt mit großem Ausschnitt.

»Da«, sagte sie. »Ich schaffe es nicht.« Sie tippte was in die Tastatur von Kadirs PC ein, und nichts passierte.

»Ich kenn sein Passwort nicht. Der Blödmann hat ein Passwort.«

»Und warum willst du da ran?«, fragte ich.

»Na, vielleicht gibt es einen Hinweis, Mails oder so,

und wir können sehen, wo er ist.« Meral rollte mit den Augen, als wollte sie sagen: Merkst du denn gar nichts?

»Deine Mutter ist weg?«

»Ja, die machen neuerdings immer so Nachmittage, wo sie angeblich den Koran lesen. Aber in Wahrheit tratschen sie.«

Meral warf ihre Haare über die Schulter. »Mach mal was.«

Ich beugte mich über sie und roch ein süßes Parfüm. Es roch nach Rosen. Irgendwie strahlte Meral Wärme aus.

»Wäre besser, wenn ich mich hinsetze«, sagte ich. Sie klimperte weiter auf der Tastatur herum.

»O. k.«, sagte Meral, stand auf und schlängelte sich an mir vorbei. Ich setzte mich vor den PC und überlegte. Welches Passwort hatte Kadir benutzt? Lange Zeit war es »Ronaldo7«, das wusste ich. Aber Ronaldo mit der Rückennummer 7 war nicht mehr sein Favorit.

»Ihr habt doch ständig auf dem Ding rumgehackt und gedaddelt. Wirst doch wissen, wie man da rankommt. Ich dachte, du bist sein Freund.« Meral war ungeduldig.

»Man kann so was auch ändern«, sagte ich. »Lass mal überlegen.« Das dauerte. Weil ich sie dabei ansah und ihr Bauchnabel genau in Höhe meiner Nase war. Ich hätte meinen Riecher da gern vergraben.

»Willst du was trinken?«, fragte sie nach gefühlt einer Ewigkeit. Ich schüttelte den Kopf.

Sie lächelte: »Ich hol mal Kekse.«

Ich sah ihr nach und konnte mich nicht wirklich auf die Sache mit dem Passwort konzentrieren. Wie war sie nur in die Jeans reingekommen? Und würde sie jemals wieder rauskommen? Vielleicht nur mit meiner Hilfe. Mein Blick fiel auf das Regal über dem PC. Da stand ein gelber Trinkbecher, darauf ein Bild von dem Kater Garfield mit einer Sprechblase: »Never trust a smiling cat.« In meinem Kopf machte es »pling«, dann passierte gar nichts. Dann hatte ich es. Kadir war doch ein Katzenfreund, und eine Zeit lang war ein Helge-Schneider-Lied unser gemeinsamer Favorit. Ich tippte meine Eingebung in das Lösungsfeld, und nach zwei Anläufen funktionierte es.

»Ich hab's«, rief ich.

»Und? Wie lautet es?«

»Katzeklo6«, sagte ich stolz. »Katzeklo, nicht Katzenklo. Wie das Lied von Helge Schneider, und die 6, weil Kadir doch die Nummer sechs auf dem Trikot hat.«

»Wie geil ist das denn? Wie kommt man denn auf so was?«, sagte Meral und knallte den Teller mit Keksen auf den Tisch. Dabei hatte ich insgeheim auf eine andere Belohnung für meine Sherlock-Holmes-gemäße Kombinationsleistung gehofft.

»Alles Chaos«, sagte sie, als sie auf den Bildschirm sah, wo sich gerade die Ordner und Dokumente aufbauten.

»Sieht genauso aus wie in seiner Schublade unter dem Bett. Komplett durcheinander.«

Ich sah die Spiele und eine Reihe Videos, die er runtergeladen hatte, und schob, um einen Überblick zu bekommen, die Docs hin und her.

Wie zum Beweis machte Meral sich daran, die Schublade unter dem Bett leer zu räumen. Sie konnte wohl nicht untätig zusehen, wenn ich am PC saß. Während ich checkte, was so alles auf dem Rechner rumlungerte, zog sie mit spitzen »Iiih, wie ekelig«-Rufen, halb voll krümelige Prinzenrollen, Turnhosen, zerknüllte Wixundweg-Tücher aus der Ablage. Ganz hinten lag eine Plastiktüte.

Aufgeräumt hatte Kadir vor seinem Abgang schon mal

nicht. Der Mail-Account war voll. Alles Downloads von Videospielen. Ins Auge sprangen natürlich »Call of Duty 4« und »grand theft auto«, Fußballspiele, dann Rap-Songs und andererseits »Die wahre Religion«. Er hatte tatsächlich alle Folgen von »Fluch der Karibik« abgespeichert. Für schlechte Zeiten. Gerade wollte ich mir den E-Mail-, und Skype-Account ansehen, als Meral sagte: »Hey, guck mal, was hier ist.« Sie zeigte ihm eine Tüte voller Papiere.

SAW

Wir kippten die Lidl-Tüte aus, die Meral unter Kadirs Bett aufgestöbert hatte. Es war eine Menge Zeugs drin. Eine alte, schon ziemlich vergilbte Ausgabe der Fußballzeitung »Sportmikrofon« mit Bildern von unserer Mannschaft, Prospekte von einem Islamverein, ein paar ältere Schulzeugnisse und Kuverts mit Briefen. Ich nahm einen Brief hervor und sah ihn mir genauer an.

Der Absender, ein »Bruder Faruk«, hatte auf kariertem Rechenpapier geschrieben und sich offensichtlich besondere Mühe gegeben, schön zu schreiben. Der Brief enthielt etliche Koranstellen. Vor jeder Sure stand in Blau: »Im Namen Allahs, des Allerbarmers und Barmherzigen.« Er wiederholte das jedes Mal. Wiederholungen kannte ich von meinen Schulaufsätzen, es gab dann von der Lehrerin immer ein rotes »W« an den Rand. Bei diesem Brief wäre man mit einem dreckigen Dutzend schmutzig roter Ws nicht ausgekommen.

Der Briefschreiber ergänzte den Namen Allahs, des

Propheten und einiger anderer Heiliger stets mit einem kleinen Wortschweif, wie er sonst nur in Gebeten üblich war. Wie der Sternenschweif bei einem Kometen, wenn er in die Atmosphäre eintaucht. So standen hinter dem Namen von Mohammed immer die Buchstaben SAW wie ein Copyrightzeichen. SAW, das hieß auf Englisch »Säge«. Sollte damit gemeint sein, Mohammed »die Säge«? Kaum denkbar, obwohl die Muslime ihrem Propheten ja alle möglichen Namen geben. SAW war außerdem der Titel eines ziemlich miesen Splatter-Horrorfilms und PC-Spiels. Aber das war wohl auch nicht gemeint. Nein, es hieß, wie ich rausbekam: »Gott segne ihn und schenke ihm Heil.« Ein anderer Wortschweif war: »Ehre und Friede sei mit ihm.« Warum man das immer wiederholen musste, blieb mir ein Rätsel. Sollte wohl so etwas wie ein Titel sein. Ich überlegte, ob ich mir auch so einen Indianerschmuck an meinen Namen hängen sollte. Wie »Mark, der mit dem Ball tanzt« oder »der die guten Pässe spielt«.

Die Schrift in dem Brief war deutlich, was schon mal einen Pluspunkt gab. Wenn ich das geschrieben hätte, wäre im Ernstfall ein Entzifferer nötig gewesen. Faruk hatte seine Schönschrift ausgepackt, als er Kadir geschrieben hatte. Der Schrift nach war er jung und ungeübt. Ich las. Meral sagte: »Lies laut.«

As Salamu Alaikum, Bruder Kadir.
Alhamdulillah, mir geht es gut!
Mashallah, danke für diese schönen Hadithe, Bruder ☺

»Kadir muss ihm auch geschrieben haben. Wusstest du, dass Kadir freiwillig schreibt?«, fragte ich. Meral holte aus, als wollte sie mir eine kleben. »Lies«, sagte sie.

Inshallah wird Dich Allah dafür belohnen. Ich würde mich sehr über die Hadithe freuen, die du mir schreiben willst.
Der Kalif der Muslims, Omar, Friede sei mit ihm, sagte bei seiner Freitagspredigt: »O Muslime! Wie ich es Euch jetzt mitteile, hatte uns der heilige Prophet, Allahs Segen und Frieden auf ihm, in der Freitagspredigt gesagt: Die wohlwollenden Menschen sind meine Gefährten. Die nächsten Wohlwollenden sind ihre Nachfolger. Und danach deren Nachfolger. Unter denen, die nach diesen Letzten kommen, werden Lügner auftauchen.«
In einem Hadith wurde erklärt: Die Vorzüglichsten aus meiner Glaubensgemeinschaft sind die, die in meinem Jahrhundert lebten. Die nächsten Vorzüglichen sind deren Nachfolger. Und danach kommen deren Nachfolger.
Der Kampf zwischen Gläubigen und Ungläubigen hat in jedem Jahrhundert stattgefunden, und er wird weiterhin bis zum Weltuntergang stattfinden. Das hat ALLAH, der Erhabene, in Ewigkeit, Friede sei mit ihm, gesagt.

»Muss ich mir das anhören?«, maulte Meral und kramte weiter in den Papieren. »Schwillt dir nicht die Zunge? Zeig mal.« Sie sah mich an, ich streckte die Zunge raus. »Kein Belag. O.k. Kannst weiterlesen«, lachte sie. Ich hatte – außer meiner Mutter und dem Arzt – meine Zunge noch nie jemandem gezeigt und würde es in der nächsten Zeit auch nicht wieder tun. Ich wurde rot.

»Ich bin gerade auf der HNO-Station«, sagte Meral, »da siehst du nur kranke Teile.«

»Soll ich weiterlesen?«, fragte ich.

»Vielleicht wird es ja besser.«

Omar, Friede sei mit ihm, hielt eine Rede, nachdem er Kalif geworden war, in der er sagte: »O Gefährten des heiligen Propheten! Arabien kann nur für Eure Pferde Gerste liefern.« ALLAH, der Erhabene, versprach jedoch SEINEM geliebten Propheten, dass Er seiner Glaubensgemeinschaft überall auf der Welt eine Heimat bescheren werde. Wo sind die Soldaten, die durch die Eroberung versprochener Länder auf dieser Welt Beute und im Jenseits die Würde des Glaubenshelden und Märtyrertods finden werden? Wo sind die Kämpfer, die für den Islam ihr Leben opfern, ihre Heime verlassen und bereit sind, die Menschen von den Tyrannen zu retten?

»Ich glaube, ich habe was gefunden«, sagte Meral plötzlich.

»Was denn?«, fragte ich, denn ich wäre froh gewesen, die Vorlesung beenden zu können.

»Gleich, lies weiter von den Kriegern«, sagte Meral und begann, die Papiere zu sortieren.

»Wenn es unbedingt sein muss. Das langweilt.« Schlimmer konnte es auch nicht sein, eine Gebrauchsanweisung für ein Handy vorlesen zu müssen.

Mit dieser Rede regte er seine Gefährten zum Heiligen Krieg an. Es war Omars Rede, Friede sei mit ihm, die eine schnelle Verbreitung des Islam auf drei Kontinenten herbeiführte. Nach dieser Rede haben seine Gefährten den Eid abgelegt, bis zum Tod den Glaubenskrieg zu führen. Auf Anordnung des Kalifen wurden Streitkräfte organisiert, und viele Muslime verließen ihr Vaterland und verbreiteten sich in alle Länder. Viele von ihnen kamen nicht zurück und kämpften dort bis zu ihrem Tod. Auf diese Weise wurden viele Länder in kurzer Zeit erobert. In dieser Zeit gab es zwei große Reiche, und zwar Byzanz und das Persische Reich. Die Muslime besiegten beide, und das Persische Reich löste sich auf. Die Länder wurden von Muslimen in Besitz genommen. Alle erreichten die Würde, in den Islam einzutreten.

»Weißt du, von welcher Zeit der redet?«, fragte ich.

»Keine Ahnung. Muss vor Hitler gewesen sein.« Coole Zeitangabe, aber Meral durfte das.

»Sehr witzig. Aber hör mal, jetzt erklärt er den Dschihad.«

Glaubenskrieg, Dschihad bzw. Kampf, der von einem islamischen Staat gegen einen nichtislamischen Staat geführt wird, der den Islam angegriffen hat.

1) Glaubenskampf, der vom Gläubigen gegen sein ICH geführt wird.

2) Glaubenskampf, der von Gläubigen gegen Ungläubige nicht mit Waffen, sondern mit Massenmedien geführt wird, um den Islam zu verteidigen.

»Ist das ein Fernkurs? Die kämpfen gegen sich selbst, gegen den inneren Schweinehund.«

»Ich dachte, Schweine sind haram.«

»Komiker.«

»Scheint so was wie Religionsunterricht zu sein.«

»Und das meinem Bruder, der nicht liest.«

»Es geht in die Verlängerung«, sagte ich.

Bruder. Inshallah werden wir uns nächstes Jahr in der Freiheit treffen, denn die Gottesfürchtigen sind die beste Gemeinschaft, mit der man zusammen sein sollte, und nicht mit Glaubensabtrünnigen und Ungläubigen, darum werden wir uns draußen auf jeden Fall treffen, Inshallah.☺

2016 wird uns ALLAH, der Erhabene, Inshallah, uns als Umma zusammenbringen.☺

Möge ALLAH, der Erhabene, allen Mudschaheddins zum

Sieg verhelfen, die für den Islam gegen die Islamfeinde kämpfen.

Dein Bruder Faruk.

»Allah sei mir gnädig, was ist das denn für ein geschwollenes Zeug«, sagte ich.

»Zunge noch o.k.?«, fragte Meral. Ich zeigte sie ihr nicht.

Mal abgesehen vom Inhalt, der mir fremd war, schien mir, dass der Brief vor mindestens hundert Jahren von einem alten Mann geschrieben worden sein musste und an einen anderen ebenso alten Mann gerichtet war. Wie kam der in Kadirs Lidl-Tüte? Vielleicht hatte er ja mit jemandem aus dem Jenseits korrespondiert, in einer Art Geheimsprache, deren Sinn nur Eingeweihte verstanden.

Ich suchte in den Papieren nach einem Absender und fand ein Kuvert mit einer Adresse auf Hahnöfersand. Das war ein Jugendknast auf einer Elbinsel. Faruk war also ein Knacki und Kadir sein Brieffreund. Deshalb auch die Papierform und die Schönschrift, wo alle Welt doch nur WhatsApp und Facebook benutzte. Die Jungs im Knast mussten alles von Hand machen, sogar schreiben. Aber trotzdem konnte ich mir nicht erklären, warum Kadir, der nichts anderes als ich erlebt hatte, solche Briefe bekam und an einen Freund im Gefängnis Hadithe schickte. Hadithe (was man so alles lernt) sind die überlieferten Worte und Taten des Propheten Mohammed (Fieselschweif). Und die Mudschaheddin sind das blutige Gegenstück zum Fähnlein Fieselschweif aus den lustigen Disney-Taschenbüchern. Dort hörten die »Kämpfer« kurz und knapp auf die Namen Tick, Trick und Track. Ohne Namenszusätze. Die anderen Krieger hatten abenteuerliche Namen, die immer mit Abu anfingen; ich meinte, das müsste so was wie Herr oder Bruder bedeuten.

Meral hatte ein anderes Kuvert gefunden. Wir saßen nebeneinander auf Kadirs Bett und steckten die Köpfe zusammen. Auf das Papier deutend, sagte Meral: »Ich glaube es nicht«, als plötzlich die Tür aufging.

In der Tür stand Nermin und schrie überrascht auf, als sie mich neben Meral auf dem Bett sitzen sah.

Nermin war die kleine Schwester von Kadir und Meral und praktisch nicht existent. Sie war vierzehn, ging zur Schule, und wer nicht länger mit ihr zusammen war, konnte sie für stumm halten. Sie sagte nie etwas und guckte einen auch nicht an, sondern immer auf den Boden. »Sie ist schüchtern«, sagte Meral.

»Sie ist ein Brot«, hatte Kadir gesagt und rief sie heimlich »Ekmek«, weil sie seiner Meinung nach blass und blöd wie Weizentoast war. Nermin liebte Pferde und las Bücher über Pferde und Reiterferien. Sie hätte so gern Reitunterricht gehabt oder mal Ferien auf einem Reiterhof gemacht. Aber ihre Eltern haben sie, als sie das einmal äußerte, nur mit großen Augen angesehen. Der Einfluss der Deutschen musste die Tochter verrückt gemacht haben. Nermin hatte dieses Unverständnis dadurch ausgeglichen, dass sie Pferdemärchen las und zum Entsetzen ihrer großen Schwester mit Pferde-Barbies spielte. Nun stand sie in der Tür, sah mich, schrie kurz auf und rannte in ihr Zimmer, das auch Merals Zimmer war.

»Nermin, warte«, rief Meral.

Während Meral und Nermin sich stritten, sah ich schnell auf die Zettel, die Meral gefunden hatte. Es waren Busfahrpläne. Alle Fahrpläne und Auskünfte hatten ein Ziel, und das lautete Istanbul. Mal ging es über Dortmund, mal über Prag, aber immer war zum Schluss die Türkei das Ziel. War Kadir wirklich in die Türkei gefahren?

Meral öffnete die Tür und sagte: »Du musst jetzt gehen. Meine Mutter kommt gleich.« Ein Rausschmiss. Dann leise: »Lass uns um sieben im Jugendhaus treffen.« Hoffnung.

Glaubensfragen

Vielleicht wusste Göte ja weiter. Göte war cool und so was wie der Chef vom Jugendhaus. Jedenfalls war er der Älteste dort. Auf ihn hörten alle, denn ihm konnte man schlecht was vormachen, weil er alle Tricks kannte. Göte sah aus wie der letzte Hippie. Er hatte lange graue Haare, die zu einem Zopf zusammengebunden waren. Er trug immer T-Shirts mit bunten karierten Hemden darüber, Outdoorhosen mit diversen Taschen, und er drehte sich die Zigaretten selbst. Er fuhr einen alten VW-Bully, in dem man auch schlafen konnte. Die Jungs vermuteten, dass er darin auch wohnte und abends vom Jugendhaus nur auf einen Parkplatz fuhr und gar keine eigene Wohnung hatte. Jedenfalls hieß Göte nach dem Dichterfürsten Goethe, weil er so schlau war und immer ein Buch in seiner Hosentasche steckte. Eigentlich hieß er Herr Nathan Goeze, aber das sei nur ein Witz für Eingeweihte, meinte er. Er erzählte gern, was er gerade las, und wenn man eine Frage hatte, konnte man immer zu ihm kommen. Wenn er etwas nicht wusste, sagte er »ich überleg mal«. Man konnte sicher sein, dass er ein paar Tage später die Antwort parat hatte.

Na, die Jungs aus dem Getto hatten nicht so viele Fragen, trotzdem akzeptierten sie ihn, weil er klare Kante zeigte. Kiffen oder Alkohol im Jugendhaus waren verboten.

Wer sich nicht daran hielt, bekam einen Verweis. Und wenn jemand es tatsächlich darauf anlegte und im Haus dealte, dann kassierte Göte den Stoff ein und spülte ihn im Klo runter. Da war ich einmal dabei gewesen. Hakki hatte eine super Geschäftsidee und wollte »schwarzen Afghanen« an die Kids verticken. Göte roch das sofort, er hatte wohl, wie man so sagt, »Drogenerfahrung«. Er hat Hakki gefilzt und dann alle aufs Klo gerufen. Er sagte: »Asche zu Asche. Shit to shit.« Und hat den Stoff ins Klo geworfen und gespült. Hakki rief »Diebstahl« und drohte mit »Was auf die Fresse«, aber Göte hat nur gelacht und gesagt, er könne ja mit ihm in den Ring steigen, wenn er ein Gefahrensucher sei. Hakki hatte von da ab Hausverbot.

Göte saß in seinem Büro und schrieb an einem Plan. Ich klopfte und sagte: »Kann ich dich mal was fragen?«

Göte blickte auf, legte seinen Stift weg und sah mich an: »Schieß los.«

»Ich habe da mal eine Frage wegen Religion.«

»O.k. Aber ich bin nicht der Hauptpastor, und Beichten geht bei mir auch nicht.«

»Na, ich wollte mal wissen, was du vom Islam weißt.«

»Du nicht auch noch. Interessierst du dich dafür? Dann musst du in eine Moschee gehen.«

»Nee, ist mehr so grundsätzlich. Weil, du kennst doch Kadir. Und Kadir ist Muslim. Er redet jetzt immer von Allah und so. Und ich wollte mal wissen, was das bedeutet.«

Göte sah mich an und sagte: »O.k. Lass uns in die Cafeteria gehen und was trinken.« Er stand auf, nahm seinen Schlüsselbund und schloss sein Büro hinter sich ab. Als die Kids ihn auf dem Flur sahen, riefen zwei rüber: »Göte, wann is Boxen? Hab Bock auf Fressehauen.« Der Furz mit der Kappe lachte und stellte sich in Position.

»Na, dann mach dich schon mal warm, gibt gleich was aufs Maul. Tilman kommt gleich.«

»Tamam, Boss.« Die Kids kabbelten sich den Flur entlang.

Wir gingen zum Kühlschrank der Cafeteria, ich holte mir eine Cola, und Göte ging zur Theke und brühte sich einen Tee auf. Und schien zu überlegen. Dann fragte er: »An was glaubst du denn?«

»Ich? Weiß nicht.«

»Wie hältst du es mit Religion?«, fragte er.

»Zu Weihnachten gehen wir meist in die Kirche, und als Opa gestorben ist, war da so ein Pastor, der hat gebetet und was vom ewigen Leben und Gottes Gnade erzählt. Dabei hatte Opa schlimm Krebs und wollte von der Kirche nichts wissen. Und dass Opa jetzt irgendwo anders als auf dem Friedhof ist, kann ich mir nicht vorstellen.«

Göte goss heißes Wasser in seinen Becher und zog den Teebeutel im Wasser auf und ab.

»Ja, es gibt aber sehr viele Menschen, die mögen sich nicht vorstellen, dass das, was hier auf der Erde passiert, alles gewesen sein soll. Sie können sich nicht erklären, wie die Welt funktioniert und warum was so ist. Die Inder haben sich das dann mit den sogenannten vier Wahrheiten erklärt, und im Vorderen Orient entstand der Glaube, dass es ein Wesen gibt, das alles erschaffen hat und alles bestimmt. Ist so eine Art, sich die Welt zu erklären, die man nicht versteht. Du musst dir vorstellen, früher wusste man nichts von Naturgesetzen, dass sich die Erde um die Sonne dreht, dass Gewitter ein Aufeinandertreffen von unterschiedlich warmen Luftmassen ist und solche Dinge. Da kam man dann auf die Idee, dass es einen geben müsse, der das alles veranstaltet. Dieses Wesen nannten sie Gott, wie die Christen, oder Allah, wie die Muslims, oder Jahwe, wie die Juden. Alle glauben, dass es ein Wesen gibt, das alles erschaffen hat und den Lauf der Dinge regelt.«

Eigentlich hatte ich Göte nur eine einfache Frage gestellt. Aber nun kam er mit der Weltformel. O Gott, diese Erwachsenen. Müssen die einem gleich einen Eimer Wasser über den Kopf kippen, wenn man nur einen Schluck trinken will? Ich sagte mir, durchhalten und weiterfragen.

»Aber wenn die alle an einen Gott glauben, warum gibt es dann so viele unterschiedliche Religionen?«

»Gute Frage. Ob das derselbe Gott ist, den die Leute anbeten, möchte ich bezweifeln. Aber alle erklären sich eben die Welt ein wenig anders, weil auch die Umgebung, in der sie leben, anders ist. Die Griechen hatten Götter, die in Menschengestalt auftraten und sich mit schönen Frauen und Tieren vergnügten. Sie waren Seefahrer und hatten einen Gott des Meeres, denn wie der Smutje für das Essen müsse einer für die Stürme verantwortlich sein, dachten sie sich.«

»Woran glaubst du denn?«, fragte ich ihn.

»Ich halte mich lieber an das, was man überprüfen kann.« Göte nahm einen Schluck aus dem Becher. »Aber das muss jeder selbst sehen. Das hat ja eben nicht nur mit Wissen, sondern auch mit Überlieferungen oder eben Glaube zu tun. Glauben ist nicht wissen. Die Juden basteln an ihrer Religion schon seit 5000 Jahren, die Christen seit 2000, und die Muslime sind 2016 im Jahr 1438. Bei den Juden ist Jahwe Schöpfer aller Dinge, der die Macht über die Welt hat. Sie glauben, dass im Alten Testament und im Talmud die Gesetze und Traditionen festgeschrieben sind. An die sollen sich alle halten, das habe Gott bestimmt. Die Christen haben das Judentum quasi weiterentwickelt. Sie glauben, dass Gott die Menschen und die Welt liebt. Er hat Jesus, seinen Sohn, auf die Welt geschickt, damit er die Menschen durch sein Opfer von der Sünde befreit.«

»Du meinst, Jesus hat sich freiwillig kreuzigen lassen?« Vielleicht, dachte ich, hätte ich mich doch eher zum Boxtraining anmelden sollen.

»Ja, während im Alten Testament noch etwas von Auge um Auge und Zahn um Zahn steht, wird im Neuen Testament erzählt, dass man die andere Backe hinhalten soll, wenn man geschlagen wird. Alle Geschichten zusammen sind die Bibel, die heilige Schrift der Christen.«

»Ich bin doch kein Opfer«, sagte ich entsetzt.

»Es geht um Vergebung statt Vergeltung. Das ist ja ein klarer Unterschied, obwohl sich alle auf Abraham berufen. Juden, Christen und Muslime sagen, Abraham sei der Urvater von allem, und doch sind die Religionen sehr unterschiedlich.«

Ich brauchte einen Schluck, aber die Flasche war leer. Göte war inzwischen in Fahrt. Er drehte sich eine Zigarette. Als er damit fertig war, stand er auf und öffnete die Tür zur Terrasse. Wir gingen raus. Er redete weiter. »Der Islam ist eher wie das Judentum. Der Islam verlangt die Hingabe oder Unterwerfung unter den Willen Allahs. Er macht wie die orthodoxen Juden den Leuten genaue Vorschriften, was sie zu tun und zu lassen haben. Allah hat dem Propheten Mohammed all seine Geschichten offenbart, und die sind im Koran gesammelt.«

»Wie Offenbarung? Was ist das denn? Hat Allah das diktiert?« Langsam wurde das ja zum Unterricht. Da erschien die Hoffnung am Horizont. Meral.

»Da kommt die Schwester von Kadir«, sagte ich und deutete zum Fenster. Aber Göte war nicht zu bremsen. Ich hätte mich auch wegschleichen können, er hätte weitergeredet, so gut war er drauf. Ob in seiner Selbstgedrehten vielleicht doch was drin war?

»Ja, die Muslime glauben, dass Allah über einen Engel Mohammed die einzelnen Verse und Suren ins Ohr geflüstert hat. Bei den Juden und den Christen ist Offenbarung mehr im Sinne von Wahrnehmung oder Erkenntnis zu verstehen. Da wird immer wieder nach dem Sinn gefragt. Die Muslime glauben in der Mehrheit tatsächlich, dass alles wortwörtlich zu nehmen ist, weil der Koran eben direkt von Gott kommt.«

»Und die anderen? Hallo, Meral«, sagte ich. Das Mädchen kam durch die Tür und winkte. Göte hob kurz die Hand.

»Bei den Christen hat sich inzwischen durchgesetzt, dass man das als historische Geschichte lesen sollte. Es gibt zwar auch welche, die die Bibel wörtlich nehmen, aber für viele Theologen, das heißt Gelehrte, die sich wissenschaftlich damit befassen, sind es mehr Gleichnisse von Ereignissen und Mythen, die dann von verschiedenen Leuten aufgeschrieben wurden. Aber auch innerhalb der Religionen gibt es unterschiedliche Auffassungen. Da blickt man gerade bei den Muslimen nicht so leicht durch. Die Salafisten zum Beispiel nehmen den Koran wörtlich und wollen alles so machen, wie es die Alten, As-Salaf as-salih, die ehrbaren Prophetengefährten, gemacht haben. Deshalb tragen die auch die Käppis und rasieren sich nicht, laufen im Kaftan und mit Hochwasserhosen rum. Sie glauben, Mohammed hätte auch so ein Outfit gehabt.«

»Ja, ich habe welche in der Moschee gesehen. Aber jetzt schwirrt mir der Kopf.« Göte sah mich von der Seite an.

»Hi, Meral«, sagte er. Dann sah er wieder mich an. »O.k. Eine Frage habe ich noch.«

»Ja?«

»Was ist mit Kadir?«

»Kadir ist seit ein paar Tagen weg. Abgetaucht.«

»Macht ihr euch Sorgen?«, fragte Göte und blickte uns beide an.

»Irgendwie schon«, sagte ich. Meral nickte.

»Meldet euch, wenn ihr Fragen habt.« Göte klopfte mir auf die Schulter und ging Richtung Büro. Es war Zeit für den Anti-Aggressionskurs: Boxen.

Die Petze

Meral war aufgeregt. Sie zog mich in eine Ecke des Raums im Jugendhaus und sagte: »Nermin, die alte Petze, will alles meiner Mutter erzählen.«

»Was will sie sagen?«, fragte ich. Mir schwirrte noch der Kopf von Moschee und Mohammed und dem geistigen Einlauf, den Göte mir verpasst hatte.

»Sie sagt, sie hat gesehen, dass wir allein in Kadirs Zimmer waren und rumgeknutscht haben.« Meral flüsterte sehr laut.

»Haben wir doch gar nicht. Spinnt die?« Meral stand dicht vor mir. Sie war ungefähr ein halbes Jahr älter als ich. Ältere Frauen verwirrten mich.

»Hast du eine Ahnung, wenn sie das erzählt, ist der Teufel los.« Meral regte das wirklich auf. Küssen, küssen, das hätten wir tun sollen, anstatt blöde Briefe zu lesen. Und jetzt sollte es Ärger geben, obwohl wir nicht geküsst und uns gar nicht berührt hatten? Krass ungerecht.

»Kannst du ihr keine klatschen?«, fragte ich und bedauerte den Spruch sofort.

»Das würde es nur schlimmer machen«, entgegnete sie und sagte es so, als habe sie auch schon daran gedacht.

»Was wäre denn so schlimm, wenn wir uns küssen?« Ich war ganz stolz auf die Idee, sie so auf etwas zu bringen. Frauen, fang nichts mit Frauen an, hatten Kadir und ich uns früher mal geschworen. Die machen aus jedem Ding ein Problem. Trotzdem, Meral erschien mir magnetisch. Aber aus dem wundervoll zarten Mund mit den schönen Lippen kamen keine schönen Worte.

»Wenn die Zicke das meiner Mutter erzählt, dann rennt die zu ihrer Schwester und erzählt der das. Die wird das dem Onkel, den kennst du ja, erzählen. Der wird sagen, die Ehre, der Deutsche – du also – hat die Ehre meiner Familie beschmutzt. Entweder kommt dann Zeki, um dir eine reinzuhauen, oder er schickt mich in die Türkei. Oder beides.«

»Hä?« Ich war sprachlos. »Warum das denn? Ist doch nichts passiert.«

»Sagst du.« Meral stemmte die Hände in die Hüften. »Ich wurde von ihr mit dir gesehen, allein auf dem Bett im Zimmer meines Bruders. Das reicht. Es könnte ja sonst was passiert sein. Ob wir geküsst haben, ist völlig egal. Weiß ja keiner. Glaubt uns auch niemand, dass da nichts war.«

Ich glaubte es ja selber kaum. Mir kam ein Gedanke, den ich aber sofort wieder in mir vergrub und nicht aussprach. Ich sah auf ihren Mund. Kann man Taten auch nachholen, für die man schon verurteilt wurde?

»Wenn das andere erfahren, verliert mein Onkel sein

Gesicht. Nermin muss das nur in der Koranschule der Moschee erzählen. Dann heißt es, er kann wohl nicht auf seine Familie aufpassen und muss was tun. Er wird mir einen Mann suchen. Und mich verheiraten. Davon verstehst du nichts. Das ist bei uns so.«

Meral neigte zum Drama und machte aus einer Mücke einen Elefanten. Trara! Aber wer weiß, vielleicht war ja was dran. Kenne einer die Türken. Meine Mutter hätte sofort mahnend den Finger gehoben und gesagt: »Verallgemeinern gilt nicht.«

»Glaube ich jetzt nicht. Wir kennen uns seit hundert Jahren. Deine Mutter hat mir hundert Köfte gebraten. Ich bin der Freund von Kadir. Und wir haben verdammt noch mal nichts gemacht. Außerdem ist das verboten.« Küssen mit Fragezeichen wollte ich nicht sagen, ich meinte ja auch das Verheiraten.

»Glaubst du! Wir müssen Nermin zum Schweigen bringen!« Meral war hart drauf.

»Ich fasse es nicht. Aber sie redet doch sowieso nicht. Ich habe noch nie erlebt, dass sie auch nur einen Pieps gesagt hat. Jedenfalls nicht in meiner Gegenwart.«

»Stille Wasser«, sagte Meral, »du weißt schon …«

»Du bist ihre große Schwester. Kannst du ihr nicht drohen oder sie bestechen? Und warum ist sie nicht deine beste Freundin? Kleine Schwestern wollen doch immer so sein wie ihre großen Schwestern. Habe ich wenigstens gedacht.«

»Nermin ist eifersüchtig und ein Papa-Kind. Sie ist auf alle sauer. Auf uns, also meine Mutter, Kadir und mich, weil wir nicht verhindert haben, dass unser Vater abgehauen ist. Und wir jetzt nicht den ganzen Tag heulen. Und auf Baba, weil er sie nicht mitgenommen hat.«

»Wo ist dein Vater denn hin?«, fragte ich.

Meral zögerte. »Ach, was weiß ich. Er war dagegen, dass ich die Ausbildung mache. Und er hat sich wohl mit dem Onkel wegen Geld oder so was gestritten. Ging um Schulden. Irgendeine Familiensache. Jedenfalls ist er wohl in unser Dorf in Anatolien zurück. Da ist noch das Haus der Eltern, und dort wohnen eigentlich nur Verwandte.«

»Warst du schon mal da?«

»Einmal? Jede Ferien. Ist ein Steinhaufen mit Wasser aus dem Brunnen und Plumpsklo.«

»Nicht toll?«

»Da gibt es Esel und jede Menge Schafe, Aprikosenbäume und tolle Berge. Und viel frische Luft. Aber den Rest kannst du vergessen.«

»Ist Kadir vielleicht zu eurem Vater gefahren?«

»Nee, der hat ihn doch noch fast verprügelt, weil Kadir sich geweigert hatte, seinen Koffer zum Auto zu tragen, als er wegfuhr.«

»Und was will die Kleine?«

»Dich küssen.«

Mir blieb das Herz stehen. »Würg.« Küssen ja, aber trockenes Brot?

Meral lachte und korrigierte sich sofort. »Scherz. Das ist ein Scherz.«

»Sehr witzig. Wo würdest du eigentlich hingehen, wenn du von hier abhauen müsstest?«, fragte ich Meral. Eine Frage, die ich mir selbst auch schon gestellt und auf die ich keine Antwort hatte.

»Irgendwas mit meinen Freundinnen«, sagte Meral.

Hätte ich mir denken können. »Ich auch«, sagte ich. Dafür bekam ich einen Knuff. »Was ist jetzt mit der Petze?«

»Ich kratz ihr die Augen aus«, sagte Meral.

»Ich habe eine bessere Idee.«

»Und die wäre?«

»Du sagst ihr, dass du ihre Hilfe brauchst, um Kadir zu finden. Außerdem wollte sie bestimmt an den Computer. Da kannst du sie doch Kadirs Computer benutzen lassen. Da sind doch tausend Filme drauf. Kann sie sich reinziehen.«

»Weiß nicht. Die guckt doch nur Pferdefilme.« Meral war zögerlich.

»Egal. Hauptsache, sie hat das Gefühl, dabei zu sein und ein Geheimnis zu haben.«

»Und du meinst, ich soll sie rumschnüffeln lassen? Das findet meine Mutter aber nicht gut.«

»Eben. Da habt ihr ein Geheimnis. Und vielleicht findet sie ja was raus.«

»Mal sehen. Aber ich muss jetzt los. Sevda treffen. Und morgen hab ich Frühdienst.« Sie sah mich an. Kam auf mich zu. Ich spitzte schon die Lippen. Aber Meral deutete nur einen Wangenkuss, links, rechts, links, an.

»Bis dann« – »Bis wann?« – »Mal sehen« – »Melde dich« – »Selber«.

Als sie schon fast weg war, drehte sie sich noch einmal um, griff in die Po-Tasche ihrer Jeans und holte einen Zettel heraus. Sie gab ihn mir mit den Worten: »Meinst du, dass das was bedeutet? Er lag in der Schublade von seinem Schreibtisch.«

Auf dem Zettel stand:

Sure 4, Vers 100
Wer auf dem Weg Allahs auswandert, findet auf der Erde viele Auswege und ergiebige Versorgung. Und wer aus seinem Haus hinausgeht, um zu Allah und zu seinem Gesandten

auszuwandern und dann vom Tod ereilt wird, dessen Lohn obliegt Allah. Und Allah ist voller Vergebung und barmherzig.

Kadirs Festplatte

Meral hatte Nermin mit dem PC-Zugang schnell in der Tasche. Sie fühlte sich seitdem wie eine Verschwörerin, was zur Folge hatte, dass ich mit Meral kaum noch allein sein konnte. Sie folgte Meral, wenn wir uns treffen wollten, lauerte uns geradezu auf. Immer hatte sie etwas zu erzählen. Und wir mussten zuhören und uns die unendlichen Geschichten von den armen Menschen in Syrien anhören oder wie man sich beim Voltigieren auf ein laufendes Pferd stellt, ohne runterzufallen. Wir sagten: »Ja, ja, Nermin, prima.« Zwar waren wir froh, die Gefahr des Verrats gebannt zu haben. Aber alles hatte seinen Preis.

Meral hatte die Idee, wie wir die Nervensäge loswerden konnten. Plötzlich ging nämlich auf dem Computer von Kadir Skype nicht mehr, was die Mutter entsetzte. Denn Skype – eine Computerapp, mit der man kostenlos per Bild telefonieren konnte – war das Fenster in die Türkei und zu den Verwandten. Über Skype wurde an jedem Wochenende alles berichtet, was es auszutauschen gab. Was die Woche gekocht worden war, wie das Wetter war, wer was über wen und wann wieso gesagt hatte und so weiter. Es hatte sich im Programm des Computers etwas verstellt, was nur ein Fachmann wie ich in Ordnung bringen konnte. Meral schaffte es, ihre Mutter zu überreden, dass ich Kadirs Computer »reparieren« durfte. Da die Mutter den Computer höchstens vom Staub befreite, aber sich sonst dem Ding – außer zu besagtem Skype-Bericht an die Verwandten in der Türkei – nicht näherte, war ihr das recht. Und das sparte Meral einen Besuch von Zeki, den sie nicht mochte, weil der sie immer so komisch ansah.

Also rief sie mich im Beisein der Mutter an und sagte: »Mark, wir haben ein kompliziertes Problem. Auf dem Computer von Kadir funktioniert Skype nicht mehr. Ist kaputt. Und eine Reparatur ist sehr teuer.« Sie betonte das Wort »teuer«. Die Worte »kaputt« und »teuer« verstand ihre Mutter auch auf Deutsch. Sie machte sowieso alles, was Meral ihr sagte, denn nur Meral und Nermin konnten Deutsch, und bei allem, was nicht mit dem Alltag zu tun hatte, mussten ihre Töchter ihr helfen. Sie war in den zwanzig Jahren Deutschland aus ihrer Küche, also im Prinzip aus dem Stadtteil Kadiköy in Istanbul, besser: ihrem Dorf in Anatolien, nicht rausgekommen.

Ich kam also an einem Nachmittag ganz »offiziell« zu Besuch. Zufällig war auch wie immer die Tante da. Man heulte leise vor sich hin. Es gab den üblichen Tee und Gebäck, und ich sah nach dem Gerät. Meral hatte die App nur ein wenig verstellt. Das war in Sekunden zu beheben. Die Tür zum Zimmer von Kadir blieb offen. Trotzdem kam die Anne alle fünf Minuten, um nachzusehen, ob alles in Ordnung war. Ich war vorbereitet und hatte eine externe Festplatte dabei. Ich kopierte restlos alle Dateien, machte das große Back-up, stellte dann Skype wieder auf normal und rief: »Tamam. Es funktioniert wieder.«

»Diese Deutschen«, sagte die Tante zu ihrer Schwägerin bewundernd.

So konnten wir uns den Inhalt von Kadirs Kiste in Ruhe

bei mir ansehen, und Nermin hatte freie Bahn für ihre Pferdefreuden. Was noch fatale Folgen haben sollte.

Die uralten Rocky- und Rambo-Filme, die Kadir auch gespeichert hatte, brauchte ich nicht, denn die hatte ich selbst. Ich hatte mit Kadir sogar einige der Dialoge auswendig gelernt. Wir hatten die ohne Zusammenhang und mit wechselnden Rollen gespielt, in der U-Bahn, in der Schule, auf Partys.

»Wo sind die Raketen?« – »Ganz nah.« – »Wie nah?« – »In Ihrem Arsch.«

Oder: »Wozu ist das?« – »Das ist blaues Licht.« – Und was macht es?« – »Es leuchtet blau.«

Ein Dialog aus Rambo gefiel Kadir besonders gut: »Ein Gebet sagt: O Gott, schütze mich vor dem Gift der Kobra, den Zähnen des Tigers und der Rache der Afghanen. Sie wissen, was das bedeutet?« Darauf Rambo/Kadir: »Dass wir Jungs uns nicht verscheißern lassen.«

Einiges andere hätte ich lieber nicht kopiert, wenn ich gewusst hätte, was das ist. Zunächst waren da die Musikvideos, die er zwar alle gelöscht hatte, die aber noch im »Papierkorb« lagen. Das meiste kannte ich, es wurde ja im Jugendhaus rauf und runter gespielt, und wir hatten es gemeinsam gehört. Deso Dogg, den kannte man. Aber Kadir hatte auch eine ganze Sammlung von Songs sogenannter Gangster-Rapper. Die Rattos Locos oder Reeperbahn Kareem. Der haute Sprüche raus wie »Ich bin der Sleeper, ich war am Hafen und brauch neue Sneaker«. Nach dem Motto, reim dich oder du wirst gefressen.

Die Videos waren eigentlich immer gleich. Finster guckende Typen in Lederjacken oder Kapuzenpullover vor Schrott oder dicken Autos machten auf hart und bedauerten sich. Singen konnte man das nicht gerade nennen, aber

Hauptsache, der Beat stimmte und der Reim ging auf. Zwischen diesen Raps gab es aber auch Naschids. Das war nun völlig abgefahren. Da sangen Typen mit Turban und Mädchenstimme islamische Schlaflieder oder so. Jedenfalls hörte sich das so an. Ich konnte nichts verstehen, es war Arabisch, aber da war ein Sänger, manchmal auch ein Chor, der einen langsamen Singsang machte, so ungefähr das Gegenteil von einem Beat. Außerdem kamen ziemlich oft Allah oder Mohammed vor.

Ein Naschid war von einem Abu Talha Al-Almani, der, wie sich dann rausstellte, Ex-Deso-Dogg war. Der Text zu Bildern von kleinen syrischen Kindern und Männern, die geschlagen wurden, ging etwa so: »*Unsere Geschwister sterben jeden Tag / sind unsere Herzen wirklich schon so hart / Sie sind gefangen in den Händen der Kuffar / Hört ihr nicht die Schreie. Fürchtet Allah*« und so weiter. Und dann nach der Melodie »Lasst uns froh und munter sein« sangen sie nicht »is Niklausabend da«, sondern »TRALLAHLA, sind die Dschihadisten wieder da, la ilahe ill Allah«. Echt kitamäßig, aber die meinten alles ernst, brüllten zum Schluss »Allahu Akbar« und merkten gar nicht, wie blöd das war. Danach kam eine Predigt, und ein Zausel mit rot kariertem Turban schrie: »Die Umma brennt, *la ilahe ill Allah.*« Echte Weihnachtsmänner oder welche, die noch an den Weihnachtsmann glaubten.

Noch besser waren aber die Katzenvideos. Echt, Kadir hatte Katzenvideos runtergeladen. Katzen erschreckten sich, weil ein Mann hinter der Tür steht, eine Muschi fiel ins volle Waschbecken, ein Kater öffnete Türen, andere fingen Mäuse. Er hatte nicht eins davon, sondern viele. Er hätte damit einen eigenen YouTube-Channel »Miau-TV« aufmachen können. Irgendwie kam in mir der Gedanke auf, dass ich erstens meinen Freund Kadir nicht wirklich kannte und dass ich zweitens bestimmte Sachen gar nicht wissen wollte. Wenn er Pornos gehabt hätte, so schweinegeile Sachen, egal. Wäre peinlich, aber hätte ich verstanden. Aber Katzenvideos? Das ging gar nicht.

Hausaufgaben

Irgendwann musste ich die Suche nach Kadir unterbrechen und an die Schule denken, obwohl ich davon infiziert war herauszubekommen, was mit meinem Freund passiert war. Meine Lehrerin versprach, die Sache mit den Islamisten bei Gelegenheit zum Thema zu machen, aber ich hatte wenig Hoffnung, dass das außer mir noch andere interessierte. In Politik und Geschichte hatten wir nämlich schon seit Monaten das Lehrerin-Lieblingsthema am Wickel, und das würde auch bis zum Schuljahresende so weitergehen. Jede Woche musste jemand ein Referat halten und dabei nicht nur fachlich glänzen, sondern auch präsentieren, am besten mit Powerpoint.

»Wie konnten die Europäer seit 500 Jahren der Welt ihren Stempel aufdrücken?« Diese Frage stellte Frau Flegel (die hieß wirklich so) und strich sich dabei durch ihre hennarot gefärbten Haare. Die meisten Lehrer waren, politisch gesehen, bei den Grünen, immer aufseiten der Ausgebeuteten, Opfer, Flüchtlinge – natürlich.

»Weil sie das Schießpulver erfunden haben«, sagte Yannick, dessen Vater Rechtsanwalt war und die Korrekturen der Klassenarbeiten immer »gegenlas«. Yannick war seit diesem Schuljahr neu in der Klasse, er hatte noch nicht viele Freunde, vor allem nicht bei den Lehrern.

»Falsch, Yannick, das waren die Chinesen«, entgegnete Frau Flegel, die sich von Beginn an im politischen Dauerclinch mit Yannick befand und Mühe hatte, an sich zu halten, wenn er sich ihrer Meinung nach mal wieder produzieren musste. Sie freute sich, wenn sie ihn berichtigen konnte.

»Chinaböller«, rief einer der üblichen Verdächtigen aus den hinteren Reihen und löste das gewünschte zustimmende Gekicher aus.

»Richtig, die Chinesen haben das Schwarzpulver erfunden, aber es benutzt, um andere Länder damit zu beherrschen, haben es die Europäer.« Nach solchen Sätzen machte Frau Flegel meist eine bedeutungsschwere Pause.

»Sag ich doch«, warf daraufhin Yannick ein und hatte die Menge wieder auf seiner Seite.

»Das wäre übrigens ein Thema für einen Vortrag: Die Rolle des Schwarzpulvers im Kolonialismus. Wer will? Wir brauchen immer zwei Referenten für ein Thema. Das stärkt die Teamfähigkeit. Yannick, wäre das nichts für dich?«

Yannick schüttelte den Kopf und fragte: »Was gibt es denn noch?«

Frau Flegel ging zum Lehrertisch, nahm einen Zettel und las vor. In solchen Momenten musste man auf der Hut sein, denn wenn man sich für das falsche Thema entschied, konnte die Zensur für das ganze Jahr den Bach runtergehen.

»Die Entdeckung Amerikas. War Kolumbus Entdecker oder Eroberer?« Das war langweilig. »Deutsche Kolonien in Afrika.« Heikles Thema. »Kolonialwaren. Wie Gewürze die Welt veränderten.« »Was für Pfeffersäcke«, kam als Zwischenruf von den billigen Plätzen. Zwei Mädchen, die immer alles zusammen machten, meldeten sich.

»Wen macht die Banane krumm?« Gähn. Das Referat musste meine Mutter schon vor 20 Jahren halten. Es fand bei den Mädchen sofort Abnehmerinnen. Nour, die einzige Muslimin in der Klasse, wählte das Thema »Indien als Kolonie Großbritanniens«. Anna-Lena meldete sich als Partnerin, sie liebte Gandhi. »Können wir auch was über die Befreiung machen?«, fragte sie. Frau Flegel lächelte.

»Glückwunsch«, sagte Yannick zu Nour und sah mich dabei an. Eigentlich war Yannick ja in Ordnung, aber er spielte Hockey. Und er hatte so einen langen Pony mit Seitenscheitel, den er sich immer vor den Augen wegstreichen musste, um etwas zu sehen. Außerdem war er so etwas wie der Schlaumeier der Klasse. Wir nannten ihn hinter seinem Rücken Professor Yps.

Frau Flegel war aufgefallen, dass Yannick und ich noch ohne Thema waren. »Und die Herren, gibt es von Ihnen Vorschläge?«

Ich sagte: »Vielleicht was mit Europa und Islam?« Der Professor verzog den Mund.

»Gibt es einen besseren Vorschlag?«

»Erfindungen, die die Welt veränderten – und ob es darunter auch islamische gibt«, bot der Schlaumeier nun an.

»Und was meinst du damit?«, fragte die Lehrerin Yannick.

»Na, von der Brille bis zum Handy.«

»O.k. Und den Teil, den die Muslime erfunden haben, wie die Brille, macht dann Mark«, triumphierte Frau Flegel. Peng. Ich war überrumpelt und überfordert. Yannick offenbar nicht. Er nickte nur und meinte: »Der zeigen wir es. Von wegen Brille.« Ich wusste nicht, ob das eine gute Idee war.

Vermisstenmeldung

Da es von Kadir weiterhin keine Spur gab, gingen Meral, ihre Mutter und ich zur Polizeiwache. Sie hatten mich darum gebeten mitzukommen. Dem Onkel gefiel das gar nicht, für ihn war das eine Familienangelegenheit, mit der »die Deutschen« nichts zu tun hätten. Außerdem habe er schon seine Jungs losgeschickt, Kadir zu suchen. Aber die Mutter war in Sorge, dass ihrem Sohn etwas zugestoßen sei. Und wenn, dann waren andere, böse Menschen dafür verantwortlich. Sie wollte sich nicht vorstellen, dass er sie freiwillig verlassen hatte. Die ganze Zeit über hielt sie ein Foto von Kadir in der Hand. Es war allerdings etwas älter und zeigte ihren kleinen Prinzen mit etwa acht Jahren, in einer weißen Uniform zum Beschneidungsfest.

»Anne«, hatte Meral gesagt, »die brauchen ein aktuelles Foto.« Aber der Mutter war, »Mashallah«, dies das liebste.

Meral führte das Gespräch, und die Mutter saß in ihrem langen Mantel und dem Kopftuch daneben, ich in der zweiten Reihe. Die Polizistin fragte, worum es gehe, wer seit wann vermisst sei. Meral übersetzte.

»Befindet Ihr Sohn sich in Gefahr?«, wandte sich die Beamtin direkt an die Mutter. Die zuckte mit den Schultern.

»Was vermuten Sie denn, wo er ist?« Wieder Schulterzucken.

»Gab es Streit zu Hause?« Kopfschütteln.

»Was sagt Ihr Mann dazu?«, fragte die Beamtin.

»Mein Vater ist zurzeit in der Türkei«, antwortete Meral.

»Vorübergehend?«, fragte die Beamtin. Meral schüttelte leicht den Kopf.

Die Mutter fragte sie, was die Frau wolle: »Ne istiyor?«

»Babaniz nerede.« (Wo Baba ist.)

»Kadini ne ilgilendirki?« (Was geht die Frau das an?)

»Sormasi lazim.« (Sie muss das fragen.)

»Birseyler söyle.« (Sag irgendwas.)

»Mein Vater kümmert sich um unser Land in Anatolien. Er weiß nichts vom Verschwinden meines Bruders.«

»Eine Vermisstenanzeige kann ich nur aufnehmen, wenn Ihr Bruder in Gefahr ist oder von ihm eine Gefahr ausgeht. Er ist sechzehn, er kann zum Beispiel ein Festival besuchen oder Freunde in Bayern, wenn er welche hat. Oder er ist bei seiner Freundin. Wir können nicht nach ihm suchen, nur weil er sich vielleicht mit seinen Eltern gestritten hat. Verstehen Sie? Sie müssen schon etwas genauer sagen, was los ist.«

Meral übersetzte, und die Mutter sagte auf Deutsch: »Nix Streit, lieber Junge. Nix Freundin.« Dann fing sie an zu weinen und strich über das Foto.

Meral sah mich fragend an und zog ein kleines Kuvert aus der Tasche. Sie wusste nicht, ob sie es zeigen sollte. Ich nickte, denn ich wusste, dass ihr nichts anderes übrig blieb, wenn das hier nicht null zu null ausgehen sollte.

»Ich habe in Kadirs Zimmer etwas gefunden, was vielleicht ein Hinweis sein könnte«, sagte Meral vorsichtig und reichte der Polizistin einen Zettel.

»Das ist ein Fahrplan mit Busverbindungen nach Istanbul. Ganz unten steht eine Adresse in Istanbul und eine Telefonnummer. Und dies hier ist ein Brief an meine Mutter. Ich lese ihn mal vor, er ist auf Türkisch.

Kıymetli Anneciğim, also das heißt meine kostbare Mutter, *ich weiß, es gab Streit, und ich hab Euch wegen der Schule enttäuscht. Ich hab auch viel Mist gemacht. Aber damit ist jetzt Schluss. Das liegt daran, weil ich endlich den wahren Glauben im Islam gefunden habe und er mir sehr viel Kraft gibt in schlechten Zeiten, aber natürlich auch in besseren Zeiten.*
Möge Allah uns alle recht leiten. Amin.
La ilahe illallah muhammedun resulullah.
Ich bezeuge, dass niemand das Recht hat, angebetet zu werden, außer der Allmächtige Gott, und ich bezeuge, dass Mohammed sein Gesandter ist.
Wenn Du das von Herzen glaubst und stirbst, gelangst Du in das Paradies für immer und ewig. Das wünsche ich mir auch für Euch.
Ich lieb Dich über alles, und glaub mir das, auch wenn ich sehr viele hata, das heißt Fehler, *gemacht habe.*
Ich diene jetzt Allah, und er wird mich recht leiten.
Ich will den Brüdern und Schwestern im hilafet devleti, das heißt im Staat des Kalifen, *helfen.*
Du wirst von mir hören.
Ellerinden öperim, ich küsse Deine Hände
Dein Kadir
Allah'a emanet ol, Vertraue auf Gott

Im Briefumschlag lag noch ein Zehneuroschein, Geld, das Kadir seiner Mutter schuldete. Für sie war damit klar, dass Kadir sie für eine ungewisse Zeit verlassen hatte. Die Mutter schluchzte. Meral hielt das Papier in der Hand und zögerte, es der Polizistin zu geben. »Mein Bruder ist nicht so gut in Türkisch. Der Brief hat viele Fehler.«

»Macht nichts. Darauf kommt es, glaube ich, nicht an.«

Die Polizistin sah sich den Brief an, sagte, sie müsse einen Kollegen holen, und ging hinaus.

»Warum hast du den Brief gezeigt? Der war an mich«, sagte die Mutter zu Meral.

»Weil sie sonst nichts machen«, zischte Meral.

Die Beamtin kam zurück und sagte: »Sie befürchten, dass Ihr Bruder sich in Syrien dem Islamischen Staat anschließt?«

Meral nickte.

Jetzt nickte auch die Mutter. »Helfen«, sagte sie. »Kadir will helfen. Guter Junge.«

Die Beamtin sah die Mutter, mich und dann Meral an. »Sind Sie sich sicher?«

»Eher eine Befürchtung.« Ich mischte mich ein. »Also ich meine, es gibt Indizien. Für die Annahme. So sagt man doch bei der Polizei?« Die Beamtin lächelte verständig.

»Sie wissen, dass die Ausreise nach Syrien unter Strafe steht?«

Meral schüttelte den Kopf. »Nein, wieso?«

»Der IS gilt als terroristische Vereinigung. Wer dafür wirbt oder gar mitmacht, macht sich strafbar.«

»Nix kämpfen«, sagte die Mutter.

»Davon gehen wir einmal aus«, erwiderte die Beamtin.

»Habe ich jetzt etwa meinen Bruder verraten?« Meral war bleich geworden und bekam eine Krise. Ihr standen die Tränen in den Augen, und es sprudelte aus ihr raus. »Was ist das denn für ein Mist. Wir kommen hierher, um Hilfe zu erbitten, weil mein Bruder verschwunden ist, und Sie sagen, dass er ein Terrorist ist.«

»Habe ich nicht gesagt.«

»… und Sie ihn jetzt suchen, um ihn ins Gefängnis zu stecken.«

»So weit ist es noch nicht. Wir wissen gar nichts. Zunächst müssen wir ihn einmal finden.«

Die Mutter heulte. Meral packte irgendetwas entschlossen in ihre Tasche und stand auf.

»O.k. Wir kümmern uns darum, und ich werde die Unterlagen weiterleiten. Gibt es sonst noch irgendwelche Hinweise?« Die Beamtin blieb gelassen.

Ich räusperte mich: »Na ja, so auf dem Computer. Videos und so.«

»Können sich die Kollegen das mal ansehen?«, fragte die Polizistin. Meral wirkte abwesend und schwieg.

»Na gut. Und wenn er auftaucht oder sich meldet, per Handy, Mail oder Facebook, sagen Sie uns bitte sofort Bescheid.«

Ich brachte Meral und ihre Mutter nach Hause. Die Mutter verstand nicht, was passiert war. Meral machte sich Vorwürfe. Sie sah mich den ganzen Weg nicht mehr an, und wir gingen grußlos auseinander.

Nermins Weg

Nermin wollte nicht petzen. Die Drohung, zu erzählen, dass Meral mich geküsst hatte, war die Rache der kleinen Schwester. Endlich war sie mal dran, meinte sie. Aber jetzt war sowieso alles durch Kadir durcheinandergeraten. Sie war die Kleine, die den Großen den Tee brachte und das Geschirr wegräumte und meist in der Küche bleiben musste, wenn die Älteren sich unterhielten. Der Baba interessierte sich nur für den Abi, ihren großen Bruder Kadir. Mit dem ging er zum Fußball, mit ihm sprach er über Fußball – wenn er sprach. Sonst gab er Anweisungen, die zu befolgen waren. Was Nermin wollte, interessierte nicht. Um Aufmerksamkeit zu erlangen, hatte Nermin einmal die Idee, auch Fußball zu spielen. Sie nahm heimlich Kadirs Ball und ging auf den Bolzplatz. Doch der Ball wollte ihr nicht gehorchen, und ihre Beine erschienen ihr wie Stöcke. Einer der kleinen Jungs aus dem Getto nahm ihr mit einem simplen Trick den Ball weg und führte vor, wie man dribbelt. Man schoss den Ball an ihr vorbei, auf sie zu, sie bekam ihn an den Kopf, das tat weh. Das Gelächter schmerzte mehr als der Ball. Und dann wollten die Jungs ihr den Ball nicht zurückgeben. Sie weinte und rannte zur Belustigung der Kids hinter dem Ball her, den die sich zukickten. Ihr kam das endlos vor. Und dann kam Kadir, die Jungs hauten ab, weil sie vor ihm Schiss, sie sagten Respekt, hatten. Und Kadir meckerte seine Schwester an, weil sie seinen Ball genommen hatte, ohne ihn zu fragen. Damit war ihre Ballkarriere beendet, bevor sie begonnen hatte. Für Nermin stand fest, Jungs waren doof, Fußball sowieso und die Welt ungerecht.

Die Abla, ihre große Schwester Meral, war ihre kleine Mutter. Sie musste sich von Beginn an um Nermin kümmern. Meral konnte nie allein nach draußen, immer musste Nermin in der Karre mit. Als sie älter waren und Meral sich mit ihren Freundinnen treffen wollte, um zum Beispiel im Park oder an der Ecke zu chillen oder im Kaufhaus Rolltreppe zu fahren, rief ihre Mutter: »Nimm Nermin mit.« Nermin war dabei, gehörte aber nicht dazu und fügte sich in ihre Rolle, indem sie praktisch nie etwas sagte.

Sie hatte nur Julia als Freundin. Julia wohnte im fünften Stock, und ihre Mutter war Friseurin. Sie hatte ihren Salon in der Wohnung und knüpfte den Frauen die Haare.

Sie war spezialisiert auf African Style. Julias Familie kam aus Afrika, alle hatten sehr dunkle Haut, und bei Julia war immer etwas los, denn eine Knüpffrisur zu machen dauerte Stunden und war mehr eine Party als Arbeit. Nermins Vater wollte nicht, dass Julia zu ihnen kam, und deshalb war Nermin viel bei Julia. Sie konnte bald auch Rasta-Zöpfe, Nubian Knots oder Dreadlocks machen, traute sich aber nur heimlich, selber ihre Haare zu knüpfen. Wenn, dann machte Julia ihr eine Frisur, die sie anfangs wieder auflöste, bevor sie nach Hause ging. Weil sie die kleinen Zöpfe so toll fand, war das ein Grund, aus dem sie auch Friseurin werden wollte. Sie ließ irgendwann die Zöpfe auf dem Kopf und setzte ein Kopftuch auf, um ihre Rasta-Frisur vor dem Vater zu verbergen. Ihrer Mutter war das nicht wirklich recht. »Du bist noch jung, du brauchst das nicht.« Aber dann sagte sie: »Im Schrank liegen ein paar schöne Kopftücher, kannst dir eins aussuchen, wenn du möchtest.«

Natürlich fanden die Tanten und Onkel das gut, dass Nermin sich, aus welchem Grund auch immer, bedeckte, denn fast alle älteren Frauen der Verwandtschaft machten das. Nermin wurde Meral als Vorbild hingestellt, was Meral noch ein wenig mehr gegen ihre Schwester aufbrachte. Als Nermin dann auch noch zur Koranschule ging, erklärte ihre Schwester sie für total verloren. Aber auch hier gab es für Nermin einen guten Grund. Sie durfte allein mit der U-Bahn zum Hauptbahnhof fahren, konnte allein hin- und zurückgehen. Sie traf andere Mädchen und konnte danach mit Freundinnen durch die Geschäfte und Kaufhäuser laufen. Andere türkische Mädchen mit zwölf durften das nicht. Und so eroberte sich Nermin, indem sie frommer tat als ihre Familie, einen ganzen Nachmittag von dem, was andere Freiheit nannten. Niemand fiel auf, dass Nermin allmählich tatsächlich fromm wurde. Das Beten und Sich-islamisch-Kleiden wurde für sie etwas Besonderes. Sie fiel auf, wurde komisch angesehen, die Jungs ließen sie in Ruhe. Sie war wer. Nicht irgend so ein Chick, sondern die Ehrbare. Etwas, was ihr Vater und Bruder, ihre Cousins nötigenfalls verteidigen würden.

Die eigentliche Wende erfolgte, als sie zum vierzehnten Geburtstag ein Smartphone bekam. Eins, das Zeki besorgt hatte. Nicht das neueste Modell, aber es funktionierte. Für die Flatrate ging ihr Taschengeld drauf. Julia zeigte ihr, wie sie über WhatsApp mit ihren Freundinnen chatten konnte, ohne dass dies einer bemerkte. Es ging lautlos, auch nachts unter der Decke. Und als Kadir verschwunden war und sie auf dem Computer auch noch skypen konnte, war alles perfekt. Mit Julias Hilfe hatte sie sich einen Facebook-Account angelegt, aber kein Foto hochgeladen und sich einen geheimen Namen zugelegt. »Abbayah« nannte sie sich. Sie sah sich die Videos an und lernte im Netz Leute – sogar Jungs – kennen, die sich mit ihr unterhielten.

Bei Professor Yps

Yannick wohnte in der Isestraße, das war so eine Gegend, wo die Leute große Wohnungen hatten und entweder Journalist, Anwalt oder Erbe waren. Jedenfalls waren die Flure der Wohnungen am Kanal bowlingbahnlang. Vorne ratterte die U-Bahn vorbei. »Hört man irgendwann gar nicht mehr«, sagte jeder, der dort wohnte. Hinten war der Isebek-Kanal, auf dem kaum jemand mit einem Boot fuhr. Yannick wohnte mit seinen Eltern in solch einer »feiner pinkeln«-Wohnung. Wie gesagt, er war in Ordnung. Ich kannte die Isestraße eigentlich nur vom Wochenmarkt. Und da nur den Bonbonstand. Der hieß Bonbon-Pingel. Da gab es gemischte Tüten, nicht nur für mich, sondern auch für meine Mamika. Immer wenn ich zum Geburtstag oder so (wenn sie traurig war) etwas mitbringen wollte, dann war es die gemischte Tüte von Pingel.

»Möchtest du eine Mate?«, fragte Yannick und stellte mir eine Flasche von dem Erfrischungstee hin. Ich fläzte mich auf das Bett in Yannicks Zimmer.

»Wie wollen wir das machen?«, fragte Yannick. »Hast du die Liste gemacht?«

Oh Gott. Liste. Hatte ich ganz vergessen.

»Ich hab mal im Internet geguckt, da sind so Seiten, da stehen die Erfindungen drin.«

Yannick guckte mich mitleidig an, sagte aber nichts. »Kennst du Tocotronic?«, fragte er stattdessen. »Coole Band.« Er klickte auf seinem Computer, und seine Anlage fing an zu dröhnen. Das Referat musste warten.

Ich weiß nicht, wieso ich sie so hasse – die Fahrradfahrer dieser Stadt.

Nach einem Song klopfte es. Yannicks Mutter.

»Möchtet ihr ein Stück Kuchen?«

»Nein, danke. Wir müssen arbeiten.«

»Mousse au chocolat?«

»Nachher.« Ich dachte allerdings, so ein wenig Mus ist eigentlich ein Muss, schüttelte aber solidarisch den Kopf. Yannick war also auch noch ein Kostverächter.

Yannick hatte eine Liste gemacht. Auf der stand: Algebra – arabische Zahlen – die Uhr – Buchdruck – Schießpulver – Markt – Chirurgie – Kaffee – Flugzeug – Handy.

»Für dich«, sagte er. »Erfindungen, die die Welt veränderten. Kannst ja mal sehen, ob die Erfinder Muslime waren. Und Bilder raussuchen.« Yannick hatte von der Arbeitsteilung klare Vorstellungen.

 # Tocotronic: Man kann den Erwachsenen nicht trauen – Ihr Haar ist schütter, ihre Hosen sind es auch.

»Und was machst du?«

»Wir machen dann so pro und contra, nach dem Motto: Wer hat es erfunden? Wir haben es erfunden!«

»O.k. Meinst du das in echt?«

»Klar. Versuch mal, es zu widerlegen. Die Europäer haben einige Dinger besser gemacht als andere.«

»Zum Beispiel?«

»Das Eigentum erfunden.«

»Hä? Das soll gut sein. Kann man das erfinden?«

»Kommt von den alten Griechen und Römern.«

»Deshalb gibt es doch Arme und Reiche und Kriege.«

 # Tocotronic: *Wir sind Babys wir sind Babys wir sind Babys.*

»Geld, Zinsen, Kapitalismus. Alles ist gut.« Yannick beendete die beginnende Diskussion und strich sich den Eppendorfer Pony aus der Stirn. Ich ahnte, warum Frau Flegel ihn nicht mochte.

»Und warum, meinst du, sind die Europäer so reich?«

»Die waren clever und brutal. Leider heute nicht mehr.«

Yannick war hart drauf, seine Mutter brachte dann zum Glück cremige Mousse au chocolat in zwei schönen chinesischen Schalen.

Und *# Tocotronic* sang: *Im Zweifel für den Zweifel – Das Zaudern und den Zorn – Im Zweifel fürs Zerreißen – Der eigenen Uniform.*

Yannick kannte die Texte auswendig.

»Letztes Jahr war noch Kadir bei uns in der Klasse. Der ist dann abgegangen. Ich spiele mit ihm Fußball. Großer Kicker«, sagte ich und wartete auf eine Reaktion. Yannick guckte fragend.

»Und der ist jetzt verschwunden. Von heute auf morgen weg.«

»Fliege gemacht oder shanghait worden?«

»Was ist das denn? Shanghait?«

»Wenn die früher – also zu Zeiten, als es noch keine Container gab – zu wenige Matrosen für ein Schiff hatten, sind die Heuerleute in die nächste Kneipe, haben die Leute umsonst besoffen gemacht, und wenn die aufwachten, waren sie auf hoher See auf dem Weg nach Shanghai.«

»Krass. Aber Kadir ist wohl freiwillig in den Dschihad gezogen.«

»Echt? Wie das denn?« Jetzt war Yps mal von den Socken. Ich erzählte ihm, was in den letzten Tagen passiert war, dass Kadir nicht zum Spiel gekommen ist, dass weder seine Familie noch sonst jemand etwas weiß und er so merkwürdige Videos auf seinem PC hat. Und die Sache bei den Bullen.

Yannick überlegte. »Hast du schon mal im Netz gesucht?«

»Wie soll das denn gehen? Der hat sich doch nicht im Internet versteckt.«

»Nee, aber die Islamisten machen doch alles über das Netz. Ihre Anwerbung, die schicken ihre Predigten und Berichte von Kämpfen über Facebook und YouTube in die Welt.«

»Ja und?«

»Lass doch mal da gucken.«

Polizeibesuch

Es klingelte an unserer Haustür. Mutter öffnete. Zwei Männer, von denen einer eine Aktentasche trug, standen vor der Tür.

»Guten Tag, sind Sie Frau Voss?«

»Ja? Und wer sind Sie?«, fragte sie zurück.

Die Männer zogen wie Vertreter ihre Visitenkarten blank und hielten sie ihr entgegen.

»Ich kaufe nichts an der Tür«, sagte sie.

»Wir wollen Ihnen auch nichts verkaufen, sondern würden gern mit Ihrem Sohn Mark sprechen. Ach, entschuldigen Sie, Krüger, Landeskriminalamt, und das ist Herr Bodenstaff, mein Kollege.«

»Und worum geht es?«, fragte meine Mutter lauernd. »Hat er etwas ausgefressen?«

»Nein, nein. Reine Formsache. Ist er da?«

»Ma-a-ark?«, rief meine Mutter, indem sie den Kopf in die Richtung drehte, in der sie mich vermutete. In dem lang gezogenen Namen schwangen Ausrufe- und Fragezeichen mit, etwa so Ma?–a!-rk? Dieses Ma? klang wie »Hast du was angestellt?«. Und »a!-rk«: »Komm auf der Stelle her.« Leider drang das – ich saß wie immer vor dem PC – erst beim dritten Ruf in mein Hirn, zu dem Zeitpunkt klang es wie Markk??!!, ein wenig ängstlich.

Ich schlurfte auf meinen Aldiletten (Restoutfit: T-Shirt, Jogginghose) – Motto: »Wer mich hetzt, wird selber müde« – in den Flur und sah die Staatsmacht wie zwei Schatten in der Tür stehen. Davor wie ein Wächter meine Mutter.

»Was gibt es?«

»Die Polizei«, sagte meine Mutter. Sie hatte einen Hang zum Drama.

»Dürfen wir hereinkommen?«, fragten die Männer. Ich nickte, und meine Mutter trat langsam und unwillig einen Schritt zur Seite. Und sagte: »Ins Wohnzimmer.«

Die beiden Beamten, der eine kahler als der andere, beide eher unauffällig, lächelten, und ich deutete auf das Sofa. Sie setzten sich und sanken sofort ein. Die Familie, also die Mutter, hatte nämlich im letzten Herbst eine neue extrabreite und -tiefe Couch gekauft, damit auch mal Gäste bei uns schlafen können. Es war eine Leg-dich-hin- und keine Setz-dich-drauf-Couch, in deren Kissen man sofort und unweigerlich versank. Die Staatsmacht setzte sich und kippte sofort nach hinten. Bodenstaff wuppte sich wieder nach vorn und saß fortan auf der Kante, der kleinere Krüger lag eher wie ein Käfer auf dem Rücken, als dass er saß. Ich nahm mir wie meine Mutter einen Stuhl vom Esstisch, setzte mich und sah auf die Herren herab.

»Ich wüsste gern, was hier los ist«, sagte meine Mutter und deutete damit an, dass sie sich nicht aus ihrem Wohnzimmer vertreiben lassen würde. Sie bot den Herren auch nichts an, um die Eröffnung des Gesprächs nicht zu verpassen.

»Selbstverständlich, Frau Voss«, sagte Krüger, holte einen Schnellhefter aus seiner Tasche und blätterte.

»Mark, du warst mit Frau Ölmez und Meral Ölmez auf dem Revier und hast eine Vermisstenanzeige nach Kadir aufgegeben?«

»Wie bitte?« Die Erziehungsberechtigte sah mich an. »Davon hast du mir gar nichts erzählt.« Das war nun ein Vorwurf, den ich entkräften musste.

»Ich war da nur mit. Also, ich selbst habe damit gar nichts zu tun«, sagte ich.

»Du kennst Kadir?«, fragte Krüger.

Meine Mutter antwortete: »Seit zehn Jahren. Ein netter, etwas stiller Junge aus der Nachbarschaft.«

»Mamika? Der Herr hat mich gefragt«, sagte ich. »Ja, Kadir ist mein Freund. Wir kennen uns seit ewig und spielen zusammen Fußball. Bis zum letzten Schuljahr gingen wir auch in dieselbe Klasse.«

»Wart ihr viel zusammen?«

»Na, so in letzter Zeit nicht mehr so oft. Er hat viel gearbeitet. In der Waschanlage und bei seinem Onkel. Und dann ist er auch immer zu so einem Kulturverein gegangen.«

»Weißt du, wo der ist oder wie der heißt?«

»Irgendwo in St. Georg. Die verteilen auch Korane.«

»Hat er mit dir über seinen Glauben oder den Islam gesprochen?«, fragte Bodenstaff.

Ich sah ihn an und musste überlegen. Erst da fiel mir auf, dass ich mit Kadir nie darüber gesprochen hatte. Es war so, als ginge mich das nichts an. Wie das Verschwinden seines Vaters: Familiensache das eine, Glaubenssache das andere. Kadir wollte nicht darüber reden.

»Manchmal sagte er, es sei eine Sauerei, was in Syrien passiert. Dort würden Muslime getötet. Aber mehr nicht. Er redete wohl mit seinen neuen Freunden darüber. Wir haben meist über Fußball gesprochen, und wenn er zum Spiel auf den Platz lief, dann machte er das immer wie Ribery von Bayern München. Er hob kurz die Arme und blickte dann zum Himmel. So wie einige, die sich bekreuzigen. Aber sonst …« Mir fiel nichts weiter ein.

»Hat sich Kadir in der letzten Zeit irgendwie verändert? So vom Aussehen?«

»Nee, er hat sich nicht mehr rasiert. Aber da war nicht viel.« Ich musste grinsen. »Sonst hat er seine üblichen Sachen angehabt. Er kam allerdings nicht mehr mit, wenn wir feiern gegangen sind.«

»Gibt es da einen Zeitpunkt? Ich meine, seitdem er sich zurückzog?«

»Weiß ich nicht so wirklich, weil ich ihn eigentlich, nachdem er nicht mehr in meiner Klasse war, nur noch beim Training gesehen habe. Und dann ist er nicht zum Entscheidungsspiel gekommen.«

»Kennst du andere Freunde von ihm?« Bodenstaff lächelte, und meine Mutter, die sich langsam entspannte, fragte: »Möchte jemand etwas trinken? Kaffee, Tee, Wasser?«

»Wasser«, »Wasser«, sagten Krüger und Bodenstaff, »Cola«, sagte ich und erntete einen bösen Blick.

Meine Mutter ging in die Küche. Und kam kurz darauf mit einer Flasche Selters und drei Gläsern zurück.

»Nur die hier aus dem Getto und vom Verein«, sagte ich. »Und ja, seine Cousins.« Ich machte eine Pause, während Krüger sich etwas notierte. »Ich habe auch mal eine Frage«, sagte ich. »Was passiert eigentlich mit ihm, wenn Sie ihn finden?«

»Kommt drauf an«, sagte Bodenstaff. »Wenn er von allein zurückkommt, befragen wir ihn, wo er war und was er gemacht hat. War er da nur so, war er beim Roten Halbmond, war er beim IS. Hat er gekämpft? Je nachdem ist das dann Freizeit, Dummheit, humanitäre Hilfe oder Unterstützung einer terroristischen Vereinigung oder noch heftiger, was wir 89a nennen, die Vorbereitung einer schweren Straftat. Oder eben noch mehr.«

»Aber Sie sperren ihn nicht automatisch ein, oder?«

»Nein. Bei uns gilt das Prinzip, dass man nur für das bestraft werden kann, was einer tatsächlich gemacht hat und was vor Gericht festgestellt wird.«

Krüger fragte: »Du hattest erwähnt, dass du Videos hast?«

»Ja, aber nur so Zeug, was alle haben. Nichts Besonderes. Rambo und was sonst so im Netz ist. «

Die Männer lächelten so, als schienen sie zu denken: Wer es glaubt, wird selig.

»Und du weißt wirklich nicht, wo er ist?«

Ich schüttelte den Kopf. Was sollte die Frage denn jetzt? Schweigen.

»Ja, das war es schon, Frau Voss. Mark, vielen Dank. Hier ist unsere Karte, falls dir noch was einfällt oder Kadir sich meldet. Ist auch eine Mail-Adresse dabei.« Die Männer quälten sich aus dem Sitzmöbel in die Senkrechte.

»Sie haben ja gar nichts getrunken«, sagte Mutter.

»Beim nächsten Mal«, sagte Krüger.

Sie gingen.

»Was war das denn?«, fragte meine Mutter, als sie raus waren.

»Keine Ahnung«, sagte ich.

Videos und andere Botschaften

Na, ich wusste ja nicht, was die Herren wissen wollten. Ein paar mehr Aufnahmen als Rambo hatte Kadir schon auf seinem Rechner. Er hatte sie von seinem Handy überspielt, und ich war noch dabei, sie durchzusehen.

45 auf der Mönckebergstraße: Kadir filmt, wie seine Brüder, alle in weißen T-Shirts mit dem Schriftzug LIES!, Hochwasserhosen und Sneakers, viele mit Bart, rumstehen und lachen. Sie versuchen den Koran zu verteilen. Ein paar Rentner stehen rum. Ein Mädchen mit Kopftuch kommt, bekommt einen Koran in die Hand gedrückt, sie bedankt sich und geht.

1.30 Kadir mit dem Ball am Fuß auf dem Weg durch Eimsbüttel. Man sieht den Ball und Kadirs Beine. Er kickt gegen Wände, hält den Ball hoch, lupft ihn über ein Auto, schießt ihn gegen einen Papierkorb.

27 Kadir mit vielen anderen Leuten im Bus auf der Autobahn. Blick aus dem Bus. Kadir lacht in die Kamera.

3.56 In einem Gebetsraum. Vor Kadir eine Reihe von jungen Männern, die auf einem Teppich auf dem Boden hocken. Vorne spricht ein Mann mit rotem Bart: »Erklär mir mal, was ist der Unterschied im historischen Kontext für eine Todesstrafe für Mord vor 1400 Jahren und in der heutigen Zeit. Das hat gar nichts miteinander zu tun. Ja, es gibt im Koran Dinge, die gar nichts mit einem historischen Kontext zu tun haben. Zum Beispiel die 2. Sure Al Bakkara, Vers 191: Und tötet sie, wo immer Ihr sie trefft. Und vertreibt sie, wo immer sie Euch vertrieben haben, denn Verfolgung ist schlimmer als töten. So, aber jetzt geht's weiter. So sie aber – der Mann hebt die Stimme – *aufhören*, so ist Allah barmherzig, und es wird allen vergeben. Und kämpft gegen sie, bis es keine Verfolgung mehr gibt und es die Religion Allahs gibt. Wenn sie jedoch aufhören – also gegen Euch zu kämpfen –, so darf es kein feindseliges Vorgehen geben, außer gegen die Ungerechten. Was heißt das? Dieser Vers ist in einem historischen Kontext offenbart worden, wo was passiert ist? Wo

diese Leute – die Amerikaner – die Muslime getötet und vertrieben haben. Steht doch: Und vertreibt sie, von wo sie Euch vertrieben haben. Die Feinde des Islam, wisst Ihr, was die machen, die erwähnen nur den ersten Satz. Und tötet sie, wo immer Ihr auf sie trefft. Aha! Die Muslime müssen alle töten. Komischerweise wird der Satz danach: Vertreibt sie, von wo sie Euch vertrieben haben, weggelassen. Das ist historischer Kontext. Wenn wir vertrieben werden, verteidigen wir uns.«

15 Junge Männer in Kaftanen und Hochwasserhosen spielen Fußball, genauer, sie treten gegen den Ball, als wäre es ein Kohlkopf.

»Was machst du da?« Die Mutter stand in der Tür von meinem Zimmer.

»Ich sortiere Videos«, sagte ich.

»Deine?«, fragte sie.

»Na ja, sind auch welche von Kadir dabei. Meral hat sie mir gegeben. Vielleicht finden wir ja was, wo Kadir sein könnte.«

»Magst du Meral?«, fragte meine Mutter.

»Mama. Das ist privat«, sagte ich. Das war mal eine gute Regelung, die wir vor einiger Zeit getroffen hatten. Ich sagte nichts zu den Männern, mit denen sie ausging. Sie nichts zu meinen Freundinnen. Damals hatte ich noch keine und sie mehrere Verehrer. Jetzt war es anders. Obwohl, wenigstens nachts ließ sie keinen ins Haus.

»Und warum hast du den Polizisten das nicht gesagt?«, fragte sie.

»Müssen doch nicht alles wissen«, sagte ich. Na ja, mir war nicht klar, welche Rolle die Polizei spielte. War sie nun Freund und Helfer, oder war der Staat die feindliche Macht?

Ich hatte mich noch nicht entschieden. Wie auch. Sollte ich dabei helfen, dass mein Freund in den Knast kommt?

»Wie lange ist Kadir jetzt weg?«, fragte Mutter.

»Über zwei Wochen.«

»Und was meinst du? Lebt er noch?«, sagte sie.

»Mama! Bist du wahnsinnig?«

»Na, lies mal.«Sie warf mir eine alte Zeitung hin.

Per Billigflug in den Dschihad

Mehr als 650 islamistische Männer, aber auch Frauen und Kinder sind nach Zählung des Verfassungsschutzes seit Ausbruch des Bürgerkriegs aus Deutschland ins Konfliktgebiet gereist. Personalausweis und Billigflug reichen, um in die Türkei zu gelangen. Von der Stadt Reyhanli geht es dann über die nahe grüne Grenze in den Syrien-Krieg. Zwei Drittel der Dschihad-Touristen aus der Bundesrepublik sind Deutsche - wie der 26-jährige Philip B. aus Dinslaken, der sich als »Abu Osama« per Video aus Syrien meldete, ein Sturmgewehr über der Schulter. Ein knappes Dutzend von ihnen soll bereits tot sein. Sogar ein erst 16-jähriger Schüler aus Frankfurt ist wohl unter den Toten: »Enes (aus der Türkei) erreichte Aleppo erst vor drei Tagen und ist schon ein Shahid (inschallah)« - ein Märtyrer also, hieß es in einem Facebook-Eintrag. Im November starb bei einem Feuergefecht Burak Karan aus Wuppertal. Der 26-Jährige hatte einst neben Kevin-Prince Boateng und Sami Khedira Fußball in der deutschen Jugendnationalmannschaft gespielt.

Das reichte. Ich ging zum Training.

Die Pferde Mohammeds

Es war mir etwas peinlich, aber ich muss eingestehen, dass ich gelauscht hatte. Ich konnte von meinem Rechner aus, nachdem ich einen Zugang auf Kadirs Rechner installiert hatte, auf seinen PC zugreifen. Eigentlich soll diese Funktion ermöglichen, dass man den Rechner reparieren kann, ohne vor Ort zu sein. Na ja, die feine englische Art war das nicht, aber wenn die NSA das Handy der Bundeskanzlerin hacken kann, sollte ich Nermins Korrespondenz allemal checken können. Ich hatte das nicht oft getan, es war peinlich genug, aber zugegeben, manchmal schon. Es war ein wenig wie an der Tür horchen.

Nermin, die sich Abbayah, und ein Mann, der sich Tarik nennt, in einem Skype-Chat:

»Abbayah, bist du so schön wie die Stute Mohammeds?«
»Woher weißt du, wer Abbayah ist?«
»Ich bin ein gläubiger Muslim, der die Hadithe kennt. Und?«
»Meine Haare sind so gewellt wie die Mähne von Abbayah.«
»Du machst mich neugierig. Sag, wie alt bist du? «
»Alt genug, um eine Frau zu sein. Jung genug, um dir zu gefallen.«
»Alhamdulillah, du bist klug. Bist du Muslimin?«
»Was sonst?«
»Machst mich neugierig, dich zu sehen.«
»Wer bist du?«
»Ein Mudschahed aus Rakka.«
»???«
»Ich kämpfe in Syrien für Allah swt.«

»Oh. Großer Gott, ist das nicht gefährlich?«
»Lebe für nichts oder stirb für etwas.«
»Wie heißt du?«
»Ich bin Tarik.«
»Den Satz hat mein Bruder auch gesagt, Tarik.«
»Den kenn ich von salafimedia, Brüder in Birmingham. Ist dein bro auch ein Kämpfer?«
»Weiß nicht, er ist weg. Haha.«
»Wie?«
»Na abgehauen.«
»Allah möge ihn beschützen.«
»Das wird er. Habt ihr auch Pferde?«
»Die arabischen Pferde sind die edelsten Geschöpfe Allahs. Mit ihnen kannst du über die Berge und Felder fliegen und in den Gärten ruhen.«
»Schön.«
»Ich würde dir gern ein Pferd schenken.«
»Echt? Die sind teuer.«
»Nicht für die Kämpfer und ihre Gefährtinnen. Komm, und ich hole dir die schönste Nachfahrin Abbayahs.«
»Oh. Meinst du das ernst?«
»Ein Mudschahed lügt niemals.«
»Ich warte auf dich.«

Da stand ein weißes Tier, der Größe nach zwischen einem Maulesel und einem Esel, zwei Flügel an den Hüften, unter welchen die Hinterfüße hervortraten, während seine Vorderbeine so weit reichten, wie das Auge sehen konnte. Es tänzelte unruhig auf der Stelle. Auf seinem Rücken saß Nermin, sie rief »Buraq, los«. Sie wollte dem Propheten folgen, nach Jerusalem. Da näherten sich Schritte. Jemand öffnete die Stalltür.

Nermin wachte auf und sah, dass ihre Mutter auf dem Flur ins Badezimmer ging. Sie träumte in letzter Zeit oft von Pferden in der Wüste, obwohl sie doch noch nie in der Wüste gewesen war. Seit sie sich auf Youtube Videos von Pferden angesehen hatte, ging alles durcheinander. Der Koranunterricht, das Beten, die Videos mit den Pferden. Als sie dann noch die Geschichten von den Pferden Mohammeds gehört hatte, war sie noch frommer geworden. Alles sollte wohl so sein. Sie kannte die Namen der folgsamen Stuten Mohammeds auswendig und konnte sie aufsagen wie ihr Bruder die Mannschaft des FC Barcelona: Abbayah, Saqlawiyah, Kuhaylah, Hamdaniyah, Hadbah. Die Pferde nannte man »Al Khamsa«, die fünf gesegneten Stuten des Propheten. Sie waren heilig, weil sie so folgsam waren. Sie hatte gelesen, dass die Pferde, obwohl sie während der Auswanderung nach Medina, der Hidschra, erschöpft und durstig waren, nicht zum Brunnen gingen, weil Mohammed sie zurückgerufen hatte.

Nermin liebte Pferde, aber sie fürchtete sich auch vor ihnen. Zum Beispiel vor *Ostwind*, dem Hengst, der sich von niemandem bändigen ließ außer von Mika. Die Geschichte kannte sie aus dem Kino. Mika hatte es auf der Schule nicht geschafft, aber sie kannte die Pferdesprache und konnte *Ostwind* führen. Nermin hingegen machte immer ihre Schulaufgaben. Sie würde sich nie trauen, allein in eine Box mit einem Pferd zu gehen. Dafür waren Pferde zu groß und wild. Im Niendorfer Gehege, zwei U-Bahn-Stationen weiter, da waren Pferde auf einer Koppel. Sie war da schon öfter hingefahren und hatte Brot mitgenommen und sie gefüttert. Aber nicht mehr, alles andere spielte sich in ihrem Kopf ab. Die zahmen Stuten des Propheten waren ihr lieber als ein wilder Hengst wie *Ostwind*. Die ließen sie von der gelockten Halsmähne träumen. Alles war gut und richtig. Wenn man alles richtig machte, dachte sie. Dann wäre der Baba auch nicht fortgegangen. Und jetzt Kadir, ihr Bruder. Wo der wohl war? Früher konnte sie Meral fragen. Aber seitdem die ihre Lehre im Krankenhaus machte und immer mit ihren älteren Freundinnen abhing, war Nermin auf sich gestellt. Aber da war jetzt ja Tarik. Der tapfere Tarik, der für Allah kämpfte und ihr ein Pferd schenken wollte.

Tatsächlich schickte Tarik am nächsten Tag ein Foto von einem Pferd: »Abbayah wartet auf ihre Gefährtin.« Das Versprechen blieb ihr Geheimnis, davon würde sie niemandem etwas sagen. Weder Julia, die Pferde blöd fand, noch Meral, die das gar nichts anging. Höchstens Umm Almani, ihrer neuen WhatsApp-Freundin.

1001 Erfindungen

Ich hatte das Referat für die Schule völlig verpeilt. In einer Woche waren wir dran, und ich hatte nichts. Yannick hatte mal gefragt, wann wir uns wieder treffen, aber ich hatte irgendwie keine große Lust. Ehrlich gesagt, fürchtete ich mich mehr vor ihm als vor Frau Flegel. Bei ihr wäre ich mit ein paar flott durchgemixten Wikipedia-Artikeln und schönen Bildern durchgekommen. Aber bei Professor Yps? Und die Liste, oh Gott, wo war die Liste?

An die Brille, daran konnte ich mich noch erinnern. Aber wofür gab es das Internet? Ich konnte mit Yannick ja auch chatten und suchte also nach Erfindungen der Muslime. Zum Glück fand ich relativ schnell eine Website mit

»1001 Erfindungen«, die der islamischen Welt zugerechnet werden. Und ein Video mit dem englischen Schauspieler, der Gandhi und beim »Medicus« den Gelehrten gespielt hatte. Dazu gab es auch Text. Das war natürlich ein gefundenes Fressen, denn auch Frau Flegel fand, dass man die Welt nicht aus der Sicht von Europa betrachten sollte. Man musste dem Affen Zucker geben, damit er ruhig ist. In dem Artikel standen Sachen wie: Die *Brille*, genauer, einen geschliffenen Lesestein, hat der arabische Mathematiker und Astronom Alhazen, circa 965–1040, in seinem Buch »Schatz der Optik« beschrieben. Er hat auch das Prinzip der *Camera Obscura* beschrieben, die so funktioniert, dass Licht durch ein kleines Loch in einen schwarzen Kasten fällt, auf dessen Rückseite dann ein auf dem Kopf stehendes Bild zu sehen ist. Für Muslime gilt er deshalb als Erfinder der Lupe und des Kinos.

Die *Algebra* gelangte aus der arabischen Welt in den Westen, erfunden von dem persischen Mathematikgenie al-Khwarizmi (780–850), der ebenfalls die Algorithmen-Lehre entwickelte und die Ziffer Null aus dem Indischen in das Arabische und damit in die modernen Zahlensysteme einführte.

Abbas Ibn Firnas (810–887) baute den ersten Flugapparat aus Adlerfedern und stürzte sich vor den Augen einer begeisterten Zuschauermenge vom Minarett der Großen Moschee von Córdoba. Allerdings landete er unsanft und brach sich beide Beine.

Und dann die Medizin. Aus dem Roman »Der Medicus« ist der berühmte Mediziner Ibn Sina (980–1037) bekannt, der wichtige medizinische Forschungen machte und Krankheiten beschrieb. Ein anderer erfand das Krankenhaus. Und überhaupt hatten sie in Bagdad die größte Bibliothek. Alles recht eindrucksvoll, fand ich. Ich kopierte das alles mit copy and paste und schickte es an den schlauen Yps. Mal sehen, was der Gelehrte dazu sagen würde. Ich starrte auf seinen Mail-Account. Nichts geschah.

Am nächsten Morgen in der Schule sagte Yannick nur: »Wir müssen reden.« In der Pause holte er dann sein Sandwich mit Ruccola, getrockneten Tomaten und Serranoschinken hervor, während ich Vollkorn mit Peanutbutter zu bieten hatte.

»Tauschen?«, fragte Yps. Ich nickte.

Yannick: »Ganz schön armselig, was?«

Ich: »Was, das Brot?«

Yannick: »Ne, die angeblichen Erfindungen. Wenn die in 1400 Jahren nicht mehr zustande gebracht haben, Mahlzeit.« Und biss in meine Stulle, die jetzt seine war.

»Kaffee, du hast übrigens den Kaffee vergessen. Der kommt aus der arabischen Welt. Und Trockenmilch von den Mongolen. Aber weder die Brille noch die Kamera sind islamische Erfindungen. Die Algebra haben sie auch nicht erfunden. Kam alles schon bei Aristoteles und Platon, also bei den Griechen, vor. Und die arabischen Zahlen sind eigentlich indisch. Und so weiter. Ich schreib das auf. Aber das Entscheidende ist, auch wenn sie kluge Köpfe hatten – gemacht haben sie nichts draus. Seit Jahrhunderten nichts. Die können noch heute nichts, kein Nobelpreis, keine Autos, kein Schnupfenmittel.«

»Hast du was gegen die?«

»Den Islam? Nein. Ist wie jede Religion ein Aberglaube.«

»Und woran liegt das deiner Meinung nach, dass sie nichts zustande bringen?« Yannick war einfach anstrengend, und die anderen Klassenkameraden hatten uns schweigend verlassen und flachsten aus der Entfernung.

»Die Muslime hatten vor tausend Jahren eine Blüte, aber dann kamen drei Sachen zusammen, von denen sie sich nicht mehr erholt haben. Zum einen die Mongolen – die haben Bagdad überfallen und die Bücher in den Tigris geschmissen. Dann haben die Pfaffen, sprich Vorbeter, die Herrschaft übernommen und die Frauen eingesperrt. Und drittens haben sie das Denken und Erfinden verboten.«

»Verboten. Wie kann man Denken verbieten?«

»Indem man sagt: Im Koran steht bereits alles, was man wissen muss, und alles andere ist Lüge.«

»Yannick, woher weißt du das?« Ich war überfordert.

»Ach ja, wollte ich dir zum Lesen geben. Dickes Buch.« Er nahm seinen Rucksack und zog einen Wälzer heraus. »Hat mein Onkel mir zur Konfirmation geschenkt.« Er gab mir das Buch, es hieß »Wohlstand und Armut der Nationen. Warum die einen reich und die anderen arm sind.«

»Das hast du echt gelesen?«, fragte ich.

»Noch nicht ganz. Für unser Referat brauchst du auch nur ein Kapitel zu lesen«, sagte Yannick und wollte mir den Abschnitt zeigen.

»Kannst du mir nicht erzählen, was drinsteht?«

»Faultier«, sagte Yps. »Für dich die Kurzfassung: Die Europäer haben es irgendwie geschafft, die Erfindungen für sich zu nutzen. Durch die Römer und Griechen hatten sie Regeln aufgestellt. Es gab Eigentum, das heißt, jeder konnte mit seinen Sachen machen, was er wollte. Es gab das Recht, das heißt allgemeine Regeln, an die sich jeder halten musste, sodass man sicher war, die Sachen auch zu behalten. Es gab irgendwann die Trennung von Staat und Religion, das heißt, es herrschten Gesetze und nicht, was einer glaubte. Das hat allerdings ein paar Jahrhunderte gedauert, bis das jeder begriffen hatte. Und Europa hatte Glück, dass da ein paar schlaue Leute was erfunden haben oder das, was andere erfunden hatten, wie das Schießpulver, richtig benutzen konnten. Das Wichtigste war, das Erfinden erfinden, also Sachen immer besser zu machen. Und dann noch das Geld und der Zins, die haben dann alles beschleunigt.«

Yannick hätte unendlich weiterreden können. Er hielt seine angebissene Vollkornschnitte in der Linken, der Pony verdeckte seine Augen, und erzählte Sachen, von denen ich noch nie gehört hatte. Er war unheimlich.

»Ich glaube, wir müssen rein«, sagte ich.

»Sind wir uns dann einig?«, fragte Yannick und schlang das Brot runter. Ich nickte.

»O.k. Ich schreibe das auf, und du machst die Folien«, sagte Yannick.

Das war doch mal ein guter Vorschlag.

»Und sehen wir uns heute Nachmittag?«

»Klar. Meral kommt auch.«

Das Vollkornbrötchen mit Ruccola und Serranoschinken hatte noch eine Gnadenfrist bis zur nächsten großen Pause. Die nächste Stunde war Englisch. Thema: William Shakespeare, Julius Caesar. Tyrannenmord.

Nermins neue Schwester

Irgendwann, Nermin hatte sich in diversen Foren und Blogs nach dem wahren Glauben erkundigt, hatte die Frau sich bei ihr gemeldet. Nermin dachte zunächst, das sei ein Versehen. Aber dann ist sie mit der Schwester ins Gespräch gekommen. Es wurde für sie eine wirkliche Schwester, mit der sie über alles reden konnte. Das war anders als mit Meral, die von ihren Sachen nichts hören wollte. Nermin chattete dann mit der neuen Schwester fast jeden Abend über alles Mögliche.

»Oki wie geht es dir? Was machst du?«
»Gut, alhamdulillah, und dir?«
»Im Bett liegen. Und ihr?«
»Mann, nix da.«
»Heute ist Putztag. Musste Mutter helfen. Alhamdulillah: Vor 2tagen hat sie ein Baby bekommen.«
»Uuii echt? Mashallah. Mädchen oder Junge?«
»Jungeee!«
»SubhanAllah.«
»So klein, allhumma barik.«
»Bin müde. Hab morgen Arbeit in der Schule.«
»Worüber?«
»Judentum und Islam, glaub ich.«
»Machs gut.«
»As Salamu aleykum.«
»Waleykum salam.«
++++
»Hatte Arbeit in der Schule. Vollnerv.«
»Was denn?«
»Na, Judentum. War eher schlecht. Hab nicht gelernt. Fast nichts. War zu müde.«
»Unnötiges Wissen.«
»Wir alle waren in der Phase, aber weißt du, das ist nicht richtig.«
»Weil ein Muslim soll sich Wissen aneignen?«

»Das ist sehr wichtig für uns, weil wir besser als die Kuffar sind und unser Wissen sie sozusagen fertigmacht.«
»Jaa, keine Ahnung, aber ich dachte, wir sollen uns Wissen über den Islam aneignen?«
»Nicht nur Islam, auch allgemeines Wissen. Wir leben ja in Gesellschaften und unterschiedlichen Kulturen. Guck mal, die shuyukh (Gelehrten) haben alle studiert. Die sind nicht so einfach shuyukh geworden. Der Prophet saw und die sahabs haben normal gearbeitet vorher, die waren Kaufmänner. Khalid ibn walid. Weißt du, wie er von seinem Vater erzogen wurde?«
»Subhan Allah wie denn?«
»Khalid ib walid wurde von seinem Vater echt gedrillt, in jeglichen Sportarten.«
»Oha hahaha.«
»Von Reiten bis Pfeil und Bogen schießen. Und Schwert auf dem Pferd benutzen. Das sind alles allgemeine Sachen, zudem wurde er zu Hause und im Dings – hab das Wort vergessen – seines Vaters aufgezogen. Die waren auch reich.«
»Ohaaaaa subhan Allah.«
»Die waren sehr intelligent.«
»Weißt du, Khalid konnte sein ganzes Wissen für den Dschihad nutzen. Und das ist auch wie bei dir z. B., du sagtest unnötiges Wissen, aber die Juden kamen vor uns.«
»Jaa schon.«
»Und wenn du dir Wissen aneignest über Juden, kannst du dies irgendwann auch nutzen.«
»Aber die haben die Thora verfälscht. Also, warum falsche Sachen lernen?«
»Du lernst ja nix Falsches.«
»Die Christen fälschen immer noch die Bibel.«
»Das ist ja wichtiges Wissen.«

»Wieso weshalb warum haben die das gefälscht, und was ist gefälscht, weißt du?«
»Weißt du, ich hab aufgehört zu lernen in Deutschland. Ich bin hierhergekommen, aber du nicht.«
»Das gilt nicht. Unser Lehrer erklärt das so. Es gibt Reformjuden, und in der Thora steht anscheinend, dass sie sich an die Zeit anpassen müssen, und deswegen verändern die Rabbiner immer wieder die Thora.«
»Wo ist die Logik? Hahaha.«
»Kuffar halt.«
»Hahahaha witzig.«
»Die wollen ne moderne Religion.«
»Hahaha, jaja.«
»:D-«
»Ich muss jetzt schlaaaafeeeeeen.«
»Du musst schlafen? Wieso denn?«
»Zzzz«
»Hahaha inshallah.«

Der Spot

Yannick konnte eine Webcam und einen Scheinwerfer besorgen, und auch sonst war er, wenn man machte, was er sich so vorstellte, gut zu gebrauchen. Er hatte einen Freund, der hatte die Kamera, obwohl ja jedes Smartphone ausreichte, um einen Film zu drehen. Der Freund hieß Elias und war ein »YouTuber«, das heißt, er machte ständig Videos.

Die Idee, »was auf YouTube« zu machen, um Kadir zu

finden, flipperte zwischen Meral, Yannick, mir und einigen anderen herum, bis wir uns nach etlichen Runden tatsächlich im Jugendhaus zusammensetzten und zur Sache kamen.

Jeder sollte alles mitbringen, Filme, Bilder, Ideen, Musik. Egal.

»Das muss witzig sein«, sagte Elias, der als Einziger Erfahrung damit hatte, wie man ein Video schneidet und aufbereitet.

»Wieso witzig? Das ist Ernst. Mein Bruder ist verschwunden, was ist daran witzig?«, sagte Meral, die von dem technischen Kram schon genervt war, bevor es losging. Außerdem war sie von Nermin genervt, die sich in letzter Zeit wie eine von Mohammeds Frauen aufführte.

»Weil das sonst keiner guckt«, warf ich ein. »Außerdem, hast du mal die Dschihad-Videos gesehen, wenn die ihre Waffen und abgeschlagenen Köpfe in die Kamera halten, dann lachen die immer. Hahaha. Kopf ab.«

»Mein Bruder macht so was nicht«, sagte Meral.

»Wissen wir ja. Aber die machen auf dicke Hose, und da müssen wir was dagegensetzen.«

Professor Yps brachte es nach viel Gelaber auf den Punkt: »Leute, wir wollen, dass unser Video jemand guckt, möglichst alle. Wir wollen, dass Kadir es sieht, wenn er jemals ins Netz gehen sollte, und sich meldet. Und ich persönlich habe noch einen Vogel zu rupfen.«

»Hühnchen, heißt es«, sagte Elias, der Schlauberger.

»Sag ich doch, den Kalif Storch braten«, sagte Yannick.

Außer mir verstand den Witz keiner.

Meral tippte sich an die Stirn und war genervt.

Das Skript oder besser der Zettel, den sie großspurig Drehbuch nannten, hatte wie jeder Blockbuster drei Akte:

1. Akt. Kadir ist weg.
2. Akt. Wo ist Kadir?
3. Akt. Kadir, komm zurück.

Jeder bekam eine Aufgabe, wir zogen los, und zwei Tage später trafen wir uns wieder, und Elias machte daraus ein Video:

Aufnahme Fußballstadion: jubelnde Masse
Kadirs Selfie mit Ball auf der Straße
Off: Ein echter Straßenfußballer und die Hamburger Hoffnung: Die Nr. Sechs Kadir (und dann alle) Ölmez.
Man sieht, wie Kadir den Ball über ein Auto lupft. Foto Kadir. Einzelne Buchstaben poppen auf: K A D I R
Jubel. Ball fliegt gegen Mülleimer
Off: »Kadir ist weg«
Eine rasche Folge von sekundenkurzen Bildern, wie Bett, Schreibtisch, Küche, Hausflur, Straße, Sportplatz, Gemüseladen. Hamburg
Meral öffnet Kleiderschrank: leer
Mark öffnet Sporttasche: leer
Nermin öffnet Wohnungstür: Wohnung leer
Mutter hebt Deckel vom Kochtopf: leer
Leeres Tor, leeres Auto
Flasche leer
Dann kurzer Flash: Pierre Vogel sagt »Allah« und, wie ein Echo dahinter, von Deso Dogg: »Lustig, lustig TRALLAHLA«. Er hatte da ein Echo draufgelegt: »TRALLAHLA«
Black screen
Nahaufnahmen:
Zeki: »Digga, was soll das? Wir brauchen dich für die Melonen. Komm zurück.« Er hielt sich zwei Wassermelonen vor die Brust.

Mark: »Die Zehn braucht Pässe. Wir vermissen dich. Kadir, melde dich.«
Meral: »Kadir, egal was war, komm zurück. Wir lieben dich.«
Nermin: »Salam Aleikum Abi, geht es dir gut? Ich vermisse dich.«
Kadirs Mutter auf Türkisch: »Mein lieber Sohn, was tust du deiner Mutter an? Habe ich dich dafür geboren? Komm zurück. Bitte tu uns das nicht an!« Sie hält das Bild von Kadirs Beschneidung in der Hand #
Dann Schlussbild: KADIR MELDE DICH.

»Geil«, sagte Elias zu seinem eigenen Werk, »Kommt gut«, meinte Yannick.

»Das mit Tralla-Allah finde ich doof«, sagte Meral.

»Warum?«, fragte ich.

»Weil das damit nix zu tun hat«, sagte Meral. »Echt.«

Yannick, der zwei Tage an der Idee für diesen Schnipsel gebastelt hatte, wollte gerade zu einem Vortrag über den dramaturgischen Bruch ansetzen, als Elias sagte: »Sie hat recht. Ist sowieso zu lang. Wir machen daraus was Eigenes.« Er machte sich gleich daran, den Spot einzukürzen.

»Ich habe da noch eine Idee für einen anderen Spot«, sagte ich, aber niemand hörte mir zu. Dann wurde noch über die Musik diskutiert, aber es blieb bei der Fassung.

Es ging nur noch darum, das Video hochzuladen. Damit Freund und Feind das Machwerk auch fanden, musste man es »taggen«, das heißt es mit # Hashtags, Schlagworten versehen. Wenn man in die Suchmaschine z.B. #woistkadir #Kadiroelmez #HEBC #Dschihad #hamburg #Katzeklo eingab, fand die Maschine unser Video.

Es dauerte nicht lange, und alle wussten es: Kadir ist weg.

2

Der »Weg zur Tränke«

Um es gleich zu sagen, die Aktion vor dem Stadion hat für Kadir kein glückliches Ende genommen. Jedenfalls war es danach für keinen von uns mehr so wie vorher.

Die gute Nachricht ist, dass ich die Sache überlebt habe und deshalb davon erzählen kann. Ich habe Kadirs Geschichte so aufgeschrieben, wie ich sie selbst erlebt habe.

Was jetzt folgt, ist der Bericht über die Zeit zwischen Kadirs Verschwinden und Hells Bells. Davon habe ich von Kadir und durch Hörensagen erfahren. Ich war in der Türkei und in Syrien nicht dabei, kann hier aber berichten, was er und seine Verwandten und Bekannten mir davon erzählt haben, was in Zeitungen stand und in den »sozialen Medien«, auf Facebook oder WhatsApp zu finden war.

Ich weiß nicht, ob alles der Wahrheit entspricht, aber so, besser: so ähnlich, wird es sich abgespielt haben. Denn ich vermute, es war in Wirklichkeit noch viel schlimmer, um nicht zu sagen: erbärmlicher.

Abgang

Wann Kadir beschlossen hatte, den »Weg zur Tränke« zu gehen, konnte er später nicht mehr sagen. Es hatte sich so ergeben, besser, es ging irgendwann gar nicht mehr anders. Eins kam zum anderen und hatte zunächst nichts mit Glauben oder Krieg zu tun.

In der Zeit davor war für Kadir alles so kompliziert geworden. Er interessierte sich für Fußball, und auf dem Feld war er talentiert. Da wusste er, was zu tun ist. Aber sonst war Flaute. In der Schule machten ihn die meisten Fächer nicht an. Immer musste man irgendwelche Hausaufgaben machen, Bücher lesen über Dinge, die lange vorbei waren. Die Deutschen waren Nazis und hatten Juden umgebracht. Wen interessierte das? Er war Türke, das hatte sein Vater ihm immer wieder gesagt, und obwohl er in Hamburg geboren und nur in den Ferien in der Türkei gewesen war, hatte er deshalb mit deutscher Vergangenheit nichts zu tun. Alle Verwandten waren stolz, Türke zu sein, auch wenn sie einen deutschen Pass hatten. Der deutsche Pass hatte den Vorteil, dass man in der Türkei nicht zum Militär musste, der türkische war fürs Herz, die schriftliche Entschuldigung fürs Anderssein. Aber wenn jemand was wollte, war man von hier. »Das ist mein Kiez, Alter. Bin hier geboren. Was willst du?«

Jeder Türke hatte zwei Pässe, auch wenn das offiziell gar nicht ging. Das türkische Konsulat akzeptierte einfach nicht, wenn jemand sagte, ich bin jetzt Deutscher, ich gebe meinen Pass zurück. Sie nahmen ihn einfach nicht an. Einmal Türke, immer Türke, Gesetz hin oder her. Und er war

Muslim, weil seine Eltern Muslime waren und eigentlich alle Menschen Muslime sein sollten. Ohne Frage.

Die Deutschen waren deutsch, weil sie nichts anderes hatten. So kam es ihm vor. Stolz waren wir nicht darauf, höchstens, wenn wir Weltmeister beim Fußball wurden. Kadir wusste nicht, für welche Nationalmannschaft er spielen würde, wenn man ihn fragen würde. Wenn. Er ahnte, dass er für die spielen würde, die ihn zuerst fragen würden. Aber die deutsche Hymne würde er wie Özil nicht singen.

Ob türkisch oder deutsch, das hatte für ihn als kleiner Junge eigentlich keine Rolle gespielt, aber mit der Zeit merkte er, dass etwas daran falsch war. Er hätte nicht sagen können, was falsch war, es war einfach so. Er war ein Türke aus dem Getto, ein Gettoboy. Was Besonderes. Keine Frage. Und er glaubte was anderes. Er war Muslim, sauber, hatte Respekt und Ehre.

Widerworte gegen Ältere wie den eigenen Onkel oder Vater, das ging gar nicht. Er hatte Respekt oder verschaffte ihn sich. Andererseits mussten die Älteren nicht alles wissen. Was auf der Straße passierte, war ihnen egal, Hauptsache, man wurde nicht erwischt. Kadir ging und kam nach Hause, und niemand fragte oder meckerte, solange kein Nachbar oder die Polizei sich beschwerte. Aber wenn sein Vater sagte: »Du gehst mit deiner Mutter zum Einkaufen«, oder »Hilf dem Onkel«, dann war das Gesetz, und es wurde nicht diskutiert.

Draußen vor der Tür

Wochenlang hatten wir in der neunten Klasse ein Theaterstück gelesen von einem Mann, der aus dem Zweiten Weltkrieg zurückgekommen war und Selbstmord machen wollte. Klappte aber nicht. Die Elbe, in die er sich stürzte, wollte ihn nicht sterben lassen. Der Fluss wurde als alte Frau beschrieben, die sein Opfer nicht will: »Ich scheiß auf deinen Selbstmord, du Säugling.« Kadir fand das komisch, ein Fluss, der spricht. Wofür hatte der Beckmann, so hieß der Mann im Stück, im Krieg gekämpft? Das konnte keiner sagen. Der war im Krieg gewesen und wusste nicht, warum. Krass. Eine Frau findet den Mann am Strand, nennt ihn »Fisch« und nimmt ihn aus Mitleid mit. Hatte die keine Ehre? Weil Beckmann nicht mehr schlafen konnte, ging er zu seinem Oberst und wollte ihm die Verantwortung für einen Spähtrupp, der im Krieg umgekommen war, zurückgeben. Aber der lachte ihn aus. Alle waren Täter und Mörder und Opfer gleichermaßen, alles durcheinander. Ein Stück über Verrückte, die nicht leben und nicht sterben können. Und sich andauernd umbringen wollen. »Hab ich kein Recht auf meinen Selbstmord? Soll ich mich weiter morden lassen und weiter morden? Wohin soll ich denn? Wovon soll ich leben? Mit wem? Für was? Wohin sollen wir denn auf dieser Welt?«

Das hatte nichts mit ihm und seiner Wirklichkeit zu tun, fand Kadir, das waren falsche Probleme. Die von Ungläubigen. Wie die ganze Schule, die anstrengend und langweilig war und nichts mit ihm zu tun hatte. Er fühlte sich da falsch. In diesem Leben. Eben anders.

Er meinte, mit mir, seinem Freund, konnte er darüber nicht reden, ich fand ja alle Debatten gut und hatte ihm gesagt, das Stück sei so etwas wie ein trauriges Märchen über das schlechte Gewissen. Die Lehrerin erzählte was von Verantwortung und Schuld der Kriegsgeneration. Kadirs Vater sagte nur, als er ihn dazu fragte, die Deutschen seien verrückt. »Die machen sich Gedanken über Sachen, die es gar nicht gibt. Ungläubige«, sagte er. »Im Koran steht: Niemand kann sterben – außer mit der Erlaubnis Allahs.«

Die Klassenarbeit – Was sagt uns Wolfgang Borcherts »Draußen vor der Tür« heute? – hatte Kadir dann total verhauen. Er hatte geschrieben: »Ich bin Muslim, und im Islam ist Selbstmord verboten, deshalb kann ich dazu nichts sagen.« Mehr nicht. Er war aufgestanden und gegangen.

»Kadir, du solltest einen Aufsatz und nicht nur einen Satz schreiben«, sagte die Lehrerin. Sie gab ihm eine Sechs mangels Masse.

Er wusste, an Versetzung war auch wegen der anderen Fächer kaum zu denken. Aber er fand es total cool, seinen Abgang zu einer religiösen Sache zu machen. Die Lehrerin wollte über Selbstmord und Islam diskutieren, aber Kadir war nach der Sache mit der Klassenarbeit einfach nicht mehr zur Schule gegangen. Zu Hause hatte das niemand gemerkt. Er war morgens aus dem Haus und abends zurückgekommen, wie immer. Nach der Schule fragte sowieso niemand.

Die Brüder aus dem islamischen Kulturverein sagten: »Lass die Kuffar reden.« Keine Scheißdiskussionen mit Ungläubigen mehr.

Hand wash

Er brauchte die Schule auch gar nicht, denn es lief ja alles auch so ganz gut. Wenn er am Nachmittag in der Waschanlage die dicken Autos »von Hand« wusch und innen saugte und putzte, zahlte Ahmed, der Besitzer der Waschanlage und ein entfernter Onkel, ihm jedes Mal 20 Euro für vier Stunden. Meistens bekam er von den Leuten pro Wagen auch noch ein oder zwei Euro Trinkgeld. Also an guten Tagen hatte er so dreißig Tacken in bar. Das war mehr, als die meisten in der Klasse an Taschengeld im Monat hatten. Wenn er das den ganzen Tag machen würde, also Autos waschen und putzen, dann käme er – so viel Mathe war drin – im Monat auf mehr als tausend Euro. Und mal ehrlich, er kannte Leute, die hatten Abi und studiert und hingen dann auf irgendeinem Job als Praktikanten rum und verdienten weniger als er.

Tausend im Monat war als Startkapital nicht schlecht, zwischendurch konnte er noch ein paar »Geschäfte« machen, und dann – so der Plan – war das ja sowieso nur so lange, bis er endlich einen »Vertrag« hatte. Yalcin, der bei Altona 93 in der Ersten spielte, sagte, dass er ein »Angebot« hätte, für 500 im Monat in Lüneburg zu spielen. Und Yalcin war nicht halb so gut wie Kadir – sagten alle. Autos waschen, kicken – da wäre bald ein Führerschein drin. Er würde also noch mehr trainieren, damit er möglichst zum Lehrgang eingeladen und entdeckt wurde. Es spielten schon Siebzehnjährige in der Bundesliga.

Kadirs Vater war sauer, als feststand, dass er die neunte Klasse wiederholen sollte. Und froh, als er die Schule schmiss und ihm von der Tasche war. »Ist doch nur, weil wir Türken sind«, sagte er, als er das Zeugnis und die Fehlzeiten sah. Er hatte ja seine eigenen Theorien und sagte noch: »Bildung ist wichtig, aber das sind alles Nazis.« Kadir konnte gerade noch verhindern, dass er zur Lehrerin ging und mit ihr »redete«. Er wusste ja, wie der Baba drauf war. Das hätte eine Katastrophe gegeben. Und so heulte seine Mutter, Baba schimpfte, und Kadir sagte: »Schule ist aus«, und nahm den Job bei »Perfect-Auto-Wash« an.

Das war auch insgesamt nicht mehr so stressig, wie sich ständig über Zensuren einen Kopf zu machen und Probleme zu diskutieren, was ich so gern mochte. Vor allem über Politik. Er traf mich wie die anderen Fußballkollegen nur noch zu Spiel und Training. Denn wenn er keine Autos wusch, musste er zum Onkel in den Laden am Steindamm und helfen. Das hatte sein Vater ihm eingebrockt. Der hatte bis vor ein paar Jahren in einer Fabrik für Sonnencreme gearbeitet, irgendwas im Lager, war dann aber wegen Rückenproblemen zum Frührentner geworden. Doch das Geld reichte für die fünfköpfige Familie nicht. Also musste die Mutter putzen gehen. Meral ging ins Krankenhaus als Schwesternschülerin. Wenn sie sich anstrengte, würde sie Krankenschwester, andernfalls konnte sie immer noch als Schwesternhelferin Geld verdienen. Nermin war noch klein und würde sowieso irgendwann heiraten.

Als Kadir dann eigenes Geld verdiente, waren die größten Sorgen vorbei, denn er gab davon zu Hause was ab. Aber irgendwie reichte es trotzdem meistens nicht, denn sein Vater hatte noch Schulden aus einer Wettsache. Sein Vater spielte gern und zockte bei Fußballwetten. Das ging ins Geld. Es waren Schulden, die sein Onkel erst mal bezahlt hatte und jetzt wiederhaben wollte. Zuerst hatte der Vater die Schulden selbst beim Onkel abgearbeitet. Er hatte morgens die Ware vom Großmarkt geholt. Aber als er die schweren Obstkisten wegen »Rücken« nicht mehr tragen konnte, fuhr Zeki die Tour, und Kadir musste eine andere Arbeit übernehmen. Er ging abends nach Geschäftsschluss den Laden putzen. Und der Onkel hatte lange Öffnungszeiten. Nach Autowaschen und Training fuhr Kadir also in den Laden und schwang den Feudel. Oder eben morgens, bevor es losging. Das konnte er selbst entscheiden. Und dann war der Baba in die Türkei abgehauen, kurz nachdem ihn zwei Typen vom Wettbüro auf der Straße angerempelt und »Geld oder Auto« gefordert hatten.

Die Brüder

Kadir arbeitete praktisch für nichts beim Onkel, denn er gehörte ja zur Familie. Dafür gab der Onkel ihm gelegentlich eine Tüte mit Obst und Gemüse für die Mutter mit und nahm ihn mit in die Moschee. Erst beten, dann essen, dann reden, genauer, erzählen, was zu Hause los war.

Dort, in der Moschee, hatte er auch die Brüder vom Kulturverein kennengelernt. Die hatten da zwar nichts zu suchen, wie der Onkel meinte, aber sie waren eben da. Sie nahmen ihn in ihre WhatsApp-Gruppe auf. Zuerst hat er »rein zufällig« ihren Stand in der Spitalerstraße besucht, wo sie Korane verteilt hatten. Dann hatten sie ihn zu Versammlungen eingeladen, einmal, zweimal, dreimal, immer freundlich, immer wieder. Irgendwann war er dann mal hingegangen, weil Syrien das Thema war. Syrien interessierte Kadir, weil er es furchtbar ungerecht fand, dass Assad, der Hund, gegen Muslime kämpfte und sie umbrachte. Und die Jungs auf den Toyota-Pick-ups mit den schwarzen Sturmhauben und Fahnen, die waren irgendwie cool.

Die Brüder im Kulturverein waren voll entspannt und lustig. Sie trafen sich in einem fensterlosen Raum hinter einem Laden für irgendwas in St. Georg. Der Raum war fast leer, nur Teppichauslegware auf dem Boden und Neonröhren an der Decke, ein Plastiktisch vorne und die schwarze Fahne mit dem weißen Kreis und dem Glaubensbekenntnis auf Arabisch in der Mitte an der Wand. Die Fahne des IS wurde immer erst kurz vor Beginn des Abends aufgehängt, nachdem die Vordertür abgeschlossen war. »Aus Sicherheitsgründen«, sagte Abu Dawud, und alle Anwesenden hatten das Gefühl, jetzt ist die Umma, die Gemeinschaft der Gläubigen, versammelt. Sie brauchten keine bunten Fliesen und Kronleuchter für ihr Gebet.

Sie waren weniger als zwanzig, die meisten davon in der Kleidung der Salafis, also mit Takke, das ist dieses Häkelkäppi, Kaftan, weiten Hosen, die über den Knöcheln endeten, und Sneakers. Die anderen mit Jeans und dem üblichen Hoodie. Sie waren alle gleich, Araber, Deutsche, Türken oder Albaner, hier galt nur: »Bist du Muslim? Dann bist du ein Bruder.« Viele hatten neue Namen angenommen, nannten sich, wenn sie untereinander waren, Abu Bilal, Abu Hisham, Abu Hamed und so weiter. Abu Du, Abu Da, Abu Wo, Abu Wer, Abu Was. Irgendwann würde Kadir auch ein Abu, aber noch war er nicht so weit.

Sie zogen ihre Schuhe aus und stellten sie vorn im Laden ab. Die Veranstaltung fing an, indem sie gemeinsam beteten. Kadir, der sich noch nicht entschieden hatte, wie er sich nennen sollte, gefiel das, so in einer Reihe mit anderen

Männern in seinem Alter zu stehen. Da empfand er so etwas wie Kraft und gemeinsamen Zorn. Es war wie eine Schlachtordnung, die Reihen Richtung Mekka fest geschlossen. Die Richtung gen Mekka hatte einer mit dem Handykompass ermittelt. Der Versammlungsleiter sprach die *Al Fatiha,* das ist die erste Sure im Koran, dann verbeugten sie sich, Kadir legte die Hände auf die Knie, kniete nieder, drückte seine Stirn auf den Boden und sagte »Allahu Akbar«. Er richtete sich auf, setzte sich auf die Fersen und bat seinen Gott um Vergebung. Noch mal, noch mal, noch mal, der Text war immer gleich und vertraut. Dann ein Gruß nach links und rechts zum Nachbarn und so etwas wie verschämt befreiendes Gelächter. Die jungen Männer klatschten sich ab, als hätten sie gerade ein Tor geschossen.

Abu Dawud, der Versammlungsleiter, sagte: »Wie steht es so richtig in der Sure 61, die Reih und Glied heißt, im Vers 4: *Allah liebt diejenigen, die um seinetwillen in Reih und Glied kämpfen und fest stehen wie eine Mauer.*« Er kündigte dann einen besonderen Gast an. Ein kleiner schmaler Mann im braunen Kaftan und dem rot-weißen Kufiya-Tuch der Palästinenser als Turban auf dem Kopf. Er hatte ein schmales Gesicht, eine verhältnismäßig große Nase und einen Bart an Backen und Kinn. Die Wangen hatte er rasiert, sodass sein Gesicht lang und schmal wirkte. Nachdem der Versammlungsleiter ihn als Abu Ibrahim vorgestellt und ausführlich begrüßt hatte, setzte er sich an den Tisch, der vor die Fahne gerückt wurde, und begann nach den üblichen arabischen Grußformeln mit seinem Vortrag oder besser der Predigt. Der Bruder hatte einen durchdringenden Blick, und wenn er redete, stach sein langer Zeigefinger immer wieder wie ein Messer in die Luft. Kadir hörte fasziniert zu, denn der Mann konnte reden, und was er sagte, erreichte ihn. Der wusste – ohne dass jemand zu widersprechen gewagt hätte – das zu sagen, was Kadir fühlte: »Manche von euch fragen sich sicher, wofür mache ich das Ganze? Ich mache das für Allah. Ich glaube, dass es nach diesem Leben noch ein Leben geben wird. Allah ist der Schöpfer der Welt, und er weiß, wie wir am besten zu leben haben. Er weiß, was am besten für die Menschen ist, und hat uns deshalb Gesetze gegeben. Uns hat er erschaffen, damit wir ihm dienen.«

Abu Ibrahim sah in die Runde, als suche er nach Zustimmung. Aber das musste er gar nicht, denn alle nickten oder murmelten eine Lobpreisung. Er redete weiter: »Aber überall werden die Muslime davon abgehalten, den wahren Glauben zu leben. Wie viele Länder sind besetzt? Von diesen Hunden! Und wo sind die islamischen Führer, die dagegen aufstehen? Wo ist die Umma? Wir müssen zusehen, wie sie in unsere Länder reingehen, wie sie unsere Schwestern vergewaltigen und erniedrigen, unsere Sachen klauen und uns demütigen vor allen. Was ist das für ein erniedrigtes Leben, das wir führen? Die Umma brennt, und ihr macht den Mund nicht auf.«

Wohl jeder im Raum fragte sich, ob er sich denn bisher richtig verhalten hatte.

»Stattdessen sagen sie uns, wie man beten soll, so und so« – er hob und senkte die Arme –, »und reden gegen die Mudschaheddin, die ihr Leben geopfert haben. La ilaha illallah. Wann wollen wir aufwachen? Sie sagen, du redest wie ein Terrorist. Na und? Dann bin ich eben Terrorist – meinetwegen.«

»Wir auch«, sagte jemand neben Kadir, und alle stimmten murmelnd zu.

»Unser Weg ist der Weg des Propheten. Möge Allah

meinen Körper auf diesem Weg zerfetzen lassen, in ganz kleine Stücke. Weil wir niemals aufhören werden, hart zu leben. Wer weiß, was in Syrien passiert – wer kann da noch Fußball spielen oder in die Disco gehen? Ich muss was machen und darf keine Angst haben.«

Durch die Gruppe schien ein wohliger Schauer gegangen zu sein, als der Bruder seine Predigt beendet hatte. So einfach und wahr war der Glaube. Die Welt war nicht kompliziert, wenn man die richtigen Worte und den Weg kannte, dachte Kadir. »Und Allah weiß es.«

Wenn er von solchen Versammlungen nach Hause aufbrach, fühlte er sich auserwählt, und wenn er durch die Straßen ging, dachte er manchmal, dass hier in naher Zukunft überall die schwarze Fahne mit dem Lob Gottes wehen würde. Er würde dann durch die Straßen patrouillieren, an den geschlossenen Kneipen vorbei, die Kirchen und die Turnhallen der Schulen wären Moscheen, bei »Spar« würde es nur noch *halal*-Ware geben. Die Menschen wären zufrieden, und wer sich dagegen auflehnte, würde den Zorn Allahs zu spüren bekommen – und ein Kafir würde jeden Tag Kadirs Toyota-Pick-up auf Hochglanz wienern.

Die Brüder hatten Antworten und Lösungen für alles. Und sie hatten sich diese Antworten nicht ausgedacht, sondern sie hatten immer den *Dalil*, den Beweis. Den entnahmen sie den Schriften, dem Koran und den Hadithen. Man musste nur die Schriften kennen, und schon konnte man alle Probleme lösen, denn der Prophet hatte es vorgelebt, und man musste nur die richtigen Schlüsse aus seinen Worten und Taten ableiten. Der Islam erschien Kadir als die perfekte Ordnung und Legitimation für alles. Das erste Mal hatte er das Gefühl, dass er im Recht und nicht falsch war.

Kadir musste und wollte plötzlich lernen, was Hadithe und die Sunna sind. Und er begann, den Koran zu lesen, obwohl er zunächst kaum etwas verstand. Es waren göttliche Regeln, die man nur lernen und befolgen musste. Das war nicht schwer, denn er lernte mit dem Herzen, und die Brüder halfen ihm dabei. Langsam wurde ihm klar, dass sein Weg vorbestimmt war. Dass Allah gewollt hatte, dass er die Schule schmeißt, weil sein Weg ein anderer war, als man ihm einreden wollte.

Er ging nun regelmäßig zu den Versammlungen im Kulturverein. Er verschwieg es mir gegenüber, weil ich ihn immer wieder fragte, warum wir nicht mehr gemeinsam etwas unternahmen. Ich nervte ihn mit meinen Fragen, und schließlich war ich ein Ungläubiger. Die Brüder sagten, dass es nichts bringt, mit Christen zu diskutieren oder sich mit Leuten abzugeben, die an gar nichts, sprich *Iblis*, den Teufel, glaubten. Irgendwann würde Allah uns recht leiten, oder wir würden für unseren Irrweg den Preis zahlen.

Das Seminar

Obwohl die Arbeit und die Abende im Kulturverein immer mehr von seiner Zeit beanspruchten, lebte Kadir ein Doppelleben. Dreimal Training in der Woche und am Wochenende ein Spiel, das erforderte Zeit. Zeit, die ihm fehlte, um bei seinen Brüdern zu sein. Wenn er mit der Mannschaft zusammen war, war alles wie immer, aber er merkte, dass meine und die Interessen der anderen ihn mehr und mehr langweilten. Es ging um den letzten Bundesligaspieltag, neue Sneakers, die nächste Party und ob Julian mit Hanna zusammen war und deren Freundin womöglich allein ist, ob man in dem oder jenem Club auf die Gästeliste kam. Ihn quälten dagegen die Nachrichten aus Rakka, Ramadi, Palmyra und Ain al Arab, die er von den Brüdern über WhatsApp und YouTube bekam und wovon wir Unwissenden nichts ahnten. Dort starben Schwestern und Brüder, und die Welt interessierte das nicht. Er litt unter dem Gedanken, dass dort, wo sie endlich das Kalifat wieder errichtet hatten, die Geschwister unter Bomben und Krieg litten. Er fühlte Scham, dass er so untätig war.

Dann ergab es sich, dass die Gruppe ein Wochenendseminar abhalten wollte und Kadir an dem Wochenende spielfrei hatte. Sie wollten gemeinsam den Koran lesen und darüber diskutieren, was sie tun könnten, um der Umma zu helfen.

Abu Musab hatte einen Onkel, der ihnen einen Ford Transit lieh, in dem sie zu acht fahren konnten. Sie trafen sich an einem Freitagabend mit Schlafsack und Wochenendverpflegung vor dem Laden und fuhren Richtung Westen, nach Belgien. Kadir hatte gar nicht überlegt, aber in seiner Sporttasche war wie selbstverständlich ein Ball. Vielleicht konnte man ja in den Pausen ein wenig kicken. Sie fuhren los, hörten Naschids und aßen Chips. Irgendwann begann Abu Anas, über Fußball zu reden.

»Fußball ist voll *haram*, verboten. Ich weiß nicht, wie du als Bruder immer noch so was machen kannst.«

»Ach lass, Anas, du bist ein Grobmotoriker, der mit seinen dicken Füßen den Ball nicht trifft«, sagte Abu Hisham, der ursprünglich aus Ägypten kam, recht groß war und gelegentlich Basketball spielte.

»Fußball ist *haram*, ich habe eine Fatwa gelesen«, beharrte Anas. »Von einem Sheikh Soundso, der sagt, erlaubt ist Sport nur, wenn er als Training für den Dschihad oder zur Abwehr von Krankheiten dient. Nicht als Kampf oder für Geld. Das würde nur vom *Dhikr*, Erinnern an Allah, ablenken«, dozierte Abu Anas, und Abu Hisham entgegnete: »Du könntest auch ein wenig Training gebrauchen.«

»Was meinst du, Kadir?«, fragte Abu Musab.

»Ich bin fit und widme die Tore Allah«, sagte er aus einer Laune heraus, obwohl er die Diskussion gar nicht verstand. »Man kann Allah auf verschiedene Art dienen.«

Ein vielstimmiges »Alhamdulillah« war die Antwort.

Aber Abu Anas war trotzig, er holte eine Broschüre raus und las vor: »In dem Hadith Nr. 2797 von at-Tirmithi steht: Verhülle deinen Schenkel, denn der Schenkel ist Teil der Aura.«

»Oh ja, oh ja«, sagten die Reisenden müde und fühlten sich unwissend und weise zugleich, weil einer von ihnen immer den rechten Weg wusste. Heute war es Abu Musab, der den Wagen fuhr, und Abu Anas, der im Ball den Kopf des *Iblis* sah. Kadir fand die Ansichten von dem Dicken neben ihm komisch, aber der Gedanke, dass Fußball eigentlich verboten ist, nagte in der folgenden Zeit dann doch an ihm. Trotzdem, der Ball kam am Wochenende zum Einsatz, man kickte verstohlen und verhalten, Kadir zeigte ein paar Kunststücke mit dem Ball am Fuß, die auf nachsichtiges Lob trafen.

Die Vorträge kreisten um das zentrale Thema, es ging um die Perfektion der islamischen Lehre. Kadir ließ sich mitziehen, er betete, hörte zu und glaubte, was gesagt wurde. Der erste Referent, Imam Abu Azzam al-Beljiki, brachte es auf den Punkt: »Seid nicht wie jene, die einem Trend nach dem anderen folgen und keine Zufriedenheit mit sich selbst finden können. Seid nicht wie das armselige Mädchen, das versucht, einem künstlichen Schönheitswahn zu folgen. Es misslingt ihr, woran sie zerbricht und worauf sie sich letzten Endes das Leben nimmt oder an Bulimie oder Magersucht erkrankt. Allah, der den Menschen erschuf, hat ebenso ein perfektes System für ihn erschaffen und bestimmt. An uns ist es nun, sich diesem zu fügen, auf dass wir die Zufriedenheit in diesem und im nächsten Leben erlangen und auf dass Allah mit uns zufrieden ist. Sollte denn Derjenige, der erschaffen hat, nicht Bescheid wissen? Und Er ist der Feinfühlige und Allkundige. Und warum sollte ich nicht Demjenigen dienen, Der mich erschaffen hat und zu Dem ihr zurückgebracht werdet?

Die Perfektion des Universums, das so sensible Herz, Trauer und Freude, Schmerz und Leid und nicht zuletzt dein Verstand – gepriesen ist Allah. Der all dies nicht umsonst erschaffen hat. Er hat euch nicht zum Spiel und sinnlosen Zeitvertreib erschaffen, nein. Allah, der Allmächtige, spricht: Und ICH habe die Dschinn und die Menschen nur darum erschaffen, damit sie MIR dienen.«

Land des Krieges

Kadir war seiner Meinung nach inzwischen ein Wissender, er betete fünfmal am Tag, das beruhigte ihn, er las, wann er konnte, im Koran oder in Schriften der Bewegung. Und er traute sich inzwischen auch, sich an internen Diskussionen zu beteiligen. An dem Wochenende in Belgien, wo er von dem Land allerdings nur die Ortsschilder und eine Frittenbude an einer Landstraße kennenlernte, ging er zu einem Vortrag über Hadithe, die Ahmad ibn Hanbal zusammengetragen und überliefert hat. Kadir, der sich für Geschichte nie interessiert hatte, fand nun die alten Prophetengeschichten spannend, denn sie führten immer zum Heute, zu seinem Leben. Er fühlte sich verbunden mit dem Alten. Ahmad war einer der Gelehrten, der die Worte und Taten des Propheten Mohammed überliefert hatte. Das war entscheidend bei einem Hadith, dass man nachweisen konnte, dass er tatsächlich vom Propheten stammte und nicht eine Erzählung von irgendwem war.

Der Referent al-Beljiki begann damit, einen Hadith zu zitieren: *Ich wurde vor der Stunde mit dem Schwert entsandt, bis Allah alleine angebetet wird, und er hat keinen Partner. Und mein* Rizq *(Lebensunterhalt) ist unter dem Schatten meines Speers, und Demütigung und Herabwürdigung sind das Schicksal desjenigen, der sich meinen Befehlen widersetzt.*

»Es geht, liebe Geschwister, um die Regelung bezüglich des Enteignens des Besitzes der Kuffar in Dar al Harb. Das *Dar al Harb* ist das Haus des Krieges, das heißt alle nicht-muslimischen Gebiete, der Ort, an dem wir uns hier in Europa befinden. Wir wollen darüber sprechen, was unser Prophet sagt, wie es hier und heute mit dem Besitz aussieht.

Brüder, Mohammed wurde mit dem Schwert entsandt: Der Gesandte Allahs und die Mudschaheddin trugen das Licht des Islam an die Menschheit heran, indem sie für Allahs Sache kämpften.

Die beste Form des Einkommens ist die der Kriegsbeute, und die beste Tätigkeit ist der Dschihad auf dem Weg Allahs. Das Einkommen, welches aus der Beute erwirtschaftet wird, welche durch Gewalt von den Feinden

Allahs genommen wird, ist reiner und vortrefflicher als das Einkommen als Geschäftsmann, Ingenieur, Physiker oder Bauer; einfach deshalb, weil das die Art von Einkommen war, die Allah für Seinen Gesandten Mohammed bestimmt hat.«

Nach einer langen Erläuterung über die Auffassung der Rechtsschulen, das heißt der unterschiedlichen Gelehrtenauslegungen der *Scharia,* des islamischen Rechts, wie der Hanafiten, der Hanbaliten oder der Schafiiten, der Kadir nur mit Missvergnügen folgte, zitierte der Referent den berühmten jemenitischen Sheikh Anwar al-Awlaqi, der sagte: »All unsere Gelehrten sind sich einig, dass es erlaubt ist, den Besitz der Ungläubigen im Land des Krieges wegzunehmen, sei es mit Gewalt oder durch Mittel des Diebstahls und der Unterschlagung.«

Die Anwesenden lachten, wie sie oft lachten. Es war ein Lachen der Macht und der göttlichen Überlegenheit. Kadir hatte es wieder und wieder gehört, dass die selbst gemachten Gesetze der Ungläubigen nicht für die Muslime galten. Für sie galt die Scharia, ihr Weg zur Tränke.

Der Referent beruhigte die Gruppe und gab sich nachdenklich: »Unsere Gelehrten sind sich uneinig darin, wie der Besitz, welcher durch Diebstahl oder Unterschlagung enteignet wurde, aufzuteilen ist. Die Mehrheit ist der Ansicht, dass es *Ghanima,* Kriegsbeute, ist. So soll ein Fünftel davon an den *Amir,* den Anführer, gezahlt werden, damit er es für den Dschihad ausgibt. Auf der anderen Seite sind die Hanafis der Ansicht, dass es eine Einnahmequelle ist, welche gänzlich demjenigen gehört, der sie erbeutet hat. Letztlich gibt es noch eine Minderheitenansicht, die meint, dass es sich um *Fay',* um leichte Beute, handelt, die daher nach dem Ermessen des *Amirs* aufgeteilt werden soll.«

Reisevorbereitungen

Für Kadir veränderte sich von Tag zu Tag seine Sicht auf die Welt. Er konnte seinen Alltag kaum noch ertragen. Alles erschien ihm dunkel, dreckig. Er sagte dann irgendwann zu Abu Dawud: »Ich gehe.« Der Bruder sah ihn an, nahm ihn in den Arm, und sie schwiegen.

Er weihte nur wenige Brüder ein, aber wer es wusste, behandelte ihn in den nächsten Tagen wie einen Heiligen. Jeder Wunsch wurde ihm erfüllt. Abu Anas gab ihm irgendwann zwanzig Euro. »Für die Geschwister«, sagte er und hatte Tränen in den Augen.

Kadir bekam die wesentlichen Informationen über das Internet. Das war recht einfach, und nachdem ihm einer der Brüder noch den Namen und die Handynummern einer WhatsApp-Gruppe gegeben hatte, ging alles wie von selbst. Immer wieder kamen Nachrichten:

Lüge, sag, dass du ein Tourist bist. Niemals zugegeben, dass Syrien das Ziel ist. Der Urlaub der Umma ist der Dschihad, hahaha.
Das Begrüßungskomitee wird sich um alles Weitere kümmern.
Nenne niemandem deinen richtigen Namen und melde dich, sobald du im Hotel in Gaziantep oder Sanliurfa bist.
Um unbeschadet durch die Türkei zu kommen, solltest du ein Rückreiseticket dabeihaben, einige touristische Orte kennen und dich unauffällig verhalten. Du wirst wahrscheinlich mehr als nur eine Telefonnummer bekommen. Notiere sie auf einem Zettel, den du sicher aufbewahrst. Gib ihm keinen Titel

(oder noch besser, erfinde einen). Und speichere die Nummer auch im Handy ab (aber bitte nicht unter einem Stichwort wie »Osama bin Laden« - das ist ja klar).

Auf YouTube fand Kadir eine Anleitung, die als »Guidebook to the Islamic State« beschrieben war. Und ein Video: »Brüder und Schwestern«, darin sagt ein Bruder in Jeans und T-Shirt, »hier eine kleine Anweisung, was ihr an Gepäck mitnehmen sollt, wenn ihr in den Urlaub fahrt. Mehr als drei Taschen sind nicht möglich. Sonst könnt ihr euch nicht schnell genug bewegen. Das Wichtigste ist eine Umhängetasche.« Er zeigte einen größeren Brustbeutel. »Da kommt alles rein, was ihr unbedingt braucht. Papiere, Pässe, Tickets, Telefonutensilien, Handtuch, Sonnenbrille, Medikamente usw. Wenn ihr mal abhauen müsst, bleibt die Tasche am Körper.

Dann einen Rucksack für T-Shirts, Ersatzhose, Waschzeug etc.« – er hält einen kleinen Rucksack hoch. »Der muss als Handgepäck durchgehen. Achtet auf die Maße. Er sollte keine Außentaschen haben, weil es überall Diebe gibt.

Der Rest kommt in den Koffer oder eine Sporttasche. Dabei sein sollten eine gute Jacke und Schuhe, aber keine mit militärischem Aussehen, vier Paar Socken, natürlich keine Waffen, aber ein eigenes Messer.« Der Mann zeigt ein großes Taschenmesser. »Wenn ihr so Sachen wie Schienbeinschützer oder Protektoren wie Knie- oder Ellenbogenschützer vom Skaten oder Fußball habt, mitnehmen. Und Verbandszeug.« Er hält ein Erste-Hilfe-Verbandspaket aus dem Auto hoch. »Ach ja, Aufladekabel und Taschenlampe sind wichtig.« Er deutet drauf. »Dann gute Reise. Ich schicke dann noch Bilder und ein paar schriftliche Anweisungen für die, die sie brauchen.«

Kadir lud sich Busfahrpläne aus dem Internet herunter, schrieb einen Abschiedsbrief an seine Mutter und steckte einen 10-Euro-Schein in den Umschlag. Am schwersten fiel es ihm, mit niemandem darüber zu sprechen, dass er in den Dschihad zieht. Aber er wusste, alle würden versuchen, ihn davon abzuhalten. Meral, die Abla, die von Religion nichts hielt, seine Mutter, die immer nur Angst um ihn hatte, Nermin, die doch nur Pferde im Kopf hatte, und erst sein Onkel, der sich als sein Vater aufspielte. Der Onkel bezeichnete sich als fromm, aber sein Glaube bestand in der Gewissheit, dass alle ihm gehorchten und sich daran nichts ändern würde.

Am allerschlimmsten war aber, dass er nicht mehr Fußball spielen würde. Sollte er die Aufgabe, für Allah zu kämpfen, zurückstellen, weil er ein Aufstiegsspiel hatte? Da musste er lachen. Wenn man im Kopf ein Mudschahed war, dann stellte sich die Frage so nicht mehr. Das Spiel am Wochenende war jedoch eine gute Gelegenheit, Zeit zu gewinnen. Dem Onkel sagte er, er könne nicht arbeiten, weil er das wichtige Spiel hat, bei Ahmeds »Perfect-Auto-Wash« nahm er sich schon Freitag mit derselben Begründung frei. Zu Hause sagte er, er würde bei mir übernachten. Zu mir sagte er gar nichts.

Dann war es so weit. Der Tag der Abreise war da. Er verabschiedete sich von seiner Mutter, ohne ihr etwas zu sagen. Auf dem Weg zur U-Bahn traf er Tayfun und Volkan, die immer dort abhingen.

»Wohin, Digga?«

Er sah sie an. Für einen Moment lockte es ihn zu sagen: »Dschihad«. Sie wussten, dass er immer in den Kulturverein ging, aber was sie sonst wussten, ahnte er nicht. Er meinte, sie würden es nicht begreifen, und zeigte nur mit dem Kopf Richtung U-Bahn.

Die beiden sagten: »Alles klar, Digga.« Sie sahen sich vielsagend an und gingen in den Imbiss.

Haymat

Wenn Kadir bisher in den Ferien mit der Familie in die Türkei gefahren war, ging das schnell. Ein kurzer Reisetag von einer Welt in die andere, eine Welt, die nur für die Kinder, nicht für seine Eltern eine andere war. Zeki brachte sie in Hamburg zum Flughafen, von dort ging es direkt nach Istanbul und dann weiter per Flugzeug nach Malatya. In Malatya gab es einen Verwandten, der sie abholte.

Für die Mutter war es der Weg von einer Küche in die andere. Die eine hatte einen Elektroherd und einen Geschirrspüler, die andere den Holzofen und einen Brunnen auf dem Hof. Aber am Essen änderte sich nichts, nur dass im Dorf die Sachen frischer waren. Die Ziege, die zur Ankunft in den Dorfofen kam, lebte vor dem Abflug der Familie aus Almanya meist noch, und alles schmeckte irgendwie intensiver. Für Kadir, Meral und Nermin waren es Ferien auf dem Bauernhof, die mit zunehmendem Alter eher langweilig wurden. Für die Eltern die Wochen, in denen sie ihre Sehnsucht nach Haymat stillten. Der Vater war in der Dorfgemeinschaft der reiche Almanci, die Mutter die umschwärmte zukünftige Schwiegermutter. Die Kinder drei gute Partien, um deren Zukunft man sich auf dem Dorfplatz Gedanken machte.

Bei der Hinfahrt hatten sie immer allerlei Gepäck und Mitbringsel dabei, beliebt waren Nescafé, Werkzeug,

Cremes, Medikamente. Dinge, die man im Dorf nicht bekam. Als Kadir einmal einem Cousin eine Dose »Red Bull« mitbrachte, wurde die in großer Runde unter der Dorfjugend geteilt, und die Blechdose landete später als Trophäe der Moderne auf dem Bord im großen Zimmer, wo alle schliefen. Die Mutter nahm die Einkaufswünsche schon Wochen vorher bei ihren Telefonaten entgegen, führte Listen, wer was bestellte oder bekommen sollte. Die Armut und Ödheit, die schwere Arbeit in den Bergen mit den Schafen und den Obstbäumen wurden für die Dorfbewohner für kurze Zeit überstrahlt von dem Gefühl, nicht vergessen zu sein. Und doch hatte alles seine Regeln, der Aga und der Hodscha behielten das Auge auf Erlaubtes und Verbotenes und dass die Sitten sich nicht allzu sehr lockerten durch die Fremden aus dem Norden.

Auf der Rückfahrt hatte man nicht weniger Gepäck und noch mehr Wünsche dabei. Der gute Schafskäse, die eigenen Oliven, köstliches Lokum, Pinienkerne, groß wie Bohnen, wollten gleichmäßig auf die Koffer der Familie verteilt werden, und die Gewichtsgrenze wurde immer ausgereizt. Vorsichtig fragten Nachbarn an, ob Kadir, der langsam ins heiratsfähige Alter kam, nicht im nächsten Jahr vielleicht einmal zum Mokka kommen könnte. Die Tochter sei auch bald mit der Schule fertig und wolle so gern nach Deutschland. Kadir hatte solche Anspielungen zuerst gar nicht verstanden, Mädchen spielten für ihn noch nicht wirklich eine Rolle.

Aufbruch ins Ungewisse

Kadirs Weg führte zunächst zwar auch nach Anatolien, aber diesmal würde es anders sein. Er war noch nie allein unterwegs gewesen. Wenn er die Anleitung im Netz nicht gefunden hätte, hätte er gar nicht gewusst, wie viele Unterhosen oder Socken er einpacken sollte. Das hatte immer seine Mutter gemacht. Brauchte er Sonnencreme oder eine Regenjacke? Den Ball würde er zurücklassen, die Hidschra war schließlich kein Heimspiel. Es wurde ihm klar, dass er noch nie etwas ganz allein gemacht hatte.

Kadir hatte darauf geachtet, dass seine Mutter und die Schwestern nicht merkten, dass er bestimmte Sachen beiseitelegte. Zahnpasta und -bürste und Deo nahm er aus der Reserve. Eine dicke Jacke und die Outdoor-Stiefel hatte er neu gekauft und bei Abu Dawud gelassen. Dort hatte er nach und nach alles eingelagert und erst eingepackt, bevor er sich zum Busbahnhof aufmachte. Er hatte sich mit den Brüdern beraten, welches der beste Weg war, und sich dafür entschieden, die Strecke nicht zu fliegen, sondern mit dem Bus zu fahren. Das dauerte zwar länger, fast vier Tage, war aber preiswerter, vor allem wurde weniger kontrolliert. Denn inzwischen wusste die Polizei, dass junge Menschen nach Syrien in den Dschihad zogen, und man achtete auf entsprechende Zeichen. Kadir war bisher als Aktivist nicht aufgefallen. Einen Flug hätte er buchen müssen, das wäre nachvollziehbar gewesen, ein Busticket hingegen war schnell gekauft.

Er hatte sich verschiedene Ausreden zurechtgelegt. Wenn man ihn an der österreichischen Grenze kontrollieren würde, wäre er auf dem Weg zu einem Freund in Wien, von dem er eine Adresse hatte. Später würde er sagen, er wolle seinen Vater im Dorf in Anatolien besuchen. Ein junger Mann auf Grand Tour. Er war aufgeregt und gab sich cool. Die Brüder trugen seine Tasche zum Busbahnhof. Sie umarmten sich mehrfach, »Alhamdulillah«, und spritzten Ruqia-Wasser aus Trinkflaschen hinter ihm auf den Weg für die gute Reise.

Kadir schlich sich mit einer Lüge aus seinem bisherigen Leben. Er dachte an das Spiel und die Kameraden, die er im Stich ließ. Aber der Koran sagte ihm: »Die Gläubigen sollen sich nicht die Ungläubigen anstelle der Gläubigen zu Freunden nehmen. Wer das tut, hat keine Gemeinschaft mit Gott.« Er hatte sich entschieden, dass dies seine Richtschnur sein sollte.

Und seine Brüder standen da am Bussteig, guckten wie Verschwörer und raunten ihm Sachen zu wie: »Ich beneide dich, Bruder.« Und: »Ich bete für dich.« Er hatte ein paar Tränen weggedrückt, sich die Kapuze ins Gesicht gezogen und den MP3-Player angestellt. Ausgerechnet als er über die Elbbrücken fuhr, kam der Song: *Dieser Weg wird kein leichter sein, dieser Weg wird steinig und schwer. Nicht mit vielen wirst du dir einig sein, doch dieses Leben bietet so viel mehr.*

Er drückte auf »Forward«. Kadir hatte sich alle Musik, diese Sünde wollte er zulassen, auf einen MP3-Player gezogen. Später wollte er das dann endgültig löschen. Er hörte Naidoo mit seinem WM-Song oder Leute wie Ice Cube und Koran-Rezitationen, während er stundenlang an Schildern mit der Aufschrift »Ausfahrt« vorbeifuhr, so als würde dieser Ort überall sein oder ihm sagen wollen, noch ist es nicht zu spät.

Die Landschaften und die Mitfahrer wechselten. In Dortmund traf er Fußballfans, die auf dem Weg zu einem

Auswärtsspiel waren, vor allem junge Leute; bis Nürnberg plärrte ein Baby ununterbrochen, während der Geruch von frischen Zwiebeln auf Mettbrötchen durch den Gang zog. Der Weg durch den Balkan war dunkel, sie fuhren nachts. Zum Glück war der Platz neben ihm frei. Wenn er rausguckte, sah er, dass sich die Schriftzeichen auf den Straßenschildern änderten. Einmal musste er an einer Grenze auf sein Gepäck zeigen, das Zöllner kontrollierten. Die Musik aus seinen Kopfhörern ließ die Umwelt verstummen, und irgendwo in Mazedonien dröhnte Eminem in seinen Ohren, und der Koran flimmerte vor seinen Augen und beides durch seine Sinne. Sie trafen sich irgendwo hinter den Augen und wurden eins: *I'm not afraid to take a stand /* Kämpft gegen sie, bis es keine Verführung mehr gibt / *Everybody come take my hand /* und bis die Religion nur noch Gott gehört. / *We'll walk this road together, through the storm /* Wenn sie aufhören, dann darf es keine Übertretung geben / *Whatever weather, cold or warm /* es sei denn gegen die, die unrecht tun./ *Just let you know that, you're not alone / Holla if you feel that you've been down the same road /* Vorgeschrieben ist euch der Kampf, obwohl er euch zuwider ist.

Kadir merkte, dass das alles zu viel für seinen Kopf war. Er stoppte die Musik, drückte die »Alles löschen«-Taste und legte sich das Buch auf seine Brust. Dann schlief er ein, träumte von Eminem als Mudschahed und einem Ball, den er in ein Fenster schoss und der im Gebäude explodierte.

Später verkaufte jemand auf einer Raststätte fettige Teigtaschen mit undefinierbarem Inhalt, die scharf und gut gegen den Hunger waren. Selbst hier gab es Cola. An der türkischen Grenze zeigte er seinen türkischen Pass vor, damit er keinen Stempel in den deutschen Reisepass bekam und niemand wusste, wann er ein- und ausgereist war. Der

Grenzer fragte ihn, wo er herkomme und wohin er wolle. Er sagte: aus Hamburg. Der Grenzer sagte »Reeperbahn« und Kadir, er wolle zu seinem Vater nach Malatya. Der Beamte fragte, ob er eine Familie Yozgurt kenne, die dort in der Nähe wohnte. Aber Kadir verneinte, und der Grenzer war trotzdem zufrieden. Jetzt wusste Kadir, dass er in der Türkei war, denn immer und überall wurde unter Türken nach gemeinsamen Verwandten gesucht. Wenn in Hamburg jemand fragte: »Wo kommst du her?«, war das bereits verdächtig rassistisch, denn zu unterstellen, dass jemand nicht »von hier« war, galt bereits als diskriminierend. Unter Türken war diese Frage der Test, ob man zur Mahalle, das heißt dem Ort, dem Clan oder der Familie, gehörte und »eine oder einer von uns« war.

Moloch Istanbul

Je näher sie dem Bosporus kamen, desto aufgeregter wurde Kadir. Die Sonne legte gerade einen bläulichen Schimmer über die Silhouette der Stadt, die ihm wie ein riesiger Moloch vorkam. Die Straßen waren wie Honigfallen, die die Beute ins Innere gleiten ließen. Als der Bus schließlich in den Büyük Otogar, den Busbahnhof im Stadtteil Bayrampasa, einfuhr, hatte Kadir das Gefühl, direkt im Inneren eines riesigen Verdauungsapparats gelandet zu sein. Hunderte Busse stießen unaufhörlich ihre menschliche Fracht ab und nahmen kurz darauf neue Passagiere und Fracht auf. Wie von einer unsichtbaren Hand geleitet, fanden die Reisenden Gepäck und trugen es zur nächsten Transportmöglichkeit. Alles erschien ihm chaotisch, aber jeder schien ein Ziel zu haben. Kadir irrte wie eine Fliege im Zimmer durch das rund um die Bussteige herumgebaute Gebäude, in dem an Tausenden offenen Schaltern das Gleiche angeboten wurde: Reisen an jeden Ort der Türkei im Minutentakt. Leute schliefen auf ihren Koffern, andere hetzten schreiend zum Bus, glotzten den Leuten nach, bettelten, blickten suchend umher. Nur wenige Frauen trugen kein Kopftuch, viele trugen auch den *Nikab,* den Ganzkörperschleier. Insgeheim sah er sich um, ob ihm jemand ein Zeichen des Erkennens gab. Aber niemand wartete auf ihn.

Er brauchte zunächst eine SIM-Karte für sein Telefon, dann etwas zu essen, tauschte Geld, kaufte sich eine Flasche Wasser und von einem Jungen einen Sesamkringel und ging in die Moschee im Bahnhof zum Beten. Ja, in der Türkei gab es, seit Erdogan an der Regierung war, in jedem Bahnhof ein *Mescid,* einen Gebetsraum, hier sogar eine richtige Moschee. Dort konnte er etwas ausruhen, da war es ruhig. Bevor er die Telefonnummer wählte, die er sich in die Socken gesteckt hatte, betete er noch einmal. Bisher hätte er alles noch als Irrtum bezeichnen können, er hatte nichts getan, was man ihm vorhalten könnte, außer dass er seine Reise verschwiegen hatte. Nun begann die nächste Etappe auf dem Weg, ein *Muhadschir,* Auswanderer, zu werden. Er wollte das Land des Unglaubens verlassen, um in das Land zu gehen, wo er seine Religion leben und für sie kämpfen konnte. In Hamburg war alles so egal, niemand hatte Respekt vor ihnen. Damit sollte Schluss sein. Darüber hatte er immer wieder mit den Brüdern gesprochen. Er glaubte ihnen, als sie von der Unmöglichkeit sprachen, in Deutschland als Muslim zu leben. Er hatte es erlebt, wie sie bei der Koranverteilung angeglotzt wurden, man sie auslachte oder ihnen den Stinkefinger zeigte. Selbst seine Eltern hielten sich nicht an die Vorschriften. Sie nannten sich Muslime, aber der Baba hätte alles verspielt, wenn der Onkel ihn nicht zurück ins Dorf gejagt hätte. Im Kalifat würde es keine Wettbüros geben.

Er wählte die Nummer. Am anderen Ende meldete sich eine Stimme mit: »Tamam?«

»Ja, ich wollte nur sagen, ich bin hier«, stotterte Kadir. »Bruder, du weißt, ich bin es, Kadir aus Hamb…«

»Keine Namen«, sagte die Stimme. »Bist du allein?«

»Ja.«

»Alhamdulillah«, sagte die Stimme. »Nimm den nächsten Bus nach Ankara und warte da um zehn vor dem Schalter von Koc.«

»Ja, aber«, sagte Kadir. »Ich sollte doch hier abgeholt werden.«

Die Stimme sagte: »Wer auf Allahs Weg auswandert, wird auf der Erde viele Zufluchtsstätten und Wohlstand finden. Der Herr beschütze dich.« Die Verbindung wurde unterbrochen.

Kadir war enttäuscht. Hatte er doch gehofft, endlich einen der echten Kämpfer kennenzulernen. Er hatte so viel zu erzählen, was er vorhatte, wie glücklich er war, diesen Schritt getan zu haben. Er musste mit jemandem reden. Wenigstens hatte er jetzt wieder über das Telefon Kontakt zur Welt.

Nach Ankara fuhr alle fünfzehn Minuten ein Bus. Er nahm den nächsten. Als er einstieg, hatte er das Gefühl, dass er von Polizisten in Zivil beobachtet wurde. Aber das konnte auch seiner Aufregung geschuldet sein.

Zwischenstopp in Ankara

Istanbul war ein einziger Stau. Eine große, langsame Bewegung wie auf einem ruckeligen Screen, der zu wenig Arbeitsspeicher hat, begleitet vom Hupen der Autos und dem fernen Schreien der Schiffe und Möwen. Eine Wolke aus Geräuschen hing wie die Abgase der gefühlt Millionen Autos, der Straßengrills, der Öfen der letzten Mahalle-Häuser und der verbrauchten Luft der Klimaanlagen über der Stadt. Er sah auf die Autos, die sich mit dem Bus über die Straße schoben. Nun hatte er schon seit Tagen kein Auto mehr gewaschen und den Laden nicht gewischt. Er vermisste das nicht. Wie wohl das Spiel gegen Bergedorf ausgegangen war? Wenn sie gewonnen haben, würden sie aufsteigen, wenn sie verloren haben, Kadir die Schuld geben. Egal.

Beim Buchen hatte man darauf geachtet, Männer und Frauen getrennt zu platzieren, und Kadir hatte einen Fensterplatz auf der rechten Seite bekommen. Der alte Mann neben ihm hatte sich lange nicht rasiert, er trug eine Stoffkappe und wohl seit seiner Hochzeit vor dreißig Jahren dieselbe Weste. Er sagte kein Wort, sondern schloss, sobald der Bus angefahren war, die Augen. Und schnarchte bald mit offenem Mund. Das Stop and Go aus Istanbul heraus endete erst nach Adaypazari, als langsam die Bebauung abnahm, die Landschaft sich lichtete und der Bus den Weg in die Berge nahm, nach Bolu, wo Kadir an der Raststätte schäumenden Ayran aus einem Henkelbecher trank.

Es juckte ihn in den Fingern, seinen Schwestern oder mir eine Nachricht zu schreiben, aber er wusste, das würde Alarm unter allen Verwandten und Freunden auslösen, und der Gedanke, dass sein Vater ihn suchen und in Urfa aus dem Hotel prügeln würde, ließ ihn der Versuchung widerstehen. Er sah im Bus-TV die türkisch synchronisierte Fassung von »Stirb langsam: Jetzt erst recht«, während draußen die erst grünen Wälder karg wurden und dann die rote Erde in Hügeln und Tälern das Bild bis an den Horizont einnahm.

In Ankara traf er zur verabredeten Zeit vor dem Schalter der Busgesellschaft Koc einen Bruder, der ihn begrüßte, als wäre er der lang erwartete Cousin. Sie gingen etwas essen. Das »Adana Kebab« sei hier das Beste, sagte der Bruder. Auch hier mussten sie dafür den Otogar nicht verlassen. Kadir hatte tausend Fragen, aber der Bruder war nicht sehr gesprächig. »Hier gibt es große Ohren, Bruder«, sagte er und deutete geheimnisvoll zu den Männern, die überall beschäftigungslos herumstanden. Kadir bekam eine kleine Visitenkarte mit dem Namen eines Hotels in Sanliurfa. Er sollte dort warten, bis ein Mehmet sich telefonisch melden würde. Es könne ein, zwei Tage dauern, er solle aber nicht unruhig werden und so tun, als sei er ein Tourist. Deshalb müsse er unbedingt die Geburtshöhle von Ibrahim besichtigen, sich die Becken mit den heiligen Karpfen ansehen und in der Halil-Rahman-Moschee beten.

»Schöpfe Kraft und sieh, woher wir kommen«, sagte der Bruder zum Abschied am Bus. Urfa war eine der ältesten Städte der Welt, um deren Tradition sich die Armenier, Aramäer, Juden, Christen und Muslime stritten. Andererseits war es auch ein Ort, wo alle seit Tausenden von Jahren zusammenlebten. Die türkische Regierung hatte die Stadt in Sanliurfa umbenannt, weil sich die Bevölkerung heldenhaft im Befreiungskrieg geschlagen hatte.

Salam alaikum, Bruder

In Urfa war das Hotel in einem *Avlu,* einem alten Hofhaus in der Altstadt. Diese Häuser waren zur Straße hin mit einer Mauer geschlossen. Man trat zuerst durch ein Tor auf einen Hof mit einem Brunnen und einem Zitronenbaum. Dann kam ein u-förmiges, zweistöckiges Gebäude mit einer umlaufenden Galerie. Die Türen der Zimmer standen zum Hof hin offen. Natürliche Klimatisierung durch Durchzug. Am Hof war eine Gemeinschaftsküche und auf der rechten Seite ein Kreuzkeller, in dem sich eine Bar befand.

Auch wenn es nicht wie ein Hotel, sondern eher wie ein Privathaus mit zweifelhafter Nutzung aussah, musste Kadir seinen Pass vorlegen und einen Anmeldezettel ausfüllen. Er bekam von einem, wie ihm schien, blinden Portier gegen Vorkasse von fünfzig Lira den Zimmerschlüssel ausgehändigt. Der Mann knurrte etwas und scheuchte ihn mit einer Handbewegung aus seinem Reich unter der Treppe. Das Zimmer war im Seitenflügel im zweiten Stock und nicht viel mehr als eine Zelle. Ein Bett aus braunem Nussbaumimitat mit dünnem Laken. Ein Stuhl, eine Kommode und ein Schrank im Stil wie das Bett, eine Deckenleuchte und anstatt eines Badezimmers ein Waschbecken mit Spiegel. Vor dem Fenster ein Fliegengitter. Die Toilette und so etwas wie eine Dusche gab es auf der Etage auch.

Irgendwie hatte Kadir sich seine Hidschra anders vorgestellt. Aufregender. Mit schnellen Fahrten im Pick-up und Allahu Akbar. Es fühlte sich eher wie eine Flucht an. In der ersten Nacht im Hotel träumte er, seine Mutter würde vor seinem Bett stehen und ihm einen nassen kalten Waschlappen um die Ohren hauen, über die Galerie in den Hof prügeln und ihn kopfüber in den Brunnen tauchen. Er wachte schweißnass auf.

Im Zimmer lag ein kleiner Teppich, den er zum Gebet vor dem Frühstück benutzte. Es gab Tomaten, Gurken, Schafskäse, Oliven und etwas Marmelade zu Fladenbrot und Çay. Am Nebentisch im Hof saß ein etwa zwanzigjähriger rothaariger Mann, der sein Frühstück mit dem Handy filmte. Sie sahen sich verstohlen an, grüßten mit Kopfnicken, vermieden es aber, sich zu unterhalten. Wer weiß, dachte Kadir, wer der *Garip*, der Fremde, war. Bevor ich nicht meinen Amir getroffen habe, rede ich mit niemandem, beschloss er. Sonst saßen im Hof noch ein älterer Mann in Schlips und Kragen mit einer sehr jungen Frau, die seine Tochter hätte sein können. Sie war sehr hübsch und auch am Morgen schon sehr stark geschminkt. Wenn der Alte nicht darauf achtete, warf sie Blicke zu den jungen Männern herüber. Am Nebentisch klingelte das Telefon, und der Rotschopf stand auf und ging zum Brunnen, damit niemand sein Gespräch mithören konnte. Als er fertig telefoniert hatte, kam er zu seinem Tisch zurück, nahm noch eine Tomate, griff seine Tasche und grüßte Kadir mit dem erhobenen Daumen. Dann ging er die Treppen zu seinem Zimmer hinauf. Kadir überlegte, was er heute machen sollte. Auf den Basar oder zur Geburtshöhle gehen? Er spielte mit den abgegessenen Olivenkernen auf dem Tisch Kicker. Zwei Steine bildeten ein Tor, durch das er den dritten mit dem Finger schnipste. Sein Handy klingelte. Der Kern flog durch das Tor weit über die Tischkante hinaus.

»Hallo?« Kadir meldete sich anonym. Nicht den Namen nennen, das hatte er sich gemerkt. Der Feind hörte mit.

»Bist du Kadir?«, fragte eine Stimme.

»Äh … ja«, sagte er.

»Aus Hamburg?«

»Ja?«

»Wie heißt der Bruder, der den Vortrag im Kulturverein über die Aufgaben der Umma gehalten hat?«

Kadir überlegte. »Abu Ibrahim, wieso?«

»Salam alaikum, Bruder«, sagte die Stimme, worauf Kadir mit »Alaikum salam« antwortete.

»Jetzt ist es kurz nach neun«, sagte der Anrufer weiter. »Komm bitte um elf Uhr zum *Balikigöl,* dem Goldfischbecken, an den Eingang zum Garten bei der Moschee. Ohne Gepäck. Du wirst mich schon finden. Dann besprechen wir alles. Alhamdulillah.«

»O.k., o.k.« Der Anrufer war weg. Kadirs Puls raste. Nun ging es los. Er hatte keinen Appetit mehr, trank noch einen Schluck Tee und ging auf sein Zimmer, alles zu bedenken.

Häutung in Urfa

Beim Eingang zum Park fiel ihm sofort der Rothaarige aus dem Hotel auf. Hatte der ihn verfolgt? Der Mann stand da mit einem anderen Mann, der traditionell islamische Kleidung trug und eine Art Schnellhefter in der Hand hielt. Als die beiden ihn sahen, winkten sie ihm zu. Der Fremde hob den Daumen. Kadir ging hin, und der Mann umarmte ihn spontan.

Er hieß Mehmet und sagte: »Ich bin euer Reiseführer. Jedenfalls für die nächsten Tage.« Er zwinkerte mit den Augen.

»Kadir, das ist Bruder Uthman al-Hollandi, also aus Holland.« Er zeigte auf den Rotschopf, und: »Das ist Kadir aus Hamburg, oder wo kommst du her?« Kadir nickte.

»Evine hos geldin« (Willkommen zu Hause), sagte Mehmet.

Uthman, der in Holland auf den Namen Erik van Leuven getauft worden war, sprach kein Türkisch oder Arabisch, aber Deutsch.

Mehmet zeigte auf die beiden, führte seine Zeigefinger zusammen und verknotete sie. Dann deutete er an, dass ein Auto sie wegbringen würde, indem er die Hände an ein fiktives Steuer legte und das Auto steuerte. Dann machte er eine schlängelnde Bewegung mit der Hand und sagte: »Kadir gecesi« (Nacht der Bestimmung), und »sınır« (Grenze). Uthman strahlte, bemühte sein Türkisch: »iyi geceler« (gute Nacht). Sie lachten. Jeder über das, was er verstanden hatte. Sie waren sich einig.

Mehmet gab den Fremdenführer, und der Holländer filmte alles, was stand oder sich bewegte. Er führte sie am Teich des Ibrahim vorbei, der nach Mehmets Schilderung entstanden war, als Allah Ibrahim vor dem Scheiterhaufen rettete und das Feuer in Wasser verwandelte. Er zitierte aus dem Koran, wo geschildert wird, dass Ibrahim Standbilder von Götzen zerstört hatte und keine Reue zeigte, woraufhin König Nimrod, der Gründer Urfas und Erbauer des Turmes zu Babel, ihn ins Feuer werfen ließ. Doch Allah ließ einen Sturm aufziehen, er stürzte ins Wasser, und die Glutbrocken wurden zu Karpfen, die seitdem dort lebten. Wie zum Beweis zeigte Mehmet auf die Fische im graugrünen Wasser. Und Mehmet sagte: »Im heiligen Koran steht: Und Wir erretteten ihn und Lot in das Land, das Wir für die Weltenbewohner gesegnet haben. Und Wir schenkten ihm

Isaak und Jakob dazu. Und jeden machten Wir rechtschaffen.«

Uthman murmelte: »The idols must be destroyed.« Und senkte den Daumen. Was er meinte, war, dass Ibrahim die Götzenstatuen zerstört hatte und er das jetzt auch machen wollte. Die falschen Tempel und Götterstatuen wegbomben, um Ibrahims Werk zu vollenden.

Kurz darauf standen sie an der Geburtshöhle an, es gab einen Eingang für Frauen und einen für Männer. Sie blickten durch die Scheibe auf den nackten Fels, wuschen sich mit dem heiligen Wasser Hände und Gesicht und gingen dann gemeinsam in die Moschee und beteten. Die vielen Säulen, die Kreuzgewölbe, der gepflasterte Hof, Kadir empfand alles als vorbestimmt. Er kam immer mehr zu der Überzeugung, dass er auf dem wahren Weg war. Als sie aus der Moschee auf den mit hellen Steinen belegten Hof heraustraten, liefen sie in eine Gruppe von japanischen Touristen, die fröhlich schnatternd sich und die Gebäude mit ihren Tablets fotografierten. Kadir hätte die Ungläubigen am liebsten von diesem Ort gejagt. Bald würden keine Ungläubigen mehr die heiligen Stätten mit ihrem Kichern beschmutzen, sagte er sich und hielt sich die Hand vor das Gesicht, als ein Tourist ihn fotografieren wollte.

Er wollte auf seiner Hidschra einen Schritt weitergehen und fragte, ob sie nicht auf den Basar gehen könnten. Mehmet sagte, dass er dort jeden kennen würde und ob Kadir etwas Spezielles suche.

»Ich will mich endlich anständig kleiden«, sagte Kadir, dem mit einem Mal seine T-Shirts und Jeans nicht mehr richtig erschienen. Mehmet nickte und führte sie auf den Basar. Da waren Berge von Schuhen, vor allem Turnschuhe auf Tischen, dann T-Shirts, die über den Köpfen aufgehängt waren, Kleider, Kopftücher. Überall Männer, die etwas verkaufen wollten.

Ein Uhrmacher reparierte vor einem klitzekleinen Laden, der nicht größer war als ein Schrank, eine Taschenuhr. Daneben ein Stand mit bunten Gewürzen, Paprika, Kurkuma, Nüssen, Datteln, Trockenobst. Kadir stolperte mit Uthman, der auf alles seine Handykamera hielt, hinter Mehmet her, durch die Gänge vom Dunkeln ins Helle und zurück. Sie passierten einen Stand mit enthäuteten blutigen Schafsköpfen, daneben Kutteln, Leber und Herzen. Kadir lachte. »Lecker«, sagte er in Uthmans Kamera. Dann erreichten sie den Laden von Mehmets Onkel, der ihnen sofort versicherte, dass er »best price« machen würde. Sie probierten braune, schwarze und beige Pluderhosen an, eine Art Dschellaba oder kragenlosen Kaftan darüber, setzten gehäkelte Takke, Gebetsmützen, auf und fühlten sich irgendwie ernsthaft und wie neu geboren. Einen Spiegel brauchten sie nicht, sie waren nicht eitel, und Kadir und Uthman häuteten sich in dem Hinterzimmer des Basars in Urfa. Natürlich machten sie Vorher-Nachher-Bilder. Ihre alten Sachen lagen auf dem Boden des Ladens wie die abgestreifte Hülle einer gehäuteten Schlange. Mehmet bestand darauf, dass sie sie mitnehmen, sie würden sie noch brauchen. Sie tranken Tee und zahlten bar und nicht zu knapp. Mehmet sagte, dass sie noch auf einen weiteren Bruder aus Deutschland warten müssten, bevor es losginge. Sie sollten im Hotel bereit sein. Ihre Koffer würden auf einem anderen Weg ans Ziel gelangen. Die sollten sie vor der Abfahrt beim Pförtner abgeben.

Der Teufel im schulterfreien Kleid

Als die beiden frisch eingekleideten Brüder am Abend ins Hotel kamen, sah man den dort wartenden jungen Frauen für einen Moment die Enttäuschung an, als sie sich nicht zu ihnen gesellten und einen Drink spendierten. Aus der Kellerbar war der verführerische Klang der in der ganzen Türkei bekannten Urfa-Lieder zu hören, die eine Kapelle live spielte. Nach dem Gebet setzten sich Kadir und Uthman abseits in den Hof und hörten, wie mit Trommel, Flöte, Leier und Saz im Keller musiziert wurde. Lieder von Sehnsucht und Traurigkeit. Gelegentlich kam einer der Gäste mit einer der Frauen hinaus, um zu rauchen und ein wenig an der frischen Luft abzukühlen. Im Keller wurde getanzt.

Die jungen Männer erzählten sich von zukünftigen Abenteuern, was sie gehört hatten und vorhatten. Über ihr altes Leben sprachen sie nicht. Uthman twitterte ständig und war mit einer Reihe von Leuten über WhatsApp in Kontakt. Er war dauernd abgelenkt, sodass eine Unterhaltung nicht wirklich zustande kam. Dann musste er dringend noch skypen, hob den Daumen und ging auf sein Zimmer.

Die junge Frau, die Kadir am Morgen beim Frühstück gesehen hatte, kam allein aus dem Keller und sah sich um. Sie trug ein schulterfreies enges Kleid mit einer aus Pailletten gestickten Blume auf der Brust. Ihre langen Haare hatte sie hinter die Ohren geklemmt. Ihr Kleid war eng, und es glitzerte bei jeder Bewegung. Mit einer Zigarette in der Hand kam sie langsam auf Kadir zu. »Fremder, so allein? Hast du Feuer?«

Kadir mochte kaum aufschauen, er war irritiert, die Frau

war schön und wollte etwas von ihm. Auf solch eine Situation war er nicht vorbereitet. »Nein, ich rauche nicht. Aber ich kann was holen«, sagte er und wollte aufstehen, um beim Portier nach Streichhölzern zu fragen.

»Geht schon«, sagte sie, kramte ein Feuerzeug aus ihrer kleinen Handtasche und steckte sich die Zigarette an. »Woher und wohin, Fremder?«, fragte sie und sah ihn mit ihren großen braunen Augen an. Sie war zwar nicht viel älter als er, aber schon erwachsen.

»Äh, aus Almanya«, sagte er.

»Oh«, sagte sie. »Sind dort alle jungen Männer so schön?«

»Ich bin im Urlaub«, stotterte er.

»Hast du dir die Sachen für den Strand gekauft?« Sie zeigte auf seinen Kaftan und blies den Rauch in die Luft.

»Nein, ja, nein.« Kadir kannte sich mit Frauen nicht aus. Er hatte einmal auf dem Schulfest ein Mädchen geküsst, genauer, die »Bitch«, wie man untereinander solche Mädchen nannte, hatte ihn wegen einer verlorenen Wette küssen müssen. Alle hatten gelacht. Küssen war lächerlich, und richtig gut fand er bis jetzt sowieso kein Mädchen. Und es sich selbst machen, damit hatte er auch aufgehört, seit ein Bruder gesagt hatte, es sei verboten, stünde aber nicht unter Strafe. Er erkannte plötzlich, dass der *Sheitan*, der Teufel, in einem engen Kleid vor ihm stand. Allah hatte die Frau geschickt, um zu prüfen, ob er der *Fitna*, der Versuchung, erlag. Er sprang auf.

»Ich, ich«, sagte er, »muss.«

»Ja?«, fragte sie und kam einen Schritt näher. Kadir spürte ihre Hitze und suchte einen Ausweg. In Hamburg hätte er einen coolen Spruch rausgehauen, aber hier, so allein, dachte er nur panisch: »Allah hilf mir, wie du Ibrahim geholfen hast. Schick Sturm oder wenigstens Regen.« Allah schickte den Barmann.

Auf der anderen Seite des Hofs erschien ein Schatten in der Tür der Bar. Eine Stimme rief: »Aishe? Wo bist du? Beweg sofort deinen Hintern hierher. Kundschaft.«

»Schade«, sagte die Frau zu Kadir. »Du siehst trotz der Verkleidung richtig süß aus.« Sie drehte sich um und stolzierte aufreizend Richtung Kellerbar.

Kadir war ins Schwitzen gekommen. Mit knapper Not war er der Verführung entronnen. Später, als er noch wach auf seinem Bett lag, hörte er das Kichern und Juchzen der Frauen auf der Galerie. Man machte Fotos, es blitzte auf dem Hof des *Avlu,* ein Taxi kam, einige Gäste verschwanden, andere waren noch munter. Obwohl die Lieder bereits verklungen waren, glaubte Kadir, zum Quietschen der Matratzen eine Frau von entsagender Liebe singen zu hören, und träumte später schwer.

Die nächste Prüfung

Uthman war nicht von seinem Computer wegzubekommen, und so machte sich Kadir am nächsten Tag allein auf die Suche nach einem Internetcafé in der Altstadt. Er fand eins in der Nähe des Basars, die Geräte waren nicht die neuesten und nicht die schnellsten, aber sie erfüllten ihre Aufgabe. Er wollte auch nur nachsehen, ob irgendetwas über ihn im Netz zu finden war. Was er fand, war eine kurze Notiz über die HEBC-Niederlage gegen Bergedorf im »Sportmikrofon«:

HEBC B-Jugend verpasst bei Bergedorf 85 den Aufstieg. Fast ohne Gegenwehr ergaben sich die schwachen HEBCler den offensiv verstärkten 85ern mit 0:2.

HEBC-Trainer Harry Gurck: »Das haben wir verpennt.«

Die Tore: 0:1, Jojo Goitom (Elfmeter), 0:2, Mehmet Gül.

Schiedsrichter: Pumuckl.

Kadir klickte sich bei Facebook ein und checkte seine Seite.

»Wo bist du?« und »Kadir, melde dich« las er dort. Meral, Volkan, Tayfun und die ganze Posse, inklusive mir, wollten wissen, wo er ist. Aber er wollte verschwunden bleiben. Noch war er nicht am Ziel, noch schien ihm das Geheimnis um sein Verschwinden wichtig. Er stromerte durch das Internet, dachte sich: »Wenn ihr wüsstet«, las einige Überschriften, in denen es um Merkel, den Innenminister und andere Politiker ging. Kadir kannte sich mit Parteien nicht aus, er wusste nur, dass alle gegen den Islam waren und bekämpft werden mussten. Nur wenn die Gesetze des Islam überall herrschten, würde das Morden aufhören und Frieden auf der Welt einkehren. Bis dahin musste man Vergeltung üben. Das stand in der Bibel der Christen, der Thora der Juden und im heiligen Koran. Er schaute extra noch einmal im Netz nach. Da stand es wie in seinem Koran: »Oh ihr, die ihr glaubt, kämpft gegen diejenigen von den Ungläubigen, die in eurer Nähe sind. Sie sollen von eurer Seite Härte spüren. Und wisst, dass Gott mit den Gottesfürchtigen ist.«

Recht haben, das Richtige tun, recht geleitet sein, nach Allahs Willen handeln, wie es vorgeschrieben ist. Kadir glaubte, dass nichts und niemand ihn in diesem Leben mehr von der Richtigkeit dieser Überzeugung abbringen würde. Er fürchtete auch den Tod nicht. Er kannte den Tod nicht. Er hatte seinen Opa nicht als Leiche gesehen und auch sonst niemanden, außer im Fernsehen, im Film oder Internet. Ständig war man vom medialen Tod umgeben, ohne den realen Tod je zu Gesicht zu bekommen. Deshalb redeten alle so leicht vom Sterben. Für Kadir war Sterben so real wie das Wort Steuererklärung.

Er schlenderte durch die Stadt. Es gab hier kaum Frauen, die sich nicht nach den Regeln des Islam verhielten. Trotz seiner religiösen Kleidung wurde er bei seinem Spaziergang von zwei Jugendlichen mit Abstand begleitet, sie erkannten den Fremden sofort. Ein kleiner Junge kam an seine Seite und sagte. »Abi, gib mir etwas Geld.«

»Verschwinde«, sagte Kadir und spürte, dass seine Verfolger nur wenige Schritte hinter ihm waren. »Money«, sagte der Junge fordernd und hielt ihm die geöffnete Hand hin.

Abrupt drehte er sich um, ging auf die Verfolger zu und schnauzte sie auf Türkisch an: »Habt ihr keinen Respekt?« Die Jungs waren überrascht, guckten sich an, einer sagte: »Abi dilerim« (Entschuldigung, Bruder).

Da fiel Kadir ein, dass dies eine weitere Prüfung sein könnte. Allah hatte ihn gestern mit dem Sheitan in Versuchung geführt, jetzt wollte er prüfen, ob er mildtätig war. Er musste seine begehrlichen Gedanken von gestern sühnen und *Zakat,* eine milde Gabe, geben. Er griff in seine Tasche, zog seine Geldbörse heraus und gab dem Jungen einen Zehn-Lira-Schein. Die Jungs wunderten sich, lachten, schnappten nach dem Schein und verschwanden schnell in einer Gasse. Im Getto wäre Kadir so etwas nicht passiert, da hatten die Kids Respekt vor einem wie ihm. Aber er kannte die Regeln der Straße. Hier war er fremd und ein anderer. Er wusste nun, dass Allah ihm Prüfungen auferlegte.

Der dritte Mann

Die nächste wartete im Hotel. Uthman saß mit einem Fremden am Tisch unter dem Baum. Der Fremde redete mit Händen und Füßen auf den Holländer ein. Als er Kadir sah, stand er auf und ging auf ihn zu: »Salam alaikum, Bruder. Gut, dich zu sehen.« Kadir wurde umarmt und auf Deutsch begrüßt. »Ich bin Abu Barbaros aus Dinslaken, und Uthman hat schon gesagt, dass du aus Hamburg kommst und wir gemeinsam nach Al-Sham gehen werden. Alhamdullilah, wie lange hab ich für diesen Tag gebetet. Seit gestern bin ich unterwegs und, Alhamdullilah, gut angekommen. Zwischendurch war noch mein Koffer verschwunden, aber, Alhamdullilah, jetzt ist er wieder da, und ich habe schon mit Mehmet gesprochen, der sagt, dass wir einen Anruf bekommen und uns bereithalten sollen für den Transport.«

Abu Barbaros war ein dünner Typ mit Piratenkopftuch, dessen Kinnbart jeden Hipsterwettbewerb gewonnen hätte. Er strahlte über das ganze Gesicht und sagte: »Und du?« Kadir fühlte sich von dem Neuankömmling etwas überrumpelt. »Bin auch hier«, sagte er.

Er sah zu Uthman, der strahlte und filmte. Abu Barbaros redete weiter und sagte zu Uthman: »Das muss ich noch zu Ende erzählen.«

Abu Barbaros stand vor dem Tisch und versuchte, das Erzählte mit seinen Händen plastisch zu machen: »Also da drüben standen die Nazis, die von Pro NRW und so, und hielten Schmähbilder über den Islam in die Höhe. Davor Absperrgitter und eine Kette mit Bullen. Wir schützten unsere Moschee, aber als dann auch Mohammed-Karikaturen in die Höhe gehalten wurden, war es zu viel. Einige Brüder wollten die Ungläubigen zur Rechenschaft ziehen. Aber die Polizei der Ungläubigen hinderte uns daran. Da blieben uns nur unsere Fahnenstangen und Steine gegen die Pistolen der Polizei. Brüder, ich sage euch, so viel Mut auf unserer Seite, und wenn die schwer bewaffneten Polizisten nicht gewesen wären, hätten wir die Kuffar ihrer gerechten Strafe zugeführt.« Der Neuankömmling hatte sich in Rage geredet und die Hiebe mit den fiktiven Fahnenstangen vorgeführt.

»O.k.«, sagte Kadir, aber Abu Barbaros war auf Temperatur und redete weiter: »Ich wurde damals verhaftet. Und da habe ich den Bullen gesagt: Es geht hier nicht um ISIL, ISIS, es geht hier nicht um die Taliban, es geht hier nicht um Sheikh Osama, es geht um den Islam! Entweder wir leben in Ehre oder in Erniedrigung! Ich rede im Stehen, ich sterbe im Stehen. Bei Allah, ich werde mich vor einem Ungläubigen niemals verbeugen! Sie, diese Taghutknechte, haben mich über Nacht in den Knast gesteckt, und ich habe dann eine Anzeige bekommen wegen Landfriedensbruch. Aber bevor es zum Prozess kam und sie mir den Pass wegnehmen konnten, habe ich mich abgesetzt. Und jetzt bin ich hier.«

Auch wenn Abu Barbaros für Kadirs Geschmack zu viel redete, war er doch froh, diesen Bruder bei sich zu haben. Er war so voller Feuer, Liebe und Hass, dass durch ihn der bevorstehende Grenzübertritt zur heiligen Mission wurde.

Abu Barbaros

Abu Barbaros war ein Schnacker. Kadir sah das als weitere Prüfung an. Als er beim Frühstück saß, aß Abu Barbaros nicht einfach eine Olive oder nahm einen Schluck Tee wie die anderen, nein, er beschrieb das jedes Mal wortreich. »Ich nehm jetzt mal eine Olive, Alhamdullilah. Soll ja gesund sein, und ich spül das jetzt mal mit Çay – so heißt Tee doch auf Türkisch, oder? – runter. Schmeckt gut. Alhamdullilah. Der Schafskäse ist irgendwie anders als bei uns. Da gibt es den in so großen Dosen in Salzlake. Ob das an den Schafen liegt? Hahaha.« Und so weiter, ohne Unterbrechung und mit viel Alhamdullilah. Und so war es nicht zu vermeiden, dass sie seine Lebensgeschichte in allen Einzelheiten erfuhren.

Es stimmte nicht, dass Friseure viel reden, eher war es so, dass sie zuhören mussten, was die Kunden, denen sie mit der Schere um die Ohren wedelten, so von sich gaben. Es ging dabei nicht nur um das Wetter, sondern um Krebs, den Müll vom Nachbarn und das Fernsehprogramm. Abu Barbaros wollte nie Friseur werden, aber nicht immer läuft das Leben so, wie man es sich wünscht.

Seine Mutter kam aus Dinslaken und war Friseurin. In ihrem ersten richtigen Urlaub vor zwanzig Jahren in Marokko hatte sie sich in Mahmud verliebt. Mahmud kam aus den Rif-Bergen und stammte aus einer alten Berberfamilie. Rosa, so hieß Abu Barbaros' Mutter, war dem Charme des jungen Mannes sofort erlegen. Er war für sie so etwas wie ein Wüstenprinz, den es an die Hotelbar verschlagen hatte. Er war Englischlehrer, hatte aber keine Stelle gefunden und jobbte deshalb während der Saison in einem Hotel am Strand von Essaouira an der Atlantikküste. Rosa fand die Kultur, die Gerüche, das Essen, das ganze orientalische Ambiente faszinierend und den exotischen Mahmud wesentlich attraktiver als die Bier trinkenden Arbeiterjungs aus ihrer Umgebung, die nichts als Fußball im Kopf hatten.

Mahmud zeigte ihr die Berge und die Wüste, sie badeten im Meer und lagen abends auf der Dachterrasse ihres Hotels und sahen in die Sterne. Sie fühlte sich wie eine Prinzessin. Mahmud wusste, wie man Frauen glücklich macht, und sie war freigiebig, mit sich, ihrem Geld und ihren Gefühlen. Beglückt fuhr sie wieder nach Dinslaken und konnte den schönen Wüstensohn nicht vergessen. Sie telefonierten gelegentlich – was damals noch eine teure Angelegenheit war –, und als er ihr sagte, dass er Schwierigkeiten hätte, einen Job zu bekommen, setzte sie sich ins nächste Flugzeug und flog nach Casablanca. Sie heiratete ihren Prinzen, damit er mit ihr nach Deutschland kommen konnte.

Rosa hatte inzwischen in Dinslaken einen kleinen Friseurladen übernommen und konnte mit zwei Lehrlingen ganz gut davon leben. Sie war glücklich und störte sich auch nicht daran, dass es etwas dauerte, bis Mahmud die Nachzugsgenehmigung bekam. Doch in Dinslaken angekommen, war er plötzlich nicht mehr der strahlende Typ. Jetzt war er Migrant ohne besondere Qualifikation. Sie versuchte, ihm einen Job zu besorgen. Er aber fand immer neue Gründe, keine geregelte Arbeit anzunehmen. Mal war die Arbeit zu dreckig, mal der Chef zu dumm, mal hatte er gerade etwas anderes in Aussicht. Sie lebten von Rosas Geld, und sie entschuldigte gegenüber ihren Eltern Mahmuds Untätigkeit damit, dass er ja eigentlich Englischlehrer war.

Statt einer Arbeit fand Mahmud dann Anschluss bei anderen Maghrebinern in der Stadt. Er hing mit ihnen in den entsprechenden Kneipen ab, kellnerte in einem Restaurant von Landsleuten und kam eigentlich nur noch zu ihr zum Schlafen und um Geld abzuholen. Ansonsten machte er Geschäfte mit »Chocolate«, das war Haschisch, einem Stoff, der von seiner Familie produziert wurde und den man gut verkaufen konnte.

Als Rosa schwanger wurde, hatte Mahmud die Idee, einen Handel mit marokkanischen Möbeln, Teppichen und Fliesen aufzumachen. Dafür brauchte er Startkapital, das er sich von Rosa und die von ihren Eltern lieh. Alles schien gut zu werden, Mahmud reiste nach Marokko zum Einkaufen.

Leider hatte die Sache einen Haken. Eines Tages stand die Polizei vor der Tür des Friseurladens und fragte nach Mahmud. In einer Lieferung von Möbeln hatte der Zoll in einigen Sitzkissen Füllungen entdeckt, die unter das Betäubungsmittelgesetz fielen. Man fand jede Menge Haschisch, aber keine Spur von Mahmud. Rosa war inzwischen hochschwanger, Mahmud und das Geld blieben verschwunden. Ihr Sohn wurde geboren, sie nannte ihn Philip, und der Vater tauchte einfach nicht wieder auf. Auch als Rosa später mit dem Jungen in das Dorf von Mahmuds Eltern in den Rif-Bergen fuhr, blieben die Türen und Münder verschlossen. Man sagte, er sei mit einer Frau aus dem Dorf verheiratet und jetzt in Europa. Irgendwann hörte sie, er sei zu Verwandten in einen Vorort von Paris gezogen. Aber Genaues erfuhr sie nicht. Rosa schlug sich als alleinerziehende Mutter durch, und Philip wuchs faktisch in dem Friseurladen oder bei der Oma auf.

Seine Mutter war, obwohl sie immer arbeitete und nach außen die erfolgreiche Geschäftsfrau gab, durch den Verlust zutiefst gekränkt. Dass ihr Prinz einfach so verschwunden war, hatte ihr das Herz zerrissen. Sie betäubte diesen Riss mit einem, zwei, drei Pikkolöchen, die sie zu Feierabend mit Kunden oder ihren Mitarbeitern trank. Zu Hause wurde dann die große Flasche Fabersekt aufgemacht und ausgetrunken. Philip liebte seine Mutter, aber sie verzieh ihre Kränkung dem Kind stellvertretend für den Vater nicht. Wenn sie sich stritten, weil er sein Zimmer nicht aufgeräumt oder eine Verabredung nicht eingehalten hatte, sagte sie: »Typisch.« Oder: »Das sieht euch ähnlich.« Mit euch meinte sie ihn und seinen abwesenden Vater, der dadurch für Philip zu einer Art Verbündetem wurde, denn er war ja so wie er.

Andererseits liebte seine Mutter ihn, wie sie ihren Mann geliebt hatte. Philip kam in der Schule nicht zurecht, und als er mit Hängen und Würgen den Realschulabschluss geschafft hatte, wollte sie unbedingt, dass er eine Friseurlehre machte. Ihr Laden hatte inzwischen fünf Angestellte, und irgendwann sollte Philip ihn übernehmen. Die Mutter besorgte ihm eine Ausbildungsstelle und sagte, wenn er das nicht mache, werde sie ihn vor die Tür setzen, und er könne sehen, wo er bliebe. Wenn er den Gesellenbrief habe, könne er machen, was er wolle.

Er machte schließlich bei einem Innungskollegen der Mutter die Ausbildung. Es war ein Tunesier, der schon seit Jahren den Männern in Lohberg die Haare schnitt und seinen Vater gekannt hatte. Die meisten Männer, denen sie dort die Haare und den Bart stutzten, gingen vom Salon aus in die nahe gelegene Moschee. Und so wurde Philip nicht nur permanent mit der väterlichen Seite seiner Herkunft konfrontiert, sondern auch der Glaube dieser Männer wurde ihm selbstverständlich. Irgendwann ging er mit zum

Fastenbrechen und hatte künftig das Gefühl dazuzugehören. Seine Mutter war zwar evangelisch konfirmiert worden, aber das war auch das letzte Mal gewesen, dass sie eine Kirche von innen gesehen hatte.

Philip hatte von klein auf einen Tick, der jedem über kurz oder lang auf die Nerven ging. Er redete ununterbrochen. Woher er dies hatte, konnte sich niemand erklären. Bereits als kleiner Junge sagte er immer, was er gerade machte oder dachte. Er hatte sein Herz und seinen Verstand auf der kleinen Zunge. In der Lehre hörte sich das dann so an: »So, ich schneide Ihnen jetzt die Ohren frei, soll ich die Haare in den Ohren auch ein wenig kürzen? Oder besser ausbrennen? Hahaha, tut nicht weh, ich bin vom Fach, und wenn ich gleich an den Seiten fertig bin, dann trimme ich Ihnen die Haare so, dass Sie, auch ohne sich zu kämmen, gut aussehen.« Schnipp, schnipp. Schnipp. Die Männer im Laden hörten gar nicht hin. Wenn niemand da war, redete er leise, aber er redete. Er war ein Schwätzer.

Wann er dann mit den Salafisten in Kontakt kam, konnte er gar nicht mehr sagen. Jedenfalls waren das die stärksten Typen im Viertel, und sie akzeptierten ihn. Und das ständige »As-Salamu alaikum wa Rahmatullahi wa Barakututhu«, was so viel heißt wie: »Der Friede und die Barmherzigkeit Allahs und Sein Segen mögen auf euch sein«, ging ihm bald wie von selbst von den Lippen. Und dass es als fromm galt, all die Lobpreisungen Allahs, des Propheten und seiner Gefährten ständig zu wiederholen, kam ihm entgegen. Bald gingen ihm die Gebete fließend von den Lippen, und dann, als mal wieder einer der bekannteren Prediger in der Stadt war, legte er während einer öffentlichen Versammlung auf einem Lkw-Anhänger mit einem Dutzend anderer unter ständigen »Allahu Akbar«-

Rufen und Naschid-Gesängen das vielstimmige Glaubensbekenntnis ab.

Er wohnte noch bei seiner Mutter, aber sie gingen sich aus dem Weg. Am Abend nach dem Glaubensbekenntnis, es war spät, als er nach Hause kam, saß sie wie immer allein und ziemlich betrunken vor dem Fernseher, in dem irgendeine Verkaufssendung für Stretchmode mit Tiermustern lief. In diesem Zustand sprach er sie normalerweise nicht an. Aber an diesem Abend musste es sein.

»Ich muss dir etwas Wichtiges sagen.«

»Oh, der Herr Sohn beehrt sich auch mal, mit seiner Mutter zu reden. Das ist ja was ganz Besonderes. Braucht wohl wieder Geld, der Herr Sohn?«

»Nein, Mama, es ist etwas sehr Wichtiges.«

Die Mutter redete, während sie weiter auf den Bildschirm guckte. »Bist du schwul? Das macht nichts, mein Junge. Hauptsache, es macht Spaß.«

»Nein, Mama, ich habe zum Glauben gefunden.«

Jetzt sah sie ihn für einen Moment an. »Was, du bist katholisch geworden? Um Gottes willen. Wärst doch besser zu mir auf den Frisierstuhl gekommen. Dann hättest du beichten können, und ich hätte dir den Kopf gewaschen und die Haare blond gefärbt. Das wäre nicht so schlimm gewesen, denn das wächst sich aus.« Rosa schenkte sich nach und lachte. »Nur noch drei Pullis Ihrer Größe im TV-Shop«, dröhnte es aus dem Fernseher.

»Mama, ich habe die wahre Religion angenommen«, sagte Philip. »Den Islam.« Und er fügte hinzu: »Wie mein Vater.«

Seine Mutter starrte ihn an. Das Sektglas in der Hand.

»Es ist alles gut, Mama. Ich liebe Allah und den Propheten, aber dich liebe ich auch.«

Die Mutter guckte mit offenem Mund, als sei sie eine Aufziehpuppe, der das Band zum Aufziehen abhandengekommen ist. Dann führte sie ganz langsam das Glas zum Mund und trank es in einem Zug aus. Aus dem Fernseher kam die Mitteilung, dass von den Oberteilen mit dem Tigermuster die Größe 44 ausverkauft sei. Philip schloss die Tür, ging in sein Zimmer und betete.

Ein paar Wochen später zog er aus. In eine Wohngemeinschaft von Brüdern aus dem Islamverein. Und als er seine Lehre beendet hatte, ging er in den Laden seiner Mutter, legte ihr seinen Gesellenbrief auf den Tresen und sagte: »Hier hast du, was du wolltest. Wir sind quitt. Ich heiße jetzt auch nicht mehr Philip, sondern Abu Barbaros Khayr ad-Din. Barbaros wie der Fremde oder der Berber und Khayr ad-Din für das Wohl der Religion.«

Er änderte sein Leben und tauchte in die Szene der Islamisten ein. Als Friseur arbeitete er gar nicht mehr, denn die meisten Brüder schoren sich den Kopf kahl und setzten eine Häkelmütze auf, während sie den Bart wachsen ließen, wie er kam. Und nun war er auf dem Weg in sein gelobtes Land.

Grenzerfahrungen

Der Hyundai-Kombi war alt und weiß, und der Fahrer wollte nicht, dass Uthman ihn bei der Fahrt filmte. Es dämmerte, als sie hinter dem Basar in einer Garage in den Wagen stiegen. Die ersten zehn Minuten redete Abu Barbaros noch ununterbrochen, aber dann stellte der Fahrer einfach das Radio auf volle Lautstärke, und dagegen kam Abu Barbaros nicht an. Sie fuhren eine Stunde über Land, durch kleine Dörfer Richtung Gaziantep. Dann verließen sie die große Straße, es wurde immer dunkler. Als das Handy des Fahrers klingelte, bog er sofort in den nächsten Schotterweg ein, hielt den Wagen an und schaltete Licht und Radio aus. »Polis gücü«, sagte er und bedeutete, sie sollten still sein. Nach einer Weile fuhr auf der Landstraße ein kleiner Konvoi Polizeiwagen vorbei. Danach fuhren sie im Dunklen weiter über Feldwege, bis der Fahrer schließlich anhielt und sagte: »Wir sind da. Ich bringe euch jetzt bis zur Grenze und zeige euch, wie ihr weitergehen müsst. Wir reden jetzt nicht. Alle Handys sind ausgeschaltet und keine Taschenlampe. Wir haben heute Glück, dass der Mond scheint. Möge Allah euch den rechten Weg weisen.«

Die Jungs antworteten mit der entsprechenden Dankesformel. Uthman murrte, dass er die Sache nicht filmen konnte. Sie stiegen aus und stapften hinter ihrem Scout her. Kadir klopfte das Herz bis zum Hals. Die Stille war ohrenbetäubend, und er hatte das Gefühl, als ginge er ins Nichts. Gemeinsam stolperten sie endlos über Steine und Büsche. Sie legten die Hände auf die Schulter des Vordermanns, denn ihr Führer schien nachts wie eine Eule sehen zu können.

Die Dschihadisten-Polonaise erreichte die Grenze, die aus weiter nichts bestand als nichts. In einiger Entfernung war im Mondlicht der Schattenriss einer Hütte zu sehen. Ihr Scout zeigte auf das Gebäude und bedeutete ihnen, dass sie dorthin gehen und warten sollten, bis sie abgeholt werden. »Wenn man euch ruft, gebt ihnen dies.« Der Führer zog ein Stoffkuvert unter seinem Hemd hervor. »Das ist eure Legitimation. Verliert sie nicht.« Abu Barbaros nahm die Papiere an sich und stopfte sie sich unter die Jacke. Sie bedankten sich, und einen Moment später hatte die Nacht ihren Begleiter verschluckt. Spontan fielen sich die drei in die Arme. Jetzt waren sie nur noch ein paar Schritte von ihrem Ziel entfernt. Fast wäre Abu Barbaros hingefallen, aber Uthman packte ihn am Kragen und hielt ihn fest. Sie stapften durch die Nacht bis zu der Hütte. Die war leer, ein verlassener stallähnlicher Steinhaufen, der nicht mal als Regenschutz nütze war. Um den Stall ein paar Bäume und ein zerstörter Brunnen. Kaum hatten sie die Hütte erreicht und sich zum Ausruhen an eine Mauer gelehnt, tauchten aus dem sie umgebenden Schwarz vier Gestalten mit Maschinenpistolen auf.

Sie bedeuteten den dreien, die Hände hochzunehmen. Einer der Kämpfer kam, durchsuchte sie, und Abu Barbaros zerrte den Stoffbeutel aus seinem Hemd. Der Anführer des Trupps nahm die Papiere entgegen, besah sich flüchtig den Inhalt und nickte seinen Begleitern zu. Plötzlich fingen alle an zu lachen. »Salam alaikum, Brüder«, hieß es. Man umarmte sich, den dreien wurde auf die Schultern geklopft und jedem eine Dattel gereicht. Eine Wasserflasche machte die Runde. In einer Senke stand ein Toyota-Pick-up, auf dessen Ladefläche sie in die Unterkunft gebracht werden sollten. Abu Barbaros lachte, und vor Kadirs Auge erschienen die Bilder, die er so oft auf Videos gesehen hatte. Mudschaheddin, die auf einem Pick-up mit Fahne und Gewehr in den Kampf zogen. Jetzt war er ganz nah an dem Bild, von dem er so gern Teil sein wollte.

3

Das Kalifat

Himmelsreise

Die Fahrt beim Schein des Halbmonds auf der Ladefläche des Pick-ups erschien Kadir wie seine Himmelsreise. Sie rumpelten über Schotterstraßen durch die sternenklare Nacht, und der junge Gläubige war selig, dem Himmel so nah. Der Prophet Mohammed war in einer solchen Nacht von Mekka auf einem Pferd nach Jerusalem gereist, in der *Sunna,* den Berichten über sein Tun, nannte man das *al-isra* oder *al-miradsch.* Er war über die Himmelsleiter in sieben Himmel aufgestiegen, hatte mit Jesus, Moses und Abraham gesprochen und dann von Allah selbst die Grundlagen des Islam erfahren. Allah hatte ihn vor allen anderen empfangen. Jedenfalls erinnerte Kadir sich, was im Kulturverein bei den Koranlesungen davon erzählt wurde. Und dass der Prophet eben der Beste der Besten sei, wie er selbst gesagt haben soll, zwar ein Mensch, aber auserwählt und deshalb unantastbar. In diesem Moment kam Kadir das alles sehr real vor. Mohammed hatte sich zu Beginn der Nachtreise entschieden, Milch statt Wein zu trinken – eine Entscheidung mit weit reichenden Folgen, denn indem ihm die

Gläubigen folgten, wurden alle Weintrinker zu Fremden. Und er hatte seinen Leuten das zu jener Zeit in Mekka und in den Karawansereien beliebte Glücksspiel verboten. Mohammed hatte allen Versuchungen widerstanden und war deshalb ein Vorbild.

Kadir dachte einen Moment an seinen Vater, der nicht davon lassen konnte, auf Fußballergebnisse zu wetten, und sich ruiniert hatte. Er wollte es besser machen und schwor sich, dass auch er den Versuchungen widerstehen würde, wie er dem Mädchen im Hotel widerstanden hatte. Auch Kadir wollte der Sünde entsagen.

Am Ende der Nacht war Mohammed endgültig davon überzeugt, der Gesandte Gottes zu sein, und wanderte, als die Menschen in Mekka seiner Predigt nicht folgten, nach Medina aus. Dort wurde er zum Krieger und schuf den ersten islamischen Staat. Kadirs Prüfungen waren sicher kleiner, aber er würde diesen *Dschihad*, den Kampf mit sich selbst, auch gewinnen. Jedenfalls waren das seine Gedanken, als er auf der Ladefläche eines japanischen Lieferwagens in sein gelobtes Al-Sham einfuhr.

Kadir verstand kein Arabisch, aber diese Sprache erschien ihm allein vom Klang her mystisch wie der Islam selbst. Wenn Allah will, sagte er sich, werde ich sie lernen. Worüber die Gefährten, die mit ihnen auf der Ladefläche saßen, untereinander redeten, konnte er nicht verstehen. Sie machten auch keine Anstalten, mit ihnen zu reden, sondern lachten und schwatzten, als wären die drei Neuen nicht da. Uthman filmte die Fahrt ununterbrochen, Abu Barbaros redete vor sich hin und beschrieb, was er sah, und so hatte Uthman gleich den Kommentar zu seinen Bildern. Allmählich kamen sie in bewohntere Gebiete. Sie fuhren an flachen, fensterlosen Häusern vorbei. An einer Straßensperre, an der die schwarze Fahne des islamischen Staats wehte, wurden sie kontrolliert, die Fahrer diskutierten mit den Posten, wurden durchgewinkt und grüßten die Wachen wie alte Bekannte.

Nach einer halben Stunde Fahrt hielten sie vor einem fünfstöckigen Haus, das wie ein Rohbau in einer Plattenbausiedlung aussah. Vor dem Haus war die Straße nicht gepflastert, es wirkte so, als wären die Bauarbeiter von der halb fertigen Baustelle geflohen. Plastiktüten wehten im leichten Wind, und irgendwo schrie ein Kind. Es war keine Himmelsleiter, sondern ein normal stinkendes Treppenhaus, in dem sie aufstiegen. Und sie gingen nicht in den siebten Himmel, sondern in die dritte Etage hinauf. »Assalamu alaikum«, sagte Kadir, ganz so, wie Mohammed die anderen Propheten begrüßt hatte und wie sich seitdem die Gläubigen grüßten. Hier waren es Abu Khalid al-Filastini und Abu Saffiya, auch Deutsche, sowie ein Afghane mit Namen Javad. In den hinteren Räumen der Wohnung wohnten noch zwei Syrer, Abdul und Hamed, die aber noch nicht von einem Kampfeinsatz zurück waren.

Man hatte auf die drei gewartet und auf einem Campingtisch Essen vorbereitet. Couscous mit Gemüse und gebratenen Hühnerbeinen und, zur Feier des Tages, Master-Cola. »Ist schwer zu bekommen«, sagte Abu Saffiya und reichte allen eine Flasche. Die Stimmung war so, als wenn sich alte Freunde nach langer Zeit wiedersehen. Im ganzen Haus lebten nur Muhadschirin, junge Männer aus allen möglichen Ländern, die sich dem Kampf für Gott angeschlossen hatten. Einige von ihnen kamen im Laufe des Abends vorbei, um die Neuankömmlinge kennenzulernen. Man begrüßte sich »Salam alaikum« und »Alaikum salam«, umarmte sich und klopfte sich auf die Schultern. Man erzählte sich von den Abenteuern der Nacht beim Grenzübertritt. Die schon länger Anwesenden lächelten milde und erzählten ihrerseits Geschichten von den Nächten auf Wache. Sie sagten auch, diese Unterkunft sei nur vorläufig, sie würden bald in ein besseres Haus umziehen.

Die Koffer und Taschen der Neuen waren noch nicht angekommen, und so mussten die drei – Uthman filmend, Abu Barbaros redend – in der ersten Nacht mit ihrem Kleingepäck zurechtkommen. Es gab keine Möbel in der Wohnung. In der Küche standen ein Klapptisch und zwei Stühle, daneben Kühlschrank und eine Spüle. Eine Gasflasche mit einem Aufsatzbrenner stand auf dem Boden, umrahmt von dreckigen Töpfen. In den Schlafzimmern beleuchteten Glühbirnen den nackten Raum. Auf dem Boden lagen lediglich einige Decken zum Schlafen. Im Badezimmer waren das WC und das Waschbecken montiert, aber die Dusche war noch ohne Armaturen.

Den dreien wurde ein Zimmer zur Straße zugewiesen. Man sah aus dem Fenster auf die Straße vor dem Haus und auf ein Gelände mit kleinen Werkstätten. Eine der Wohnungen im Erdgeschoss war zu einem Gebetsraum umfunktioniert worden. Hier gab es einen großen Teppich, und man traf sich, um zu beten, Versammlungen abzuhalten und mit anderen zu reden. Kadir machte es nichts aus, auf dem Boden zu schlafen. Aber Uthman stöhnte sehr und drehte sich die ganze Nacht. Und Abu Barbaros redete auch im Schlaf. Er bewegte die Lippen, seine Arme und Hände zuckten ganz unmerklich, und er wachte immer sofort auf, wenn Uthman sich wieder einmal drehte. Kadir konnte eigentlich immer schlafen, ganz gleich, was um ihn herum passierte.

Obwohl die Nacht kurz war, wachte er schon vor dem

Morgengebet auf. Der Muezzin – hier war es Abu Saffiyas Laptop mit Gebetszeitenapp, die zuverlässig den Muezzin der zerstörten Umayyaden-Moschee von Aleppo erklingen ließ – weckte sie um fünf Uhr. Sie gingen hinunter, beteten und legten sich wieder hin, um noch ein wenig zu schlafen. Die Gebete waren wie ein Appell, denn man achtete gegenseitig auf Vollzähligkeit. Das erste Gebet macht man in der Morgendämmerung, das zweite am Mittag, wenn die Sonne den Zenit überschritten hat, das dritte, wenn der Schatten doppelt so lang ist wie am Mittag, das vierte mit dem Sonnenuntergang und das fünfte, wenn der rote Schimmer des Sonnenlichts verloschen war. Auf die Natur war man aber nicht mehr angewiesen, die App sagte, wann es so weit war. Das strukturierte den Tag von ganz allein.

Und mehr passierte auch nicht am ersten, zweiten und dritten Tag. Sie warteten. Das einzig Spannende war, wenn die Brüder von Einsätzen oder Übungen zurückkamen und erzählten, was draußen los war.

Beim Sheikh

Am dritten Tag brachte sie Abu Khalid zu einem Büro ein paar Straßen weiter. Es war wohl das ehemalige Rathaus. Dort wurden ihre Pässe geprüft. Die Männer hinter den Schreibtischen sprachen kein Deutsch oder Englisch, sondern nur Arabisch. Abu Khalid übersetzte, er konnte die Sprache, denn seine Eltern hatten, bevor sie nach Deutschland kamen, im Libanon gelebt. Er sagte, sie müssten warten.

Vor dem Büro des Sheikhs Anwar standen Wachen, und die Wartenden mussten sich in Geduld üben. Männer gingen ein und aus, und fast hatte es den Anschein, man hätte sie vergessen. Aber irgendwann wurde Kadir gerufen. Der Mann zeigte auf ihn, und er ging in den Raum. Der Sheikh saß an einem großen Tisch, neben sich einige Vertraute wie Abu Saffiya. Der schien so etwas wie der Ortssekretär für die Mudschaheddin zu sein, jedenfalls reichte er dem Chef die Papiere und flüsterte ihm ständig etwas zu. Der Sheikh legte die Hand aufs Herz und verbeugte sich leicht. Er trug ein farbiges Kopftuch, das er nach Piratenart gebunden hatte. Mit seinem an den Wangen wuchernden Bart und der schmalen Goldrandbrille sah er eher aus wie ein Hippie und nicht wie ein Warlord.

Er bat Kadir, ebenfalls Platz zu nehmen, und sah ihn mit einem väterlichen Blick an. Kadir war trotz der freundlichen Begrüßung nervös. Es war schließlich das erste Mal, dass er einem offiziellen Vertreter des Kalifats begegnete. Der Mann nahm eine Handvoll Pistazienkerne und reichte Kadir ein paar. Dann aß er selbst davon und schmiss die Schalen auf ein Tablett. Kadir machte es ihm nach.

»Was willst du hier?«, lautete die erste Frage. Das klang sehr barsch, aber vielleicht lag es daran, dass Abu Saffiya nur einfache Worte kannte.

»Ich möchte meine Pflicht für Allah, Friede sei mit ihm, tun.«

Der Sheikh nickte. »Wie bist du hierhergekommen?«

»Soll ich jetzt sagen, welchen Weg ich genommen habe?«, fragte Kadir. Abu Saffiya sprach kurz mit dem Sheikh und erläuterte: »Wir wollen wissen, ob dich jemand geschickt hat. Wer weiß, dass du hier bist?«

»Nur die Brüder im Kulturverein in Hamburg. Ich habe

alles geheim gehalten. Sogar meine Eltern und Geschwister wissen von nichts.«

Hin und her, ein skeptischer Blick und dann die Frage: »Hast du einen Pass und ein Handy?«

Kadir nickte. Der Sheikh winkte, er wollte es haben. Kadir zog den deutschen Reisepass und das Telefon aus der Tasche und reichte es ihm. Der reichte es weiter zu den Männern in der hinteren Reihe. Einer begann, sich mit dem Gerät zu beschäftigen, ein anderer schrieb etwas aus dem Pass ab.

»Was kannst du?«, war die nächste Frage. Kadir sagte, dass er sich mit Autos auskenne und fit im Sport sei. Fußball sagte er nicht.

»Du spielst Fußball?«, fragte Abu Saffiya. Kadir nickte.

Die Männer berieten sich. Von hinten wurden Handy und Pass zurückgegeben. Die Sachen blieben neben dem Sheikh liegen.

»Hast du einen Laptop?«, wurde er gefragt. Kadir verneinte. Wieder Beratungen.

Kadir sagte: »Ich will kämpfen.«

Der Sheikh lächelte und sagte: »Die Zeit wird kommen, wo du dich vor Allah beweisen kannst.«

Abu Saffiya erklärte, als er ihn hinausbegleitete, das Ergebnis des Gesprächs. »Du wirst erst einmal in die Truppe aufgenommen und bekommst Sold. In den nächsten Tagen machst du einen Test, wie fit du bist und so. Dann entscheiden die Brüder, was du für die Sache tun kannst. Willkommen, Bruder.« Abu Saffiya umarmte ihn. Kadir wuchs ein Stück. Als er in den Vorraum kam, war es fast so wie bei »Deutschland sucht den Superstar«. Alle freuten sich mit ihm, dass er weitergekommen war.

Sie gingen in einen anderen Raum, wo ihm ein Kämpfer aus einer transportablen Kasse einhundert Dollar in kleinen gebrauchten Scheinen auszahlte. Er entschuldigte sich, dass er nur das Geld des Teufels hatte. Aber bald würde man eigene Dinar-Goldmünzen haben, dann würde dieses Satansgeld verschwinden.

Eigene Waffen

Kadir wartete jetzt auf die anderen. Auch Abu Barbaros und Uthman wurden offiziell zu Kämpfern. Abu Barbaros redete und wiederholte alles, was er gerade erlebt hatte. »Und dann nahm er mein Handy, und einer kontrollierte es, und er fragte, was ich hier wolle, kämpfen, sagte ich, und er antwortete, Allah wird es wissen, und ich bekam hundert Bucks. Ist das nicht toll?« Sie gingen in den *Souk*, den Basar, und wer die drei auf dem Hinweg gesehen hatte, konnte einen Unterschied ausmachen. Jetzt gingen sie breiter, die Füße gingen mehr nach außen, die Arme waren angewinkelt, den Kopf hatten sie nach vorn gestreckt. Der Händler im Souk hatte von den Camouflagehosen und -jacken nur eine Größe. Bei Uthman spannte alles etwas, und er musste einen Strick um den Hosenbund machen, die Gürtel waren zu eng. Bei Abu Barbaros dagegen mussten die Beine umgekrempelt werden. Als Kadir die Hose anprobierte und dem Händler sagte, die Hose sei ein wenig kurz, sagte der: »Mein Freund, der Freund des Propheten, Abu Hureira, berichtete, dass der Prophet, Allahs Segen und Friede auf ihm, sagte: Was vom Lendentuch über die beiden Knöchel hinweg nach unten hängt, ist im Höllenfeuer!«

Kadir stopfte die Hose in seine Stiefel. Die hundert Dollar waren damit fast aufgebraucht. Für eine Waffe musste er deshalb an sein Erspartes. Gern hätte er eine AK-47 gehabt, eine Kalaschnikow, aber die kostete fünfhundert Dollar, die hatte er nicht. So musste er sich mit einer Pistole begnügen. Eine Barretta 6.35 mm. Die war schon teuer genug, denn der Händler legte zwar noch ein paar Patronen obendrauf, aber obwohl er auf dem Basar war, richtig handeln mochte Kadir mit dem Bruder nicht.

»Spielzeug«, spottete Abu Barbaros über die Pistole. Er selbst träumte von einer Pumpgun, mit der er, bumm, bumm, bumm, ein paar Kuffar wegblasen konnte, aber entschied sich dann für ein G3 Sturmgewehr. »Wertarbeit«, sagte er über das deutsche Teil. Zum Bezahlen zog er aus einem Brustbeutel eine Rolle mit 50-Euro-Scheinen und küsste seine Erwerbung. Uthman konnte sich nicht entscheiden und kaufte gar nichts. Irgendwie war es wie Bescherung, als sie nun bewaffnet die Straße hinuntergingen. Abu Barbaros fragte Abu Khalid: »Wo kann man denn hier mal schießen?«

Sie gingen zurück zu ihrer Wohnung. Lastwagen fuhren die Straße entlang, pusteten schwarzen Rauch in die Luft und wirbelten Staub auf. Frauen standen vor einem Laden an, der frisches Brot verkaufte. Motorroller mit Körben voller Gemüse knatterten an Geschäften vorbei, in denen Kleider oder Haushaltswaren angeboten wurden. In einer Seitenstraße lag ein schwarzer Hund vor einem Handyladen. Als Kadir näher hinsah, bemerkte er die Fliegen, die ihn umschwirrten. Der Hund war tot.

»Der Sheitan hat seine Strafe erhalten«, sagte Abu Khalid, als sie vorbeigingen. »Schwarze Hunde sind des Teufels.«

Mein, dein, unser

Als sie in die Wohnung in der Platte zurückkamen, herrschte das Chaos. Die Koffer und Taschen der drei waren endlich angekommen. Nun lagen sie geöffnet in ihrem Zimmer, und zwei Männer wühlten darin herum. Die Sachen waren auf dem Boden verstreut. Abdul, einer der syrischen Ansaris, hatte sich Kadirs schwarzen Totenkopf-St.-Pauli-Hoodie übergezogen, Hamed trug seine Schuhe. Abu Barbaros bekam den Mund nicht zu, als er sah, dass Bruder Hamed gerade mit seiner Haarschneideschere die Beine von einer ihm zu langen Jeans abschnitt. Als die beiden bärtigen Freunde das G3 sahen, lachten sie und wollten es ausprobieren.

Abu Barbaros schrie schrill auf, und Kadir fragte: »Was soll das?« Die Ansaris ließen sich nicht stören und taten so, als sei es das Selbstverständlichste, sich die Sachen der Muhadschirin anzusehen. Abu Barbaros brüllte nun rum, wollte mit dem Gewehr auf einen Ansari losgehen, und Uthman filmte diesmal nicht. Abdul und Hamed lachten nur, hoben die Hände, als würden sie nichts verstehen, und verzogen sich. Kadir ging hinter Abdul her und verlangte von ihm, seinen Kapuzenpulli wiederzubekommen. Der Ansari schimpfte und verschwand in seinem Zimmer. Javad, der Mann aus Afghanistan, ging hinterher und kam mit dem Pullover und den Sneakers zurück.

»Ihr müsst das verstehen, Brüder«, sagte Abu Khalid. »Die sind neugierig.«

»Das sind meine Sachen, die haben die gar nicht anzurühren«, sagte Kadir, während Abu Barbaros sich gar nicht über die abgeschnittenen Jeans beruhigen konnte.

»Die haben meine Schere ruiniert«, jammerte er. »Damit darf man doch keinen Stoff schneiden. Weißt du, was so ein Teil kostet? Fast so viel wie die Knarre.« Er prüfte, ob sein Werkzeug nicht verzogen war.

»Heul doch«, sagte Uthman.

Abu Khalid zuckte mit den Schultern und sagte: »Wir sind hier eine Gemeinschaft, einer für alle, alle für einen. Ihr habt eben viel mehr als die Brüder. Die wollten sich das mal ansehen. Irdische Dinge sind doch nicht so wichtig. Habt euch nicht so.« Kadir und Abu Barbaros sahen ihn an, und Abu Khalid ergänzte: »Wenn ihr wollt, könnt ihr meinen Koffer auch durchwühlen. Ich habe nichts zu verbergen.« Er ging in sein Zimmer und deutete auf seinen Schalenkoffer, der offen neben seiner Decke stand.

Kadir sammelte irritiert seine Sachen zusammen, ließ sich aber die Freude über den Tag nicht nehmen. Er war nun ein Mudschahed, er hatte Sold bekommen und eine Waffe gekauft. Und nun hatte er auch endlich wieder frische T-Shirts, Shorts und sein Duschgel.

Der Fitnesstest

Uthman begann schon zu schwitzen, bevor es überhaupt losging. Kadir packte seine Tasche aus und die Sportsachen ein. Abu Barbaros tönte, Marathon sei für ihn kein Problem. Man fuhr sie zu einem Platz, der vielleicht einmal ein Sportplatz werden sollte, aber von den Prüfern schon so genannt wurde. Es war eine graslose staubige Fläche zwischen zwei Wohnblocks. Zum Glück war es noch früh, und die Sonne brannte noch nicht so erbarmungslos, wie sie es später am Tag tun würde. Insgesamt traten sieben Kämpfer an, ihre Tauglichkeit unter Beweis zu stellen. Die Prüfer sahen aus wie Rambos, trugen Trainingsanzüge, verspiegelte Ray-Ban-Sonnenbrillen und 9mm-Glock-Pistolen in einem Schulterhalfter.

Sie begannen mit Liegestützen und Sit-ups. Fünfzig von jeder Sorte sollten es schon sein. Kadir hatte damit kein Problem, Abu Barbaros machte bei den Liegestützen schlapp, und bei Uthman sah schon das erste Heben des Oberkörpers wie ein vergebliches Kopfrecken aus. Dann sollten sie hundert Meter laufen, wobei die Strecke nur so ungefähr ausgemessen wurde. Das schafften alle, wenn auch unterschiedlich schnell. Unter den Kameraden waren zwei Algerier, die verdammt gute Läufer waren. Das zeigte sich auch beim Langlauf über drei Kilometer. Kadir konnte da locker mithalten, aber die Jungs federten doch besser ab, während Abu Barbaros sich über die Strecke quälte und Uthman nach einem Kilometer puterrot und mit Schnappatmung aufgab.

Zum Zehnkilometerlauf am Nachmittag traten die beiden dann gar nicht mehr an. Abu Barbaros beklagte eine Zerrung und sagte, sonst würde er locker die Zeit von siebzig Minuten einhalten. In der Disziplin Dauerreden wäre er der unangefochtene Sieger gewesen. Kadir lief die Strecke in etwas über fünfzig Minuten. Er wusste, das konnte er besser, aber die Hitze war unerträglich und die Strecke holprig. Den Algeriern machte das Wetter nichts aus, sie trabten locker zehn Minuten eher ins Ziel. Die Prüfer ließen sich nicht anmerken, was sie von den Leistungen der Ausländer hielten, sondern machten sich auf Klemmbrettern Notizen. Gleich nach den Läufen setzten sie sich in ihren Pick-up und fuhren davon. Die Prüflinge bekamen die Nachricht, dass sie am nächsten Tag zum Schießen gefahren werden.

Katzenrettung

Während Abu Barbaros und Uthman sich dann nach Hause schleppten, den restlichen Reis vom Vortag aßen und auf die Decken sanken, war Kadir durch das Laufen erst in Schwung gekommen. Er spürte, was ihm in den letzten Tagen gefehlt hatte: Bewegung. Er sagte den Brüdern, dass er noch ein wenig spazieren gehen wolle. Noch viel lieber hätte er ein wenig mit dem Ball gespielt, aber nirgendwo war einer aufzutreiben. So schlenderte er in Sportsachen durch die Straßen und suchte nach Abwechslung.

Fast an jeder Straßenecke standen Wachen, die ihn grüßten. Es hatte sich herumgesprochen, dass ein paar al-Almanis neu bei der Truppe waren. Zum Glück hatte er Kleingeld eingesteckt, sodass er sich eine Flasche Wasser und Falafel kaufen konnte. Er sah sich in der Stadt um. Sie bestand aus halb fertigen Plattenbauten, einer Vorstadt aus einstöckigen Hofhäusern und einer Art Basar, der sich an der Hauptstraße entlangzog. Überall sah man kaputte Fenster und Einschüsse in den Mauern, auf den Straßen standen ausgebrannte Wagen herum. Die Stadt erschien ihm relativ leer, und wer sich auf der Straße bewegte, suchte Schatten oder Deckung. Sie hatten in der Nacht zwar Gefechtslärm gehört, aber direkt in der Frontlinie lag die Stadt nicht mehr, die verlief ein paar Kilometer weiter nördlich.

Nach der Einnahme der Stadt durch den IS waren viele kurdische Familien, die hier wohnten, in die Türkei geflohen. Die anderen Syrer waren ins fünfzig Kilometer entfernte ar-Raqqa, der neuen Hauptstadt von Dawla, umgezogen. Die Brüder vermuteten, dass der Ort nicht sicher sei, und man erwartete, dass Assad oder die Kurden mithilfe der Amerikaner zurückkommen würden. Man musste nur warten, bis die Front näher kam.

Kadir schlenderte durch den Ort, der kein wirklicher Ort und schon gar nicht ein Ort zum Schlendern war. Er hatte das manchmal in seinem Kiez gemacht, war einfach durch die Straßen gelaufen und in einen der Wege zu den Schrebergärten abgebogen, wo sauber geschnittene Hecken und Bäume die Wege säumten und wo vor jeder Bude im Sommer ein Grill und ein Kasten Bier standen. Einige der Gärten waren auch von türkischen Familien gemietet, sahen aber genauso aus wie die der deutschen Nachbarn. Hippies wurden hier meist nicht geduldet. Warum Kadir das einfiel, als er durch die Straßen lief, wusste er nicht. Vielleicht weil das hier das komplette Gegenteil war. Kein Baum, kein Strauch, nicht einmal ein Hauch von Unkraut. Nur Staub und Steine, Plastikmüll und Autos. Trotzdem fand er es hier besser. Weil er hier jemand war, weil es das Land der Muslime war, *Dar-al-Islam,* das Haus des Friedens, dachte er. Nur wo die *Scharia,* Allahs Gesetz, gilt, kann es Frieden geben, überall sonst ist *Dar-al-Harb*. Wenn das Kalifat erst die »Öffnung, die Eroberungen und Siege«, *Futuh,* erreicht hatte, würde auch hier die Müllabfuhr kommen. Er wollte es, und wenn er dafür ein *Schahid,* ein Märtyrer, werden musste.

Kadir genoss diese Stunde ganz mit sich und seinen Gedanken, obwohl er sonst nie gern allein war. Immer war einer von der Familie, den Freunden, den Brüdern da, das war so, denn der Mensch sollte in der Gemeinschaft sein. Es war ganz still, kein Auto fuhr, und Vögel gab es hier auch kaum. Und doch war da etwas, ein leises Wimmern. Kadir horchte. Hatte er da nicht ein Jaulen gehört? Er ging auf eine Mülltonne zu. In dem Moment sprang eine magere Katze davon. Kadir lächelte, das war es also, eine Katze, die im Müll nach Essbarem suchte. Die Katze war unter dem nächsten Auto verschwunden und beobachtete ihn aus sicherer Entfernung. Es maunzte wieder. Aus der Tonne. Kadir ging zu dem Blecheimer und sah hinein. Er hob eine stinkende Tüte beiseite, und da saß sie: eine kleine Katze, rot-weiß gefleckt, nicht viel größer als eine Hand. Und sie wimmerte erbärmlich.

»Was machst du denn da?«, fragte Kadir und besah sich das Tier, das ganz dreckig war. »Komm zu mir.« Er griff nach dem Kätzchen und hatte im nächsten Moment die kleinen Krallen in der Hand. »Mistvieh.« Er schüttelte seine Hand und besah sich die Wunde. Halb so wild. Das Kätzchen steckte noch in der Tonne. »Miez, miez, miez«, Kadir näherte sich und war auf die nächste Attacke des Katzenbabys gefasst. Aber das hatte sich in die letzte Ecke des Müllhaufens verzogen, in der Hoffnung, unentdeckt zu bleiben. Kadir zog sich den Ärmel über die rechte Hand und hielt sich mit der anderen die Nase zu. Das waren nicht die Gerüche des Orients, das war der Odem der Verwesung, vergorenes Obst und Gemüse, faulige Knochenreste und Scheiße. Mit einem beherzten Griff packte Kadir das Tier, das noch einen Moment um sich schrie und dann die Beine von sich streckte, als wolle es sich groß machen. Es war so überraschend klein und leicht, dass Kadir fürchtete, es mit seinem festen Griff zu zerquetschen. Er nahm ein Handtuch aus seiner Sporttasche und wickelte es ein, war aber unschlüssig, was er jetzt tun sollte. Er hatte das Kätzchen gerettet, aber reichte das? Hatte es hier in dem Müll eine Chance zu überleben? Ging ihn das überhaupt etwas an? Er setzte das Tier auf den Boden, rieb es oberflächlich mit dem Handtuch ab und sagte dann: »Na, Kätzchen, lauf. Hau ab. Da hinten ist deine Anne.« Er zeigte Richtung Auto, wo er die Katzenmutter vermutete. Aber das Kätzchen konnte sich kaum auf den Beinen halten, es war ganz mager und schwach. Es kauerte sich hin. Er überlegte. Er hatte für die Katze eine Entscheidung zu treffen, Tod oder Leben. Gab es einen Katzenhimmel? Ach, dachte er, was soll's.

Das Video

In der Wohnung saßen und lagen die Brüder noch in ihren Sportsachen vor dem Laptop, sahen sich ein Video an und knackten Sonnenblumenkerne. Kadir ging mit seiner Tasche direkt ins Badezimmer und schloss die Tür. Er hatte nach langem Suchen in einem Laden Kondensmilch gefunden. Er stellte die Tasche auf dem Boden ab und öffnete sie vorsichtig. Das Kätzchen hatte sich unter das Handtuch verkrochen und mauzte erbärmlich, als Kadir es heraushob. Er setzte es ins Waschbecken und versuchte mit einem Lappen, das Tier vom gröbsten Schmutz zu säubern. Das kleine Wesen sah erbarmungswürdig aus und zitterte am ganzen Leib. An Kopf und Rücken hatte es ein leuchtend orangerotes Fell, das Maul und die Brust und die Pfoten waren weiß, als hätte es Socken an. Das rechte Ohr war ebenfalls weiß. Diese Katze gab es nur einmal, Kadir würde sie unter allen Katzen der Welt wiedererkennen.

Als Kadir einen Moment die Hand vom Körper ließ, hüpfte das Kätzchen heraus, sauste durch das enge Bad und schrie. Kadir wusste nicht, was zu tun war, und ließ es gewähren. Er ging in die Küche, suchte einen Untersatz, öffnete die Dose Kondensmilch und träufelte die dickflüssige Milch auf den Teller. Vorsichtig öffnete er die Badezimmertür und stellte die Nahrung auf den Boden. Das Kätzchen kauerte in der Ecke. Kadir schloss die Tür und ließ es mit der Milch allein.

Die Brüder vor dem Laptop riefen: »Komm, das musst du dir ansehen.« Kadir wollte gerade vom Kätzchen berichten, kam aber nicht dazu. »Die Kuffar suchen dich«, sagte Abu Barbaros. »Guck mal. Ist auf Facebook.« Kadir hockte sich in den Kreis, und Uthman schob den Regler auf Anfang: Man sah St.-Pauli-Fans, wie sie sangen und Fahnen schwangen. Ein Junge kickte auf einer Straße zwischen Autos mit einem Ball. Abu Barbaros sagte: »Eh, Bruder, das bist du?« Über dem Bild eine Stimme: »Ein echter Straßenfußballer und die Hamburger Hoffnung. Die Nummer Sechs: Kadir Ölmez.« Der Nachname war vervielfacht wie ein Stadionschrei, während Kadir den Ball über ein Auto lupfte. Auf dem Screen tauchten einzelne Lettern auf und bildeten den Namen: KADIR. Wieder Jubel. Der Ball flog gegen eine Mülltonne, dann folgte der Schriftzug »Kadir ist weg«.

Kadir war schockiert, da waren sein Bett, sein Zimmer, die Wohnung, das Haus, Onkels Supermarkt und dann seine Schwestern. »Krass«, sagte Kadir und sah mich, die kleine Schwester und die Mutter, die schweigend den Deckel vom Kochtopf hob. Dann sagte seine Mutter auf Türkisch: »Mein lieber Sohn, was tust du deiner Mutter an? Habe ich dich dafür geboren? Komm zurück. Bitte, tu uns das nicht an!« Sie hatte das Bild von Kadirs Beschneidung in der Hand. KADIR MELDE DICH.

Alle sahen Kadir an, der völlig perplex war. »Wo gibt es das?«, fragte er zuerst.

»Auf Facebook. Hat 103 likes«, sagte Uthman.

»Das war meine Mutter.« Immer noch fassungslos, sprang Kadir auf und raufte sich die Haare. Ihm gingen jetzt alle möglichen Gedanken durch den Kopf. Er wollte nicht, dass seine Mutter sich Sorgen um ihn machte. Sie sollte stolz auf ihn sein.

»Wir können auch so was machen«, sagte Uthman. »Schöne Grüße aus Al-Sham. Kadir ist hier und kämpft für Allah.«

»Geil«, sagte Abu Barbaros. »Und dann jubeln wir alle wie die im Stadion.« Kadir winkte ab, seine Schwestern und die Freunde zu sehen berührte ihn.

»Wir können auch Aufnahmen von unserer Schießübung morgen reinschneiden«, schlug Abu Barbaros vor. Uthman nickte, und Kadir sagte: »Halt's Maul.«

Vater des Kätzchens

Abu Barbaros stand auf und verließ schweigend den Raum. Uthman war schon wieder auf anderen Seiten im Internet unterwegs und ließ ein Naschid aus den kleinen Lautsprechern plärren. Kadir zog seine Sportsachen aus. Er überlegte, ob er auf das Video antworten sollte. Aber irgendetwas sagte ihm, dass es besser sei, wenn noch niemand wusste, wo er war.

Plötzlich ein Gepolter und Geschrei. Die Badezimmertür flog auf, und Abu Barbaros stürzte mit runtergelassener Hose heraus. Hinter ihm huschte ein Schatten aus dem Raum. Abu Barbaros stolperte über seine Hose und knallte der Länge nach hin. »Der Teufel, auf dem Klo ist der Teufel!«, schrie er. Alle liefen zu ihm und halfen ihm auf. Das Kätzchen rannte durch das Zimmer, sprang die Wände hoch, aber es gab kein Versteck, nichts, worin oder worunter es verschwinden konnte.

»Das ist nicht der Teufel, das ist eine kleine Katze«, sagte Kadir. Uthman und Hamed und Javad und Abdul lachten über den hosenlosen Abu Barbaros. Der lachte nicht, sondern war sauer. »Die ist mir in den Nacken gesprungen, wisst ihr, wie sich das anfühlt?« Die Schadenfreude war groß, und Abu Barbaros beruhigte sich nur langsam, weil niemand ihn unterbrach, als er wie in einer Endlosschleife darüber sprach, wie er sich aufs Klo gesetzt hatte und ihn plötzlich das Monster von hinten anfiel. Als Kadir ihm das Kätzchen zeigte, das er mit einer Decke gefangen hatte, fragte Abu Barbaros: »Soll das Biest etwa hierbleiben?«

Kadir nickte. »Guck mal, ist doch süß.«

»Ich bin gegen Haare allergisch«, sagte Abu Barbaros.

»Deshalb bist du ja auch Friseur geworden«, konterte Uthman.

»Ich will mit dem Biest nichts zu tun haben«, entschied Abu Barbaros.

Als Abu Khalid später in die Wohnung kam und Abu Barbaros ihn gewinnen wollte, das Tier rauszuschmeißen, sagte der: »Der Prophet, der Segen sei auf ihm, sagte einmal, als jemand ihn nach dem Wesen der Katze fragte: Sie ist nicht unrein, sie gehört zu den Tieren, die bei euch umgehen.« Und zu Kadir sagte er: »Das passt doch. Du brauchst doch noch eine *Kunya,* einen Brudernamen. Wie wäre es mit dem Namen Abu Hureira, Vater des Kätzchens? Abu Hureira«, erklärte Abu Khalid, »war nicht irgendwer, er war einer der ersten Gefährten des Propheten. Er war auf der Hidschra dabei und hielt das Totengebet bei Aischas Tod. Außerdem sind Hunderte von Hadithen von ihm geprüft.«

»Ich habe von ihm gehört«, sagte Kadir, der sich im Moment aber nicht daran erinnern konnte, worum es dabei ging.

»Ach, Abu Hureira, da kannst du noch viel studieren über deinen Namensbruder«, sagte Abu Khalid. »Ach ja, nach dem Abendgebet ist noch eine Unterweisung für morgen in Waffenkunde. Nehmt mit, was ihr an Waffen habt.«

Abu Hureira, Kadir sprach den Namen mehrfach vor sich hin. Das Kätzchen akzeptierte inzwischen, dass er es streichelte. »Dann brauchst du aber auch einen Namen«, sagte er zu dem Kätzchen, das es sich auf seinem Schoß gemütlich machte.

»Wie wäre es mit …« Kadir fiel nichts Passendes ein.

Schießübungen

Woher auf einmal die Waffen kamen, konnte Kadir, der sich von jetzt ab Abu Hureira nannte, nicht erklären. Sie hatten gebetet wie immer. Dann waren die Amire rausgegangen, und Helfer hatten Kisten mit Gewehren reingeschleppt. Beute und Ausrüstungsstücke der IS-Brigaden. Die Stimmung wurde euphorisch. Als Höhepunkt marschierten kleine Straßenjungen in den Gebetsraum hinein. Jeder von ihnen bekam ein Sturmgewehr, und die vier Burschen von acht oder zehn Jahren hantierten mit den Waffen, als seien es ihre Spielzeuge. Präsentieren, laden, anlegen. Die Jungen konnten es, und Kadir, Abu Barbaros, Uthman und die anderen staunten. Nach ihrer kleinen Parade bekamen die Kinder Applaus und einen twix-Schokoriegel und setzten sich an die Wand, um zuzusehen, was die Großen machten. Jedes einzelne Modell der Gewehre und Maschinenpistolen wurde vorgeführt, wie es funktionierte und wozu man es einsetzte. Dann besah sich der Waffenmeister, ein ehemaliger Offizier der irakischen Armee, die selbst gekauften Waffen und prüfte sie auf ihre Funktionstüchtigkeit. Die Pistole lud er in Sekunden, nickte und gab sie mit ernstem Blick zurück. Sie zerlegten dann die Sturmgewehre mit vorgegebenen Handgriffen und putzten sie unter Anleitung. Das lief alles auf Arabisch ab, und Kadir verhedderte sich mehrfach beim Zusammensetzen des Gewehrs, weil er nicht verstanden hatte, wie es ging. Metallenes Schnappen und Klacken übertönte jedes Gespräch. Anschließend ließ der Amir über Abu Khalid den dreien ausrichten, dass sie morgen mit dem gesamten Gepäck zum Schießen fahren, denn sie würden in eine andere Unterkunft verlegt. Was hatte das zu bedeuten? Sollten sie in den Kampf?

Nach dem Morgengebet packten sie ihre Taschen und Koffer und verabschiedeten sich von ihren Mitbewohnern. Kadir, alias Abu Hureira, zog einen Kapuzenpulli an und steckte das Kätzchen vorn in die Bauchtasche. Sie fuhren mit einem Kleinbus Richtung ar-Raqqa, der neuen Hauptstadt des Kalifats. Dort war ein Übungsgelände, das weiträumig bewacht wurde. Schon bei der Anfahrt hörten sie

Schüsse und Salven aus automatischen Waffen. Kadir, der auf nichts sehnlicher als auf seinen ersten Einsatz wartete, freute sich auf das Schießen, aber er hatte auch Sorgen, ob sein Kätzchen sich nicht fürchten würde. Als er zum Schießen gerufen wurde, packte er das Tier kurz entschlossen in seinen kleinen Rucksack und gab den Uthman. Die Männer auf dem Schießplatz erschienen ihm düsterer als die, die er bisher kennengelernt hatte. Sie betrachteten die Europäer misstrauisch und zeigten deutlich, was sie von deren Fähigkeiten hielten. Wohl nicht viel. Ihre Kommandos waren harsch und bestanden nur aus gebellten Worten und Handzeichen. Die Ziele waren improvisiert. Ein Plakat mit dem Kopf des syrischen Präsidenten Assad, auf eine alte Matratze gepinnt, war bereits völlig zerfetzt. Ein Ölfass mit aufgemaltem Kreis und Kreuz, das schepperte und pfiff, wenn es getroffen wurde. Eine Tür, in die jemand weibliche Brüste und einen Kopf geritzt hatte. Kadir schoss zuerst oft vorbei, dann traf er doch den Kopf des Diktators. Es war ein erhabenes Gefühl, zu zielen, abzudrücken und sofort die Wirkung zu spüren. In der Schulter, in den Ohren, im Magen.

Er hatte danach ein ähnliches Sausen im Kopf wie nach einem Discobesuch, wenn man zu lange vor den Bassboxen gestanden hatte. Abu Barbaros ratterte mit seinem Gewehr, als würde eine Horde Feinde auf ihn zurasen. Er hatte danach ein Flackern in den Augen und sagte immer wieder: »Geil. Das ist geil.«

Nachdem sie den halben Tag auf dem Feld herumgelungert waren und auf tote Ziele geschossen, nachgeladen und wieder geschossen hatten, gingen sie zu den Gebäuden am Rand des Geländes, es sollte etwas zu essen geben. Der Amir führte sie auf eine Art Platz, wo vor einer halben Stunde ein Konvoi von gepanzerten Kampfwagen angekommen war. Rauch von einem improvisierten Grill stieg auf, auf dem Spieße mit Hackfleisch schmorten. Auf einem Tisch daneben lagen Stücke von Wassermelonen.

Der Poser

Eine Kommandoeinheit von drei Wagen mit etwa zwanzig Kämpfern war abgestiegen. Da standen sie, die zukünftigen *Schahids*, die Toten auf Urlaub, vor ihren erbeuteten Hummer-Kampfwagen und posierten vor den Übrigen, die mit ihren Handys die Szene ablichteten. Alle versammelten sich um eine Gruppe von fünf Männern.

»Das ist er«, sagte Abu Khalid, »komm, den müssen wir sehen.«

»Wen?«, fragte Abu Barbaros.

»Den Kommandeur«, sagte Abu Khalid. »Abu Waheeb, gelobt seien seine Taten.«

Kadir hatte Fotos von ihm gesehen. Es gab ihn wirklich, da stand er. Uthman juchzte vor Vergnügen und filmte die Crew, die so tat, als würde sie auf etwas Wichtiges warten. In der Mitte der Gruppe der sagenumwobene Kommandeur Abu Waheeb in einer schlammgrün-braunen Tarn-Kampfuniform, mit Sprengstoffgürtel um die füllige Hüfte, den rechten Fuß etwas vorgestellt, als wolle er auf den Aufnahmen für die Nachwelt schlank aussehen. Er hielt die Hände auf dem Rücken und genoss sichtlich die Aufmerksamkeit. Fast erschien es, als wolle er das Bild eines syrischen Che Guevara abgeben. Zotteliger Bart, schwarze Mähne, Baskenmütze, ein *Aslan*, ein Löwe. Als

Einziger in der Gruppe, die sich im Halbkreis neben ihm aufgestellt hatte, trug er kein Gewehr. Seine Waffe war der Befehl. Ein Wort von ihm, dem Gefürchteten und Vielgesuchten, auf den die Kreuzzügler 50 000 Dollar Kopfgeld ausgesetzt hatten, und der Angesprochene wäre tot, von den Männern an seiner Seite erschossen.

Links neben ihm ein Kämpfer in schwarzem Anzug mit einer Kalaschnikow, die er aufrecht in die Armbeuge stützte, rechts ein Kaftanträger mit Gewehr, daneben eine Art Basecap-Cowboy mit einer Panzerfaust. Aufgeregt redende bärtige Männer in Tarnwesten machten Fotos und filmten die Szene. Sie würden sie gleich auf Facebook posten. »Seht her, ich mit Abu Waheeb!« Auf dem Wagenkonvoi hinter ihnen Kämpfer, die ihre Waffen in die Höhe hielten. Und lachten. Ja, es war fröhlich unter den düster blickenden Männern. Hahaha, sie zeigten die Zähne, andere grinsten, und ihre Münder waren dabei gebogen wie Krummdolche.

Uthman kam nicht in die erste Reihe, sondern musste über die Schultern der Arabisch und Russisch sprechenden Männer filmen, denn auch hier gab es eine unausgesprochene Hierarchie. Abu Waheeb duldete nur seine Leute in der Nähe, ein Fremder musste sich hinten anstellen. Die Armee des Islamischen Staates hatte keine Uniformen und keine Rangabzeichen, aber eine klare Rangordnung. Ihr Dresscode war entweder der knielange Kaftan mit Hochwasserhose und Sturmhaube, manchmal ein Tuch, eine Bekleidung, die mindestens seit Harun al-Raschid bei armen Leuten als Mode galt, oder die Camouflageteile im Used-Look, woraus sich insgesamt das Bild einer Korsarentruppe ergab, die versuchte, irgendwie gleich, originell und verwegen auszusehen.

Offenbar war die Aufstellung nicht nur eine zufällige

Fotosession, denn es gab so etwas wie einen Regisseur, der in der Mitte stand und mit einer Handycam filmte. Er gab dem Kommandeur ein Zeichen, der daraufhin einen Schritt vortrat und sagte: »Brüder, Inshallah, erobern wir ganz Al-Sham und befreien es von den Ungläubigen und Tyrannen. Inshallah mit Allahs Erlaubnis.« Dann hob er den Arm und rief: »Takbir«, was so viel bedeutet wie »Preiset den Herrn«, und die Umstehenden riefen »Allahu Akbar« und wiederholten dies mehrfach. Auch Kadir und seine Kameraden fielen in den Ruf ein. So ganz im Bewusstsein, Teil des Sieges zu sein, wuchsen auch Kadir, Uthman und Abu Barbaros ein kleines Stück. Und fühlten sich wie siegreiche Mudschaheddin, obwohl sie nur auf Pappkameraden geschossen hatten, die dies auch noch fast unbeschadet überstanden hatten. Abu Khalid und Abu Saffiya hatten sich nicht an den Schießübungen beteiligt, sondern mit der Milizverwaltung über die neue Unterkunft gesprochen und Ausweise und Passierscheine besorgt, mit denen sie von nun an durch die Straßensperren kamen. Sie erklärten den dreien das weitere Vorgehen. »Ihr werdet jetzt jeden Tag laufen und Schießübungen machen und Häuserkampf üben, immer bis zum Mittagsgebet.« Endlich Action, dachte Abu Hureira (wir kennen seinen Namen).

In ar-Raqqa

Die Stadt ar-Raqqa oder Rakka, wie die Türken sie nennen, war schon kurz nach dem Tod des Propheten von den arabischen Muslimen erobert worden. Sie liegt am hier nicht mehr besonders breiten Euphrat und ist von fast einhundert Meter hohen Gipsfelsen begrenzt. Im Süden hinter ar-Raqqa beginnt die Wüste, aus der manchmal der Wind feinen Staub herüberweht und alles mit einem sandfarbenen, puderzuckrigen Staub bedeckt, der in jede Ritze dringt.

Wüstenmäßig heiß war es, und in dem flachen Wasser des Flusses gediehen besonders gut Mücken. Vielleicht hatten deren Ahnen auch schon Herrscher wie Harun al-Raschid oder Saladin gestochen. Jedenfalls gehörten die einen wie die anderen zur Geschichte der Stadt. Die Mücken, die die Malaria verbreiteten, und Harun al-Raschid, der der Sage nach jede Nacht eine Jungfrau zu sich bestellte, sich von ihr verführen ließ und sie am nächsten Morgen umbrachte. Bis das Mädchen Scheherezade ihn mit ihren Geschichten in tausendundeiner Nacht so fesselte, dass er bei ihr von seinem Plan Abstand nahm. Ob Harun ein Perserkönig war oder eine Sagengestalt, konnte später niemand mehr sagen. Es ist heute auch viel weniger wichtig als die »Moral« der Geschichte, nämlich die Überzeugung, dass allein die Frauen für die Verführung verantwortlich sind. Das gehörte zum Wesen der Religion des Propheten. Weil die Frau verführend wie die Schlange im Paradies ist, muss sie einen Schleier tragen und vor fremden Männern versteckt werden. So das Gesetz der Männer und des Islam, wie es hier in ar-Raqqa galt.

Die Stadt war einmal bei einer der vielen Neugründungen als kreisrunde ideale Stadt angelegt worden, mit einer Stadtmauer, die wie ein U die Siedlung umschloss und an beiden Enden auf die Ufer des Euphrat stieß. Aber ihre antiken Bauten, Mauern und Paläste waren noch nicht einmal mehr Ruinen, sondern nicht mehr als ein paar Erdhügel und Furchen im Gelände. Im 13. Jahrhundert hatten die Mongolen die Stadt erobert. Sie plünderten und zerstörten die noch verbliebenen Reste des Reichs der Abbasiden. Über Hunderte von Jahren hinweg verwitterten die Ruinen, und die Bewohner lebten wieder in Zelten. Unter den Osmanen war die Gegend die Öde an sich, und erst nach dem Zweiten Weltkrieg, als man begann, mit Dieselpumpen das Wasser des Euphrat den Berg hinaufzuleiten, konnten Baumwollfelder angelegt werden und wuchs die Stadt wieder. Aus 4500 Einwohnern wurden innerhalb von sechs Jahrzehnten 200 000.

Neues Heim

Endlos zogen sich die wüstenfarbigen, immer gleichen fünfstöckigen Häuser dahin, als Kadir und Co. zu ihrer neuen Unterkunft fuhren. Irgendwann hielten sie in einer der vielen Straßen mit kleineren Häusern vor einer verschlossenen Einfahrt. Abu Khalid nahm einen Bolzenschneider aus der Werkzeugkiste, die er zuvor aufgeladen hatte, knackte das Schloss des Tors und ließ es aufschwingen. Sie fuhren auf ein ehemals wohl schönes Grundstück, bebaut mit einem zweistöckigen Haus mit Terrasse, großen Fenstern und einem Swimmingpool. Auf dem vertrockneten Rasen standen ein paar Pinien. Der Pool hatte eine geschwungene Form, war türkis gestrichen und ohne Wasser.

Als sie das Haus betraten, war es, als würden sie einbrechen. Ganz offensichtlich hatten die Besitzer ihre Wohnung überstürzt verlassen. Der Müll stank in der Küche, Schränke standen offen, und im Bad brannte Licht. Der

Kühlschrank war ausgeräumt, und auf dem Boden lag ein brauner Brei aus angekohlten Zigaretten und zerrissenen Schachteln in einer getrockneten Pfütze aus Rotwein.

»Da haben Brüder wohl Drogen vernichtet«, sagte Abu Khalid. »Wein und Zigaretten sind *haram*.«

»Wie?«, fragte Kadir. »Erst die Kippen verbrannt und dann mit Rotwein gelöscht?«

Barbaros lachte: »Vielleicht dachten die ja, der Rotwein brennt.«

Abu Khalid: »Verspottet ihr die Glaubensbrüder?«

Die beiden schwiegen betreten.

Es gab einen Salon mit einer breiten Glastür zur Terrasse und einer Rieseneckcouch, in die Uthman sich sofort reinfallen ließ. Neben dem Salon befanden sich eine abgetrennte Küche, ein Abstellraum und ein Bad. Im oberen Stockwerk waren ein weiteres Bad und fünf verschieden große Zimmer mit richtigen Betten.

»Alles für uns?«, fragte Abu Barbaros. Abu Khalid nickte und sagte, dass das Kalifat eben für seine Kämpfer sorge.

Kadir kannte so große Wohnungen nur von der reichen türkischen Verwandtschaft in Kayseri. Die waren ähnlich aufgeteilt, mit einem öffentlichen und einem privaten Bereich. Auch in diesem Haus war es so, dass sich die Frauen ungesehen von den Gästen in der Küche und in ihren Zimmern aufhalten konnten. Doch jetzt gab es hier keine Frauen mehr, nur ihre Hinterlassenschaften. Die Flüchtenden hatten nur das Nötigste mitgenommen, und wenn die Eindringlinge gewollt hätten, hätten sie eine Kostümparty in Frauenkleidern feiern können.

Abu Barbaros kannte solche Häuser offenbar gar nicht und ging mit großen Schritten im Salon auf und ab. »Da braucht man zum Spazierengehen ja gar nicht das Haus zu verlassen«, sagte er. Uthman wollte aus der Sofaecke gar nicht mehr aufstehen, schaltete den Fernseher an und begann, das Programmangebot zu checken. Das Einzige, was er vermisste, war ein Verlängerungskabel für seinen Laptop.

Abu Khalid brachte eine Kiste mit Lebensmitteln und sagte: »Kochen müsst ihr selber und einkaufen ab morgen auch. Könnte sein, dass noch mehr Brüder hier einziehen, aber erst mal gehört das Haus euch. Das Kalifat sorgt für seine Brüder. Ich hole euch morgen früh zum Schießtraining und Laufen ab. «

»Und der Swimmingpool?«, fragte Abu Barbaros. »Kann man da Wasser reinlassen?«

»Besser nicht«, sagte der Bruder, »durch die Kuffar-Angriffe ist die Wasser- und Stromversorgung manchmal unterbrochen. Ich sage Bescheid, wenn das repariert ist.« Und kaum hatte er es ausgesprochen, hörte und sah man wie zum Beweis, wie alles Elektrische im Haus runterfuhr. »Stromausfall«, sagte Abu Khalid. »Aber der Saft kommt wieder.«

Alltag

Die folgenden Tage waren immer gleich. Nach dem Morgengebet kam ein Pick-up und lud sie auf. Sie fuhren mit anderen zu einem Übungsgelände, liefen eine Stunde durch die karge Landschaft, schossen dann mit dem AK 47, dem nach dem russischen Konstrukteur benannten Kalaschnikow-Maschinengewehr, übten das Auseinandernehmen und Zusammensetzen. Sie bekamen einen Kurs in erster Hilfe und lernten, wie man verletzte Kameraden aus der Kampfzone holt. Dann wurden sie zurückgefahren, kochten sich etwas, und manchmal kam ein Bruder und sie lasen gemeinsam im Koran oder wurden unterrichtet. Während Kadir sich in seiner freien Zeit mit seinem Kätzchen vergnügte, Uthman an Videos bastelte und daran verzweifelte, dass er keinen schnellen und gelegentlich überhaupt keinen Zugang zum Internet hatte, beschäftigte sich Abu Barbaros damit, sich immer verwegener zu kleiden. Und er hatte, wie die anderen meinten, eine fixe Idee. Er wollte unbedingt heiraten und nervte jeden damit, wie er das anstellen könnte. Er hatte gehört, es sollte so etwas wie einen Heiratsmarkt geben. Die ganze Welt hielt diese Männer für die gefährlichsten Terroristen überhaupt, dabei verhielten sie sich noch biederer als Internatsschüler, die heimlich rauchen und Bier trinken.

Daneben lernten sie auch ein paar arabische Worte und Schriftzeichen. Es war schon ein komisches Gefühl, dass sie weder etwas verstehen noch lesen konnten. Sie waren fremd in ihrem Paradies auf Erden. Die arabischen Schriftzeichen waren wie ein Buch mit sieben Siegeln. Man schrieb von rechts nach links, und es gab keine Vokale, sondern alles war wie abgekürzt. Man musste den Zusammenhang kennen, um ein Wort richtig zu deuten. So wurde das Wort »Salafi« genauso geschrieben wie »Selfie«.

An einem Abend kam Abu Kataka zu Besuch, um mit ihnen zu beten, im Koran zu lesen und zu plaudern. Das war ein besonderes Ereignis, denn außer Computerspielen und fernsehen gab es kaum etwas zu tun. Auch hatte man ihnen geraten, nachts das Haus nicht zu verlassen, zu viele Feinde würden sich herumtreiben.

Abu Kataka al Almani brachte einige deutschsprachige Brüder mit, und alle hörten ihm gebannt zu. Hinterher würden sie essen. Die drei hatten eingekauft, Hühner, Reis und Tomaten, und alles so weit vorbereitet, dass sie die Bleche nur noch in den Ofen schieben mussten. Sie waren keine großen Köche, aber durch die Gewürze schmeckte alles gut.

Abu Kataka war sehr fromm und so etwas wie der religiöse Sprecher der fremden Kämpfer. Er sagte: »Lasst uns über den Tag des Jüngsten Gerichts, *Yaum al-Qiyama*, sprechen.« Er begann: »Im heiligen Koran steht: *Denen aber, die recht geleitet sind, verstärkt Er die Führung und verleiht ihnen Gottesfürchtigkeit.*

Sie warten nur auf die Stunde, dass sie plötzlich über sie komme. Zeichen dafür sind schon eingetroffen. Doch was wird ihnen ihr Erinnern nützen, wenn sie über sie gekommen ist?«

Er kannte den Koran auswendig, auf Arabisch und auf Deutsch, obwohl er nur ungern die heilige Schrift in der Übersetzung aufsagte. Alle saßen um ihn herum und hörten zu.

»Wenn die Zeit gekommen ist, wird der Engel Israfil in das Rohr Sur blasen, und der Tag des Jüngsten Gerichts wird beginnen. Der Himmel wird sich teilen, die Sonne sich verdunkeln, ein gewaltiges Beben die Erde erschüttern, dass die Berge in Stücke gerissen werden. Alles wird anders. Aber nur Allah weiß, wann es so weit ist. Es gibt jedoch kleine und große Zeichen, die Gelehrten sprechen von *Aschratu ´s-Sa'a*. Die kleinen Zeichen sehen wir überall, ihr seht sie selbst. Zwei islamische Armeen, die behaupten, der Wahrheit zu dienen, werden gegeneinander kämpfen, die Zahl der Erdbeben wird zunehmen, die Menschen sehnen den Tod herbei, die *Fitna*, Unzucht, wird offen ausgelebt.«

Abu Kataka brachte Beispiel um Beispiel, und jeder in der Runde konnte bestätigen, dass er solche Zeichen schon selbst gesehen hatte. Und dann sagte er: »Der Fluss Euphrat wird einen Schatz von Gold enthüllen, und viele werden sterben, einander bekriegend, in der Hoffnung, die Kontrolle über ihn zu bekommen.« Ein Seufzen ging durch die Gruppe. Waren sie nicht hier am Euphrat, und würden sie vielleicht Zeugen werden dieses göttlichen Zeichens?

»Wir sollten hinfahren und nachsehen«, sagte jemand. »Es ist nicht weit.«

»Warum nicht?«, sagte Abu Kataka. »Wir können unser Gespräch nachher fortsetzen.«

Der Euphrat

Begeistert und beseelt, Teil der Vorsehung zu sein, sprangen sie auf und machten sich auf den Weg zum Fluss. Sie fuhren zu einer Stelle, wo man den Sonnenuntergang über dem Wasser sehen konnte. Und sie waren alle beglückt, als die Sonne kurz vor dem Verschwinden hinter dem Horizont die Wasserfläche des Euphrat zuerst in ein silbernes Flackern versetzte und dann wie eine goldene Fläche glitzern ließ. »Ist das das Gold des Euphrat?« Kadir hätte nie gedacht, dass er mal einen Sonnenuntergang gut finden würde. Es war komisch, wie sich alles veränderte, wenn man anders auf die Welt sah. Ihm gingen Gedanken über ihren ersten Einsatz durch den Kopf. Der Kommandant hatte angedeutet, dass sie bald auf Wache gehen oder gar an einem *Ghazu*, einer Aktion, teilnehmen dürften. Er war jetzt schon drei Wochen von Hamburg weg und vermisste sein altes Leben keine Minute. Nicht einmal das Kicken fehlte ihm. Hier spielte niemand mit einem Ball, außer vielleicht das Kätzchen.

Über dem Fluss drehte ein Vogelschwarm im letzten Sonnenlicht seine Kreise. Immer neue Formationen und Formen nahmen die schwarzen Punkte im Gegenlicht am Himmel an. Abu Kataka sagte: »Das sind die grünen Vögel des Euphrat.«

»Wieso grün?«, fragte jemand.

»Grüne Vögel sind die Seelen der Märtyrer. Ich erzähle nachher davon.« Alle sahen hinauf in den Himmel. Der Euphrat glänzte golden, über dem Ufer tanzten die flatternden Punkte in der Luft. Und die jungen Männer wären alle gern dem Himmel nah gewesen.

Abu Kataka hatte ein merkwürdiges Spielzeug dabei, einen Taser, mit dem sie herumalberten. Es war so eine Art aufgepimpter Elektroschocker oder Viehtreiber, der wie eine Taschenlampe aussah und knisternd zischte und blaue Blitze zwischen die Kontakte schickte. Sie erschreckten sich damit gegenseitig, und als einer der Brüder nicht schnell genug wegsprang, schrie er jammernd auf. Doch irgendwann war auch dieser Spaß alt, und nach über einer Stunde goldener Sonne und blauer Blitze kamen sie hungrig in ihr Luxusheim zurück.

Die Brüder fläzten sich auf die Couch und die Liegestühle auf der Terrasse und warteten auf das Essen. Doch als Kadir und Barbaros in die Küche gingen, sahen sie die Bescherung, genauer einen Schatten, der von der Anrichte sprang. Das Kätzchen hatte sich vom Hühnchen Stücke abgebissen und mit den Resten gespielt. Barbaros und Kadir, der Vater des Kätzchens, sahen sich stumm an. Das sah ziemlich ekelig aus. Aber was sollten sie tun? Rausgehen und sagen: »Sorry, Brüder, die Katze hat das Huhn gefressen?« Das ging nicht, das wäre eine Schande. Also nahmen sie einen Lappen und wischten die Spuren vom Fleisch. Zwei Teile, die besonders angefressen waren, legten sie beiseite. Dann machten sie alles wie geplant, und als sie nach einer langen halben Stunde mit dem großen Tablett, auf dem Reis und gebratene Hühnerteile lagen, in den Salon kamen, wurden sie mit freudigen Rufen begrüßt.

In der Runde führte Abu Kataka wieder das Wort. Er hatte sein Tablet hervorgeholt, weil er etwas über die grünen Vögel erzählen wollte, und las ein Hadith vor:

Imam Ahmad berichtet, dass Anas sagte, dass der Prophet sallAllahu alaihi wa sallam sagte: »Niemand im Paradies möchte wieder auf die Erde zurückkehren, mit Ausnahme des Märtyrers, der im Kampf für die Sache Allahs gefallen ist. Er möchte auf die Erde zurückkehren, um noch mal getötet zu werden, nach all den Ehrenbezeichnungen, die ihm im Paradies zuteilwurden.«

Zusätzlich berichtet Imam Ahmad, dass Ibn Abbas sagte, dass der Gesandte Allahs sagte: »Als Eure Brüder in Uhud zu Märtyrern wurden, steckte Allah ihre Seelen in grüne Vögel, welche von den Flüssen des Paradieses trinken, von seinen Früchten essen und Unterschlupf in goldenen Lampen suchen, welche im Schatten des Throns hängen. Als sie sahen, wie gut ihr Essen, Trinken und Wohnplatz war, sagten sie: ›Wer wird unseren Brüdern über uns erzählen, dass wir lebendig im Paradies sind und reichlich versorgt werden, damit sie nicht vom Dschihad fliehen, noch sich vom Kampf abwenden?‹ Allah sagte: ›Ich werde ihnen von Euch berichten.‹«

Allah offenbarte dies und die folgende Ayah: »Und meine ja nicht, diejenigen, die auf Allahs Weg getötet worden sind, seien (wirklich) tot. Nein! Vielmehr sind sie lebendig bei ihrem Herrn und werden versorgt.«

Wie aufs Stichwort griffen nun alle beherzt zu den Hühnerteilen. Irgendwann kam das Kätzchen aus seinem Versteck, maunzte leise und suchte seinen Versorger. Es strich an den Rücken der im Kreis sitzenden Männer vorbei, bis es Kadir fand und sich an ihn schmiegte.

Der Prediger aß und redete: »Die Seele eines Gläubigen wird ein Vogel, der von den Bäumen des Paradieses isst, bis Allah ihn wieder zu seinem Körper zurückschickt, wenn Er ihn auferstehen lässt. Dieser Hadith besagt, dass die Seelen der Gläubigen in der Gestalt von Vögeln im Paradies sind. Was die Seelen der Märtyrer angeht, sind sie in grünen Vögeln, sodass sie verglichen zu den anderen gläubigen Seelen wie Sterne sind.«

Zum Abschluss gab es *Kataaif*, das waren kleine Pfannkuchen mit Walnüssen, die sie fertig gekauft hatten.

Abu Barbaros hatte den ganzen Abend auf die Gelegenheit gewartet, um sein Thema anzuschneiden. Er wollte eine Frau. »Aber wir haben hier ja wenig Gelegenheit, jemanden kennenzulernen.«

»Es gibt hier Häuser«, erklärte daraufhin Abu Kataka ruhig, in denen Schwestern, die allein hierhergekommen oder deren Männer Schahids geworden sind, wohnen. Viele von denen wollen einen Kämpfer heiraten. Wenn du willst, Bruder, werde ich deinen Wunsch dem Amir vortragen. Du wirst sehen, Allah wird für dich sorgen.«

»Was willst du? So ne Dicke oder eine mit solchen Titten?« Einer der Brüder zeigte mit den Armen, was er sich so vorstellte. Alle lachten, und jeder gab noch eine Zote von sich, während sie sich die Reste der Pfannkuchen in den Mund schoben.

In den Tagen der Langeweile

Der Vater des Kätzchens wollte nicht wirklich einsehen, dass man Katzen nicht dressieren kann. Er versuchte es immer wieder und freute sich, wenn das Kätzchen, das keinen Namen außer Kätzchen bekam, spielte. Jedenfalls kam es immer sofort maunzend angesprungen, wenn die Kämpfer von ihren Übungen am Mittag zurückkamen. Es drängte sich mit erhobenem Schwanz zwischen die Männer, wenn sie gemeinsam beteten. Während Barbaros und Kadir sich schon aus lauter Langeweile um das Essen kümmerten, gerieten sie gelegentlich mit Uthman in Streit, weil der sich an den Gemeinschaftsaufgaben nicht beteiligte. »Wer kocht, muss nicht abwaschen«, hieß eine der Regeln.

»Die Küche macht meine Frau«, verkündete Uthman.

»Aber deine Frau ist in Deutschland«, sagte Barbaros.

»Dann muss das warten«, erwiderte Uthman und widmete sich wieder seinem Computer. Er hielt sich sowieso für den *Abi,* den Ältesten, und damit für den Bestimmer. Er war schließlich ein Dschihadist der ersten Stunde, kannte die wichtigen Leute der Szene persönlich, war schon in Ägypten im Camp gewesen und hatte reichlich Erfahrungen mit den »Staatshunden«, wie er die Polizei nannte. Er sagte, er arbeite im Auftrag der *Schura,* dem Führungsgremium des Kalifen, an einer wichtigen Sache und könne sich deshalb nicht mit so profanen Dingen wie Kochen oder Putzen beschäftigen. Irgendwann fragten die Mitbewohner, ob er denn mal etwas von dem, was er da den ganzen Tag tue, zeigen könnte.

»Wenn ich so weit bin, könnt ihr es lesen.« Anschließend genoss Uthman für einige Tage die Privilegien eines Schriftgelehrten. Man ließ ihn in Ruhe.

Ansonsten vergingen die Tage mit Beten. Das erste Gebet, *Fadschr,* machten sie in der Morgendämmerung, davor wuschen sie sich dreimal die Handgelenke, spülten den Mund aus und reinigten die Nase, immer alles drei Mal. Dann wuschen sie sich das Gesicht, den rechten und linken Unterarm, strichen mit der nassen Hand durchs Haar und über die Ohren, danach kamen die Füße dran. Dann frühstückten sie, gingen laufen und übten Schießen. Das zweite Gebet, *Zuhr,* folgte am Mittag, wenn die Sonne den Zenit überschritten hatte, dann machten sie Mittagsschlaf, Qailulah, das hat bereits der Prophet so gehalten. Später putzten sie die Waffen. Wenn der Schatten doppelt so lang war wie am Mittag, beteten sie zum dritten Mal, *Asr.* Anschließend gingen sie einkaufen und kochten sich etwas zum Essen. Das vierte Gebet, *Maghrib,* fand am späten Nachmittag statt, wenn die Schatten länger werden, und das fünfte, *Ischa,* wenn der rote Schimmer des Sonnenlichts verloschen war, danach gingen sie schlafen. Dieser Ablauf wiederholte sich Tag für Tag.

Irgendwann sagte Uthman: »Jetzt könnt ihr lesen.« Er zeigte auf seinen Laptop, aber die Brüder sahen sich gerade über einen Satellitensender ein Champions-League-Spiel an. Uthman war sofort beleidigt, dass ein Fußballspiel der Kuffar wichtiger war als seine Schrift.

»Da spielen auch Brüder mit«, sagte Abu Barbaros, der zwar nichts von Fußball verstand, aber zu jeder Frisur und Tätowierung der Spieler seinen Kommentar abgab. Abseits, Flanke, Pressing oder Dropkick kannte er nicht, aber Undercut, Afro oder Iro. Einer der Spieler trug einen Bart und hatte sonst eine Glatze. »Das ist bestimmt ein Bruder«, sagte Barbaros. Kadir, der im ersten Leben die Nummer Sechs gewesen war, erklärte: »Das ist Karim Benzema, dein Bruder und Mittelstürmer bei Real Madrid.«

Irgendwann stellte Uthman demonstrativ einen Naschid auf volle Lautstärke und begann schon vor der Zeit, den Teppich für das Gebet zu richten. »Ich lese es nach dem Spiel«, sagte Kadir genervt. Uthman antwortete nicht. Real lag recht früh in Führung, sodass Kadir es verschmerzen konnte, den Schluss des Spiels nicht zu sehen. Nach dem Gebet machte er sich daran, den Text von Uthman zu lesen.

Uthman war einer, der leicht als Nerd zu identifizieren war. Ein Nerd ist so etwas wie ein alltagsuntauglicher Computerfreak, der mit dem Computer alles macht, sogar Sex. Selbst auf das Klo ging er nicht ohne ein digitales Teil. Es gab eigentlich keinen Moment, in dem er sein Smartphone oder den PC aus der Hand legte. So war Uthman auch in den Dschihad geraten. Er war über das Netz agitiert und angeworben worden. Nun hatte er die Geschichte seiner Radikalisierung aufgeschrieben:

Im Namen Allahs, des Allerbarmers, des Barmherzigen. Alles Lob gebührt Allah, Der den Islam durch Seinen Sieg ehrt, den Shirk durch Seine Gewalt erniedrigt, die Angelegenheiten mit Seinem Befehl lenkt und die Kuffar durch Seine List lockt. Segen und Frieden seien auf demjenigen, durch dessen Schwert Allah den Leuchtturm des Islam erhöhte. Ich werfe mich in Dankbarkeit vor Allah nieder, dass Er mir die Augen geöffnet hat. Heute ist Erik v. L. ein mit internationalem Haftbefehl gesuchter Terrorist, und die Staatshunde, welche meine Spuren und Aktivitäten damals verfolgten, ärgern sich heute grün und blau, und das zu Recht, könnte man ihre Nachlässigkeit in Sachen Ermittlung gegen einen bekennenden

Staatsgefährder doch beinahe schon Beihilfe zum Völkermord durch unterlassenes Eingreifen nennen. »In Essen traf er Leute, die vorneweg marschieren: radikale Islamisten. Bald haben Staatsschützer Erik v. L. auf dem Schirm.« Das war tatsächlich erst mal nur bloßes Mitlaufen. Ein Aufruf zum Dschihad hier, ein Drohvideo dort, Werbung für die Islamische Bewegung Usbekistan und Al-Qaida und das alles von meinem offiziellen Internetanschluss aus bei Facebook und YouTube geteilt. Als ich später zu arbeiten begann, hatte ich mit alldem längst nichts mehr zu tun, ich war inzwischen ein verweichlichter Friedling und gegen Terrorismus. Doch das hielt das BKA nicht davon ab, ihren Teil im globalen Krieg zwischen den Weltmächten und dem Islam zu erfüllen, und so überraschten sie sowohl mich als auch meine Frau, als wir gerade räumlich voneinander getrennt waren. Sie kamen, noch ehe der Morgen anbrach, mit einem richterlichen Beschluss. Als man mir die Anklagepunkte vorlas, musste ich lachen. Ich dachte mir: »Gepriesen sei Allah, es hat mich doch noch eingeholt«, und konnte mir mein Grinsen nicht verkneifen, hatte ich doch mit »Unterstützung von Al-Qaida und IBU« längst nichts mehr zu tun. Vielmehr folgte ich Pierre Vogels Vorträgen gegen Terrorismus und all den anderen verblendeten Blendern der Murji'a-Szene. Dennoch bekam ich die Anfeindung des Staates zu spüren. Ich musste mich komplett vor einem der Staatshunde entblößen, und man nahm mir all meine Wertgegenstände, darunter einfache islamische Literatur, und meinen Laptop. Zur selben Zeit durchwühlten andere Staatshunde ein Fotoalbum aus der Jahiliyyah meiner Frau, nachdem sie ausdrücklich darauf hinwies, dass sie wünsche, die Staatshure solle diesen Part übernehmen. Dem kamen die Hunde der BRD nicht nach, und die Krönung dieser Unverschämtheit folgte durch die Worte eines dieser Streuner, der meiner Frau erklärte: »Unbedeckt sehen Sie doch viel besser aus«, was der restliche Dreck auch noch bestätigte. Wie auch immer. Ich begleitete die Staatsrüden freiwillig aufs Polizeirevier, wo ich dann verhört wurde. Ich erklärte erst einmal, dass ich keinen Terroristen persönlich kenne und dass ich gegen Terrorismus sei. Ich hätte persönlichen Kontakt zu Pierre Vogel, Sven Lau, Ahmad Abul Bara und zu sonstigen friedliebenden Muslimen. Ich wurde zum Aufruf der Chouka-Brüder, möge Allah sie bewahren, zum Dschihad in den Bergen gefragt, welchen ich damals veröffentlichte, und ich antwortete: »Ich sehe in diesen zwei Brüdern Männer, die sich der Unterdrückung entgegenstellen, Freiheitskämpfer, die aufgestanden sind, um sich zur Wehr zu setzen gegen eure Besatzungsmächte. Ihr seid in unsere Länder eingefallen, ihr tretet auf unsere Kleinkinder, foltert und schlachtet unsere Männer und vergewaltigt unsere Frauen. Stellen Sie sich vor, wir kämen und täten das mit euch. Würdet ihr einfach stillhalten? Sicher nicht. Und so lassen auch wir das nicht einfach mit uns machen.« Ich verlor dann direkt meine Stelle, weil die Behörden dort vor mir warnten, und so hatte ich erst mal viel Zeit, und die nutzte ich fürs Internet-Café. Ich löschte erst mal die Vortragsreihe gegen Terrorismus von Pierre Vogel auf meinem aktuellen FB-Account, und dann folgte ich meiner Neugier. »SalafiMedia«. Ich ließ kein Video aus. »Hör zu, Mr. Kuffar«, schwang ein Bruder aus UK seine Rede. »Wäre der Prophet, Allahs Segen und Frieden auf ihm, am Leben, würde er mit der schwarzen Flagge auf direktem Wege zum Weißen Haus reiten.« Zurück in Essen besorgten wir uns erst mal neue Geräte, um ins Internet zu gelangen, und dann kam ich in Kontakt mit den Verantwortlichen von Salafi Media. Ich lernte, dass es sich nicht um einen wilden Haufen gewaltliebender Hooligans handelte, die ihre Unwissenheit in den Islam mitgebracht hatten. Nein. Vielmehr ging und geht es um einen Weg, der strikt mit den Anweisungen aus Qur'an und Sunnah verknüpft ist und sich nur an diesen Quellen orientiert. Es geht um Beweise und darum, nach diesen zu handeln. Ich war fasziniert und ging voll und ganz in dieser Methodik, dem Weg der Propheten und Gesandten, auf. Man könnte meinen, ich sei dem Staatsschmutz und den Hunden des BKA und LKA einen Dank schuldig. Doch nein, das bin ich nicht. Vielmehr gebührt alles Lob Allah. Jedoch will ich an dieser Stelle nicht auslassen, dem Staatsschutz sowie den Hunden des BKA und LKA mitzuteilen: »Allah hat euch benutzt, um mich vom Multi-Kulti-Kuschelkurs zum Terrorismus recht zu leiten. Ihr dientet als ein entscheidendes Mittel, mir den Weg aus der Trunkenheit des Friede-Freude-Ungläubige-sind-auch-nur-Menschen-Daseins zur Wachsamkeit als Krieger Allahs mit Anfeindung und Hass gegenüber den Kuffar zu zeigen. Darum danke ich Allah, Der an euch Seine Versprechen bewahrheitete, welche da lauten: Und sie schmiedeten eine List, und Allah schmiedete eine List; und Allah ist der beste Listenschmied (Sure 3, Ayah 54), und die Ungläubigen geben wahrlich ihr Vermögen (dafür) aus, um von Allahs Weg abzuhalten. So bestand euer erstes großes Versagen darin, mich scharfzumachen, wo ihr mich doch kleinkriegen wolltet, und so wurde ich vom schlafenden Friedensaktivisten zum aufmerksamen Staatsfeind mit Überzeugung. Vom Schläfer zum Terroristen. Und alles Lob gebührt Allah, Dem Herrn der Welten.« Erik v. L. zieht von Essen nach Solingen, als alle namhaften deutschen Salafisten dorthin pilgern, in die Nähe der Moschee, des Hauptquartiers der Salafisten-Gruppe Millatu Ibrahim. Ruhiger wird es im Sommer 2012, nach dem Verbot von Millatu Ibrahim, dem Verein, der 2011 zum Sammelbecken radikaler Islamisten wurde. Als über

140 Beamte einer Einsatzhundertschaft die Solinger Salafisten-Moschee auf den Kopf stellen, rücken bewaffnete Polizisten auch in meiner Wohnung an. Sie umstellen das Haus, durchsuchen die Wohnung, beschlagnahmen Plakate, Abzeichen, Fotos, ein Handy.

Ihr fragtet, ob ich mir vorstellen könne, in einem Kriegsgebiet für Allah zu kämpfen, und ob das Thema Auswanderung in unseren Reihen eine Rolle spiele. Beides verneinte ich damals, ohne dabei etwas zu verbergen. Denn ehe ihr es realisieren konntet, hatte Allah, der Allbezwinger, euch schon wieder für Seine Zwecke benutzt, während ihr tatsächlich glaubtet, ihr würdet euren Zielen dienen. Eure Hausdurchsuchungen, die Schließung der Moschee und dass ihr uns von öffentlichen Plätzen verwiest, mit der Begründung »wir wollen euch hier nicht haben«, dienten als Mittel und wichtigster Grund dafür, dass das Thema Auswanderung das Thema überhaupt in unseren Reihen und nicht nur theoretisch behandelt, sondern auch praktisch umgesetzt wurde, wozu wir eure Staatskasse zum Abschied noch mal ordentlich belasteten, ehe wir euch dann endgültig entwischten und uns in Sicherheit begaben. Und der bewaffnete Kampf auf dem Wege Allahs war die daraus resultierende Konsequenz, deren Lasten ihr bereits trugt und, so Allah erlaubt, noch in immensem Ausmaß tragen werdet. Und in diesem gewaltigen Schlag gegen euch selbst bestand und besteht noch immer euer zweites und größtes Versagen, Allah sei aller Dank. Ihr hattet mich »im Visier«. Aber »eines Tages war er dann weg. Abgehauen, ganz plötzlich«, sagt die ehemalige Nachbarin. Erik v. L. gelangt über die Türkei ins syrische Kriegsgebiet. Doch ich habe euch nicht vergessen. Wir haben unsere Geschwister in euren Gefängnissen nicht vergessen und eure Soldaten in unseren Ländern, auf unseren Frauen, über unseren Kindern, gegen unsere Geschwister insgesamt. Wir haben nicht euren Anteil an den Verbrechen Amerikas gegen die Islamische Umma, darunter Guantanamo, vergessen. Nein, bei Allah, all das vergaßen wir nicht, und wir werden uns rächen, so wahr Allah uns helfe. Bei Allah, ich bin noch lange nicht fertig mit Deutschland. Bei Allah, ich bin noch nicht fertig mit den USA. Und bei Allah, ich werde nicht mit euch fertig sein oder mit irgendeinem eurer dreckigen, minderwertigen Verbündeten weltweit, bis der letzte Tropfen Blut, die letzte Träne, der letzte Schmerz, die letzte Furcht, ja, gar die letzte Trauer bis hin zur letzten Sorge eines jeden Muslim, sei dieser männlich oder weiblich, alt oder jung, vergolten wurde oder mich der Todesengel ereilt. Dann obliegt es Allah, sich an Euch zu rächen, und wahrlich, Sein Griff ist schmerzhaft, streng (Sure 11, Ayah 102). Bei Allah, oh Geschwister, die ihr inmitten dieses Tumors weilt, der weltweit auf die Islamische Umma streut. Ihr habt nur zwei Möglichkeiten, oh ihr, die ihr noch immer sitzt in Sünde. 1. Ihr wandert aus in den Islamischen Staat und mehrt die Reihen der Muslime oder 2. ihr bekämpft diesen Tumor von innen heraus und verpasst ihnen einen Schlag, den sie mit Allahs Erlaubnis niemals vergessen werden. Die Möglichkeiten sind überaus viele. Ich will, so Allah erlaubt, folgend einige nennen, um euch zu inspirieren, denn Allah sagt: Und rüstet gegen sie auf, so viel ihr an Streitmacht und Schlachtrossen aufbieten könnt, damit ihr Allahs Feind und euren Feind abschreckt. Und was ihr auch für Allahs Sache aufwendet, es wird euch voll zurückgezahlt werden, und es soll euch kein Unrecht geschehen (Sure 8, Ayah 60). Darum sage ich euch: Tut, was immer ihnen schadet, und je mehr sie dabei leiden, desto besser. Lasst Züge entgleisen, verteilt Autoreifen oder andere Hindernisse auf der Autobahn, werft große Steine oder andere schwere Gegenstände von Brücken auf Fahrzeuge oder Fußgänger. Steckt brandempfindliche Fabriken in Brand. Tötet von den Ungläubigen, wen immer ihr wollt (Männer, Frauen, Greise und Kinder), wie immer ihr wollt (erschießen, erstechen, todkitzeln, erdrosseln, erwürgen, ertrinken, vergiften, vergasen, hinabwerfen, herunterstoßen, erschlagen, auch verbrennen wird als Möglichkeit von manchen Gelehrten erachtet, doch ich will hier nicht dazu aufrufen), wo immer ihr wollt (in Bussen, Zügen, Taxis, Schiffen, Bahnhöfen, Stadien, Museen, Klöstern, Kirchen, Synagogen, Tempeln, Schwimmbädern, Diskotheken, Spielotheken, Bordellen, Kinos, Restaurants, Präsidien, Rathäusern, Ämtern, Stützpunkten, Kasernen, Parkplätzen, Schulen, Kindergärten, Theatern), im Verborgenen, geschützt vom Dunkel der Nacht und leise oder ganz offen bei helllichtem Tag und vor den Augen und Ohren der Menschenmassen. Aber tut was und hört auf zu schlafen. WACHT AUF! Gepriesen seist Du, oh Allah, und Lob sei Dir. Ich bezeuge, dass es keinen Anbetungswürdigen gibt außer Dir. Ich bitte Dich um Vergebung und ich bereue bei Dir. Friede sei mit dem, der der Rechtleitung folgt, und unser letztes Bittgebet lautet: Alles Lob gebührt Allah, dem Herrn der Welten, vom sündigen Diener und Soldaten Allahs, Abu Uthman al-Muhadschir aus Deutschland, geschrieben auf dem Boden der Ehre innerhalb der Grenzen des Islamischen Staates.

Uthman hatte die ganze Zeit in der Ecke gesessen und den lesenden Kadir beobachtet. Einen so schwierigen Text hatte Kadir noch nie in einem Stück bewältigt. Ihm verschwammen die Buchstaben vor den Augen, und, ganz ehrlich, zum Ende hin hatte er die Sätze nur noch überflogen.

»Boah, das ist ja viel. Stark, Bruder«, sagte er.

»Hast du gesehen, wie ich die Kuffar fertigmache?«,

sagte Uthman, erleichtert, dass er Zuspruch bekam, und ganz begeistert von sich. »Morgen stelle ich das ins Netz, und dann wirst du sehen, tausend Likes sind mein.« »Allah wird dich belohnen«, sagte Barbaros, der auch so tat, als habe er das gelesen. Uthman konnte gar nicht aufhören, über seinen Text zu sprechen. Immer wieder zitierte und erklärte er, warum und wie er das geschrieben hatte. Dann verschwand er wieder hinter seinem Bildschirm.

Halal und haram

An einem der nächsten, immer gleichen Tage – mit den fünf Gebeten, dem Laufen, Schießen und Kochen – gingen sie einkaufen. Sie hatten in einer der Geschäftsstraßen einen Laden gefunden, der all das hatte, was sie so brauchten. Der Besitzer war sehr freundlich, aber auch sehr zurückhaltend, denn die Kämpfer von Dawla, und als solche waren Kadir und Abu Barbaros an ihrem Aussehen und ihrer Kleidung unschwer zu erkennen, verhielten sich nicht immer freundlich. Wenn einem der Dschihadisten etwas nicht gefiel, ließ er es schon einmal auf den Boden fallen oder bedeutete dem Besitzer, dass er solche Sachen wie amerikanisches Kaugummi nicht mehr im Laden sehen will. Sie strichen, mit Schusswaffe und Einkaufskorb bewaffnet, durch die Gänge des kleinen Supermarkts, kauften Kichererbsen und Bulgur, fertige Tomatensoße und ein paar Schokoriegel. Westliche Ware wie Zigaretten, Alkohol, Red Bull oder Mars bekamen sie dort nicht, auch wenn der Kaufmann sie vielleicht irgendwo in einem Keller hortete. Er hatte einfach Angst, dass sie ihn wegen verbotener Ware am Vordach seines Ladens aufknüpften. Angst vor seinen Kunden, die hier nicht König waren, sondern Richter oder Henker sein konnten.

Neben dem »Supermarkt« gab es ein paar Häuser weiter einen Fleischer, der passenderweise mit den Köpfen der geschlachteten Tiere vor seinem Laden Reklame machte. Da konnte man der Kuh ins tote Auge sehen oder dem Hammel auf den nackten Rücken. Sie kauften Hackfleisch für Köfte mit Bulgur, das der Metzger frisch für sie durchdrehte.

Viele der Läden waren geschlossen und die Jalousien heruntergelassen. Sie kamen an einem Friseurladen für Männer vorbei. Bei Abu Barbaros stellte sich professionelles Interesse ein. Der handtuchschmale Laden war im Prinzip so breit wie die extrabreite Eingangstür. Dahinter drei alte Friseurstühle in einer Reihe vor Spiegeln. An der rechten Wand eine Sitzbank für die Wartenden. Abu Barbaros wollte unbedingt hinein. Kadir nörgelte, er wollte nicht, dass das Hackfleisch in der Wärme wieder zu leben begann, denn sie hatten keine Kühltasche. Der gelernte Friseur war aber nicht aufzuhalten und ging in den leeren Laden. Am Ende des Raums war ein Durchgang, der durch einen Perlenvorhang abgetrennt war. Niemand war zu sehen, obwohl alles wie zur Arbeit bereitstand. Die Scheren und Kämme lagen fein säuberlich auf einem Handtuch auf einer Konsole. An den Wänden Reklametafeln für Rasierwasser und Brillantine. Abu Barbaros setzte sich auf einen der Frisierstühle und lehnte sich zurück.

»Na, das nenne ich mal einen anständigen Laden«, sagte er.

Kadir stand mit seinen Einkäufen unschlüssig im Eingang. »Komm, ist doch niemand hier. Und außerdem willst du dich ja wohl nicht rasieren lassen, oder?«

»Nein, das ist alles westliche Mode«, sagte Abu Barbaros und schloss die Augen. »Aber das hat was.«

Erst jetzt bemerkten sie, dass aus dem hinteren Bereich leise Geräusche kamen und es nicht nur nach Seife und Rasierwasser, sondern auch nach Tabak roch. »Ist da jemand?«, rief Abu Barbaros und stand auf. Plötzlich war es still. »Hallo, niemand da?« Er ging auf den Perlenvorhang zu und schob ihn beiseite. Hinter dem Vorhang war ein kleiner Flur. »Hallo? Kundschaft!«, rief er.

»Lass doch, Bruder«, sagte sein Begleiter. Aber die Neugier von Abu Barbaros war geweckt. Er winkte Kadir zu, zeigte auf dessen Pistole und bedeutete ihm, dass er sie haben wollte. Der reichte sie ihm nach einigem Zögern. Abu Barbaros lud die Barretta durch und schlich in den Flur hinein.

Im hinteren Raum saßen drei ältere Männer um einen Tisch, spielten Tawla, rauchten und hörten mit einem Kassettenrekorder Musik. Sie sangen dabei das Lied mit. Die Musik war so laut, dass sie den Eindringling gar nicht bemerkten. Ein großes Orchester mit schluchzenden Geigen, tiefen und hellen Trommeln, Zimbeln, Lauten und Flöten, Akkordeon und Zither spielte groß auf, darüber erklang eine einzelne Frauenstimme, die alles überstrahlte. Voll, erhaben und klar wie die Berge oder die Pyramiden und fließend wie Euphrat oder Nil. Die Stimme gab Melodie vor, das Orchester folgte ihr und wechselte dann abrupt das Tempo. Barbaros hörte gespannt zu, verstand aber nur einige wenige Worte. Die Männer sangen mit, und als die Sängerin die Zeilen sang: *Du wahrer Kenner der Geheimnisse / Der Du die Unglücklichen befreist vom Übel / Du, der Du unsere Reue annimmst, wir suchten / Deinen Schutz, so nimm der Büßer Reue an,* begannen sie zu weinen.

Barbaros machte sich bemerkbar: »Was ist das hier?«, fragte er. Die Männer sahen auf, und als sie seine Pistole sahen, hoben sie die Hände.

»Umm Kalthum«, sagte einer der Männer. Abu Barbaros verstand nicht.

Der Mann fragte: »Anglaise? France? Almanya?«

»Almanya«, sagte Abu Barbaros wie im Reflex.

»Oh, mein Sohn, welche Freude«, sagte plötzlich der dickste der drei Männer auf Deutsch. Er hatte ein kurzärmeliges kariertes Hemd an, einen weißen Haarkranz und einen dicken Bauch.

»Sie sprechen Deutsch?«, fragte Abu Barbaros, dem es inzwischen peinlich erschien, eine Waffe in der Hand zu haben. Aber er wusste nicht, wohin damit.

»Jawoll«, sagte der Mann lachend und stand auf, um Abu Barbaros zu umarmen.

»Weißt du. Ich gearbeitet zwölf Jahre Deutschland. Auf Bremer Werft. Schweißer. Schwere Arbeit und schlecht Wetter. Immer. Jetzt Rentner und in Heimat.« Wie nach einer Pause setzte plötzlich die Musik wieder ein. Geigen wimmerten durch den Raum.

Abu Barbaros rief Kadir heran, der genauso überrascht auf die spärlich beleuchtete Szene blickte. Kadir stellte die Tasche ab und verbeugte sich zur Begrüßung. Abu Barbaros gab ihm die Pistole zurück.

Die älteren Herren wirkten wie ertappt, sie standen auf, und der Hausherr versuchte, die Musik auszustellen, kam aber mit dem Gerät nicht zurecht, sondern drehte die Lautstärke weiter auf.

»Musik«, sagte der ehemalige Bremer Schweißer und lächelte gequält.

»Lassen Sie ruhig an. Wer singt da?«, fragte Barbaros.

»Umm Kalthum. Die Stimme des Orients. Sie erweicht unser Herz. Eigentlich hieß so die dritte Tochter des Propheten, Friede und Segen sei mit ihm, aber diese Umm Kalthum stammt aus Ägypten.« Der ältere Herr geriet ins Schwitzen. Wer ihn näher kannte, konnte ihm die Panik, die ihn beim Anblick der Mudschaheddin ergriffen hatte, ansehen.

»Abi, setzt euch doch«, sagte der Friseur und bot den beiden einen Stuhl an. Die setzten sich. Zwei junge Männer im Hinterzimmer eines Friseurs, die drei ältere Herren, die ihre Großväter hätten sein können, beim Spiel ertappt hatten. Wie zufällig legte der Friseur eine Zeitung über das Spieltablett.

»Hört sich gut an«, sagte Barbaros. »Wovon singt sie denn?« Die Männer tauschten sich vorsichtig aus, denn sie wussten ja nicht, ob der andere der beiden sie vielleicht verstehen konnte. »Es gibt so Lieder. Die loben Gott. Die heißen bei uns Naschid. So was ist das. Das Lied, das sie gerade singt, heißt: Bei Gott, seit Langem, meine Waffe.«

»Also halal?«, fragte Abu Barbaros.

»Absolut. Sicher. Hundert Prozent«, sagte der dicke Mann. »Ich heiße Hamid.« Er reichte Abu Barbaros die Hand.

Die Männer erkundigten sich höflich, was die beiden in der Stadt machten, wiegten zustimmend den Kopf, als sie hörten, dass sie für den Islamischen Staat kämpften, sagten sie »Allah stehe euch bei« und so weiter. Abu Barbaros und Kadir hörten sich noch einige Lieder an. Ein Lied ging zum Schluss so: *Ich habe jetzt ein Gewehr / Ich gehöre zu den Revolutionären / Ich breite Dornen aus und Staub / Kleide mich in das Geschicke des Todes / Ich ziehe mit den Rebellen, bin einer von ihnen / Seit mein Gewehr ich trag, seit diesem Tag / Such ich nach meiner Kindheit / Palästina ist in Sicht.*

Der Friseur bestand darauf, dass sie die Kassette als Geschenk annahmen. Den Einwand, sie hätten keinen Kassettenrekorder, ließen die drei Herren nicht gelten. Nur mit großer Mühe konnten die jungen Männer verhindern, dass sie auch noch den Rekorder geschenkt bekamen. Etwas später verabschiedeten sie sich mit viel »*Shukran*«, »Danke« und »Salam alaikum« und »Alaikum salam« und machten sich auf den Weg zu ihrem Haus.

Am Abend gab es in großer Runde Köfte mit Bulgur. Sie erzählten von ihrer Begegnung im Friseursalon und den Naschids von Umm Kalthum. Abu Khalid und Abu Kataka, der wieder einmal zum Essen da war, sahen sie an: »Umm Kalthum. Naschids. Ihr seid sicher?«

»Ja klar. Hamid, der war Schweißer in Bremen, der hat sie uns übersetzt.«

»*Haram*. Das ist alles *haram*. Hast du mal gesehen, wie die, die sich nach der Tochter des Propheten nennt, auftritt?«, fragte Abu Kataka – um die Antwort gleich selbst zu geben: »Halb nackt, mit freien Armen, ohne Schleier und im Publikum Männer und Frauen gemischt. Und die soll Naschids singen? Das ist eine Beleidigung des Herrn. Gib mir die Kassette!«

Abu Barbaros holte sie und reichte sie ihm. Abu Kataka griff die Kassette und fingerte an dem Band herum, um es dann mit einem kräftigen Zug komplett herauszuziehen. Er wollte es zerreißen, verkämpfte sich aber an dem zähen braunen Streifen und warf die Kassette dann von sich. »Teufelszeug. Solche Musik ist Teufelszeug. Ihr müsst noch viel lernen und dem Teufel widerstehen. Ihr seid Unwissende!«

Als die beiden eine Woche später wieder zum Einkaufen gingen, schauten sie verstohlen beim Friseur vorbei. Sie hatten nicht gewagt, sich im Internet über die Musik kundig zu machen. Uthman konnte sehen, auf welchen Seiten sie sich auf dem Computer bewegten. Als sie beim Salon ankamen, fanden sie den Laden geschlossen, die Rollladen heruntergelassen. Nebenan beim Melonenverkäufer fragten sie, wo der Friseur abgeblieben sei. Die Männer zuckten mit den Schultern und sagten nur: »Es war schon die Religionspolizei da. Aber der Laden ist schon seit einer Woche geschlossen. Der Besitzer ist verreist.«

Freitagsgericht

Kadir und seine Wohngenossen hatten die immer gleichen Tage der Woche endlich hinter sich gebracht und gingen gemeinsam zum Freitagsgebet in die große Moschee. Abu Barbaros hatte schon morgens seinen Koran hervorgeholt und mit hoher Stimme und erhobenem Zeigefinger vorgelesen: »Oh ihr, die ihr glaubt, wenn am Freitag zum Gebet gerufen wird, dann eilt zum Gedenken Allahs und lasst das Kaufgeschäft ruhen. Das ist besser für euch, so ihr Bescheid wisst.«

Fröhlich lachend zogen sie los. Als sie ankamen, saßen die Männer schon dicht an dicht in Reihen, obwohl der Muezzin noch gar nicht vom Minarett gerufen hatte. Diejenigen, die keinen Platz im Innenraum fanden, knieten draußen auf einem mitgebrachten Teppich oder einem Stück Pappe. Der Verkehr auf dem Platz wie das gesamte Leben im Zentrum erstarben, sobald der Ruf erscholl. Die Händler des Souks und in den Läden eilten entweder in die Moschee oder entrollten ihre Gebetsteppiche vor ihren Geschäften oder neben ihren Arbeitsplätzen. Niemand saß mehr auf einem Stuhl oder ging spazieren. Wer nicht beten wollte, verschwand in den Häusern. Aus der Moschee dröhnte, vielfach verstärkt, das Gebet des Imam und das Raunen der Umma. Selbst die schwarzen Wächter mit ihren Kalaschnikows knieten. Der Prediger hielt eine donnernde Rede, deren Worte er immer wieder mit seinem in den Himmel gestochenen Zeigefinger unterstrich. Sie hallte über den Platz und wurde von den Häusern zurückgeworfen. Gelegentlich strich er sich über den Bart und blätterte in seinem Manuskript, dann knackte es in den Lautsprechern. Abu Khalid, der nicht nur ihr Übersetzer, sondern auch so etwas wie ein Erklärer war, flüsterte Kadir zu: »Sure 5, Vers 45.«

Kadir, der immer eine kleine Ausgabe des Korans bei sich hatte, blätterte verstohlen und las: *Und wir haben ihnen darin vorgeschrieben: Leben um Leben, Auge um Auge, Nase um Nase, Ohr um Ohr, Zahn um Zahn; und auch für die Verwundungen gilt die Wiedervergeltung. Wer aber dies als Almosen erlässt, dem ist es eine Sühne. Diejenigen, die nicht nach dem urteilen, was Gott herabgesandt hat, das sind die, die unrecht tun.*

Auge um Auge und so, davon hatte er schon in der Schule gehört. Da hieß es aber, man solle die andere Wange hinhalten. Man sollte dem Schläger verzeihen. Das fand er dämlich. Wer auf der Straße angemacht wurde und sich nicht wehren wollte, der hatte schlechte Karten. Da merkte doch jeder, dass der Koran richtig war und die Christen keine Ahnung hatten vom wahren Glauben.

Als sie nach dem Gebet auf den Hof der Moschee traten, sahen sie, dass man dort auf Tischen drei in weiße Tücher gewickelte Leichen abgelegt hatte. Die Verstorbenen des letzten Tages. Ein paar schwarz verhüllte Frauen kauerten daneben. Nun stellte sich auch ein Großteil der aus der Moschee strömenden Männer um die Toten, um Dua zu machen. *Dua* bedeutet, Allah anzurufen, um mit einer persönlichen Bitte erhört zu werden. Sie versammelten sich mit den Männern und sprachen das Totengebet. Das ist sehr kurz, man erlässt dem Toten seine weltlichen Schulden, nicht die Sünden, denn das kann nur Allah tun. Je mehr Gläubige anwesend sind, desto mehr »Bonuspunkte« bekommt der Tote auf seiner Reise. Auch der Betende bekommt eine Gutschrift im Lebensbuch, das nach dem eigenen Tod am Jüngsten Tag bilanziert wird. Nach dem Gebet wurden die Toten auf einen Karren gelegt und zum Friedhof gefahren.

Viele Menschen auf dem Platz gingen auch danach nicht gleich nach Hause. Es sollte noch etwas passieren, raunten die Umstehenden. Da Kadir und seine Freunde nichts zu tun hatten, blieben auch sie. In die Mitte des Platzes hatte man einen stuhlhohen Baumstumpf gestellt. Im oberen Teil war in der Mitte ein Stück herausgesägt worden. Die Männer auf dem Platz redeten miteinander, fotografierten sich gegenseitig oder machten Selfies und lachten. Nur am Rand des Platzes sah man einige Frauen im Nikab. Nach einiger Zeit kam ein Pick-up auf den Platz gefahren. Ein Raunen ging durch die Menge. Auf der Ladefläche ein Kämpfer mit einer Maschinenpistole, neben ihm ein junger Mann in Kadirs Alter und ein alter Mann im Kaftan, kahlköpfig, mit einem langen grauen Bart. Man zerrte den alten Mann von der Ladefläche. Seine Hände waren hinter dem Rücken verbunden. Fahrer und Beifahrer stiegen aus. Der bullige Beifahrer trug einen schwarzen Kampfanzug und eine Sturmkappe. Nur seine Augen waren zu sehen. Er hatte einen großen, in eine Decke gewickelten Gegenstand bei sich. Der Teenager und der Kämpfer führten den alten Mann zu dem Holzblock. Der Soldat trat dem Mann in die Knie, sodass er hinter dem Block auf den Boden stürzte. Dem Jungen neben ihm liefen die Tränen über die Wangen, er schluchzte. Um die Männer bildeten die Zuschauer nun einen Kreis. Dutzende Smartphones waren auf die Szene gerichtet. Auch Uthman filmte und schob sich mit Barbaros für ein besseres Bild in die Nähe des Holzblocks. Kadir blieb am Rand stehen.

Aus einer Gruppe trat ein alter bärtiger Mann heraus. Es war der Imam, der gerade in der Moschee die Predigt gehalten hatte. Er trug einen schwarzen Kaftan und einen weißen Turban und hielt einen Zettel in der Hand. Sofort herrschte Stille auf dem Platz. Der Mann begann zu sprechen. Er pries Allah, und die Menge fiel in seine Lobpreisungen ein. Auch Kadir murmelte die allbekannten Formeln mit. Dann erhob der Prediger die Hand und deutete auf den alten Mann, der hinter dem Holzbock kniete. Er schrie und reckte den Zeigefinger in den Himmel. Die Menge schrie »Allahu Akbar«.

Dann trat hinter den alten Mann der Beifahrer. Er hatte inzwischen das Richtbeil aus seiner Decke gewickelt. Es hatte einen etwa halben Meter langen Griff und eine lange, etwa doppelt handbreite und geschwungene Klinge. Ein Raunen ging wieder durch die Menge. Der Kämpfer trat hinter den Mann und band ihm ein Tuch vor die Augen. Dann zerrte der Soldat dem Mann sein Hemd über die Schultern. Der Stoff riss wie mit einem Schluchzen, und man sah den nackten bleichen Oberkörper des alten Mannes. Der Kämpfer drückte den Kopf des Alten über den Richtblock, jetzt sah man, wofür man den Block eingesägt hatte. So konnte der Hals des Mannes direkt auf dem Holz aufliegen. Der Henker hob das Beil über den Kopf, das Metall überragte für einen Moment die Menge und sauste dann nieder, trennte mit einem Schlag und lautem Knacken den Kopf vom Körper. Röchelnd entwich die Luft aus den Lungen des Mannes. Ein Aufschrei oder Stöhnen erfasste die Männer, einige starrten wie gebannt auf das aus dem Hals pulsende schreiend rote Blut, den auf den Boden gefallenen Kopf und den zur Seite gesunkenen Körper.

Kadir hatte im Augenblick des Todes die Augen geschlossen und sich zur Seite gewandt. Er betete zu seinem Gott, dass dies alles richtig sein mochte. Vorn hatte Abu Barbaros Uthman spontan in den Nacken gekotzt. Uthman schimpfte und drängte nach hinten. Abu Barbaros hatte ihm die beste Szene versaut. Der Henker trat an den Richtblock, packte den Kopf des Toten am vom frischen Blut roten Bart und hielt ihn triumphierend in die Höhe. Die morddurstige Menge lachte und schrie: »Gott ist groß, Gott ist groß, Gott ist groß.« Der kopflose und halb nackte Körper lag neben ihm in seinem Blut. Der Junge brach neben dem Toten zusammen.

»Es war sein Vater«, sagte Abu Khalid, auf den Jungen deutend. »Er war ein Zauberer, der die Menschen mit Tricks verführt und betrogen hat. Aber Allah hat ihn seiner gerechten Strafe zugeführt.«

Kadir hörte nicht hin, hatte plötzlich einen Stein in seiner Brust. Er konnte nicht mehr denken und sah immer wieder das herabsausende Beil und das Gesicht des weinenden Jungen. Hinter ihm gab es Unruhe. Einige drängelten sich nach vorn und wollten mit dem Kopf des Getöteten fotografiert werden. Wem es gelang, der lachte in die Linse. Dann leerte sich der Platz allmählich. Die Menge zerstreute sich. Der Henker und sein Fahrer luden den Leichnam auf den Wagen und fuhren davon. Der weinende Junge blieb allein auf dem Platz mit dem blutigen Richtblock zurück. Auf dem Block lag der Kopf.

Die Gruppe ging zunächst schweigend vom Platz. Abu Barbaros fand wie immer als Erster wieder Worte. »Hast du das Beil gesehen? Wie das runtergerauscht ist und ab der Kopf. Hahaha.«

Mokka trinken

An einem der nächsten Tage wurde Abu Barbaros zu Abu Kataka gerufen. Er solle kommen, um einen Mokka zu trinken. Allein. Abu Barbaros wusste, dass es sich nur um eine Braut handeln konnte. Er war sofort ganz aufgeregt, und die Kollegen sparten nicht mit Spott für den zukünftigen Bräutigam. Ganz unten in seinem Rucksack hatte er noch eine Minipackung mit Duschgel gefunden, und im Regal hatte eine ehemalige Bewohnerin so etwas wie Rosenwasser zurückgelassen. Er wusch sein bestes Hemd mit Seife, legte es in die Sonne und glättete es mit den bloßen Händen. Anschließend machte er sich fein, kämmte sich und stutzte seinen Bart mit der geretteten Schere so, dass man es nicht auf den ersten Blick sah, er aber irgendwie Form bekam.

»Miauahoh«, schrie die Katze und strich um ihn herum.

»Hau ab, blödes Vieh, du störst«, sagte Barbaros, der sich eingehend und von allen Seiten im Spiegel betrachtete. Das Kätzchen ging zur Tür und setzte sich, es schien so, als würde es ihn verstehen. Jedenfalls besser, als er das Kätzchen verstand.

Als er dann, die Katze schritt mit erhobenem Schwanz wie ein Hofmarschall mit seinem Stab vor ihm die Treppe hinunter, in die Küche kam, bot Kadir ihm ein Glas Ayran an.

»Nein, danke. Macht schlechten Atem.«

»Du wirst sie nicht küssen«, sagte Kadir zu dem aufgeregten Abu Barbaros.

»Was soll ich bloß sagen? Und wenn ich sie nicht verstehe? Und wie sie wohl aussieht?«

»Vor allem solltest du nicht so viel reden«, empfahl der Vater des Kätzchens.

»Wieso, rede ich zu viel? Ich muss ihr doch sagen, wer ich bin und dass ich für das Kalifat kämpfe und wie ich sie finde«, sagte er, sich wieder durch das Haar streichend. »Willst du nicht mitkommen, so als Wali?«, fragte Barbaros.

»Dein Vormund ist Abu Kataka, und« – Kadir machte eine Pause – »wenn ich mitkomme, hast du ja keine Chance.«

Bei Abu Barbaros löste der Scherz etwas die Spannung, und kurz darauf kabbelten und rangen die beiden miteinander, sodass Barbaros' Frisur durcheinandergeriet.

Draußen hupte jemand.

Uthman brüllte aus dem Salon »Besuch«.

»Sie sind da«, sagte Barbaros. »Oh Gott, wie sehe ich nur aus?«

»Alles cool, Bruder«, sagte Kadir, »ich hoffe, sie gefällt dir.«

Das Kätzchen sah dem jungen Mann nach und schien zufrieden, dass das Väterchen dablieb.

Augen wie zwei schwarze Diamanten

Der Wagen brachte Abu Barbaros in ein großes Haus in der Stadt. Vor dem Gebäude standen viele Wachen, und Abu Barbaros und seine Begleiter wurden mehrfach kontrolliert und durchsucht. Eine der Wachen schnüffelte an ihm und sah ihn mit stumpfen Augen an. Sie führten Abu Barbaros in einen großen Salon, der aussah wie die Lobby eines Hotels, und zeigten ihm an, dass er sich auf den Diwan setzen solle. Dann ließen sie ihn allein. Abu Barbaros konnte seine Gedanken kaum bändigen. Was würde gleich geschehen, ob sie ihm mehrere Frauen vorstellen würden? Konnte er sich eine aussuchen, oder hatte man bereits eine Frau für ihn bestimmt? Nicht, dass Abu Barbaros irgendetwas abgelehnt hätte, nein, er würde machen, was Allah für ihn vorgesehen hatte. Er dachte an die Mädchen in der alten Heimat, dem so fernen Dinslaken. Entweder waren das Schlampen oder Kletten. Er dachte an Ramona aus der Berufsschule, die ihm einmal nach dem Unterricht die Zunge in den Mund gestoßen und ihn zwischen die Beine gegriffen hatte, sodass ihm in kürzester Zeit ganz eng, heiß und feucht in der Hose wurde.

Nach einer Ewigkeit, die vielleicht zehn Minuten dauerte, kamen zuerst zwei bewaffnete Kämpfer in den Raum. Sie scheuchten Abu Barbaros auf und sagten ihm, er solle in einer Ecke warten. Sie untersuchten ihn nach Waffen, wendeten die Kissen und nickten der Wache an der Tür zu, dass alles in Ordnung sei. Dann kam Abu Kataka mit Gefolge. Besser, Abu Kataka war Teil des Gefolges eines Sheikhs, der ganz in Schwarz gekleidet war. Der rauschte mit mindestens fünf Begleitern herein und ließ sich von Abu Barbaros die Hand küssen. Der Mann schien in Eile und war von Abu Kataka nur mit Mühe zum Bleiben zu überreden. Abu Kataka war sichtlich nervös und raunte Abu Barbaros zu: »Du hast jetzt die einzigartige Gelegenheit, dem Kalifen *bai'a* den Treueeid zu schwören.«

Abu Barbaros nickte, das wollte er schon immer, aber so plötzlich und im Vorübergehen? War das der Kalif? Allah, Allah, dass er das erleben durfte. Der Sheikh sagte etwas zu Abu Kataka und machte eine Handbewegung, die wohl bedeuten sollte, man möge sich beeilen.

»Er sagt, nur wer ihm die Treue geschworen hat, wird, wenn er im Kampf für Allah stirbt, ins Paradies kommen. Bist du für *bai'a* bereit, Abu Barbaros?«

Dem hatte es beinahe die Sprache verschlagen: »*Na'am, na'am, na'am,* ja!«

Abu Kataka nickte Abu Bakr zu und wandte sich dann an Abu Barbaros. Abu Barbaros gab dem Sheikh die Hand und sprach Abu Kataka den Treueeid nach: »Ich schwöre, dem Herrscher der Gläubigen, Abu Bakr al-Bagdadi, zu gehorchen, in guten wie in schlechten Zeiten.« Dann sagte Abu Kataka das Gleiche auf Arabisch, und Abu Barbaros sprach auch das nach.

Der Sheikh nickte und sagte, was Abu Kataka mit einigen Dankesformeln übersetzte: »Allah hat dich auserwählt, den Weg des Schahids ins Paradies zu gehen. Aber zunächst wirst du die Pflicht der Ehe genießen und dann deine Aufgabe für Allah erfüllen.«

Abu Barbaros sagte: »*Shukran,* danke«, und schon war der Herrscher der Gläubigen durch die nächste Tür verschwunden. Abu Kataka blieb zurück, und Abu Barbaros stand völlig durcheinander im Raum. »War er das?«, fragte er ungläubig seinen Amir.

»Er ist überall«, sagte Abu Kataka und umarmte ihn. »Und nirgends. Du Glücklicher. Von der Vorsehung auserwählt.«

Abu Barbaros hatte ein Glückslos gezogen. Er hatte dem Kalifen die Treue geschworen und würde bald ins Paradies einziehen. Und auch noch heiraten? Das war ja fast zu viel. Gerade hatte er dem Herrscher der Gläubigen in guten wie in schlechten Zeiten die Treue geschworen. Stairway to Heaven, Alhamdullilah. Highway to Hell, Vogelgezwitscher in Grün, die Geigen und Trommeln von Umm Kalthum, Salam alaikum, Allah sei mir gnädig. Abu Barbaros war durcheinander.

Abu Kataka blieb kühl und sagte: »Gleich kommt meine Frau und wird dir eine Schwester vorstellen. Ihr könnt euch dann kennenlernen, und wenn ihr beide einverstanden seid, werdet ihr heiraten«, sagte der Amir. Er legte eine Hand auf die Schulter des jungen Mannes. Dann ging er zu der gegenüberliegenden Tür – es war der Eingang zu einer Art Harem – und verschwand.

Wieder war Abu Barbaros allein – und redete vor sich hin: »Ich schwöre, dem Herrscher der Gläubigen, Abu Bakr al Bagdadi, zu gehorchen, in guten wie in schlechten Zeiten. Den Feind besiegen mit dem eigenen Körper, welch ehrenvoller Auftrag. Allah hat mich erwählt, bald werde ich im Paradies sein. Heiraten. Nie mehr Haare schneiden. Facon, Undercut, Dauerwelle, sondern auf dem Feld der Ehre sterben.« Draußen hörte er eine Kreissäge, die sich durch Metall fraß. Oder war es eine Flex? Er war irritiert. Ein Auto fuhr davon.

»Gleich wird sie kommen. Meine Frau. Wie sie wohl aussieht? Abu Hureira/Kadir wird eifersüchtig sein, jeder wird eifersüchtig sein, dass sie mich ausgewählt haben. Der

Kalif und ich. Bumm, weg mit den Kuffar, Allah, ich bin auf dem Weg.«

Abu Kataka kam zurück, und sie setzten sich auf den Diwan. Abu Barbaros strahlte. Dann öffnete sich die Tür, und drei Frauen im Nikab kamen in den Raum. Abu Barbaros konnte nur erkennen, dass die Frau, die voranging, wohl etwas älter war. Die beiden anderen blieben an der Tür stehen. Die Frau setzte sich und betrachtete Abu Barbaros. Er sah nur ihre Augen.

»Das ist Umm Khadija, meine Frau«, sagte Abu Kataka.

»Du willst heiraten, mein Sohn?«, fragte sie, die also auch Deutsch sprach.

»Ja, wenn Allah will, gäbe es nichts Schöneres für mich«, sagte Abu Barbaros.

»Ich habe für dich eine Schwester ausgesucht, die wie dein Vater aus dem Maghreb kommt. Ist das in Ordnung?«, fragte sie.

Abu Barbaros nickte. Umm Khadija drehte sich um und hob unter dem Nikab den Arm, woraufhin eine der Schwestern, die an der Tür warteten, hinausging.

»Umm Shahid al Muhajira ist eine gläubige Schwester. Sie kam zu uns, weil ihr Mann den Weg nach Dschanna gegangen ist. Das ist jetzt drei Monate her, und sie verlangt danach, einem neuen Herrn zu dienen. Wirst du ihr ein guter Mann sein?«, fragte sie.

»Aber natürlich, wenn wir uns verstehen«, antwortete Abu Barbaros.

»Bester Bruder, es geht nicht um das Verstehen und auch nicht um Liebe. Sondern dass wir unsere Pflicht gegenüber Allah, Friede und Segen seien mit ihm, erfüllen.«

»Alhamdulillah«, sagten Abu Barbaros und Abu Kataka fast gleichzeitig.

Nach einer kurzen Pause öffnete sich die Tür, und eine Frau im Nikab kam mit einem Tablett in den Raum, auf dem Tablett eine Kanne mit Mokka und zwei Tassen. Eine der anderen Frauen stellte einen Scherenhocker zwischen die beiden Männer, die Umm Khadija gegenübersaßen. Die Braut setzte das Tablett auf dem Hocker ab, nahm die Kanne und goss ganz vorsichtig den nach Kaffee und Kardamom duftenden Sud in eine klitzekleine Tasse. Dann reichte sie zuerst Abu Kataka, dann Abu Barbaros eine Tasse.

In diesem Moment, als sie ihm die Tasse reichte, sah sie ihm in die Augen. Ihre Augen waren tiefschwarz, und der Blick traf Barbaros ins Herz. »Shukran«, sagte er, da hatte sie den Blick schon wieder gesenkt und war rückwärtsgegangen. Barbaros wollte etwas sagen, hielt die Tasse in der einen, die Untertasse in der anderen Hand und sah, wie die Frau den Raum verließ.

»Sie ist schüchtern«, sagte Umm Khadija. »Trink.«

Abu Barbaros trank. Der Mokka war sehr süß und heiß. Fast hätte er sich die Lippen verbrannt.

»Ist dein Mokka süß?«, fragte Abu Kataka. Abu Barbaros nickte. »Dann mag sie dich. Wenn sie dich nicht heiraten wollte, wäre dein Mokka salzig gewesen.«

Ein schwarzer Kalif hatte von ihm den Treueeid genommen, ein schwarzer Traum mit schwarzen Augen war hereingeschwebt und hatte ihm schwarzen Mokka serviert, der so süß wie Nektar war. Abu Barbaros' Lieblingsfarbe war von nun an Schwarz.

»Wenn du willst, kannst du Umm Shahid al-Muhajira noch einmal vor eurer Hochzeit besuchen. Damit ihr euch besser kennenlernt«, sagte Umm Khadija.

Abu Barbaros stellte die Tasse ab, wusste nicht recht, was er sagen sollte, und fragte: »Wie alt ist Umm Shahid?«

Umm Khadija reichte die Frage an eine der Schwestern an der Tür weiter, die ihr etwas zuflüsterte. »Die Schwester ist dreiundzwanzig. Sie war schon einmal verheiratet, hat aber keine Kinder. Das wird dann deine Aufgabe sein«, sagte sie, erhob sich und verabschiedete sich.

»Allah erschuf sie aus Adam und für Adam. Wenn sie ihre Pflicht gegenüber Allah erfüllt, hat sie keine andere großartige Aufgabe, als ihrem Ehemann zur Seite zu stehen«, sagte Abu Kataka heiter und ergänzte: »Ist doch gut gelaufen? Oder?« Abu Barbaros nickte. »Die Hochzeit könnten wir nach eurem ersten Einsatz machen. Nächsten Freitag. Was meinst du?« Abu Barbaros dachte nur noch an die schwarzen Augen.

Das erste Gefecht

Irgendwann, nach einer schier endlosen Reihe immer gleicher Tage, sollte es endlich losgehen. Morgens hatte ein grüner Vogel tot auf der Terrasse gelegen. Erlegt vom Kätzchen. Als Kadir sich den Kadaver ansah, kam die Katze und strich um seine Beine. Er war ein Geschenk an ihren Herrn. Sie wollte dafür gelobt werden, aber Kadir kickte den Klumpen nur angewidert in den Garten. Das Kätzchen lief ins Haus, und Kadir fuhr mit den Brüdern ins Zentrum.

Auf dem Weg dorthin sahen sie vor einer schwarzen Wand einen Mann hängen, dessen Augen mit Tape verklebt waren. Die Wangen und der Mund schimmerten rot von vertrocknetem Blut, die Lippen waren Matsch. Er war mit Kabelbindern an ein Balkenkreuz gebunden worden.

Das ganze Gewicht seines Körpers zerrte an den Plastikbändern und schnitt ihm ins Fleisch. Er trug ein schwarzes T-Shirt mit der Aufschrift »WhatsApp« und ein Pappschild mit dem arabischen Satz: »Dieser Mann kämpfte gegen Muslime und warf eine Bombe.« Vor ihm auf einer Bank saßen drei kleine Jungen, vielleicht sechs oder sieben Jahre alt, und sahen dem Mann beim Sterben zu, sie fragten sich wohl, wie lange er es noch aushalten würde.

»Warum macht man das?«, flüsterte Kadir, der gar nicht hinsehen mochte.

»Das ist ein Feind des Islam. Er kämpfte gegen uns. Er hat seine gerechte Strafe erhalten.« Auf dem Platz davor wurden von Kämpfern auf einer Art Scheiterhaufen Zigaretten der Marke Marlboro verbrannt. »Rauchen ist *haram*.«

Abu Barbaros hatte in den vergangenen Tagen nur über seine Braut geredet. Die Augen wie zwei schwarze Diamanten, glühende Kohlen, die Leidenschaft und Hingabe versprachen. Er fantasierte über ihren Körper und wie es wohl so sei, mit ihr zu schlafen. Und er redete vom Paradies. Er fühlte sich auserwählt, tat so, als sei der Kalif sein bester Freund und Vertrauter. Kadir hatte sich das angehört, freute sich für den Bruder, fand aber, dass ein wenig viel Fantasie im Spiel war. Aber jetzt, angesichts des Gekreuzigten, verstummte auch Abu Barbaros für einen Moment. Uthman hielt wie üblich die Kamera auf die Szene und lachte vor sich hin. Sie waren auf dem Weg zu ihrem ersten Einsatz und fuhren zu dem Übungsgelände, von dem alles losgehen sollte.

Als sie dort ankamen, standen schon mehrere Pick-ups und etwa vierzig Kämpfer bereit. Ein Kommandant rief die Gruppenführer zusammen. Er redete mit ihnen, gab

Anweisungen und wandte sich dann an die versammelten Kämpfer: »Brüder im Islam. Wir werden jetzt da hinausfahren, um Al-Sham von den Kuffar zu befreien. Sie haben ein Dorf besetzt, das wir für Allah, Ehre und Segen auf ihm, zurückholen werden. Wir werden auf Widerstand treffen, aber nichts wird uns aufhalten. Kämpft für den Islamischen Staat.« Und dann rief er: »Daulat-ul-Islam«, und die Gruppe antwortete: »Baqiyah.« Der Islamische Staat – bleibt bestehen. Mehrfach hallte der Ruf über den staubigen Platz.

Die Amire teilten die Kämpfer den Wagen zu. Abu Barbaros kam auf einen der ersten Wagen, Kadir und Uthman wurden zusammen auf eines der hinteren Fahrzeuge kommandiert. Man pflanzte die schwarzen Fahnen des Islamischen Staats an die Führerhäuser und fuhr im Konvoi durch die Stadt. Einige Männer und Kinder winkten ihnen am Straßenrand zu, aber die Straßen leerten sich auffällig schnell, wenn sie vorbeifuhren.

Sie fuhren in die Nacht hinein. Nach einer knappen Stunde hielten sie. Es war Gebetszeit. Sie beteten ihre Rakat auf der syrischen Erde, und von einem der Lastwagen verteilte man danach Wasserflaschen und Datteln. Alle schwiegen, die Amire telefonierten und flüsterten dann, was jetzt passieren sollte. Sie wollten das Dorf aus mehreren Richtungen angreifen. Dafür musste sich der Konvoi trennen. Aus der Ferne hörten sie Geschützfeuer und das Knattern von Gewehren. In der Gruppe war eine gute Stimmung, einige lachten.

»Auf ins Paradies«, rief einer, der auf dem Wagen saß, zu dem auch Abu Barbaros gehörte. Abu Barbaros winkte ihnen zu, er strahlte über das ganze Gesicht. Morgen würde er heiraten. Offenbar war seine Crew dazu ausgewählt, den

Angriff zu eröffnen. Uthman und Kadir fuhren mit dem Toyota von links an das Dorf heran, das in einer Senke lag. Eine mörderische Stille breitete sich aus. Man hörte von Ferne das Schwirren von Geschossen, aber das Dorf vor ihnen war vollkommen dunkel. Es wirkte verlassen. Vielleicht hatten die Kuffar, es sollte sich um kurdische Kämpfer handeln, den Ort ja schon aufgegeben. Langsam fuhren sie von mehreren Seiten an den Ort heran. Abu Barbaros' Wagen fuhr auf der einzigen Straße, die ins Dorf führte. »Die Feiglinge sind weg«, flüsterte Uthman und lachte. »Das wird ein leichtes Spiel. Allahu Akbar.«

Plötzlich ein heller Blitz! Dann hörten sie einen furchtbaren Knall und sahen, wie sich der Wagen mit Abu Barbaros vor ihren Augen in einen Feuerball verwandelte. Eine Druckwelle traf sie, und schwirrend flogen Metall und Menschen durch die Luft. Die Munition auf dem Wagen explodierte. Der Fahrer des Wagens, auf dem Kadir und Uthman standen, riss das Steuer herum, machte eine Kehre und beschleunigte den Pick-up, sodass die Kämpfer auf der Ladefläche fast heruntergeschleudert wurden. Uthman fiel auf sein Gewehr und schrie auf. »Minen«, rief einer, »die haben den Ort vermint.« Der Fahrer des Pick-up stand offenbar unter Schock und raste in entgegengesetzter Richtung davon. Kadir trommelte auf das Dach der Fahrerkabine und schrie: »Halt an, halt an.« Hinter ihnen brach das Inferno aus. Drei der Wagen fuhren, während von den Ladeflächen aus allen Gewehren geschossen wurde, auf das Dorf zu, aus dem das Feuer nun dutzendfach erwidert wurde. Ein zweiter Wagen fuhr auf eine Mine. Ein Blitz, ein Knall, Schreie, ein Feuerball.

Kadir sprang vom Wagen ab und rannte wieder Richtung Dorf. Er wollte Abu Barbaros nicht zurücklassen. Uthman rief hinter ihm her. »Bleib hier.« Es roch nach Benzin, verbranntem Kunststoff und Blut. Auf der Straße klaffte ein großes Loch, zwanzig Meter weiter lag der Pick-up auf der Motorhaube. Von der Ladefläche war nichts mehr übrig. Die Mine musste direkt unter der Hinterachse explodiert sein.

»Abu Barbaros, Bruder«, rief Kadir. Da lagen Leichen ohne Unterleib, Beine lagen herum, keiner der Brüder lebte mehr. Er erkannte die Beine von Barbaros nur an einem Schuh, der zerfetzt vor sich hin kokelte. Kleine Flammen machten sich über die brennbaren Reste neben dem Krater her. Ein Baum neben der Straße stand in Flammen. Kadir wusste sich nicht mehr zu helfen. Er war total im Schockzustand. Er rannte los, sein Gewehr im Anschlag und auf das Dorf gerichtet. Er schoss und schoss, bis das Magazin leer war und die Waffe so heiß, dass er sie kaum noch halten konnte. Aber keine gegnerische Kugel erlöste ihn. Allah wollte ihn noch nicht. Ein Pick-up kam angerast, man zog ihn auf die Ladefläche, und in heilloser Flucht verließ der Rest der Kämpfer das Schlachtfeld.

Ein Märtyrer?

Irgendwie kamen sie zurück nach Rakka. Kadir hatte die ganze Zeit kein Wort gesagt. Er ging in sein Zimmer und legte sich aufs Bett. Nachts schrie er, und Uthman gab ihm ein Schlafmittel. Uthman sah sich die Bilder der Nacht an und klinkte sich dann in seine WhatsApp-Gruppe ein. Er hatte sich mit Betül einen Mädchennamen zugelegt. So konnte er leichter mit Frauen in Kontakt kommen und einfach drauflosplappern – und vielleicht eine von ihnen nach Al-Sham einladen.

Hallooo erzähl mal.
Wie läufts zu Hause?
Willst du auch jeden Tag ein Hadith geschickt bekommen?
Jaa bitte Inshallah☺
Per WhatsApp oder wie?
Yup
Jeden Tag ein Hadith
Oki
Redet Meral mit dir?
Wie? Über was?
Normal reden hahaha. Oder ignoriert die dich.
Meral redet normal.
Inshallah
Ey ich hab gelesen man soll inshAllah/inshallah nicht so schreiben, weil das heißt »Erzeugnis Allah«, sondern in 3 Schritten – in schaa Allah.
In shaa Allah? Stimmt das? Der Bräutigam einer Schwester ist weg. Er hat Amalia istischhadia gemacht
Was ist das?
Er ist mit einem Pick-up voll in die Linien der Kuffar gefahren. Ein Zeichen den Feinden Allahs.
Das ist doch Selbstmord?
Nein. Der verbotene Selbstmord ist, wenn du es für die Dunja (Welt) machst, keine Lust mehr zu leben hast oder was für Gründe auch immer.
Beweis?
Aber wenn du dich für Allah in die Luft sprengst, um so viele Kuffar zu töten, wie es nur geht. Kriegst Fatwa, suche ich morgen raus.

ja okay in shaa Allah. Aber geht das nicht anders? Hat er sich im Auto in die Luft gesprengt? Wieso hat er nicht das Auto vorfahren lassen, ist schnell rausgesprungen oder so?
Wenn es eine andere Möglichkeit gäbe, würden wir die wertvollen Brüder nicht dafür opfern.
Hmm. Ja. Wann hat er es gemacht?
Gestern.
Und seine Frau?
Weiß nicht. War ne zukünftige. Wollten morgen heiraten. Wenn du das jemandem erzählst, musst du sagen, Brüder haben mir das erzählt.
Tamam. Wieso so geheimnisvoll? Was soll das?
Habe seine Leiche ja nicht gesehen.
oki
+++
Hast du die Fatwa?
Wovon?
Über das, wenn man sich selbst für Allah in die Luft sprengt und dabei Kuffar tötet.
Achso.
Ja haha
Da gibt's ein Hadith.
Der Prophet und die Sahabah waren auf dem Schlachtfeld. Da fragte der Prophet, sas, wer will die beste Tat bei Allah machen, und die Leute fragten »Was denn oh Prophet sas.« – »Wer ins Schlachtfeld reitet und stirbt, stirbt als Märtyrer. So ungefähr. Und dann ritt einer in die Kuffar rein, und er wusste, er würde sterben. Er ist reingeritten und hat welche getötet und hat sich geopfert.
Wa allahu alam
+++

Erwachen

Zwei Tage und Nächte lang kam Kadir kaum zu Bewusstsein. Er schlief und fantasierte. Im Schlaf schrie er auf, die Bilder der Schlacht ließen ihn nicht aus ihrem Bann. Das Kätzchen strich die ganze Zeit um ihn herum, schlief nicht wie sonst in der Reisetasche, sondern neben seinem Kopf. Irgendwann wachte Kadir auf, als ihn etwas an seinem Mund juckte. Das Kätzchen war dabei, ihm den Speichel aus dem Mundwinkel zu lecken. Langsam öffnete er die Augen. Wo war er? Im Paradies? Die Deckenleuchte in seinem Zimmer bestand aus einem runden Milchglas mit einem Messingrand. Das schien nicht für das Paradies zu sprechen. Im Koran stand: »Die Gottesfürchtigen aber werden in Gärten und an Quellen sein: Geht hin in Frieden und Sicherheit. Und wir nehmen weg, was in ihrer Brust an Groll da sein mag, sodass sie wie Brüder auf Liegen ruhen, einander gegenüber.« Das Bett neben ihm, in dem sonst Abu Barbaros geschlafen hatte, war leer. Auch der Haufen mit den Klamotten von ihm sprach dafür, dass sich der Vater des Kätzchens noch im irdischen Elend befand. Abu Barbaros hatte sein Leben für Allah gegeben. War er jetzt im Paradies? Als Kadir wieder die Augen schloss, sah er die Reste von Abu Barbaros' Körper. Er dachte: Kommt man unversehrt nach Dschanna, oder gibt es da eine Krankenstation? Er sah den Schuh, das Blut, das Feuer. Er riss die Augen wieder auf und wollte sie nie wieder schließen, damit er solche Bilder nicht mehr sah. Er wollte sein, wo Abu Barbaros war.

Unten im Salon saßen inzwischen neue Kameraden, die in den letzten Tagen über die Grenze gekommen waren.

Sie unterhielten sich mit Uthman, der ganz der verwegene Kämpfer war und den Greenhorns seine Videos und Filmchen von dem Angriff zeigte. Hörte man Uthman zu, dann hatte er die Schlacht von Badr, das war die Schlacht, in der Mohammed gegen die Quraisch siegte, ganz allein geschlagen. Die Jungen waren beeindruckt, und als Kadir die Treppe heruntergewankt kam, wurde er überschwänglich begrüßt. Man küsste und umarmte ihn ehrfürchtig wie einen Helden, die Ankömmlinge hingen förmlich an seinen Lippen. Aber er schwieg.

Kadir hörte sich Uthmans Reden schweigend an, ging dann in die Küche, fütterte die Katze und aß selbst Joghurt und Fladenbrot. Jemand fragte: »Kann man Wasser in den Swimmingpool lassen?«

Die Bestimmung

Sie holten Kadir und Uthman mit einem Wagen ab und fuhren in das Haus, von dem Abu Barbaros so geschwärmt hatte, weil er hier den Kalifen und die Braut getroffen hatte. Sie dachten, sie würden vielleicht ihren Sold bekommen, weil der schon seit einiger Zeit ausstand. Uthman wurde von einem Bruder abgeholt und in eine der oberen Etagen gebracht, in eine Abteilung, die sie »Medien« nannten. Kadir, alias Abu Hureira, saß auf einer Bank auf dem Flur und wartete. Vor der Tür von Abu Katakas Büro saß ein Wächter an einem kleinen Tisch. Sein Gewehr lehnte an der Wand hinter ihm. Er las in einem englischsprachigen Magazin. Kadir konnte den Titel lesen: »DABIQ«. Und über einem Bild von Pick-ups mit Kämpfern stand der Slogan: »A Call to Hijrah«. Der Bruder blätterte in dem Magazin und besah sich die Bilder. Kadir starrte mit offenen Augen an die Wand. Er vermied es, seitdem er aufgewacht war, die Augen zu schließen.

Und es dauerte, bis Kadir ins Büro gerufen wurde. Mehrmals sah der Wachmann zu dem Besucher hinüber und wunderte sich, wie steif und starr der auf der Bank saß. Aber was kümmerte es ihn? Als er dann von innen ein Zeichen bekam, dass Kadir vorgelassen werden sollte, musste er ihn zweimal ansprechen, bevor Kadir reagierte.

»Bruder, gelobt sei Allah, der Schöpfer aller Welten, es ist schön, dich zu sehen.« Abu Kataka kam auf Kadir zu und umarmte ihn. »Wie geht es dir, Abu Hureira? Hast du ausgeschlafen, bist du wieder bereit für den Kampf? Setz dich, trink einen Tee.«

Kadir nahm auf einem Stuhl vor dem Schreibtisch Platz. Der Amir trug ein schwarzes kragenloses Hemd und ein Kopftuch, das er eng um den Kopf gebunden hatte. Seine Kampfweste mit dem Sprengstoff lag neben dem Schreibtisch. Nur der Draht, der in einem Pflaster an der Hand endete und eine Zündvorrichtung war, zeigte an, dass hier ein Mann zu allem bereit war. Abu Kataka war dick, aber beweglich und wippte nervös auf seinem Stuhl hin und her. Kadir sah ihn regungslos an. Der Amir schob einige Zettel auf seinem Schreibtisch herum und sagte: »Ja, das waren aufregende Ereignisse, nicht wahr. Ich war ja leider nicht dabei, aber wir haben es den Kuffar gezeigt! Bist du weiter bereit, für die Sache einzutreten? Oder hat dich nach der ersten Schlacht der Mut verlassen? Bruder Abu Barbaros, Allah möge ihn als Schahid in Dschanna aufnehmen, hat seine Bestimmung erreicht. Wir beneiden ihn um seinen Weg.«

Abu Kataka redete von der großen Aufgabe, die vor ihnen stand, und dass sie Brüder und Schwestern, vor allem die Schwestern, aus der Gewalt der Kuffar befreien müssten, damit der Islamische Staat die Botschaft Allahs im Irak und in Al-Sham verwirklichen kann, und dass er, Abu Hureira, ein Teil dieser großen Aufgabe sei. Und dann, Kadir sprach die ganze Zeit kein Wort, sagte er: »Der Kalif Abu Bakr al-Bagdadi hat dich, Abu Hureira, auserwählt, einen großen Schlag gegen die Feinde durchzuführen. Ich bin glücklich, dich zu kennen und dir die Botschaft übermitteln zu dürfen.« Erwartungsvoll sah der Amir seinen Schützling an. Der zeigte keine besondere Reaktion. »Na, was meinst du, was es ist?«

»Keine Ahnung«, sagte Kadir.

»Du sollst den Kuffar eine Botschaft bringen. Bist du bereit?«

»So Gott will«, erwiderte Kadir, der im Moment nur eins wollte, nicht die Augen schließen.

»Alhamdulillah«, sagte Abu Kataka und, ganz großer Bruder: »Hast du dir eigentlich überlegt zu heiraten?«

»Nein, dafür bin ich zu jung«, sagte Kadir, dem allmählich klar wurde, dass der Weg für ihn nur noch ein Ziel haben konnte, nämlich so schnell wie möglich ins Paradies, nach *Dschanna,* zu gelangen.

»Ich meine nur«, sagte Abu Kataka, »da ist eine Frau, die heißt Umm Shahid al Muhajira, die würde dich gern kennenlernen.«

»Ist das die, die Abu Barbaros heiraten wollte?«

»Ach so? Kann sein.« Abu Kataka fühlte sich einen Moment ertappt, reagierte aber schnell: »Kenne sich einer mit den Frauen aus.« In dem Moment klingelte sein Handy. »*Na'am*? Ja?« Er hörte zu, sagte: »*La,* nein« und »*Muttafaq 'alaih,* einverstanden.« Dann wandte er sich wieder an seinen Soldaten Abu Hureira: »Bruder, ich glaube, wir brauchen etwas Entspannung. Komm, ich nehme dich mit in einen Hamam, das ist die beste Vorbereitung für den Weg nach Dschanna.« Er bedeutete dem Wachmann, den Wagen zu holen, fragte Abu Hureira nach dem Kätzchen und ob ihm irgendetwas fehle. Kadir hatte in der Nacht des Feuers aufgehört zu denken und zu fühlen, er war nur noch eine Hülle auf dem Weg zur Tränke. »Nein, ich brauche nichts«, sagte er.

Der Hamam

Der Hamam war im Untergeschoss eines großen Hotels, das jetzt den IS-Kämpfern als Zentrale diente. Abu Kataka hatte Kadir mit seiner Autorität an den Wachen vorbeigeschoben. In der bewachten Umkleide legte er seine Waffen und die Kleidung ab. Kadir bekam ein blaues Handtuch, das er sich um die Hüften wickeln sollte, und Holzpantinen.

Abu Kataka redete mit einem *Tellak,* Bademeister, was sie mit seinem Bruder machen sollten. Der Bademeister hatte auch einen Lendenschurz um die Hüften. Sein Rücken war schwarz behaart, und er trug einen Dreitagebart. Sie gingen in einen großen vieleckigen, vollständig mit weißem Marmor ausgekleideten Raum. In der Mitte war eine große runde Marmorfläche, alles dampfte, und es war feucht und heiß. An den Wänden gab es kleine Nischen mit Brunnen für heißes und warmes Wasser.

Er folgte Abu Kataka, der vor ihm durch die hinterste Tür ging. Sie kamen in einen Flur, von dem mit Türen aus

Holzgittern Séparées abgetrennt waren. Zuerst war da niemand, aber als er weiterging, saß am Rand eine ältere Frau. Als sie ihn sah, kam sie auf ihn zu: »Abu Hureira?«, fragte sie. Kadir nickte, und sie winkte ihn hinter sich her. Sie gingen in den nächsten Raum. Dort war es dunkel. Nur einige Windlichter in farbigen Gläsern beleuchteten die Szene. Er sah fünf nackte Frauen auf einem Diwan sitzen. Ein kleiner Junge wartete in einer Ecke. Die ältere Frau zeigte auf die Frauen: »For you.« Kadir war perplex. Was sollte das?

Abu Kataka schubste ihn auf die Frauen zu und sagte: »Nimm dir eine.« Er selbst ging auf ein junges Mädchen zu, machte eine Handbewegung, und sie folgte ihm auf der Stelle in eine Kabine.

Aus den Séparées hörte man Stöhnen und Klatschen, als wenn jemand auf einen nackten Hintern schlägt. Kadir machte keine Anstalten, einen Schritt vorwärtszumachen. Die Frau sah ihn an, dann sah sie zu den Frauen und zeigte auf eines der Mädchen. »*Te'al*, komm«, sagte sie. Die Angesprochene stand auf und kam auf Kadir zu. Sie war vielleicht fünfzehn Jahre alt, nicht dick, nicht dünn und viel kleiner als Kadir. Sie sah ihn kurz an, nahm seine Hand und zog ihn mit sich fort. Sie gingen einen anderen Flur entlang, wieder mit Séparées. Bei einigen standen die Türen offen, und Kadir sah, dass sich dort Männer über Frauen hermachten. Abu Kataka saß bereits nackt auf einer Bank, und zwischen seinen Beinen kniete das junge Mädchen.

Kadirs Begleiterin zog ihn in ein freies Séparée. In der Kabine, die eigentlich nicht mehr als eine größere Umkleidekabine ohne Dach und mit einer Pritsche war, legte sie sich hin. Das Mädchen gefiel ihm, aber was sollte das hier werden? Sie war so alt wie seine jüngere Schwester. Sie lag auf der Pritsche und hatte die Augen geschlossen.

»*Te'al,* komm«, sagte sie und griff nach dem Handtuch, um es ihm von den Hüften zu ziehen.

»Türkiye?«, fragte er. Sie schüttelte den Kopf und sagte auf Kurdisch: »Jesiden.« Kadir konnte ein paar Brocken Kurdisch von seinen Besuchen im Dorf. »Wie heißt du« – »Magdur«, sagte sie.

»Das ist nicht dein Ernst, du heißt Opfer?«, fragte Kadir.

Sie nickte. »Bin ich.«

Kadir schloss die Augen. Feuer, Feuer, Feuer.

Zwischen den Beinen war es hart. Das Mädchen sah toll aus. Er könnte jetzt ohne Skrupel über sie herfallen, machen, wonach er sich in den Nächten sehnte, aber er kannte sie ja gar nicht. Er sagte: »Ich will jetzt nicht.«

Das Mädchen sagte: »Doch, doch, du musst, ich bekomm sonst Ärger«, sie griff ihm zwischen die Beine und wollte ihn zu sich heranziehen. Dann drehte sie sich auf dem Bett und spreizte die Beine auseinander. Er kam von ganz alleine.

Kadir machte vor Schreck einen hektischen Schritt zurück und rutschte mit einem Latschen aus. Er fiel rückwärts gegen die Wand. Es tat höllisch weh. Das Mädchen schrie vor Schreck auf. Kadir war einen Moment benommen, rieb sich den Kopf und stand auf. Es war nichts weiter geschehen. Er musste über seine Ungeschicklichkeit lachen, sagte aber nur: »Fuck.«

Das Mädchen saß auf der Pritsche und sah ängstlich zu ihm auf. Sie dachte, dass er sie jetzt schlägt. Aber Kadir war alles nur peinlich. Von der Nachbarkabine rief jemand, es musste Abu Kataka sein: »Lass sie am Leben, sie wird noch gebraucht«, und lachte.

»Alles o.k.«, sagte Kadir, schob das Mädchen beiseite, rieb sich den Hinterkopf und betrachtete seinen befleckten Lendenschurz. In der Nebenkabine hörte man Abu Kataka stöhnen und ein rhythmisches Klacken. Dann ein »Allah, Allah«. Dann war Ruhe.

Sie saßen vielleicht ein, zwei Minuten schweigend und bewegungslos nebeneinander. Sie hatte kleine runde Brüste, die fast von ihren schwarzen Haaren verdeckt wurden. Sie stützte die Arme auf ihre Knie und sah auf den Boden. Kadir beruhigte sich langsam.

»Hat man dich gefangen?«, flüsterte er.

»Ja, in Sindschar. Alle.«

»Bist du Muslim?«, fragte er.

Sie schüttelte den Kopf und sah ihn ängstlich an.

»Mein Freund ist tot. Eine Mine. Bumm«, sagte Kadir. Dann schwiegen sie wieder.

Plötzlich stand Kadir auf und verließ wortlos das Séparée. Das Mädchen weinte leise. Er ging, so schnell es die Pantinen zuließen, durch den Flur, durchquerte den einen und anderen Raum, verlief sich im Hamam. Dann trank er ein großes Glas Wasser und setzte sich an einen der Brunnen neben dem großen Stein.

Nach einiger Zeit kam auch Abu Kataka dazu. »Na, das hörte sich bei euch ja nach einer wilden Party an. War die Schlampe gut? Dann probier ich die morgen«, sagte der Amir. »Entspann dich und mach die große Waschung. Komm, sprich mir die Basmala nach.« Er hob die Hände mit den Innenseiten zum Körper in die Höhe und brabbelte schnell vor sich hin: »*bismi 'llāhi 'r-raḥmāni 'r-raḥīmi /* »Im Namen des barmherzigen und gnädigen Gottes«.

Kadir sprach es nach und legte sich auf den heißen Stein. Ganz langsam kroch die Hitze in seinen Körper, dann kam der Tellak und übergoss ihn mit Wasser. Er hatte einen sackähnlichen Handschuh dabei, mit dem er den jungen Mann von Kopf bis Fuß einseifte und wusch. Dann zeigte er auf eine Bank, auf die Kadir sich setzen sollte, und gab ihm eine kupferne Schüssel in die Hand, mit der er sich übergießen konnte. Mal heiß, mal kalt, danach wieder auf den Stein. Es kam ein Masseur, der aussah wie ein Schwergewichtsringer. Und als der sich den Körper von Kadir vornahm, dachte der erst, sein letztes Stündlein habe geschlagen, noch bevor er seine Aufgabe erfüllen konnte. Aber der Mann knetete ihn mit Zauberhänden und Griffen auf so wundersame Weise durch, dass er sich danach ganz entspannt und federleicht fühlte.

Anschließend ging er in einen Raum, wo die Steine nicht so heiß waren und er sich ein wenig ausruhen konnte. Ein kleiner Junge mit großen traurigen Augen brachte ihm Tee. Mit ihm im Hamam waren andere Männer, alle schienen Kämpfer zu sein. Einige waren in Gruppen da, und Kadir hörte nicht nur Arabisch, sondern viele andere Sprachen, die er aber nicht zuordnen konnte.

Er hatte das Bedürfnis einzuschlafen, aber kaum hatte er die Augen geschlossen, sah er wieder das Feuer und hörte die Schreie. Er öffnete die Augen und schaute in die Kuppel über dem heißen Stein. Auf der Rückfahrt sagte er kein Wort, während Abu Kataka mit seiner Frau telefonierte und das Abendessen für sich bestellte.

Das Video

Das Bild zeigte eine kleine Katze, die mit einem Ball spielte. Sie war rot und hatte ein weißes Ohr. Nach einem langen Augenblick begann das Bild zu wackeln. Man sah eine

Hand, die die Kamera ausrichtet. Es war offenbar ein Smartphone auf einem Stativ. Das Bild wurde dunkel, es wackelte, und dann beugte sich ein junger Mann in der Tracht der Mudschaheddin zurück und lehnte sich an eine Wand. Er saß etwas angeschnitten in dem Bild, trug eine schwarze Sturmhaube und einen hellen Kaftan. Er hockte auf einem Teppich vor einer gekalkten Wand. Über seinem Kopf hing die schwarze Fahne des IS. Neben ihm stand eine Plastikflasche mit Wasser. In der Hand hatte er einige Blatt Papier, von denen er ablas. Er räusperte sich und begann zu sprechen. Er war kein geübter Vorleser.

Brüder und Schwestern im Islam. Im ehrwürdigen Koran steht in der Sure 4,97: Zu denen, die die Engel abberufen, während sie gegen sich selbst Unrecht verübt haben, sagen diese: »Wie war Euer Zustand?« Sie sagen: »Wir wurden auf der Erde wie Schwache behandelt.« Sie sagen: »War denn die Erde Gottes nicht weit genug, sodass Ihr auf ihr hättet auswandern können? Diese haben die Hölle zur Heimstatt – welch schlimmes Ende!«

Die Brüder nennen mich Abu Hureira. Ich habe eine Botschaft für euch. Ich liebe Katzen wie der Prophet Mohammed, Allahs Frieden und Segen auf ihm, der sich für seine schlafende Katze Mu'izza den Ärmel seines Gewandes abschnitt, um das Tier nicht zu wecken, während er sich zum Gebet rüstete. Seitdem ich mich entschlossen habe, den Weg des Dschihad zu gehen, begleitet mich die Katze, und ich habe den Namen Abu Hureira, Vater des Kätzchens, angenommen. Den Namen trug ein würdiger Vorgänger. Abu Hureira war einer der ersten Gefährten des Propheten, ein Diener, der für ihn in die Schlacht von Tabuk zog und von dem über 3300 Hadithe überliefert sind. Er gehört damit zu den wichtigsten Zeugen des Wirkens Mohammeds. Ich trage diesen Namen mit Stolz.

Ich wende mich an euch von einem Ort aus, der kurz vor Dschanna liegt. Im Koran werden die Gärten des Paradieses Dschanna genannt. Dschanna findet ihr auf keiner Landkarte, ihr braucht es deshalb auch nicht zu suchen, denn euch bleibt es für immer verschlossen, es sei denn ihr kehrt um, glaubt und dient Allah, gelobt sei sein Name.

Der Weg ins Paradies ist eine staubige Straße, irgendwo in einem Ort im Norden von Al-Sham. Den irdischen Namen des Ortes habe ich vergessen, denn wir wechseln fast in jeder Nacht unsere Schlafstätten, um den Ungläubigen kein Ziel zu bieten. Ihr werdet ihn aus den Medien erfahren. Der Ort sieht aus wie alle, deren einzig bemerkenswerter Bau die örtliche Moschee war. Und das Museum, in dem die Götzen der Ungläubigen wohnen.

Das Gefährt, mit dem ich meine Himmelsreise antrete, ist ein alter weißer Toyota-Pick-up, auf dessen Ladefläche zwei Zentner Dynamit liegen, die mir die Tür ins Paradies aufsprengen werden.

Ich nenne das Auto Buraq, wie der Schimmel des Propheten, mit dem er von Jerusalem aus zu Allah, gelobt sei sein Name, geritten war. Die Tür, die ich mit Buraq aufstoßen werde, ist das Tor des Museums der Ungläubigen im Ort. Der Imam sagt, er beneide mich, denn mir sei das Paradies gewiss wie den Ungläubigen, die ich bestrafen werde, der Weg in die Hölle.

Es ist heute ein Tag vor Freitag, der Tag des Gebets, und ich bin vor der Sonne aufgestanden und habe mit den Brüdern draußen beim ersten Licht gebetet. Morgen werde ich meiner Bestimmung entgegengehen.

Der Amir hat mich umarmt, und die Brüder haben den Wagen präpariert. Das heißt, sie haben ihn vollgetankt, den Sprengsatz auf dem Beifahrersitz und der Ladefläche festgezurrt, den Zünder montiert, und ein Bruder, der große Kenner von Bomben und Waffen, hat mir erklärt, was ich im Moment der Bestimmung zu tun habe.

Plötzlich hörte man von außen Geräusche, bewaffnete Männer in Kampfanzügen betreten den Raum, stellen sich vor den Vorlesenden und sagen etwas zu ihm auf Arabisch. Ein anderer sieht die Kamera und geht auf sie zu. Das Gesicht des Mannes ganz nah. Eine Hand greift nach dem Apparat. Dann ist das Bild schwarz.

Der Anschlag

Uthman war zufrieden, wie Abu Hureira es gemacht hatte. Er umarmte ihn. Den Anfang und den Schluss würde er wegschneiden, obwohl die Sache mit der Katze ganz süß war. »Rette die Katze« gehörte doch zu jedem besseren Hollywood-Streifen. Ein Katzenfreund als Märtyrer, Abu Hureira würde eine Legende werden.

Abu Kataka war etwas nervös, denn diese Aktion war sein erstes Kommando. Sie wollten mit einem von Abu Hureira gesteuerten Wagen in ein Museum fahren und es damit in die Luft jagen. Die Sache war etwas kompliziert, weil der Ort nicht im IS-Gebiet lag und sie erst das Material, das Auto und den Fahrer unbemerkt vor Ort bringen mussten.

»Das Video lädst du aber erst hoch, wenn du von der Medienabteilung das O.k. bekommst«, sagte Abu Kataka zu Uthman. »Am besten, du lieferst es dort ab.«

»Alles geregelt, Akhi.«

Abu Hureira war auf sein Zimmer gegangen und hatte seine Sachen in die Reisetasche gepackt. Obwohl, in Dschanna würde er neue Kleidung bekommen.

»Was willst du mit der Tasche?«, fragte Abu Kataka.

»Brauche ich«, sagte Kadir und packte sie auf die Ladefläche. Diesmal durfte er den Toyota fahren. Abu Kataka wollte, dass er etwas Praxis bekam, bevor er das präparierte Fahrzeug bestieg. Sie hatten es geübt. Den Wagen beschleunigen und dann mit voller Geschwindigkeit auf das Tor zusteuern. Der Sprengstoff würde mit dem Aufprall zünden, sie hatten einen Aufschlagzünder installiert. Die einzige Gefahr bestand darin, dass irgendein Idiot vor den Wagen lief oder der Pick-up gerammt wurde. Deshalb brauchte es einen erfahrenen Fahrer. Sie waren anfangs zu viert im Wagen, Abu Kataka, der Bombenmeister, ein Scout, der klärte, ob vor Ort die Luft rein ist, und Abu Hureira, der Fahrer. Sie verließen das Gebiet des Islamischen Staats und fuhren drei Stunden durch die Nacht. In einem kleinen Dorf machten sie Pause und kauften Börek. Abu Hureira packte die Reste seiner Portion in seine Reisetasche. Abu Kataka meinte: »Glaubst du, im Paradies gibt es das nicht?«

Als sie an dem Zielort ankamen, war Zeit für das Gebet. Der präparierte Wagen, ein alter weißer Pick-up, stand in einem Schuppen, und der Sprengmeister machte sich daran, die Bombe zu installieren. Erst jetzt bemerkten sie, dass er zwei Kilo Plastiksprengstoff die ganze Zeit bei sich gehabt hatte. »Bist du wahnsinnig, Akhi?«, fragte Abu Kataka, als er das mitbekam.

»Ohne Zünder oder ohne Druck ist das nicht weiter gefährlich.«

Abu Kataka fuhr mit Abu Hureira die Strecke ab und zeigte ihm den Ort, an dem er die Botschaft Allahs abliefern sollte. Es war ein ehrwürdiges Gebäude mit einem großen grünen Tor, das geschlossen war. »Es war mal eine Karawanserei«, sagte Abu Kataka, »also wenn das Tor offen ist, kannst du bis in die Arkaden durchfahren, aber meist ist es geschlossen. Wenn du die Ladung im Tor zündest, bricht das ganze Gebäude zusammen.«

Sie setzten den Scout vor einem Teehaus in der Nähe ab, verglichen die Uhren und probierten, ob die Handys funktionierten. Dann fuhren sie zurück, aßen etwas, tranken schweigend einen Tee und beteten gemeinsam. Abu Hureira meinte zu spüren, dass Abu Kataka zitterte, als er ihn ein letztes Mal umarmte. Er nahm seine Reisetasche, schmiss sie auf den Beifahrersitz und startete den Wagen.

»Ich sag jetzt mal nicht, fahr vorsichtig«, sagte Abu Kataka und lachte.

Dann kam der Anruf, und Abu Hureira fuhr los. Als der Amir außer Sichtweite war, hielt er am Straßenrand an und öffnete die Reisetasche. In der Tasche war die Katze. Sie hatte sich in ihr Schicksal ergeben und sich schlafen gelegt. Kadir hob die Katze aus der Tasche, öffnete den Reißverschluss seines Pullovers und steckte das Tier hinein. »Schön ruhig, Mieze«, sagte er. »Ist alles gut.«

Dann schob er krachend den Gang in das Gefährt und fuhr Richtung Ziel. Der Sprengmeister hatte ihm genau gezeigt, wo der Zünder war und dass er möglichst frontal auftreffen sollte. Abu Hureira beschleunigte den Wagen.

Auferstehung der Toten

Koran Sure 2, Vers 85: »*Dennoch tötet gerade Ihr einander und vertreibt einen Teil von Euch aus ihren Wohnstätten. Und wenn sie als Gefangene zu Euch kommen, so löst Ihr sie aus. Dabei ist Euch doch verboten, sie zu vertreiben. Glaubt Ihr denn nur an einen Teil des Buches und verleugnet den anderen? Die Vergeltung für diejenigen unter Euch, die dies tun, ist nichts als Schande im diesseitigen Leben, und am Tag der Auferstehung werden sie der härtesten Pein zugeführt werden. Und Gott lässt nicht unbeachtet, was Ihr tut.*«

Die Explosion war in mehreren Kilometern Entfernung zu sehen, und eine Rauchsäule stieg in den Himmel. Von Abu Kataka fiel die Anspannung der letzten Tage ab. Es war geschafft, er hatte seine erste Märtyrer-Aktion als Kommandant erfolgreich durchgeführt. Er griff zu seinem Handy, rief erst in der Zentrale, dann bei Uthman an.

»Abu Hureira ist ein Schahid. Allah ist groß«, sagte er. Uthman lud noch am selben Tag das Video auf Facebook hoch. Alle Welt sollte von dem Märtyrer erfahren.

Syrische Blogger meldeten am nächsten Tag, dass in der Nähe der Stadt Homs auf freiem Feld ein Personenwagen explodiert sei. Offenbar sei er von einer Rakete getroffen worden. Über Personenschäden sei nichts bekannt.

4

Krieg im Kopf

Meral

Kadir blieb verschwunden. Während sich sonst im Netz überall die IS-Typen lachend und mit erhobenen Zeigefingern präsentierten, gab es von Kadir keine Spur. Weder einen Anruf, eine Mail, einen Tweet noch ein Facebook-Eintrag. Kadir war und blieb über den Sommer wie vom Erdboden verschluckt.

Ich traf mich öfter mit Meral. Der »offizielle« Grund war, um die Suche nach Kadir voranzutreiben. Aber im Grunde war es einfach schön, mit ihr zu reden und zusammen zu sein. Sie beschäftigte meine Träume irgendwann mehr als die Suche nach ihrem Bruder. Das durfte ich ihr natürlich nicht sagen, und sie hätte auch nie und nimmer zugegeben, dass sie sich meinetwegen mit mir traf. Für sie war das Verschwinden von Kadir das Thema Nr. 1. Und so saßen wir manchmal vor dem Computer und hörten nicht einfach Musik, sondern fragten uns: »Ob Kadir sich so was anhört?« Wir überlegten sogar, ob wir uns nicht aktiv auf die Suche nach Kadir machen sollten. So mit dem Bus durch die Türkei fahren und den Bruder und Freund suchen. Meral war das zu gefährlich, und, »iiih«, im Dorf auf Schaffellen schlafen, die Vorstellung gefiel ihr nicht. Aber mit dem Cursor auf Google Maps durch Kleinasien reisen, zu den unterirdischen Städten nach Kappadokien, oder auf alte Steine in Ephesos und am Pier von Bodrum auf die Segelboote gucken, das hatte was.

Außerdem hätten wir ja gar nicht zusammen fahren können. Bei Türken, zumal wenn sie religiös waren, hatten die Töchter bei der Familie zu bleiben, bis sie verheiratet waren. Mit mir zu verreisen, wäre der Familienskandal schlechthin gewesen. Und dass ich Kadir allein suchen gehe, war auch außer Reichweite. Ich kannte weder die Sprache, noch konnte ich von der Schule weg. Und Geld hatte ich sowieso keins. So blieb uns das Freibad, Handtuch an Handtuch, man konnte sich im Wasser aneinanderreiben und sich mit Sonnencreme einschmieren.

Bei Yps zu Hause hatte ich gerade eine ganz andere Diskussion erlebt. Yps wollte mit Freunden vom Segelclub, inklusive seiner Freundin Karla, in den Sommerferien auf der Ostsee segeln. Seine Eltern waren zwar nicht begeistert, es ging ihnen allerdings nicht darum, ob die beiden in einer Koje pennen, sondern – Sorge des Vaters – ob Yannick gut genug segeln konnte und – Sorge der Mutter – ob sie auch anständig zu essen bekämen. Man einigte sich zunächst darauf, dass es zur Not ja GPS-Telefone und Kekse gab.

Manchmal gingen Meral und ich auch ins Kino, nach dem Motto: »Den hätte er sich bestimmt auch angesehen.« Obwohl Meral nicht so sehr auf Action und Grusel stand und dann sagte: »Horrorstreifen fand ich schon immer blöde, da hat selbst Kadir mich nicht reingekriegt.« Und so weiter. Dabei hatte Kadir niemals etwas mit seinen Schwestern unternommen. Nun hatte ich so eine Art Bruderrolle, denn jeder von uns hätte abgestritten, wenn jemand gefragt hätte, ob wir etwas miteinander hätten. Wir waren kein Pärchen oder so was. Und Handgreiflichkeiten? Eher flüchtig. Austausch von Körperflüssigkeiten? Nein.

Unser »Wo ist Kadir«-Video hatte im Netz einiges an Kontakten gebracht. Alle möglichen und unmöglichen Meinungen wurden geäußert. Vielen ging es dabei gar nicht um Kadir oder darum, was ihm passiert sein könnte oder was er gerade machte, sondern nur darum, sich zu äußern. Die wildesten Spekulationen liefen durchs Netz. Für die einen wurde Kadir »von einem Nazi an einen Gartenzwerg gefesselt und in einer Schrebergartenlaube mit Marschmusik gequält«, andere hielten den Spruch: »Alter, der chillt auf Malle« für besonders lustig. Von seinen Brüdern im Kulturverein hörte man gar nichts.

Es war nur eine Frage der Zeit, bis irgendjemandem auffiel, dass Meral und ich uns ständig trafen, und der es dann rumerzählte. Nermin war natürlich eine Kandidatin, obwohl sie ganz froh war, dass niemand sich darum kümmerte, was sie da im Internet mit ihren neuen Freundinnen so trieb. Und Volkan und Tayfun, die in der Dönerbude abhingen, hatten natürlich mal wieder alles gecheckt.

Mit Wassermelone zur Alster

Ich war auf dem Weg, um Meral von der Arbeit im Krankenhaus abzuholen. Ihr Dienst war in einer Stunde zu Ende, und ich hatte noch etwas Zeit. Ich schlenderte vom Hauptbahnhof den Steindamm herunter. Wie immer stand Zeki vor dem elterlichen Laden. »Hi, Zeki, was geht ab?«, begrüßte ich ihn. Er machte mit dem Kopf nur einen kurzen Hinweis Richtung Ladeninneres. Das bedeutete, sein Vater war da. Da konnte er nicht auf locker machen. Kadirs Onkel saß hinten in seinem Laden an einem kleinen Schreibtisch voller Papiere und beobachtete die Kundschaft und die Familienmitglieder. Als er mich sah, nickte er nur kurz mit dem Kopf. Er telefonierte gerade lautstark mit einem Lieferanten. Es war, als würde er direkt mit dem Bauern auf dem Feld verhandeln.

Enischte war in der letzten Zeit unwirsch, denn er konnte es nicht vertragen, dass in seiner Familie etwas lief, was er nicht unter Kontrolle hatte. Er hielt sich deshalb auch wieder öfter im Laden auf, denn es ging ihm auf die Nerven, dass man ihn in der Moschee und anderswo fragte, wo sein Neffe sei, und er keine Antwort geben konnte. Dass er dieses Problem nicht lösen konnte, strapazierte – seiner Meinung nach – sein Ansehen. Das war für seine Autorität in der Gemeinschaft gar nicht gut. Und dann kam ich, der ich ihn allein durch meine Anwesenheit an Kadir erinnerte und von dem das Gerücht herumging, ich würde mich für die Tochter des Bruders interessieren.

Ich wandte mich wieder Zeki zu, der für das Geschäft mit Obst und Gemüse zuständig war. Er konnte tatsächlich arbeiten und sich dabei mit mir unterhalten. Die Hände packten in Plastiktüten, worauf die Kunden zeigten, er wog und packte, und gleichzeitig redete er mit mir. Multitasking.

»Irgendwas von Kadir?«, fragte Zeki.

»Wir haben auf unser Video zwar jede Menge Likes bekommen«, sagte ich, »aber keinen richtigen Tipp. Alles nur so Gelaber. Und ihr?«

»Mein Vater glaubt nicht, dass Kadir zum IS ist«, raunte

Zeki. »Die Polizei war auch schon da. Für ihn ist das alles ein abgekartetes Spiel«, sagte er und deutete mit dem Kopf Richtung Vater.

Von hinten rief jetzt sein Alter. Ich ging mit ihm hinein, und Zeki sagte: »Baba, Mark sagt, von Kadir ist nix im Internet oder so.«

Der Onkel winkte mich heran und beugte sich vor: »Schön, dich zu sehen, mein Sohn. Bei Allah, ich sage dir, die Amerikaner und die Juden stecken dahinter. Du kennst den Geheimdienst Mossad?«, fragte er. Ich nickte. Hatte ich schon mal gehört. War so etwas wie die CIA von Israel. »Die stecken dahinter. Die machen das alles. IS und so. Ein Muslim tötet nicht. Die stecken auch hinter Kadirs Verschwinden. Glaub mir.« Er sah mir direkt in die Augen. Mir blieb nicht viel anderes übrig, als zu nicken. Ich kannte diese Verschwörungstheorien schon: der 11. September, der Anschlag von London, die Kondensstreifen der Flugzeuge, die die Menschheit vergiften. Immer steckten die anderen dahinter, meistens die Juden oder Amerikaner, die auch Juden waren. Es war die Weltverschwörung des Bösen.

Der Vater sagte etwas auf Türkisch zu Zeki. Der verschwand nach vorne und kam mit einer großen Melone zurück. »Guter Junge. Für deine Mutter«, sagte der Onkel. »Mit einem schönen Gruß von mir.« Er nahm den Karpuz, die Wassermelone, und prüfte, ob sie reif und schwer genug war. Da sie seinen Ansprüchen entsprach, reichte er sie mir.

»Aber …«, sagte ich. Er drückte mir die Melone in die Hand, besser in die Arme. Was sollte ich mit der mindestens drei Kilo schweren Wassermelone? Aber gegen das Vergnügen des Onkels, meiner Familie eine Freude zu machen, war ich machtlos. Das Geschenk abzulehnen wäre unhöflich gewesen. Nun stand ich da mit dem Obst in Fußballgröße, dabei war ich doch eigentlich auf dem Weg zum St.-Georg-Krankenhaus, um Meral abzuholen. Für die hätte ich gern beide Hände frei gehabt, aber das konnte ich ja nicht sagen, und was anderes fiel mir auf die Schnelle nicht ein. Die Melone in der Tüte war wie eine Eisenkugel mit Fußkette, wie man sie aus den Lucky Luke Comics kennt. Hilflos blickte ich Zeki an. Der fand das klasse und lachte sich kaputt.

Als Meral mich mit der Melone sah, fragte sie spöttisch: »Oh, wollen wir an der Alster picknicken?«

»Die reicht für alle«, sagte ich. Am Schwanenwik saßen die Leute auf Decken und blickten auf das Wasser. Ich schleppte also kurz darauf den Karpuz neben Meral um die Alster.

Keine Nachrichten

»Mark, komm mal, das musst du sehen«, rief meine Mutter, die gerade Nachrichten im Fernsehen guckte. Ich expedierte meinen Körper vor den TV-Screen auf das Sofa. Auf dem Tisch davor lagen unendlich viele Melonestücke, von denen es hieß: »Die müssen gegessen werden.«

Die Bilder im TV zeigten ein Haus in Trümmern und davor hektisch hin und her hetzende Menschen. Der Sprecher sagte: »Blutige Anschlagserie in Bagdad. Mehr als zwei Dutzend Menschen starben in der irakischen Hauptstadt. Jetzt wird bekannt, dass einer der Selbstmörder, die sich im Namen Allahs in die Luft jagten, deutscher Staatsbürger gewesen sein soll.«

»Ich kann mir einfach nicht vorstellen, dass Kadir so was macht«, sagte ich. »Stell dir das mal vor, der sprengt sich in die Luft, und von ihm bleiben nur so Fetzen.« Ich hielt ein Stück roter Melone in die Luft, weil ich nichts anderes zur Hand hatte.

»Mark, bitte.« Meine Mamika fand, dass man über Essen und den Tod nicht scherzte. Ich konnte mir das sowieso alles nicht vorstellen. Sich in die Luft sprengen, andere mit Fassbomben bewerfen. In der Sandkiste: ja, bei Playmo: ja, auf Playstation: ja, aber in echt?

»Wann seid ihr eigentlich mit eurem Referat über die Erfindungen dran?«, fragte sie.

»Morgen«, sagte ich.

»Und. Seid ihr vorbereitet?«

»Yps ist immer vorbereitet«, sagte ich und wurde von meiner Mutter mit einem Kissen bombardiert. Anschließend telefonierte ich mit Meral und beruhigte sie. Sie hatte auch Nachrichten gesehen, die sie seit Kadirs Verschwinden täglich verfolgte. »Nein, das war Kadir nicht. Sind doch ein paar Hundert da unten. Und wir wissen doch gar nicht, ob er da überhaupt ist. Die machen doch immer so Bekennervideos, in denen sie sagen, wer und warum jemand das gemacht hat.«

Jedenfalls war es schwer, Meral zu beruhigen, wenn man selbst inzwischen alles für möglich hielt. Sie sagte, ihre Mutter würde nur noch wie gebannt auf das Telefon starren und auf den Anruf mit der Todesnachricht warten.

Rassismus

Das Thema unseres Referats war: »Erfindungen, die die Welt verändert haben. Unter besonderer Berücksichtigung der islamischen Welt.« Yannick und ich hatten das ganze Referat als eine PowerPoint-Präsentation vorbereitet. Die Klasse war fast vollzählig versammelt, die Vorhänge waren zugezogen, der Beamer summte, und der Titel unseres Vortrags leuchtete in Blau auf der Wand. Yannick hielt es für eine gute Idee, das Referat mit einer besonderen Einleitung zu beginnen. Er hatte kurzfristig beschlossen, dass ich den Teil mit den Erfindungen vorstelle, also über die Uhr, den Buchdruck, die Brille, Zahlen und Medizin spreche, er aber zuerst die historische Ausgangslage darstellte. Meinen Einwand, dass wir nicht die Welt retten, sondern nur ein Referat halten sollten und es darum ging, eine gute Note zu bekommen, weshalb es vor allem der Lehrerin gefallen müsste, ließ er nicht gelten. Es müsse gesagt werden, was gesagt werden muss. Und so nahm das Verhängnis seinen Lauf.

Yps begann: »Bevor wir über die großen Erfindungen der Menschheit und über den Islam sprechen, muss man wissen, dass die Araber – aus Arabien kommt der Islam – Nomadenstämme waren. Bei ihnen zählten drei Dinge zur menschlichen Vollkommenheit – das Bogenschießen, die Reitkunst und die Redegewandtheit. Das Bogenschießen brauchte man, um dem Broterwerb nachzugehen, und das war in der Regel der Raub. Ein arabischer Dichter schrieb: ›Unser Geschäft ist es, den Feind zu überfallen, den Nachbarn, den eigenen Bruder, sofern sich außer dem Bruder kein anderer findet.‹« In der hinteren Reihe räusperte sich unsere Lehrerin Frau Flegel zum ersten Mal.

»Das Reittier der Araber war das Kamel.« Ich klickte, und ein lachendes Kamel tauchte an der Wand auf, die Klasse reagierte so amüsiert wie erwartet.

»Das Kamel war Fortbewegungsmittel, Fleisch-, Milch- und Wolllieferant. Ohne Kamel keine Araber.« Härteres Husten von hinten.

»Aber am besten konnten die Araber reden. Sie liebten die Dichtkunst und trugen ihre Oden mündlich vor. Und wir wissen ja auch, dass Mohammed den Koran, der ihm von einem Engel vorgesagt wurde, immer nur mündlich weitergab. Er redete, und andere merkten sich das oder notierten sich das irgendwo. Es dauerte dann mehr als zwanzig Jahre nach Mohammeds Tod, bis man alle Palmblätter, Steine, Knochen und Pergamente eingesammelt und nach Länge sortiert hatte und daraus eine schriftliche Fassung vom Koran machen konnte.« Ich klickte auf das Bild einer Frau mit einer überlangen Zunge. Irgendwie passte das Bild nicht. Frau Flegel schnaufte schon bedenklich.

Ich trat einen Schritt vor, um Yps anzuzeigen, dass ich jetzt dran war, um die sich langsam aufbauenden Wellen der Entrüstung zu glätten. »Der Koran und die Worte und Taten von Mohammed waren fortan für die Muslime die Lehre über die Menschen und die Welt. Man akzeptierte zwar die anderen Propheten wie Jesus, glaubte aber, dass Mohammed der letzte, sie sagen ›das Siegel der Propheten‹, ist. Die Offenbarung des Koran berichtigt und ergänzt in ihren Augen also alle bisherigen Botschaften Gottes. Sie halten die Offenbarung für das entscheidendste Ereignis der Weltgeschichte. Danach würde bis zum Jüngsten Tag nichts mehr kommen.«

»Und was ist mit der Mondlandung und Star Wars?«, giggelte Tim von der Seite und erntete ein Zischen der Lehrerin.

Ich machte weiter, musste aber ablesen, was ich mir aus dem Internet ausgedruckt hatte: »Ein Muslim ist derjenige, der die Gesetze Allahs in allen Lebenssituationen befolgt, und die islamische Gesellschaft – Umma genannt – ist die nach dem Willen Gottes strebende Gemeinschaft. Jeder Muslim hat, ohne dass ein Priester oder so was dazwischen ist, alles direkt mit Gott abzumachen. Jedenfalls ist der Islam nicht nur für das Seelenheil zuständig, sondern bestimmt das gesamte Leben der Gläubigen. Der Muslim soll an Gott und den Propheten glauben, fünfmal am Tag beten, den Armen etwas abgeben, im Monat Ramadan fasten und einmal im Leben nach Mekka pilgern. Das nennt man die fünf Säulen des Islam.«

Yps hatte hinter mir schon mit den Füßen gescharrt. Nun grätschte er dazwischen. »Jenes Mekka, das Mohammed erst nach Medina vertrieben hatte und das er im Jahr 630 zurückeroberte. Aus Mohammeds Gemeinde war in Medina inzwischen eine stattliche Armee geworden. Und der Feldherr versprach seinen Jüngern entweder reiche Beute auf Erden oder Jungfrauen im Paradies. Eine Win-win-Situation für jeden Kämpfer.« Yps nahm das Heft wieder in die Hand.

»Dann wurde der Islam vor allem militärisch erfolgreich und eroberte zuerst Damaskus und dann das ganze südliche Mittelmeer. In Bagdad trafen die Eroberer auf viele Gelehrte, die sich mit fernöstlicher Weisheit und den Büchern der Griechen auskannten. Die Muslime übernahmen oder erlaubten die technischen Neuheiten, die sie dort vorfanden – wie die Papierherstellung aus China oder den

Kaffeeanbau –, dann aber wurde unter ihrer Herrschaft das Denken von der Praxis getrennt, denn einige Gelehrte meinten, im Koran sei alles gesagt, man müsse ihn nur auswendig lernen. Dabei kam es gerade zu Beginn der islamischen Zeit in Bagdad zu so großartigen Dingen wie der Übersetzung eines indischen Buches über Zahlen durch einen muslimischen Gelehrten. Deshalb sprechen wir heute von arabischen Zahlen und nicht von indischen. Aber die führenden Muslime meinten dann, man brauche keine Bücher, denn es sei von Allah schon alles vorgedacht und vorbestimmt. Irgendwann galt Wissenschaft als Gotteslästerung. Im Prinzip stellte man nach einer kurzen Periode der wissenschaftlichen Blüte das Denken und Philosophieren in der islamischen Welt ein und drückte von da an fünfmal am Tag den Kopf auf den Boden.«

Ich klickte auf das nächste Bild, und betende Muslime in Reihe erschienen an der Wand und zeigten uns ihre Hintern. »Halt, halt.« Frau Flegel war aufgesprungen. »Das lasse ich nicht zu.« Sie kam nach vorne und wandte sich an die Klasse. »Was Yannick hier von sich gibt, ist rassistisch und islamfeindlich. Er redet von *den* Arabern und *den* Muslimen, obwohl doch jeder weiß, dass die Menschen verschieden sind und es uns nicht ansteht, über andere zu urteilen. Außerdem beleidigt er eine Religion. Das, was er über den Islam sagt, soll uns ein exotisches Bild dieser Religion zeigen. Damit will er offenbar belegen, dass der Islam fremd ist und nicht hierhergehört. Aber wir sind eine Schule gegen Rassismus, und ich möchte Yannick auffordern, sich für seine Äußerungen zu entschuldigen.« Gegrummel in der Klasse.

»Seit wann sind die Muslime denn eine Rasse?«, fragte Yannick. »Ich dachte, der Islam ist eine Religion, zu der man sich bekennt oder eben nicht.«

»Jeder Mensch ist Muslim«, meldete sich Nour. »Nur haben noch nicht alle Allah gefunden.«

»Rassismus ist auch gruppenbezogene Menschenfeindlichkeit. Die Muslime werden von Yannick als Gruppe diskriminiert«, erklärte Frau Flegel.

»Wo und von wem? Jeder kann doch glauben, was er will«, mischte ich mich ein.

»Yannick sagt, die Muslime hätten vor tausend Jahren das Denken eingestellt. Also wenn das nicht üble Nachrede ist, weiß ich nicht«, sagte Frau Flegel. »Außerdem werden ständig so Sachen wie Zwangsheirat oder Ehrenmorde mit dem Islam in Verbindung gebracht, die mit dem Islam gar nichts zu tun haben.«

»Das sagen jetzt Sie«, sagte Yannick.

»Oder Terrorismus«, sagte ich.

»Das können wir ein andermal besprechen. Jetzt geht es um euer Referat. Ich finde, wir haben genug gehört.«

»Aber ich kann belegen, was ich sage«, wandte Yannick ein.

»Auf diese Belege können wir verzichten, sie sprechen für sich«, sagte unsere Lehrerin, »ich lasse jedenfalls nicht zu, dass in meinem Unterricht irgendjemand diskriminiert wird.« Sie blickte dabei zu Nour, die mit Kopftuch in der dritten Reihe saß. Nour schwieg.

»Darf ich jetzt weitermachen?«, fragte Yannick. Ich hatte das Gefühl, dass Yps die Situation genoss. »Ich habe nur kulturhistorische Standardwerke zitiert. Darf man das nicht?«

»Ich verzichte darauf, dass du hier weiter deine Hetze vorträgst. Das wird Folgen haben. Ihr könnt euer Referat schriftlich einreichen, wenn ihr eine Zensur wollt«, sagte sie und begann die Vorhänge zur Seite zu ziehen. Die betenden Männer an der Wand wurden blasser. Ich schaltete den Beamer aus. Das war eine Katastrophe. Keine Bewertung in einem Hauptfach, das würde den Durchschnitt versauen. Unsere Mitschüler sagten gar nichts.

»Eh, was ist mit euch los?«, fragte Yps in die Runde. »Protestiert keiner gegen die Lehrerwillkür? Wir haben doch Meinungsfreiheit. Und wo seid ihr?«

Max aus der zweiten Reihe sagte: »Das mit dem Kamel war echt krass. Rassismus ist Scheiße.«

Frau Flegel sah in ihren Lehrerkalender und sagte: »Anne-Marie und Lisa, ihr habt das Referat über den Kolonialismus ›Wen macht die Banane krumm?‹. Kommt ihr bitte nach vorn?«

Die Sache sollte noch Folgen haben. Yps regte sich richtig auf, während ich hoffte, mit einem blauen Auge davonzukommen und den zweiten Teil des Referats noch irgendwann vortragen zu können. Aber ein wenig blöde kam ich mir schon vor. Sicher würde die Flegel die Sache in der Schulkonferenz anbringen, und wir würden einen Verweis einfahren und uns entschuldigen müssen.

Yps sagte: »Das ist der Untergang des Abendlands« und solche Sachen. Aber dann lachte er wieder und meinte: »Hast du gesehen, wie die abgegangen ist? Ohne Kamele keine Araber. Da hatte sie Schnappatmung. Dabei hatte ich die besten Sachen noch gar nicht rausgehauen.« Irgendwie fand ich die Sache dann auch gut. Später, als ich alles Mamika erzählte, sagte sie: »Findest du das komisch?« Sie konnte gar nicht darüber lachen.

Beim Training

So langsam wusste ich nicht mehr, wo mir der Kopf steht. Ich musste sortieren, mit wem ich was bereden konnte. Mit Meral alles über Kadir, das Leben und sonst. Mit den andern Jungs aus dem Viertel alles über Fußball, Kadir, aber nicht über Meral und Schule. Mit Yps alles über die Welt, Schule, Meral, nicht über Fußball. Bei den Jungs vom Kicken über Kicken. Auch mit meiner Mutter wurde es eng. Beim Thema Fußball interessierte sie nur, ob ich gesund blieb und die Schule nicht vernachlässigte. Über Meral wollte ich nicht mit ihr reden. Dadurch wurden die Gespräche mit ihr sehr einseitig: »Hast du deine Hausaufgaben gemacht?« Auch die Themenvielfalt in meinem Netzwerk war überschaubar. Deshalb kam eine Meldung überraschend. Und zwar beim Training.

Unser Trainer Harry hatte in unserer Mannschaft ein Problem ausgemacht, das er mit »mangelnde Laufbereitschaft« umschrieb. Er hatte die Vorstellung, dass wir in einem Spiel mindestens fünf Kilometer laufen sollten. Nicht alle zusammen, sondern jeder für sich. Das war in einem Spiel fünfzig Mal den Platz runter. Er las liebend gerne in der Fußballzeitung die Statistiken und hielt uns immer vor, wie weit wir von den Profis entfernt waren. »Die laufen doppelt so viel wie ihr.« Er glaubte, dass uns das motivieren würde. »Man muss sich an den Besten orientieren«, sagte er. Also schickte er uns beim Training immer erst mal eine halbe Stunde zum Laufen um den Platz. Lukas lief gern, und mit ihm konnte man auch über andere Dinge sprechen als das letzte Spiel oder die Bundesligatabelle. Doch als er nun auf mich zukam, war ich überrascht: »Ich glaube, ich habe Kadir gesehen.«

»Wo? Hier?« Ich wäre fast stehen geblieben, so elektrisierte mich die Nachricht.

»Ne, im Internet. Ich weiß aber nicht, ob er das wirklich war. Ich sollte für die Schule was über den IS schreiben, und da habe ich mir gestern auf YouTube Videos reingezogen. Und da war so ein Bekennervideo, kennst du doch, die Clips mit dieser scheußlichen Musik. Das sah so aus, als wäre das Kadir. Hieß natürlich nicht Kadir und hatte auch was vor dem Gesicht. Aber irgendwie redete er so wie Keule und hatte auch seine Figur.«

»Bekennervideo? Wozu?«, fragte ich. Jetzt bekam ich so etwas wie Atemnot und blieb stehen.

»Es ging um so einen Anschlag auf irgendein Museum«, sagte Lukas.

»In Bagdad?«, fragte ich, weil ich mich an die gestrigen Nachrichten erinnerte.

»Ne. Der Typ nannte sich Abu Hureira und spielte, während er redete, mit einer Katze.«

»Wenn die Herren Ihren Kaffeeklatsch beendet haben, wäre es nett, wenn Sie sich ein wenig schneller bewegen. Zwei Runden extra.« Wir hatten Harry übersehen, der mit Pfeife und Stoppuhr am Rand stand.

»Musst mir den Link geben«, sagte ich.

»Hab das gesaved. Manchmal werden solche Sachen auch gelöscht. Ich schicke es dir.«

»Super«, sage ich, und wir rannten wieder los. Beim Rest des Trainings war ich zwar körperlich, aber nicht mit dem Kopf anwesend. Harry merkte das natürlich sofort. Beim Gespräch in der Kabine für das nächste Spiel sagte er dann auch: »Vielleicht probieren wir am Samstag im Mittelfeld mal etwas anderes. Mark braucht vielleicht eine Pause.«

»Aber Trainer«, sagte ich, »never change a winning team.«

»Das war mal. Guck dir die Bayern an, die rotieren immer und gewinnen. Ich überlegs mir.« Ich war empört, sollte etwa Kevin spielen, unser Maskottchen und Grobmotoriker?

»Mach dir nichts draus«, sagte Lukas, »das sind doch nur die üblichen Spielchen. Harry hält das für Psychologie. Der denkt nicht im Traum daran, dich nicht spielen zu lassen.

»Schickst du mir den Link?«

»Aber selbstredend.« Lukas schwang sich aufs Rad und düste ab.

Der Link

Die Mail mit dem Link zu dem Bekennervideo kam erst ganz spät. Ich hatte extra den Computer angelassen, um mir das sofort anzusehen. Ich klickte auf die Adresse, und zunächst sah man nur eine kleine rote Katze mit weißen Pfoten und einem weißen Ohr. Sie schnupperte an der Kamera, verlor dann das Interesse und trottete zu einem Mann im hellen Kaftan, der vor einer IS-Fahne saß und dessen Kopf und Mund mit einem schwarzen Tuch verhüllt war. Sie strich um seine Beine, während er ein paar Zettel in der Hand hielt, von denen er abzulesen begann. War das Kadir? Schwer zu sagen. Von der Statur her konnte er es sein, aber eine hockende Figur, zumal in weiter Kleidung, sieht immer irgendwie gleich aus.

»Die Brüder nennen mich Abu Hureira«, sagte der Mann, und obwohl er den Text wenig betont herunterleierte, glaubte ich, Kadirs Stimme zu erkennen. Der Text war zwar nicht Kadir-like, aber ich hatte ja schon früher festgestellt, dass die Sprache der Dschihadisten wie ihre Gedanken eher von gestern waren. Ich stoppte das Video und versuchte, die Augen und die Nase genauer zu identifizieren. Aber das Bild war einfach zu stark gepixelt, als dass es etwas gebracht hätte. Und die Kameraeinstellung blieb auch die gesamte Zeit gleich. Blieb mir nur die Stimme. Ich sah mir das ganze Video dreimal an. Der Text interessierte mich nicht wirklich, denn er unterschied sich nicht von den anderen Bekennervideos, die ich schon gesehen hatte. War das Kadir? Ich schickte es zu Meral, vielleicht würde sie ihren Bruder erkennen. Doch Meral schlief offenbar schon, jedenfalls antwortete sie nicht.

Kadir, ein Suizid-Bomber? Er musste mindestens ein Dutzend Mal durch eine Gehirnwaschanlage gefahren sein, wenn er das tatsächlich war. Zu erkennen war eigentlich nur die Katze – das weiße Ohr würde man immer wiedererkennen. »Katzeklo, Katzeklo, ja das macht die Katze froh«, fiel mir ein. Das Gehirn ist schon ein merkwürdiges Gerät. Ich war total aufgeputscht, teilte den Link mit Yps und Elias und wer sonst Kadir noch kannte. »Ist das Kadir?«, fragte ich.

Ich konnte nicht schlafen und surfte durchs Netz nach einer Meldung, die über einen Anschlag auf ein Museum berichtete. Aber Fehlanzeige. Jede Menge Anschläge in Bagdad, Kämpfe in Kobane und Bomben in Sindschad, aber kein Hinweis auf ein zerbombtes Museum. Irgendwo war ein Auto explodiert, woanders ein Tanklaster ausgebrannt, und in einem Video war zu sehen, wie Typen mit Vorschlaghämmern im Museum in Mosul die antiken Statuen der assyrischen und mesopotamischen Kultur zerstörten. Langsam verwandelte sich meine Sorge um den Freund Kadir in hilflose Wut. Was hatte ich mit jemandem zu tun, der so etwas gut fand?

Ich habe dann schlecht geschlafen und irgendwann beschlossen, dass ich mit Kadir und dem ganzen Kram durch war. Nach der Schule rief Meral an. »Krass, das Video. Ich habe es mir angesehen. Das könnte jeder sein. Ich glaube nicht, dass das Kadir ist.«

»Ach ja? Ja, das könnte jeder Arsch sein, der andere in die Luft jagt. Und das Beschissene daran ist, dass ich mir fast vorstellen kann, dass er das ist. Ich will damit nichts mehr zu tun haben«, sagte ich, denn ich hatte mich immer noch nicht beruhigt.

»Wollen wir uns nicht sehen?«, fragte sie.

»Weiß nicht, geht mir im Moment alles ziemlich auf die Nerven. Ich muss Schularbeiten machen und habe ein wichtiges Spiel. Ich brauche noch neue Buffer, Fußballschuhe.«

»Schade, ich dachte, wir könnten was besprechen«, sagte Meral.

»Später«, sagte ich. »Ich habe zu tun.«

Es war merkwürdig. Wochenlang hatte ich nach jeder Information, jedem Hinweis gegiert, hätte sonst was dafür gegeben, Kadir zu finden. Jetzt, wo er mir vielleicht vor der Nase saß, interessierte es mich plötzlich nicht mehr. Vielleicht wollte ich auch einfach nicht akzeptieren, was ich da sah. Mein Freund ein Selbstmordattentäter. Und ich war hilflos, ein Zuschauer.

Meral klang resigniert. »Ach so. Verstehe. Meine Mutter heult die ganze Zeit. Sie meint, das ist Kadir in dem Video. Nermin auch. Sie hat ihn zwar nicht erkannt, sagt aber ›Mein Schahid‹, mein Märtyrer. Ich glaube, langsam drehen alle durch.«

»Kann sein.«

»Noch was anderes. Du kennst doch Volkan und Tayfun?«

»Solange ich denken kann. Was ist mit den Honks?«, fragte ich betont gelangweilt.

»Die machen Samstag Party. Gehst du da hin?« Meral sagte das beiläufig.

»Wo denn?«

»In so einem Bunker. Soll ne HipHop-Party werden.«

»Cool«, sagte ich, und mein Interesse war geweckt, ich wollte es aber nicht zeigen. »Mal was anderes.«

»Kannst ja überlegen, ob du mitkommst«, sagte sie.

»Mach ich.«

»Ich muss jetzt zum Dienst. Hab heute spät.«

Ich fragte nicht, ob ich sie hinbringen oder abholen sollte.

Treter

Die Materialfrage beim Fußball wird oft unterschätzt. Wer mit den falschen Schuhen auf dem Platz steht, legt sich hin, rutscht aus. Stollen oder Noppen unter der Sohle sind manchmal ausschlaggebend. Und auch wie schwer ein Schuh ist, entscheidet darüber, ob du nach neunzig Minuten noch laufen kannst. Es gibt neuerdings so raffinierte Schuhe, die man nicht mehr schnüren muss und die die Socken bereits eingearbeitet haben. Damit kann man dann um die Ecke schießen oder dem Ball einen Drall geben, sodass er hochfliegt und dann wie ein Regentropfen auf den Boden fällt. Wir bekamen vom Verein jede Saison einen Gutschein für ein paar Schuhe, aber wer etwas auf sich hielt, hatte natürlich möglichst immer die neueste Version. Gerade waren neongelbe Buffer, die aussahen, als hätte Oma sie gestrickt, das Nonplusultra. Ich hatte ein wenig gespart, um mir die Schuhe kaufen zu können, und hatte sie auch schon dreimal in verschiedenen Läden anprobiert. Normalerweise wäre ich ein solches Investitionsvorhaben gemeinsam mit Kadir angegangen. Wir hatten dieselbe Schuhgröße, und manchmal hatten wir – sehr zum Verdruss von Harry – die linken Schuhe getauscht und waren dann jeder mit einem gelben und einem roten Schuh aufgelaufen. Ich hatte mich für die gelben entschieden, das passte wie Arsch auf Eimer zu unseren lila Trikots. Meiner Mutter sagte ich nicht, dass die Schuhe 159,90 Euro kosten, sondern hatte nur was von paarundfünfzig gemurmelt. Sie hätte mir den Kauf verboten, schon rein aus Prinzip. Aber sie wusste ja nichts von Oma. Finanziert hatte das, wie alle Ausgaben außerhalb des Etats, nämlich Oma, die ich regelmäßig in Uhlenhorst besuchte. Die Besuche bei Oma, mit Wasserkisteschleppen und Einweckgläser-in-den-Keller-Tragen, gehörten zu den bestbezahlten Nebentätigkeiten meiner jungen Karriere. Oma hatte nämlich immer Sorge, dass ich verhungere und verdurste, friere oder nichts an den Füßen habe. Ich kaufte also die Traumschuhe in Größe 11 und verließ Karstadt-Sport am Hauptbahnhof mit dem Gefühl, unbesiegbar zu sein.

Und da standen sie, die Typen von der Aktion »LIES!«, hinter einem Tapetentisch, auf dem Korane zum Verteilen lagen. Alle trugen weiße T-Shirts mit »LIES! Im Namen des Herrn, der dich erschaffen hat«-Slogan und hatten dieses Dauerlächeln im bärtigen Gesicht.

»Du siehst aber nicht aus, als wenn du lesen kannst«, sagte ich zu einem der Typen, der an mir vorbei den Passanten die Bücher anbot. Ich wusste, das war falsch, aber plötzlich waren mir die Bilder von den Explosionen und Geköpften vor Augen.

»Verzieh dich«, sagte der nur. Sie wussten, bei wem sie Erfolg haben konnten und wer sie nur provozieren wollte. Es platzte aus mir heraus.

»Mein Freund, der ist in euren Scheiß-Heiligen Krieg gezogen. Und jetzt ist er wahrscheinlich tot. Ihr seid doch alles Wichser.« Ich stand irgendwie neben mir, meine ganze Wut kam plötzlich hoch. Ein etwas älterer, kräftiger Typ, der einen Kaftan trug, kam auf mich zu.

»Was willst du? Freu dich, Bruder. Im heiligen Koran steht: Und sagt nicht von denen, die auf dem Weg Gottes getötet werden, sie seien tot. Sie sind vielmehr lebendig, aber ihr merkt das nicht.«

»Hör auf mit deinem Scheißgelaber über den Koran.«

»Willst du uns beleidigen? Willst du den heiligen Koran beleidigen?« Drohend kam er auf mich zu. Ich ging einen Schritt rückwärts Richtung Infotisch und erwischte einen Stapel der ihnen so heiligen Bücher, der daraufhin herunterfiel. Das war schlecht.

Wie auf Kommando stürzten sich die Typen auf mich, hoben die Bücher auf und umringten mich. Sie schrien »Allahu Akbar«, stießen mich, und innerhalb weniger Augenblicke lag ich blutend auf der Straße. Meine Schuhtüre hatte ich wie ein Schild vor mich gehalten, und sie hatte mich vor einem Tritt gerettet. Die LIES-Treter zerrten mich von ihrem Infostand weg und traten nach mir. »Lass dich hier nicht wieder blicken, sonst machen wir dich fertig.«

Einige Passanten waren stehen geblieben, aber niemand traute sich, etwas zu sagen oder einzugreifen. Die Salafisten taten auch sofort so, als sei nichts geschehen, schirmten die Sicht auf mich ab. Mir lief das Blut aus der Augenbraue über das Gesicht. Eine Frau gab mir ein Papiertaschentuch und fragte: »Soll ich die Polizei rufen?« Ich schüttelte den Kopf. Ich hatte ja keinen Zeugen, und die Salafisten hätten gesagt, ich wäre gestolpert oder ich hätte den Islam beleidigt. Was weiß ich, was passiert, wenn die auch noch meine Adresse herausbekommen. Zuerst merkte ich gar nichts, es war nur feucht, aber dann schwoll das Auge ganz langsam an und fing an zu puckern. Ich musste was tun. Meine Mutter anrufen? Bloß nicht, die hätte erst mich zusammengefaltet und wäre dann über die Brüder hergefallen. Zu Oma? Oma hatte ein großes, aber schwaches Herz. Meral? Meral war eine gute Idee. Die war nicht nur in der Nähe, sondern wusste auch, was zu tun war. Ich schlich also doch zu ihr ins Krankenhaus, obwohl ich mir gerade noch geschworen hatte, sie erst einmal links liegen zu lassen. Sie besah sich wortlos die Wunde, machte sie sauber. »Wenn ich einen Arzt hole, braucht der eine Versicherungskarte.« Als die Stationsschwester mich sah, fragte sie Meral: »Ist das dein Freund?« Meral sah mich an, zögerte und nickte. »Lass mal sehen.« Sie griff meinen Kopf, sah sich die Sache an. »Das ist nur ein kleiner Cut. Da reicht ein strammes Pflaster. Der junge Mann bekommt aber ein schönes Veilchen. Da hilft nur kühlen.« Ich erzählte Meral, was passiert war. Sie küsste mich dann auf die heile Seite.

Trotz der neu erworbenen Schuhe fühlte ich mich beschissen. Wenigstens fragte Mamika abends nicht danach, was die Schuhe gekostet hatten und woher ich das Geld hatte, sondern erklärte mich nur einerseits für geisteskrank, weil ich mich mit den Typen angelegt hatte, und sann andererseits – ganz Muttertier – auf Vergeltung. »Zum Glück bist du ja mit einem blauen Auge davongekommen, lass dir das eine Lehre sein.« Tata, tata, tata. Wer sich ein blaues Auge holt, muss die guten Ratschläge auch wegstecken.

Die Party

Frisch geduscht nach unserem mäßigen 1:1 gegen die Jungs aus Barmbek und mit einem blauen Pflaster über dem Cut ging ich auf die Hip-Hop-Party, die in einem alten Bunker in Altona stattfand. Die genaue Adresse kam erst zwei Stunden vorher per WhatsApp, damit sich nur die auf den Weg machten, die auf der »Gästeliste« standen. Früher, als man Partys noch über Facebook ankündigte, kamen immer zu viele, und man verlor schnell den Überblick. Die »Tür«, also die Einlasskontrolle, machten Volkan und Tayfun persönlich.

Tayfun nickte nur kurz: »Was passiert, Alter?«, sagte er, als er mein Pflaster sah.

»Och, hab nicht aufgepasst. Alles klar«, sagte ich, denn ich wollte nicht, dass sie erfuhren, dass ich von den Bärten aufs Maul bekommen hatte.

»Wir reden später«, sagte Tayfun, sah mich an und zwinkerte mir zu. »Meral ist schon drin.«

Im Bunker war es dunkel und kalt. Man musste durch eine Schleuse mit einer Stahltür gehen und war dann in einem finsteren Raum, der nur mit Schwarzlicht beleuchtet war. Vor einer Wand hatten sie das DJ-Pult aufgebaut, daneben riesige Boxen, alles auf einem ausrangierten Perserteppich. Die Bar bestand aus aufeinandergestapelten Getränkekästen, ebenso die wenigen Hocker. Finanziert wurde die Party vom Getränkeverkauf, und Anlass und Höhepunkt sollte später ein Auftritt von Mooki sein, ein HipHopper aus dem Viertel, der seine ersten Songs performen wollte. Release-Party nannte man das. Yps und Elias kamen erst nach meiner Fürsprache an Volkan vorbei, und Meral war mit ihrer Freundin Sevda da. Alle hingen rum, die Beats dröhnten vom Beton zurück, und alle taten so, als sei es das Selbstverständlichste, Samstagnacht mit einer Flasche Mate in der Hand in den Knien zu wippen. Meral hatte sich rausgeputzt, ihre Augen waren größer, alles glitzerte, sie roch gut. Die Jungs hatten sich ein wenig Wachs in die Haare geschmiert, aber sonst nicht so viel Wert auf Outfit gelegt. Man war undercover, einige Mädels trugen hohe Schuhe, Jungs zu große Hoodies von gestern.

Irgendwann nahm der Sänger das Mikro, der Beat wurde lauter gedreht, und er legte los: »Draußen auf der Straße / erobern wir unsere Stadt / Freiheit nur eine Phrase / Kapitalismus Schach-Matt / Kapuze übern Kopf / die Faust hoch zum Mond / Der Glaube hängt am Tropf / zu viele Meinungen geklont / und frag mich selbst, wer ich bin / erkenne mein Land nicht wieder / macht der Rechtsstaat noch Sinn? / Halts Maul und knie nieder! / Im TV macht es Boom / es läuft nur noch Krieg im Programm / alle schalten sie um / auf Weltuntergang / Jesus Mohammad Jesus

Christ / Mohammad Jesus Mohammad Christ / Es sind nicht so viele frei.«

Die Menge wippte und nickte, Yps sagte: »Cool, aber das diskutieren wir jetzt nicht.« Er lachte und wippte. Meral war egal, was da vorne gesungen wurde, Hauptsache, ich blieb in ihrer Nähe. Die Leute feierten Mooki, man bewegte sich schwer in den Schultern und fühlte sich gut. Irgendwann wurde auch getanzt, wie man so tanzt, wenn man sagt, dass man tanzt. Fast hätte ich Meral geküsst, aber sie drehte sich weg und verschwand. Sevda und sie hätten etwas zu besprechen. »Wir gehen noch zu McDoof, kommst du mit?«, fragte sie dann. Ich ging mit, musste aber Yps und Elias versprechen zurückzukommen.

Sevda war schon vorausgegangen und die Straße dunkel und überhaupt. Meral hakte sich bei mir ein, und ich suchte ihre Nähe. Jedenfalls küssten wir uns, und ihr Mund war feucht und warm, und unsere Zungen kämpften miteinander. Ein Gefühl, als wenn der ganze Körper plötzlich unter Strom steht. Ich presste sie an mich. Ich musste leicht in die Knie gehen, und Meral stand auf den Fußspitzen. Ich war plötzlich mit meinem Mund an ihrem Ohr, sagte unverständliche Worte und sie »evet«. Dann blitzte es zweimal, und ein Schatten verschwand in der Toreinfahrt zu den Garagen. Das brachte uns kurzfristig aus dem Takt. »Was war das?«, fragte Meral. Ich hielt den Blitz für einen Gefühlsflash, Meral hatte plötzlich Hunger.

Wir gingen zu McDoof, wo Sevda bereits mit anderen Mädels Chicken Nuggets in Ketchup tauchte. Meral aß nur labberige Pommes und trank eine Cola. Sevda zog kichernd ihr Smartphone aus der Tasche und zeigte Meral die Fotos. Man sah darauf, wie Meral und ich knutschten. »Süß«, sagte sie. Meral sah mich entgeistert an. Sie wollte, dass

Sevda das sofort löschte. Dann kam ganz zufällig Zeki in den Laden. Großes Hallo und Scherze. Zeki sagte Meral etwas ins Ohr. Sie wurde blass, lächelte aber. »Ich muss los«, sagte sie plötzlich und: »Zeki bringt mich.« Dann waren Zeki und die Mädels weg, und ich suchte Yps und Elias.

Eigentlich war alles gut. Aber Meral meldete sich in den folgenden Tagen nicht mehr. Das war schon komisch, denn es schien alles darauf hinauszulaufen, dass wir vielleicht doch zusammenkommen. Aber Mädchen sind nicht leicht auszurechnen. Irgendwas hatte ich bestimmt wieder falsch gemacht. Jedenfalls war ich voll damit beschäftigt, dreimal die Woche zu trainieren, Oma zu beglücken und in der Schule nicht in Verschiss zu geraten. Yps hatte das Problem mit dem Rassismusvorwurf unserer Lehrerin auf geniale Weise gelöst. Als er die Geschichte seinen Eltern erzählte, wollte sein Vater, Strafverteidiger von Beruf, mal »mit der Frau reden«. Seine Mutter aber meinte, das mache alles nur viel schlimmer. Sie schlug vor, Yannick solle doch einfach alle die Quellen, die er für unsere Thesen benutzt hatte, im Referat anführen. Fand ich zuerst eine bescheuerte Idee, weil das unendlich viel Arbeit war. Aber dann haben wir es doch gemacht und sind in einen Fußnoten- und Anmerkungsrausch gekommen. Jeder Satz wurde nachgeguckt und richtig zitiert, jeder Begriff aus der Fachliteratur mit Anmerkungen pro und contra versehen. Das war dann irgendwann vor lauter Einschüben für mich nicht mehr lesbar. Yps' Mutter, Redakteurin bei einer Frauenzeitschrift, korrigierte die Fehler. Dann sagte sie: »Seid ein wenig nett zu der Frau, die meint das bestimmt nicht so.« Yannick verdrehte die Augen und sagte: »Sie meint, wir sollen ein wenig schleimen.«

Das taten wir dann und haben unser Referat »mit Apparat« ausgedruckt, geheftet und ihr gemeinsam überreicht. Sie war skeptisch. Yannick sagte dann noch etwas wie: »Also meine Eltern finden das Referat richtig gut.« Das war, wenn man es genau nehmen wollte, eine Drohung. Frau Flegel war etwas schmallippig, aber dann bekamen wir 10 von 15 Punkten, den Abzug begründete sie damit, dass wir das Thema »unnötig provokativ« aufbereitet hätten.

Na, jedenfalls waren wir mit einem blauen Auge davongekommen. Yannick wäre lieber gewesen, er hätte vor der Schulkonferenz ein Plädoyer gegen die Ignoranz von Lehrern halten können.

Kadir ist wieder da

Als ich schon gar nicht mehr daran dachte, war Kadir plötzlich wieder da. Wir hatten ein Heimspiel, und ich war richtig gut drauf. Die neuen Schuhe waren wie die Pantoffeln vom kleinen Muck, ich konnte damit wie der Wind über den Platz rasen, ohne müde zu werden. Na ja, das Training half auch dabei. Aber alles Laufen nützt nichts, wenn man auf dem Platz nicht den Überblick behält. Mit Kadir war es immer so, dass ich wusste, wo er sich befand, wenn ich zum Beispiel nach links außen lief. Und er wusste, wohin er spielen musste, wenn ich entlang der Strafraumgrenze lief, und so weiter. Ich hatte den Ball am Fuß, wartete darauf, dass Benjamin in die Lücke lief, und sah plötzlich Kadir, wie er hinter dem Tor stand und uns zusah. Er war es tatsächlich. Seine Haare waren etwas länger, er hatte sich nicht rasiert, aber er trug den gleichen Trainingsanzug wie wir.

Ich war durch seinen Anblick abgelenkt und sah den freien Mann neben mir nicht, sondern holzte über das Tor. Der Ball ließ das Drahtnetz hinter dem Tor scheppern, und Benny zeigte auf seine Füße. Da hätte der Ball hingemusst. Ich winkte, aber Kadir machte kein Zeichen, dass er mich erkannte.

Nach dem Spiel lief ich sofort dahin, wo ich Kadir gesehen hatte, aber er war nicht mehr da. Die beiden Rentner, die immer an der Seitenlinie standen, hatten ihn offenbar nicht bemerkt. »Der war schon lange nicht mehr da«, sagten sie. Hatte ich mich getäuscht?

»Vielleicht hast du ja einen Geist gesehen«, sagte Lukas, »gibt doch so Dschinns.«

Ich rief sofort Meral an. Sie druckste rum, sagte, sie hätte keine Zeit.

»Ich habe Kadir gesehen«, sagte ich.

»Wo?«, fragte sie erstaunt.

»Auf dem Sportplatz. Kann das sein?«

»Später«, sagte sie und war weg.

Ich ging zu den Ölmez nach Hause. Nermin öffnete die Tür.

»Hi, Nermin. Wie geht es dir?«

»Hosgeldin.«

Ich sagte: »Ich möchte Kadir sprechen.«

Darauf Nermin: »Ich weiß nicht«, und guckte sich um.

Aus der Küche rief die Mutter: »Wer da?«

»Mark.«

»Oh, gar keine Zeit«, sagte die Mutter. »Meral nicht da. Arbeit.«

»Ich möchte Kadir sprechen.« Schweigen. Ich sah Nermin an. Sie schaute zu Boden.

»Kadir will niemanden sprechen«, sagte Nermin leise.

Die Mutter kam aus der Küche und trocknete sich die Hände an einem Handtuch ab. »Kadir nicht da«, sagte sie und ging in die Küche zurück.

Nermin sagte: »Er meldet sich bei dir. Tschüss«, und machte die Tür zu.

So war das. Sie hatten ihren Sohn, Bruder, Neffen, Cousin wieder. Ich blieb außen vor.

Gefährderansprache

Auch die Polizei hatte mitbekommen, dass Kadir wieder im Lande ist. Er war mit dem Flugzeug aus Istanbul gekommen, sodass man ihn bei der Passkontrolle registriert hatte. Kurz darauf wurde er zu einer Vernehmung zur Polizei vorgeladen. Kadir war flau vor Aufregung, weshalb er sich auf dem Weg einen Döner gegönnt hatte.

Hauptkommissar Bodenstaff und eine Frau, die sich mit dem türkischen Namen Yildirim vorstellte, holten ihn in ihr Büro. »Also, Herr Ölmez, das ist hier eine offizielle Vernehmung«, sagte der Hauptkommissar. »Sie können einen Anwalt hinzuziehen, müssen auch nicht aussagen. Ich rate Ihnen aber dazu, denn dann können wir die Sache vielleicht schnell aus der Welt schaffen. Meine Kollegin Yildirim kennt sich mit der Türkei und dem Islam aus, sie wird uns bei dem Gespräch helfen. Sie müssen nicht aussagen und sich auch nicht selbst belasten. Wie alt sind Sie?«

»Werde nächsten Monat siebzehn«, sagte Kadir, dem sehr unwohl in seiner Haut war. Er hatte extra seine Lederjacke und Jeans angezogen, wollte möglichst »normal« wirken und möglichst wenig sagen. Er wusste, dass sie ihn zu nichts zwingen konnten.

»Na, mein Sohn ist fünfzehn. Darf man da eigentlich noch Du sagen?«, fragte Bodenstaff.

»Meinetwegen.« Kadir wollte nett sein.

»Also, ich erkläre dir mal, wie das hier abläuft. Zuerst nehmen wir deine persönlichen Daten auf und protokollieren, was du sagst. Wenn nötig, machen wir dann ein schriftliches Protokoll, das du dann unterschreibst, wenn du einverstanden bist.«

»O.k.«, sagte Kadir. Mit Bodenstaffs Hilfe wurde dann zu Protokoll genommen: »Ich heiße Kadir Ölmez, bin 16 Jahre alt und wohne mit meiner Familie, das heißt mit meiner Mutter und zwei Schwestern, Meral, 17 Jahre, und Nermin, 14 Jahre alt, in Hamburg-Eimsbüttel. Mein Vater ist 43 Jahre alt und zurzeit in der Türkei. Meine Mutter ist 38. Ich bin vor einem Jahr nach der neunten Klasse von der Schule abgegangen und jobbe bei einer Autowaschanlage und helfe meinem Onkel im Lebensmittelladen in St. Georg. Ich will noch eine Ausbildung machen. Vielleicht Tierpfleger oder was mit Autos. In meiner Freizeit spiele ich Fußball im Verein. Ich trinke keinen Alkohol und rauche nicht. Mit Drogen habe ich nichts zu tun. Ich bin Muslim, lese den Koran und habe auch schon bei der Aktion ›LIES!‹ mitgemacht. Ich finde es gut, wenn andere Menschen die Wahrheit über den Islam erfahren.«

Frau Yildirim fragte: »Würdest du dich als Anhänger des Islamischen Staats oder so bezeichnen?«

»Sie meinen, ob ich ein Salafi bin? Nein, auf keinen Fall. Ich bin gläubiger Muslim. Ich liebe meine Mutter und meine Schwestern. Damit habe ich nichts zu tun. Obwohl«, er zögerte und sagte dann: »Ach, egal.«

»Was ist egal?«, fragte Frau Yildirim.

»Ach, Ihnen ist sicher egal, was Assad mit den Muslimen macht. Dass Frauen und Kinder ermordet und vergewaltigt werden«, sagte Kadir.

»Wie kommst du darauf, dass uns Morde egal sind?«, fragte Frau Yildirim.

»Macht doch niemand was dagegen«, sagte Kadir.

»Und sollte man?«, fragte Frau Yildirim. Kadir zuckte mit den Schultern.

Bodenstaff nahm einen Zettel und sah Kadir an: »Wir wissen, dass du ohne Erlaubnis deiner Eltern in die Türkei gereist und erst letzte Woche zurückgekommen bist. Erzähl mal, wo du warst.«

»Ich hatte gespart und wollte mal allein nach Istanbul. Alle reden davon, dass es da toll ist. Außerdem habe ich da Verwandte. Und dann meinen Vater besuchen. Wegen Versöhnung. Er hat uns ja verlassen, und ich dachte, vielleicht kann ich ihn überreden zurückzukommen. Es war eine Familiensache.«

»Bist du zu deinem Vater gefahren?«, fragte Frau Yildirim.

Kadir sah sie an, als wäre er überrascht: »Ja klar. Zuerst habe ich aber in Istanbul Kumpels getroffen, und mit denen bin ich dann spontan im Bus mit nach Urfa gefahren.«

Frau Yildirim sah ihn fragend an: »Warum Urfa? Das ist doch ganz woanders als das Dorf deiner Eltern.«

Kadir: »Na ja, die anderen, die ich in Istanbul kennengelernt hatte, wollten da hin. Da ist Ibrahim geboren. Die Christen nennen ihn Abraham. Der ist der Vater von allen. Ich wollte mir die Geburtshöhle ansehen.«

Bodenstaff schaltete sich ein. »Noch mal zurück. Du bist wegen Ibrahim nach Urfa gefahren?«

»Darf man das nicht?«

»Wie hast du die Reise organisiert? Hat dir jemand geholfen? Die vom Kulturverein?«

»Nee.« Kadir lehnte sich auf dem Stuhl zurück. Er hatte das Gefühl, die Sache in der Hand zu haben. »Erst wollte ich fliegen. Habe im Internet geguckt und dann im Reisebüro nachgefragt. Aber wegen dem Flug hätte ich die Unterschrift von meiner Mutter gebraucht.«

»Und wie hast du die besorgt?«, fragte Bodenstaff. »Du musst jetzt nicht sagen, dass du sie gefälscht hast.«

Kadir: »Ne, habe ich auch nicht. Bin dann mit dem Bus gefahren. War billiger und einfacher.«

»Und was hast du deiner Mutter erzählt?«, fragte Frau Yildirim.

»Gar nichts. Die dachte, ich bin an dem Wochenende bei meinem Freund Mark, weil wir am nächsten Tag ein Spiel hatten. Ich bin aber zum ZOB. Bevor das jemand gemerkt hatte, war ich schon in Istanbul. Ich wollte mich später melden, wenn ich bei meinem Vater bin. So als Überraschung.« Kadir fand, dass das Gespräch ganz gut lief.

Bodenstaff nahm einen Zettel aus dem Ordner und sah darauf. »Es gibt da einen Abschiedsbrief von dir.« Er zeigte eine Kopie des Briefes vor.

Kadir hatte befürchtet, dass der auftaucht: »Ach. Den hatte ich mal so aus Jux geschrieben. Habe ihn nicht weggeschmissen, aber auch niemandem gegeben. Das war nicht ernst gemeint.«

»Und der Kulturverein in St. Georg, habt ihr da über Syrien und den Dschihad gesprochen?«

»Na ja, so allgemein, dass die Muslime bedroht werden und Assad sie bombardiert. Es gab da so Vorträge wie in der Schule. Und dass der Islam Frieden ist.«

»Also nicht, dass man seinen Beitrag zum Heiligen Krieg leisten muss?«, fragte Bodenstaff.

»Ne, wer einen Menschen tötet, der tötet die ganze Menschheit. So was haben wir besprochen«, sagte Kadir und sah auf den Boden. Langsam wurde ihm das Gespräch unangenehm.

Die Frau fragte auf Türkisch: »Wie gut ist dein Türkisch?«

Kadir antwortete auch auf Türkisch: »Ganz gut. Wir sprechen zu Hause mit Vater und Mutter immer türkisch.«

Plötzlich sprach sie arabisch und fragte: »Und wie steht es mit Arabisch?«

Kadir sagte: »Ich kann kein Arabisch.«

Dann schaltete sich Bodenstaff wieder ein: »Und was passierte in Urfa, nachdem du die Geburtshöhle gesehen hattest?«

»Die Kumpel, mit denen ich da war«, sagte Kadir, »wollten nach Syrien. In einem Flüchtlingslager helfen. Ich habe erst überlegt, ob ich mitfahre. Aber dann wollte ich doch nicht.«

»Wie hießen die Kumpel?«, fragte der Kommissar.

»Weiß ich nicht so genau. Der eine hieß Barbaros und der andere Uthman.

»Ich dachte, das waren Deutsche.«

»Ja. Die kamen aus dem Ruhrgebiet, Uthman wohl ursprünglich aus Holland. Die hatten so Fantasienamen. Die echten kenne ich nicht.«

»Und das soll ich dir jetzt glauben? Dass du mit irgendwelchen Fremden nach Urfa fährst und ihre Namen nicht kennst?«

»Lassen Sie sich von Leuten, die Sie kennenlernen, gleich den Ausweis zeigen?«, fragte Kadir.

Bodenstaff lächelte etwas gequält und notierte sich was. Frau Yildirim sprang ein: »Und was hast du dann gemacht?«

»Ich habe in Urfa noch ein wenig abgehangen und dann einen Bus nach Malatya genommen, um zu meinem Vater zu fahren.«

Bodenstaff fragte streng: »Du warst also nicht in Syrien?«

»Nein, auf keinen Fall. Ich wollte ja zu meinem Vater.«

»Wann war das?«

»Na, so nach einer oder zwei Wochen«, sagte Kadir.

»Geht das genauer?« Bodenstaff schien etwas genervt.

»Nee, habe ich vergessen«, sagte Kadir.

»Hast du vielleicht noch eine Fahrkarte oder eine Rechnung von dem Hotel oder der Unterkunft?«, fragte Bodenstaff.

Kadir grinste, er wusste jetzt, dass sie nichts in der Hand hatten: »Alles verloren. Ich habe irgendwann alles verloren. Tasche, Handy und so. Nur meinen Perso, also den deutschen Ausweis, hatte ich noch. Mit dem konnte ich ja zurück.«

»Hast du deinen Vater von Urfa aus angerufen oder dich bei deiner Familie gemeldet?«

»Nein.«

»Warum nicht? Die haben sich doch sicher Sorgen gemacht.«

»Nein. Ich bin einfach ins Dorf gefahren. Dauerte einen halben Tag. Der hat sich ganz schön gewundert.«

»Wie lange bist du dort geblieben?«

»Die ganze Zeit, bis ich wieder zurückgekommen bin. Habe ihm geholfen, den Stall auszubauen.«

»Wie lange warst du weg?«

»Insgesamt so sechs Wochen.«

»Kann dein Vater das bestätigen?«

»Ja klar. Er hat ja auch das Ticket für den Rückflug bezahlt.«

»Und was hast du jetzt vor?«

»Na jobben. Und dann vielleicht ne Ausbildung machen. Tierpfleger wäre toll. Und Fußball spielen. Darauf habe ich Bock.«

»Gehst du noch zu dem Kulturverein in St. Georg?«

»Seit meiner Rückkehr war ich da noch nicht.«

»Und willst du da wieder hin?«

»Mal sehen. Eher nicht.«

Bodenstaff hatte die letzten Fragen eher heruntergeleiert und die erwarteten Antworten bekommen. Er dachte, der Junge sagt entweder die Wahrheit oder meint, dass er besonders clever sei. Aber er hatte außer der Aussage von Mutter und Schwester nichts Konkretes in der Hand. Für diesen Fall hatte er sich mit Frau Yildirim etwas ausgedacht. Einfach mal ins Blaue hineinschießen. Bodenstaff nickte seiner Kollegin zu. Frau Yildirim stand auf, stellte sich vor Kadir hin und sagte: »Das ist sehr schade Kadir, dass du uns hier solche Märchen erzählst. Wir wissen nämlich, dass du in Syrien warst. Einer deiner Brüder hat dich verpfiffen. Ich gebe dir noch ein paar Tage Zeit, dir die Sache zu überlegen. Noch ist es nicht zu spät, dass die ganze Sache für dich glimpflich ausgeht. Wenn aber rauskommt – und es wird rauskommen –, dass du in Syrien warst, bekommen du und deine Familie das ganze Programm. Das geht dann mit Vernehmungen all deiner Verwandten und Bekannten los und endet wahrscheinlich mit einer Anklage auf Mitgliedschaft in einer terroristischen Vereinigung. Das wird teuer. Dann kannst du dir Lehre und Fußball abschminken und schon mal überlegen, was du in fünf Jahren machst. Dann kommst du nämlich erst wieder raus. Und den Ärger in der Familie, den bekommst du kostenlos dazu.«

»Wollen Sie mir drohen?« Kadir war verwirrt. »Haben Sie einen Beweis dafür, was Sie da sagen? Ich habe nichts gemacht. Ich war nur in den Ferien bei meinem Vater. Fragen Sie ihn doch.«

»Das werden wir«, sagte Bodenstaff, »darauf kannst du dich verlassen. Wir behalten dich im Auge. Du kannst jetzt gehen.«

Als Kadir das Polizeipräsidium verließ, wurde ihm übel. Der Döner drängte nach oben. Er kotzte in ein Gebüsch, und ein Rentner, dessen Hund gerade in das Gebüsch kackte, beschimpfte ihn wegen der Sauerei. Kadir wurde schlagartig klar, dass er sich in einer beschissenen Lage befand, auch wenn er davon überzeugt war, alles richtig gemacht zu haben. Gegenüber den Ungläubigen durfte er die Unwahrheit sagen. Wenn er der Polizei die Wahrheit sagen würde, käme er wahrscheinlich wegen Mitgliedschaft in einer terroristischen Vereinigung im Ausland in den Knast. Und wenn seine Verwandten wüssten, wo er gewesen war, gäbe es zumindest Prügel und er dürfte bis zur Rente Onkels Laden putzen. Außerdem drohte ihm die Hölle nicht nur auf Erden, sondern auch im Jenseits.

Er schleppte sich nach Hause. Möglichst niemand sollte ihn sehen. Wenigstens so lange, bis er wieder einen klaren Kopf hatte und wusste, was Sache war. In diesem Moment hätte er nichts sehnlicher als sein altes Leben zurückgehabt. Er war nach Hause gekommen und dann doch nicht nach Hause gekommen, weil es für ihn kein Zuhause mehr gab. Es hatte schon in Rakka angefangen, dass er alles nicht mehr richtig begriff. Gegen die Ungläubigen kämpfen, ja klar. Aber einen alten Mann köpfen oder ans Kreuz nageln? Vielleicht hatten sie die drei alten Männer beim Friseur auch verhaftet. Und dann die Mädchen im Hamam. Und Barbaros. BUMM. »Allah, erlöse mich von den Problemen«, bat er.

Vergebung?

Kadir saß tagsüber in seinem Zimmer und spielte auf der Playstation Fußball. Seitdem er zurückgekommen war, hatte er kaum ein Wort gesagt. Sein Vater hatte ihn telefonisch angekündigt. Dann hatte er vor der Tür gestanden, als sei er nur kurz auf Arbeit oder beim Sport gewesen. Seine Mutter hatte ihn in den Arm genommen. Er hatte sich an den Küchentisch gesetzt und gegessen, ganz viel gegessen. Seine Mutter hatte nicht aufgehört zu weinen, während sie neben ihm saß und sich an seinem Arm festhielt. Sie weinte eigentlich, seit er fortgegangen war, weil sie ihren Sohn verloren hatte, und sie weinte, weil der verlorene Sohn wieder da war. Sie fragte nicht, was er getan hatte und wo er gewesen war. Kadir hatte nur kurz berichtet, dass im Dorf alles in Ordnung sei, die Tante Fatma ein Kind bekommen und der Cousin Cem geheiratet habe. Aber das wusste Anne schon. Für sie war einzig wichtig, dass ihr Sohn gesund zurückgekommen war. Sie sah ihm an, dass er an etwas litt. Aber sie wusste, dass sie ihm nicht helfen konnte, außer vielleicht mit Börek und Baklava.

Die Begegnung mit Meral dagegen war kurz und heftig. Als sie von der Arbeit kam und sah, wie Kadir sich Berge gefüllter Paprikaschoten mit Hack und Reis auf den Teller häufte, sagte sie nach einer etwas kühlen Begrüßung zu ihm: »Wir haben dich gesucht. Wochenlang. Wo warst du?«

Kadir sagte: »Bei Baba im Dorf.«

»Und wo noch?« – »Nirgends. Außerdem geht dich das nichts an. Hast du mich bei den Bullen verpfiffen?« – »Anne und ich haben uns Sorgen gemacht.« – »Was geht die Bullen das an?« – »Mark hat dich auch gesucht.« – »Egal.« – »Er ist dein Freund.« – »Ist er dein Freund? Hast du was mit ihm?« – »Das geht dich nichts an.« – »Also doch. Audhu billahi minsch Schaitani radschim, das ist *Zina*. Schämst du dich nicht?« – »Arschloch.«

»Meral!«, sagte die Mutter. »Sprich nicht so mit deinem Bruder.«

»Der kann mich mal«, sagte sie und ging.

Kadir ging nur noch auf die Straße, wenn es dunkel war und ihn möglichst niemand sah. Er konnte nicht mehr richtig schlafen. Wenn er die Augen zumachte, kamen die Feuerbilder zurück. Pick-ups brannten, es roch nach verkohltem Fleisch und Benzin. Wenn es auf der Straße knallte, zuckte er zusammen und begann ohne Grund zu weinen. Das sollte niemand sehen. Er wusste nicht, mit wem er reden konnte. Er wollte reden, endlich die schrecklichen Bilder, beißenden Gerüche und schrillen Töne der Explosionen, die ihm wie die Gespenster einer Geisterbahn durch den Kopf rasten und ihn erschreckten, loswerden. Sein Vater hatte nichts davon wissen wollen, seine Mutter weinte schon, bevor er nur einen Satz gesagt hatte. Immer wenn er schlafen wollte, kamen diese Flashbacks, die er nur wegbekam, wenn er andere Bilder davorsetzte. Deshalb spielte er ständig Playstation oder guckte Videos.

An einem Abend ging er in die Moschee in St. Georg

und betete. Das brachte ihm ein wenig Ruhe, denn das Beten war so etwas wie zu sich kommen, an nichts denken außer an Allah. Nach dem Gebet hatte er das Bedürfnis, mit dem Hodscha zu sprechen. Er wartete, bis das Gebet vorüber war und die alten Männer den Gebetsraum verlassen hatten. Der Hodscha legte alles für den nächsten Tag bereit.

»Selamünaleykum«, sagte Kadir auf Türkisch zu ihm.

»Aleykümselam«, antwortete der Vorbeter und ging in den Vorraum, um sich seine Straßenschuhe anzuziehen.

»Mein Hodscha«, sagte Kadir, »darf ich Sie etwas fragen?« Der Imam sprach nur Türkisch.

»Was denn?«

»Ich wollte fragen: Da ist ein Freund. Der hat Mist gebaut und traut sich jetzt nicht mehr so richtig auf die Straße.«

»Was hat er denn getan?« Der Hodscha zog seinen Mantel an. Kadir hatte inzwischen auch seine Schuhe angezogen.

»Er ist weggelaufen.« Kadir fiel nichts Besseres ein, und er wollte auch nicht mit der Tür ins Haus fallen. Aber im Prinzip war es das ja. Er war erst von zu Hause, dann vor dem Tod weggelaufen.

Der Hodscha lächelte und ging. Kadir begleitete ihn bis draußen vor die Tür. »Wenn es weiter nichts ist. Aber ganz egal, was er getan hat. Wenn er bereut und Allah um Vergebung bittet, ist alles gut.«

»Egal was?«, fragte Kadir.

Der Hodscha nickte und sah auf seine Armbanduhr.

»Oh, es ist spät.« Der Hodscha sah Richtung Steindamm, als würde dort jemand auf ihn warten. Aber dann sagte er doch noch etwas: »Ja, vergeben, wenn es nicht ein Verbrechen gegen Gott ist, er Unzucht begangen hat, Alkohol getrunken oder etwas gestohlen hat. Dann wird Allah ihn strafen und einen Ausweg finden. Sag deinem Freund, er soll beten. Der Herr ist zu denen, die aus Unwissenheit Böses tun, aber danach umkehren und Besserung zeigen, voller Vergebung und barmherzig. Selamünaleyküm.« Er klopfte Kadir auf die Schulter und ging mit flottem Schritt davon.

»Tamam. Aleykümselam«, sagte Kadir.

Kadir sah auf den Boden, und der graue Gehweg wurde für den Bruchteil einer Sekunde zu dem Blutsee auf dem Platz in Rakka, als dem alten Mann der rote Saft aus dem Hals gespritzt war und sein Kopf auf den Boden fiel.

Die Hände küssen

Kadir ging zum Onkel. Das war ein schwerer Gang, denn ihn durfte er nicht anlügen. Zeki war nicht da, er fuhr Ware aus. Der Onkel saß hinter seinem Schreibtisch und sah ihn an. Kadir ging vor ihm in die Knie, küsste ihm die Hand und berührte mit der Stirn den Handrücken. Der Onkel ließ es geschehen.

»Mach das ja nicht noch einmal«, sagte er. »Ich habe mit deinem Vater gesprochen. Er sagt, du hast dich im Dorf anständig verhalten.« Kadir war wieder aufgestanden und stand mit gesenktem Kopf vor dem Onkel. Er wusste, dass jetzt nur noch Gehorsam und keine Widerworte galten, wenn er heil aus der Sache herauskommen wollte.

»Weiß jemand davon, was passiert ist und wo du warst?«

Kadir schüttelte den Kopf.

»Niemand? Deine Mutter, deine Schwestern, diese Hurensöhne aus dem Kulturverein?«

»Nein, niemand.« sagte Kadir.

»Auch die Polizei nicht?«

»Ich habe gesagt, ich war bei Baba«, sagte Kadir.

»Das wird auch so bleiben. Es ist schon genug Schande über die Familie gekommen. Wehe, es tauchen irgendwelche Abenteuergeschichten auf. Dann kannst du etwas erleben«, sagte er und legte ihm die Hand auf die Schulter. »Ab morgen wirst du mit Zeki zusammenarbeiten. Ihr werdet die Ware holen und ausfahren. Zeki sagt, was du zu tun hast. Und wehe, ich höre Klagen. Dann breche ich dir die Beine, und du wirst dir wünschen, dass deine Mutter dich nie geboren hat.«

»Tamam«, sagte Kadir.

»Das Geld, das du verdienst, brauchen wir für die Hochzeit. Ich habe das mit deinem Vater besprochen«, sagte der Onkel, schon wieder mit seinen Papieren beschäftigt.

»Welche Hochzeit?«, fragte Kadir, der ja wusste, dass er von seinem Lohn erst mal nichts sehen würde.

»Na, die von Meral«, sagte der Onkel.

»Meral heiratet? Wen soll sie denn heiraten?«, fragte Kadir.

»Haben deine Eltern dir das nicht gesagt?« Der Onkel tat erstaunt.

»Nein, kein Wort.«

»Na, meinen Sohn. Zeki.«

»Weiß sie das?«, fragte Kadir, dem plötzlich Abu Kataka vor Augen war, der im Hamam mit dem kleinen Mädchen rummachte.

»Alles ist verabredet, wie es sich gehört. Wir machen

es bald offiziell. Bis dahin kein Ton, verstanden? Ich hoffe, sie macht uns keine Schande«, sagte der Onkel, dem man in dem Moment wohl ansah, dass er es schon bereute, seinem Neffen dieses Geheimnis anvertraut zu haben. »Und«, sagte er, »pass auf, dass der Deutsche sich nicht an ihr vergreift.«

Bruder Faruk

Kadir streifte manchmal nachts ziellos durch die Stadt. Er hatte das Gefühl, dass man ihn beobachtete, und machte deshalb tagein, tagaus möglichst dasselbe. Er fuhr mit der U-Bahn von der Lutterothstraße zum Hauptbahnhof-Nord. Ging von da aus zu Fuß zum Laden und abends denselben Weg zurück. Wenn ihn jemand observierte, würde der nach ein paar Tagen vor Langeweile sterben. Wenn er dann zu Hause war, ging er nach dem Essen noch mal »runter«, wie er seiner Mutter sagte. Seine Mutter dachte, er würde auf die Straße oder ins Jugendheim gehen. Das machte er manchmal auch, aber meistens ging er in den Keller. Dort hatten sie einen Kellerverschlag, wo Kadirs Vater sein Werkzeug aufbewahrte, und eine kleine Ecke, wo man basteln konnte. Aber Kadir hatte noch einen anderen Grund, in den Keller zu gehen. Die einzelnen Häuser waren im Keller durch Türen verbunden, sodass man, wenn man den richtigen Schlüssel hatte, durch die Anlage gehen konnte. Kadirs Vater hatte sich irgendwoher einen solchen Generalschlüssel besorgt, und so konnte Kadir unbemerkt das Haus durch einen Ausgang ein paar Häuser weiter verlassen.

Manchmal ging er runter nach St. Pauli oder auch an

den Hafen. Auf einem dieser Gänge ging er in St. Pauli in eine Tankstelle, die als einzige noch offen hatte. Er wollte sich ein Snickers und eine Cola kaufen. Er nahm die Dose und den Snack aus dem Regal und ging zum Bezahlen an die Kasse.

»Alhamdulillah«, sagte der Tankwart, »wenn das nicht mein Akhi Kadir ist?«

Kadir sah den Tankwart an. Es war Faruk, sein Brieffreund aus dem Knast.

»Eh, Bruder, was machst du hier?«

»Hab Bewährung. Und du? Die Brüder sagen, du bist in Al-Sham.«

»Wer erzählt denn so einen Scheiß?«

»Na, Abu Ibrahim und die Brüder aus dem Kulturverein. Die sagen, du bist ein Mudschahed.«

»Psst. Siehst doch, bin hier. Ich war nur im Urlaub. Türkei.«

»Alles klar, Akhi.« Faruk hob den Daumen. »Urlaubratatata.« Kadir sah sich um, ob niemand das mitbekam. Aber außer der Überwachungskamera gab es keine Zeugen.

»Und du? Du wolltest doch auch sofort los«, sagte Kadir.

»Na, ich bin auf Bewährung draußen«, flüsterte Faruk, »muss mich jede Woche melden, und sie haben meinen Pass eingezogen.«

»Mashallah, die Hunde«, sagte Kadir.

»Du sagst es. Wie war es denn?« Faruk beugte sich vor. »Erzähl mal.«

»*Dschanna* und *Dschahannam*. Himmel und Hölle«, sagte Kadir, der nichts sagen, aber Faruk auch nicht enttäuschen wollte. »Ganz genauso, wie es erzählt wird.«

»*Wallahi*, echt?«

»Genauso. Aber, Akhi. Kein Wort. Und auch nicht, dass du mich gesehen hast. Wenn die Bullen das rauskriegen, dass ich hier war, bist du wieder drin«, sagte Kadir.

»Allah, Allah, Akhi. Das ist nicht gut.«

Faruk guckte plötzlich hektisch zu der Überwachungskamera, scannte die Cola und das Snickers ein. »Zweifünfzig«, sagte er und flüsterte: »Akhi, ganz im Vertrauen. Der Tag des Gerichts ist nah. Wir bereiten was Großes vor. Psst.« Faruk legte die Hand vor den Mund.

Kadir zählte das Geld auf den Zahlteller.

»Was für ein Zufall, dich hier zu treffen.«

»Bin nachts immer hier«, sagte Faruk. »Salam.«

»Salam, Akhi.«

Neustart

Ich hatte keine andere Idee, als meinen Frust am Ball auszulassen. Meine Gedanken kreisten um Meral. Offenbar hatte sie einen neuen Freund. Ich ging auf den Bolzplatz und drosch den Ball in das Metalltor und gegen das Fanggitter. Ich war wütend und schoss hart. Die kleinen Kicker, die sonst gern mit den »Abis« spielten, verzogen sich bald hinter den Zaun, weil ich die Pille so scharf in die Gegend schoss, dass selbst die Abpraller noch eine Gefahr für sie darstellten. Wie hart so ein Ball sein konnte, merkte ich dann selbst, als ich auf einmal einen Schuss gegen den Kopf bekam. Der Schütze war Kadir, der hinter mir stand. Wir sagten kein Wort und schossen mit beiden Füßen. Und wie immer spielten wir Einschuss, jeder durfte nur einmal gegen den Ball treten. Aber diesmal ging es nicht um Tore, sondern darum, den anderen möglichst empfindlich zu treffen. Wir rannten aufeinander zu, dribbelten, foulten. Grätsche, Pferdekuss, Schubser. Das ganze Programm an Gemeinheiten, das man körperbetontes Spiel nannte. Irgendwann bekam ich Kadirs Ellbogen in die Rippen, und mein Arm erwischte ihn am Ohr. Danach war der Ball Nebensache, und wir prügelten uns. Kadir drehte meinen Arm auf den Rücken und sagte: »Lass die Finger von meiner Schwester.«

Ich presste heraus: »Willst sie als Jungfrau mit ins Paradies nehmen?« – »Du Hurensohn.« –»Du Opfer.« – »Du Kafir.« – »Selber Kafir.«

Ich hatte Kadir inzwischen in einer Beinschere und er mich im Schwitzkasten. Beide lagen wir im Dreck, Kadirs Oberlippe war aufgesprungen, und mein Ohr fühlte sich an wie ein Blumenkohl.

»Für wen hältst du dich, etwa für Gott«, gurgelte ich. Kadir stutzte einen Moment und sagte: »Nein, Gott kennt Gnade.« Und lachte.

»Welcher Film?«, fragte ich. Es war klar, es war ein Spiel. – »Stirb langsam. Erster Teil.« Und dann ließ er los.

Wir lagen im Dreck auf dem Bolzplatz und lachten. Eine Mutter zog einen kleinen Kicker aus unserem Sichtfeld. Andere Jungens hauten auch aufeinander ein, als wollten sie uns imitieren. Als Kadir wieder zu Atem kam, sagte er leise: »Ich hätte dich umbringen können.«

»Und warum hast du es nicht getan?«, fragte ich hustend und klopfte mir den Staub von der Jeans.

»Wäre zu leicht gewesen.«

Wir rappelten uns auf und schwiegen. Irgendwann sagte Kadir: »Lass uns was trinken.«

Wir holten uns eine Flasche Mate und setzten uns auf die Bank. Kadir begann zu erzählen. Aber er erzählte mir zunächst denselben Scheiß, den er auch der Polizei erzählt hatte und den er jedem erzählte, der ihn fragte. Er sei in die Türkei gefahren und habe seinen Vater besucht. Alles hatte nichts mit dem Islam zu tun. Und die Bärte vom Kulturverein hatte er schon lange nicht mehr gesehen. Ich erzählte ihm von meiner Begegnung mit den Typen am LIES-Infotisch. »Hast ja noch Glück gehabt«, sagte er nur dazu. Ich war eigentlich nur froh, dass er wieder da war und mir vertraute. Ich wollte ihm glauben, obwohl ich vieles besser hätte wissen können.

Die Briefe, inklusive des Abschiedsbriefs, waren alte Kamellen, die er vergessen hatte wegzuschmeißen. Ebenso die kleinen Filmchen, die ihn auf dem Islam-Seminar zeigten, alles Fake, Irrtum, nicht so gemeint, Schnee von gestern.

Mir ging es auch um etwas anderes. Ich wollte wissen, warum er die Mannschaft im Stich gelassen hatte. »Weißt du, ich musste einfach weg. Ich hatte das Gefühl, dass ich meine Familie verlieren würde, wenn ich das nicht machen würde. Verstehst du das?«

Ich wusste nicht, wie das ist, wenn man seinen Vater verliert. Ich wusste ja auch nicht, wie es ist, wenn man einen hat. Meinen hatte ich seit Jahren nicht gesehen, und deshalb vermisste ich ihn auch nicht. »Klar«, sagte ich, »verstehe ich.«

»Ich will von vorne anfangen«, sagte Kadir. »Meinst du, Harry lässt mich wieder mitmachen?«

»Komm, ich muss dir etwas zeigen«, sagte ich. Wir gingen zu mir. Meine Mutter war auf der Arbeit, und wir konnten uns breitmachen, den Kühlschrank plündern. Wir schoben eine Pizza in den Ofen, und ich spielte ihm unser Video mit der Suche nach ihm vor. Als ich ihn fragte, ob er das kennt, nickte er und sagte: »Cool. Danke.«

Dann zeigte ich ihm das Bekennervideo aus Rakka mit der Katze. Kadir wurde unruhig. »Wo hast du das her?«

»Hat ein Kumpel im Netz gefunden. Wir sind uns nicht sicher. Bist du das?«

Kadir sprang auf, fuhr sich mit den Händen durchs Gesicht und sagte nur noch ein Wort: »Sikme. Scheiße.« Und das in einem fort. »Sikme, sikme, sikme.« Dann setzte er sich hin und sah sich das Video stumm an.

»Bist du das?«

Kadir sagte: »Sieh mal die Mieze. Das ist meine Katze. Ich habe sie im Mülleimer gefunden, und sie war immer bei mir. Kleine Mieze. Die Brüder bei der Truppe nannten mich dann Abu Hureira, Vater des Kätzchens.«

Kadir nahm die Fernbedienung und drückte auf Standbild. Da war die kleine rote Katze mit dem weißen Ohr zu sehen. »Ist die nicht süß? Sie hat mir das Leben gerettet«, sagte Kadir. Er starrte auf das Bild und redete, als wäre ich gar nicht da. »Ich war ausersehen, ein Auto mit einer Sprengladung in eine alte Karawanserei zu fahren, die jetzt ein Museum ist. Das ganze Auto war vollgestopft mit Dynamit. Ich hatte mit dem Leben abgeschlossen und wollte mit Vollgas gegen den Eingang fahren. Bumm, das ganze Gebäude sollte in die Luft fliegen und ich mit einem Expressticket ab nach Dschanna. Es war ein weißer Toyota, er röhrte, wenn man Gas gab. Ich nannte die Kiste Buraq, wie das Pferd des Propheten. Der Auspuff, ach, eigentlich alles, war defekt. Ich wartete auf das Zeichen, das mein Amir geben wollte, wenn ich losfahren sollte. Es kam. Ich fuhr los, beschleunigte, Buraq heulte auf, es waren noch etwa fünfhundert Meter zum Paradiestor. Da kam auf einmal Miezi unter dem Sitz hervor. Ich erschrak, verriss fast das Steuer. Sie sprang mir auf den Schoß und miaute.« Kadir starrte immer noch auf das Standbild der Katze.

»Ich habe dann Gas gegeben und bin an dem Ziel vorbeigefahren. Ich konnte das Kätzchen doch nicht töten. Das ging doch nicht. Nicht, Mark, so was kann man doch nicht machen?« Ich nickte und hörte gespannt zu, Kadir drückte auf den Knopf, die Aufnahme lief im Hintergrund weiter. »Ich habe dem alten Zossen die Sporen gegeben und das Gaspedal bis auf das Bodenblech durchgetreten. Wenn mir jemand in die Quere gekommen wäre, wären wir in die Luft geflogen. Es wäre nur ein riesiger Krater geblieben. Ich wollte nur noch weg, weg von dem ganzen Irrsinn, dem Tod. Weißt du, dass ich gesehen habe, wie sie einen alten Mann geköpft haben. Pulp, pulp, pulp spritzt das Blut aus dem Hals, wenn man den Kopf abhackt. Barbaros, auch einer aus Deutschland, ist vor mir mit einem Pick-up auf eine Mine gefahren. Allahu Akbar, der war nur noch ein brennender Turnschuh. Weißt du, Mark, wie scheiße das ist, wenn man solche Bilder nicht mehr loswird?« Kadir sprang auf. »Ich bin nach Norden gefahren, bis hinter den Ort. Ich wusste, wenn meine Leute merken, dass ich die Aktion nicht gemacht habe, werden sie mich suchen, und ich werde am Kreuz enden. Verräter sterben schnell. Ich musste den Wagen loswerden und verschwinden. Hinter der Stadt war ein Hügel, und unten im Tal standen ein paar verlassene Häuser. Ich habe die Karre gegen eines der Häuser fahren lassen. Gang rein, losrollen, Stein aufs Gaspedal und dann Katze und Tasche unter den Arm und abspringen. Der Wagen rollte den Hügel runter, knallte auf die Hauswand. BUMM. Auto und Haus eine einzige Staubwolke.«

Pling, die Pizza war fertig. Keiner von uns beiden hatte Hunger. »Das Video haben die wohl aus Versehen ins Netz gestellt. Oder Uthman, der Nerd, war mal wieder voreilig. Der wollte alles besonders clever machen. Aber weiß ja eh keiner, was da passiert.«

»Und dann?«, fragte ich, als ich die Pizza aus der Küche holte und in Teile schnitt.

»Du musst das löschen, das Video. Das darf keiner sehen. Wenn das jemand sieht, bin ich erledigt. Dann komme ich in den Knast. Das haben die Bullen mir gesagt.« Kadir fingerte am PC rum.

»Bei mir ist das sicher. Die erkennen dich darauf nicht. Ist auch nicht mehr im Netz.«

»Das darf nicht gezeigt werden. Ich war das nicht. Ich bin das nicht. Vergiss es. Versprichst du mir das?«

»Klar, ich lösch das«, sagte ich. Kadir nahm jetzt doch ein Stück Pizza, kaute und redete.

»Zuerst bin ich gelaufen, so weit ich laufen konnte. Im Norden war ja die Türkei, das wusste ich. Immer mit der Katze vor der Brust oder in der Tasche. Ich hab alles weggeschmissen, was verdächtig war. Wusste ja nicht, wem ich begegne, der Miliz oder unseren IS-Leuten oder Al-Nusra oder den Kurden. Ich bin erst nur nachts gelaufen, dann habe ich so Leute getroffen, die auf Baumwollfeldern arbeiteten. Da hat mich einer mitgenommen, der mit einem Tanklaster unterwegs war. Mit dem bin ich auch über die Grenze. Hat mich fast hundert Euro gekostet. Zum Glück hatte ich meinen Perso und meine Reserve in der Tasche. Hatte ganz vergessen, dass noch fast dreihundert Euro im Boden meiner Tasche lagen. Für den Weg brauchte ich fast eine Woche. Die Angst war das Schlimmste. Jeder Kontakt konnte der falsche sein. Und immer diese verdammten

Träume. Jeder konnte mich für einen Feind halten. Jeder hatte eine Knarre. Jeder wollte Geld. Dann hat mich ein kurdischer Fahrer mitgenommen. Er meinte, ich sei ein guter Mensch, weil ich die Katze dabeihatte. Da hat sie mir wieder das Leben gerettet. Bald sind alle aufgebraucht.«

»Und wo ist sie jetzt? Die Katze?«, fragte ich.

»Im Dorf, bei meinem Vater. Er hat versprochen, sie zu füttern. Obwohl, im Dorf gibt es einen Karabas, so einen Kangal-Hirtenhund für die Schafe. Der mag keine Katzen. Ich habe mich durchgeschlagen, und zum Glück bin ich nicht ernsthaft kontrolliert worden. In Mersin war mal so eine Straßenkontrolle. Aber da hatte ich mich schon waschen können und sah nicht mehr wie ein Dschihadist aus. Der deutsche Ausweis hat mich da gerettet. Die waren auf der Suche nach kurdischen Deserteuren oder PKK-Kämpfern. Wer ihnen verdächtig vorkam, musste die türkische Hymne singen. ›Korkma, sönmez bu şafaklarda yüzen al sancak‹ (Fürchte nicht, die in der Morgendämmerung wehende rote Fahne kann nicht vergehen) und so. Die Kurden hassen das Lied und bringen es den Kindern nicht bei. Und die türkische Gendarmerie setzt es ein wie Knoblauch gegen Vampire. Wer sie nicht singen kann, muss erst mal mit.«

»Krass. Und was machst du jetzt?«

»Weiß nicht. Mein Onkel hat mich gekrallt. Muss erst mal bei ihm arbeiten wegen« – Kadir stockte – »wegen Familiensachen und so. Ach egal. Würde gern wieder beim Fussi mitmachen. Meinst, Harry lässt das zu?«

»Der ist immer noch total angefressen, weil du uns gegen Bergedorf hängen gelassen hast. Aber egal, kennst doch den Trainer. Sobald er sieht, was du draufhast, ist alles vergessen.«

»Power habe ich und Bock auch«, sagte Kadir.

»Komm, lass uns einen Film gucken«, sagte ich. Ich hatte mir eine ganze Reihe von DVDs von Yannick geliehen. Wir kramten rum und sortierten aus. Zum Schluss hielten wir einen Thriller mit Al Pacino für sehenswert.

»Schmeiß rein. Ist geiler CIA-Scheiß.« Das passte zu American-Pizza und Cola.

»Ich weiß einen besseren«, sagte ich. »Kennst du ›Falling down‹ mit Michael Douglas? Der ist geil. Da dreht so ein Spießer mit Namen D-Fens durch, weil er im Stau steckt und ein koreanischer Ladenbesitzer, bei dem er eine Cola kaufen will, nicht wechseln kann oder so ähnlich.«

»Wegen einer Dose Cola? Krass. Lass gucken.« Wir aßen Pizza und tranken Cola und guckten Michael Douglas dabei zu, wie er sein und das Leben von ein paar Mitbürgern ruinierte, bis es zum großen Showdown kommt und unser Held sein Gegenüber mit einer Wasserpistole täuscht und sich erschießen lässt, damit seine Tochter die Lebensversicherung ausgezahlt bekommt. Wir fanden das clever.

»Und sonst?«, fragte ich. »Immer noch Dschihad? Deine Brüder sprengen sich ja weiter in die Luft.«

»Ich weiß nicht. Echt. Ich liebe Allah. Aber so? Das mit dem Tod und so hatte ich mir anders vorgestellt. Ich habe da was erlebt, aber weiß nicht so richtig, was. Weißt du, wie verbranntes Blut riecht? Oder wenn jemand stirbt? Ist nicht so wie im Film. Der ist irgendwann zu Ende, den kannst du abstellen.« Kadir fing an zu heulen, und ich wusste nicht, was ich sagen sollte.

»Ich lösch alles. Musst du auf deinem PC auch machen«, sagte ich. Kadir nickte.

»Am besten wäre, wenn man auch die schlechten Erinnerungen löschen könnte«, sagte Kadir.

»Ach, bei mir geht das ganz einfach«, sagte ich. »Ich erzähl einfach allen Scheiß meiner Mutter. Dann bin ich es los.«

Meine Mutter hatte mir tatsächlich beigebracht, mit meinen Sorgen nicht unnötig lange rumzulaufen. »Von schlechten Erlebnissen bekommt man nur Bauch- oder Kopfschmerzen. Reden ist wie Rohrfrei, mit dem ich die Haare im Abfluss wegkriege«, sagt sie immer.

»Das ist bei uns Muslimen anders. Das muss man mit Allah selbst abmachen. Weißt du, ich habe mich doch Abu Hureira nach dem Gefährten Mohammeds genannt.«

»Ich dachte wegen der Katze«, unterbrach ich ihn.

»Auch, aber der frühere Abu Hureira hat übermittelt, was Mohammed gesagt hat. Und danach gilt: Jedem Mitglied meiner Umma wird vergeben, außer jenen, die ihre Sünden öffentlich machen. Das heißt, was ich gemacht habe, geht nur mich und Allah etwas an.«

»Wie? Wenn du ein Geständnis machst, zum Beispiel zugibst, ein Handy abgezogen zu haben, dann bestraft Allah dich? Und wenn du schweigst, nicht?« Ich war verblüfft. Prima Begründung, warum machte ich mir eigentlich einen Kopf darüber, wenn ich schwindele? Tolle Religion.

»Du darfst dich eben nur nicht erwischen lassen«, brachte es Kadir auf den Punkt.

»Das heißt also, wer gesteht, wird bestraft, wer den Mund hält, dem vergibt dein Allah?«

Kadir schwieg. Und dann: »Bei den Sünden gegen ihn natürlich nicht.«

»Kannst mir doch einfach erzählen, was auf deiner Reise so abgegangen ist«, sagte ich. »Kannst ja den Scheiß weglassen. Das müsste doch gehen.«

Kadir sah mich an.

«Willst du eine Cola?«, fragte ich und stand auf. »Ich hol eine.«

Ja, und dann erzählte Kadir mir die ganze Geschichte. Vom Kulturverein in St. Georg, von der Busreise, Istanbul, Sanliurfa, den Schießübungen, Rakka und so weiter. Es war, als hätte die Cola ihm den Hals frei gespült. Ich weiß nicht, ob ich alles behalten habe. Es war eine lange Nacht. Kadir hat die ganzen 1,5 Liter Cola allein ausgetrunken, und ich hatte hinterher colarote Ohren. Und dann wunde Finger vom Aufschreiben und Surfen im Netz. Vieles von dem, was er mir erzählte, konnte ich gar nicht glauben und musste es erst auf den YouTube-Videos seiner Glaubensbrüder mit eigenen Augen sehen. Dann wusste ich: Kadir hatte nicht übertrieben.

Als er irgendwann in der Nacht ging, war es fast so wie früher. Fast.

Observationsbericht

Betreff: Arabische sunnitische Gruppen / Bereich Hamburg
Hier: Rückkehrer Kadir Ölmez aus Türkei/Syrien (?)
Ziel der Observation:
Bewegungsbild sowie Feststellung der Kontakte
8.30 h Beginn der Observation des Kadir Ö. (A1) an dessen Wohnanschrift.
10.00 h A1 verlässt das Wohnobjekt. Er trägt Jeans und Pulli und eine Umhängetasche. Er fährt mit dem Fahrrad zur Filiale der Hamburger Sparkasse in der Osterstr.

10.23 h A1 verlässt die Haspa und betritt einen Bäcker im Nachbarhaus.
10.28 h A1 fährt mit dem Fahrrad zu einem Baumarkt in der Stresemannallee.
10.53 h A1 verlässt mit seinen Einkäufen den Baumarkt und fährt Richtung Wohnanschrift.
Anmerkung: Durch Nachschau im Baumarkt wird festgestellt, dass A1 Klebeband, Kabelbinder und Katzenstreu gekauft hat.
11.07 h A1 betritt mit den Einkäufen das Wohnobjekt. Das Fahrrad stellt er angeschlossen vor dem Objekt ab.
15.18 h Ein Unbekannter (vermutlich Mark V.) in Trainingskleidung mit Sporttasche klingelt am Wohnobjekt und wird eingelassen.
16.30 h A1, inzwischen auch in Trainingskleidung, und der Unbekannte verlassen das Wohnobjekt. Sie gehen zur U-Bahn-Haltestelle Lutterothstr.
16.39 h A1 und der Unbekannte verlassen die U-Bahn Osterstr. und begeben sich zum Sportplatz.
17.00 h Fußballtraining auf dem HEBC-Sportplatz.
19.07 h Gemeinsame Rückfahrt zum Wohnobjekt. A1 und Unbekannter trennen sich.
19.35 h A1 verlässt das Wohnobjekt mit dem Fahrrad. Er fährt durch eine Kleingartenanlage, sodass eine Observation nicht fortgesetzt werden kann. Vermutliches Ziel: St. Georg. Observation durch Teilkräfte dort.
Anmerkung: Observation des Wohnobjekts mit Teilkräften.
22.23 h Rückkehr A1 in das Wohnobjekt. Er bringt das Fahrrad in den Hauskeller.
22.30 h Observation beendet.

Ersatzkämpfe

Mit Kadir habe ich über die Sache nicht wieder gesprochen. Es war eigentlich alles gesagt, und ich wusste auch nicht, was ich machen sollte. Ich war jetzt so etwas wie ein Komplize, wusste etwas, das ihn mit Sicherheit in den Knast bringen konnte. Kadir tat mir leid, aber ich konnte nichts tun, außer abzuwarten. Und schweigen. Es wäre mir lieber gewesen, ich hätte von alldem nichts gewusst. Ich war ein Mitwisser.

Mit der Zeit lief wieder alles wie früher. Wir gingen gemeinsam zum Training, und es war so, wie ich vermutet hatte. Zuerst behandelte Harry Kadir wie Luft, dann durfte er Hütchen aufstellen, Bälle aufpumpen und laufen, laufen, laufen. Schließlich, nach diversen Sonderschichten, durfte er wieder mitspielen. Als linker Verteidiger, also holzen und rennen. Kadir machte alles klaglos mit. Nur dass er für sich blieb, immer gleich nach dem Training verschwand und auch Partys für ihn tabu waren.

Als Meral mitbekam, dass ich jetzt wieder was mit Kadir unternahm, wurde sie mir gegenüber richtig aggressiv. Sie sagte, sie wolle mit mir nichts mehr zu tun haben. »Lass mich in Ruhe. Du bist doch auch nur so ein Verräter«, sagte sie. Ich konnte damit überhaupt nichts anfangen und mir ihr Verhalten nicht erklären. Kadir konnte ich nicht fragen, seine Schwester war für ihn – auch wenn er sie kaum beachtete – so etwas wie die Kronjuwelen.

»Die hat einen andern«, sagte Yps mit Kennermiene, und meine Mutter, die bemerkte, dass ich mich nicht mehr mit Meral traf, sagte: »Die hat bestimmt Sorgen und will nicht, dass ihr jemand reinquatscht.« Für mich war es ein weiteres Kapitel in dem Buch »Die Frau, das unbekannte Wesen«. Oder auch »Zickenalarm«.

Kadir fragte mich, ob ich mit ins Jugendhaus komme, wir könnten doch mal beim Boxtraining vorbeischauen. Auf Boxen hatte ich keine Lust, aber das Training sollte ja gut für das Körpergefühl und die Selbstbehauptung sein. Wir schlenderten also in unseren Trainingssachen zum Jugendhaus. Da wurde immer der große Saal frei geräumt, ein paar Matten und Geräte aufgestellt. In einer großen Kiste waren Boxhandschuhe. Tilman, der Boxlehrer, gab jedem ein paar Aufgaben, Dehn- und Aufwärmübungen. Als Göte Kadir sah, ging er auf ihn zu, begrüßte ihn und sagte: »Warst ja lange nicht da.«

»Ja, war im Urlaub«, sagte Kadir automatisch.

»Aha«, sagte Göte. »Ich dachte schon, du wärst ausgewandert.«

Kadir stutzte, und Göte sagte. »Ist gut, dass du wieder da bist. Weglaufen bringt nämlich nichts. Musst dich stellen. Zeig mal, was du kannst.« Er wies mit dem Arm auf den provisorischen Boxring und gab Kadir einen Klaps auf die Schulter. Kadir nickte.

Tayfun hatte einen harten Schlag und war nicht nur deshalb im Getto gefürchtet. Er tauchte gelegentlich beim Boxtraining im Jugendhaus auf. Boxtraining war dafür da, dass die Jungs ihre Aggressionen in den Griff bekommen, aber manchmal wurden hier auch Revierkämpfe ausgefochten. Das ging offiziell natürlich gar nicht, aber manchmal ergab sich das. Gegen Tayfun wollte niemand gern kämpfen, und meist trainierte er auch nur am Sandsack oder an der Pratze. Das war so ein Handschuh, den der Trainer ihm entgegenstreckte. Wenn jemand das Fell juckte, zeigte

Tilman ihm die Grenzen auf. Das beruhigte die meisten, denn Tilman hatte nicht nur ein schnelles Auge, sondern auch eine schnelle Hand.

Volkan hing auf der Bank herum, und Tayfun amüsierte sich im Sparring mit den Kleineren. Er freute sich, wenn sie wie wütende kleine Stiere auf ihn losrannten und doch immer nur in die Luft schlugen. Manchmal ließ er sie auch auf seinen Bauch schlagen.

Kadir und ich wärmten uns auf, machten Seilspringen und schlugen dann Luftlöcher. Tilman korrigierte und sagte: »Du sollst boxen, nicht prügeln.« Kadir schlug verbissen zu.

Tayfun beobachtete uns und meinte irgendwann zu Kadir: »Na, Alter, was ist? Ein Fight?«

Tayfun hatte ein feines Gespür dafür, wenn ihm nicht der nötige Respekt entgegengebracht wurde. Und Kadir hatte es versäumt, nach seiner Rückkehr zu ihm zu gehen und zu fragen: »Was geht ab, Alter?« oder so was. So, wie man einem Abi eben Respekt erweist. Kadir hatte sich seit seiner Rückkehr am Imbiss vorbeigeschlichen, als wären die beiden Gettokings gar nicht da. Das ging nicht. Also musste Tayfun zeigen, wer der Boss ist.

Kadir sah ihn an und nickte. Tilman sagte: »O.k., Jungs, aber nach meinen Regeln.« Er spürte, dass da was in der Luft lag. Er verteilte Kopf- und Mundschutz, Tayfun meinte, brauchen wir nicht, aber Tilman sagte: »Nix da.«

Mich irritierte es etwas, dass Kadir sich mit Tayfun messen wollte. Man geht nur in Kämpfe, bei denen man wenigstens den Hauch einer Chance hatte.

Es gab nur die große Matte, die den Ring darstellte, keine Seile. Ich sagte zu Kadir, dem ich die Boxhandschuhe anzog: »Bleib bloß weg von ihm.« Es gab keinen Gong, sondern einen Pfiff. »Boxt«, sagte Tilman, der den Schiedsrichter machte.

Tayfun kam nicht, sondern wartete auf Kadir, der seine Arme und Fäuste vor die Brust zur Deckung gehoben hatte. Kadir ging einen um den anderen Schritt mit dem linken Bein vorwärts. Tayfun hatte die Hände unten. Kadir hatte etwas längere Arme, und als er in Reichweite war, schlug er die Linke Richtung Tayfun. Der sah ihn nur abwartend an. Kadir ging auf die Zehenspitzen, federte leicht und schlug dann mit rechts zu. Er erwischte Tayfun, der seinen Kopf aber schnell zurückzog. Kadir marschierte weiter nach vorn und schlug und schlug Richtung Tayfun. Er traf Tayfun meist nur leicht. Tayfun wartete, zuckte mit der Rechten, dann mit der Linken, Kadir vergrub seinen Kopf hinter der Doppeldeckung. Plötzlich erwischte Kadir ein Schlag, den er gar nicht hatte kommen sehen. Voll in den Magen. Kadir knickte nach vorn, und Tayfun schlug mit der anderen Hand von unten Richtung Kopf. Das saß. Kadir schwankte und ging rückwärts. Aber Tayfun blieb ganz ruhig und setzte nicht nach. »Mach ihn platt«, rief Volkan aus der anderen Ecke. Pfiff. Die erste Runde war zu Ende.

Kadir atmete schwer, und ich hatte nichts weiter als ein Handtuch, mit dem ich ihm etwas Luft zuwedeln konnte. Tilman kam, sah Kadir in die Augen und fragte: »Alles o.k.?« Kadir nickte und schnaufte. In der zweiten Runde war es ähnlich. Tayfun stapfte pomadig über die Matte, hielt die Fäuste nicht hoch und kassierte ein paar Wischer. Er schlug nur ein Mal zu. Voll auf die Birne von Kadir, der aber nur kurz benommen war, denn da war ja der Kopfschutz. Auch die Runde ging glimpflich aus.

»Jetzt mache ich ihn fertig«, sagte Kadir, der in der Pause schon bedenklich keuchte. »Pass auf«, sagte ich, »der hat was vor.« »Letzte Runde«, sagte Tilman und pfiff. Kadir ging wieder nach vorn, und Tayfun begann plötzlich wie ein Irrer zu schlagen. Rechts, links, rechts, links, Kopf, Bauch, Rippen. Kadir stand da in der Mitte und machte nichts. Er hielt zwar die Fäuste oben, aber das nützte nichts. Tayfun verprügelte ihn nach Strich und Faden. Ich konnte es nicht mehr mitansehen und warf das Handtuch, Tilman stürzte sich auf Tayfun, um ihn vom Schlagen abzuhalten. Alle schrien durcheinander. »Aufhören, halt, halt.« Kadir stand da und ging ganz langsam in die Knie, und Tilman stieß Tayfun von der Matte.

Kadir krümmte sich am Boden, Tayfun hatte ihn voll auf dem Punkt erwischt. Tayfun kam, beugte sich über ihn und zischte auf Türkisch: »Das ist für Kobane, du Opfer.«

Tilman hatte Sorgen, dass Kadir etwas passiert war. Aber Kadir sagte gar nichts.

Göte kam, weil alle furchtbar geschrien hatten. Er sah Kadir, Kadir sah ihn an. Niemand sagte etwas. Das Selbstbehauptungstraining war für dieses Mal beendet. Ich verstand das alles nicht. Vor allem nicht, warum Kadir sich hatte so verprügeln lassen. »Was bedeutet Kobane?«, fragte ich, als wir nach Hause gingen.

»Ach, so ein Kurdenkaff«, sagte Kadir.

Ich sah ihn dann ein paar Tage nicht. Er arbeitete, vergrub sich in seinem Zimmer und träumte wohl davon, dass alles in die Luft fliegt. Na ja, er war eben ein wenig traumatisiert nach seinem »Urlaub«. Vielleicht brauchte er mal ein schönes Erlebnis. Das kündigte sich an, als unser Trainer geheimnisvoll tat und uns nach dem Training eine Überraschung ankündigte. Harry machte es spannend. Er hatte durch »Beziehungen«, wie er sagte, Karten für das Heimspiel von St. Pauli bekommen und verteilte sie unter großem Jubel in der Kabine. Er war stolz, dass ein ehemaliger Spieler »seiner« B-Jugend heute beim FC Paderborn spielte und – dadurch wurde er zur Vereinslegende – einmal mit seinem Verein sogar gegen den HSV gewonnen hatte. »Bohne«, wie er ihn nannte, hatte den HEBC nicht vergessen und die Karten spendiert. Es wurde natürlich diskutiert, wen man am Samstag anfeuern würde. Den Kiezclub oder »unseren« Mann. Die St.-Pauli-Fans in der Mannschaft sagten: »Wir lassen uns nicht bestechen.«

Nicht nur Heiratspläne

Meral ahnte, dass etwas Furchtbares passieren würde. Denn es war nicht zu vermeiden. Sie hatte vor zwei Tagen mit Kadir gesprochen und ihm gesagt, dass der Onkel und die Eltern beschlossen hatten, dass sie Zeki heiraten soll.

Kadir hatte sie gefragt: »Und was sagt Zeki dazu?« Er wusste schon lange, dass Zeki begeistert sein würde.

»Frag lieber, wie ich das finde«, sagte sie.

»Und?«, sagte Kadir. »Zeki ist doch in Ordnung.«

»Zeki ist ein Melonenverkäufer. Und ich sitze dann irgendwann an der Kasse von Onkels Laden. Danke sehr.«

Meral hatte sich ihrem Bruder anvertraut, weil sie hoffte, dass wenigstens er auf ihrer Seite war. Sie wollte nicht heiraten, sondern ihre Ausbildung machen. Denn wenn sie erst verheiratet wäre, dann würden alle erwarten, dass sie ein Kind kriegt, und dann könnte sie nicht mehr arbeiten. Meral hatte das Gefühl, dass ihr Leben dann vorbei sei. Aber die Familie hatte es anders beschlossen.

Kadir war das egal, er meinte nur, dass der Onkel alles bestimme, da könne sie sonst was machen. Außerdem sei es so vorgesehen, dass Frauen die Kinder bekommen. Und dann war er immer noch davon überzeugt, dass Meral es war, die ihn bei der Polizei angezeigt hatte. Seine Mutter hätte das niemals getan, wenn Meral sie nicht dahin geschleppt hätte.

»Hattest du was mit Mark?«, fragte Kadir. Meral schüttelte den Kopf. Kadir zeigte ihr das Foto, auf dem sie sich mit Mark küsst.

»Wo hast du das her?«, schrie sie. Kadir sagte: »Ich weiß alles. Kann ich ja dem Onkel zeigen. Vielleicht lässt er dich dann frei.« Kadir wusste, dass das der GAU sein würde.

Meral begann zu weinen und sagte: »Ich bring mich um.«

»Als Muslim ist das verboten. Nur Allah bestimmt, wann der Tag gekommen ist«, sagte Kadir, und jetzt lachte er. Es klang aber nicht lustig.

»Lass mich doch mit deinem Allah in Ruhe. Hat er auch bestimmt, dass ich jemanden heirate, den ich nicht riechen kann?« Sie drehte sich um, rannte raus und knallte die Tür zu.

Später kam Kadirs Mutter, brachte Ayran und Börek und sagte zu Kadir: »Meral ist etwas aufgeregt. Nach der Verlobung wird sie sich beruhigen.«

Kadir war gerade dabei, Zeug in seine Tasche zu packen. Er hatte den Computer aufgeschraubt und eine grüne Platte ausgebaut. »Nicht schon wieder essen, Anne. Ich hab noch was zu tun. Ich geh in den Keller, muss noch das Fahrrad flicken.«

»Mach das, mein Junge. Allah beschütze dich.«

Als Kadir im Keller war, betete er das *Istikhara*-Gebet,

um die richtige Entscheidung zu treffen. Er nahm die Platine aus seiner Tasche, legte sie auf den kleinen Arbeitsblock und schlug mehrmals mit dem Hammer drauf. Sie zersplitterte. Er warf den Hammer weg. Dann legte er eine neue Batterie in den Wecker, prüfte, ob er tickte, und packte den präparierten Kochtopf und den Wecker in die Tasche und verschloss sie.

Kadir konnte vor lauter Aufregung nicht schlafen. Auch Beten half nicht wirklich. Die ganze Nacht ging er die Aktion noch einmal durch. Er hatte sich alles vor Ort angesehen. Die Gelegenheit war perfekt. Erst kurz bevor die Sonne aufging, schlief er endlich ein, wachte aber früh wieder auf. Er musste los, wenn er seiner Mutter nicht begegnen wollte. Einen kurzen Moment fiel ihm auf, dass er immer weggelaufen war, wenn es ernst wurde. Aus der Schule, vor dem Spiel, vor dem Tod im Auto. »Du musst dich stellen«, hatte Göte gesagt. Jetzt würde er sich stellen. Aber anders, als alle dachten. Dann würde alles gut. Auch für Meral.

Er betete ein letztes Mal. Er kannte dieses Gefühl, mit allem abzuschließen, man bekam Übung im Sterbenwollen. Abu Hureira schnappte sich die Tasche. Er schaffte es nicht, sich von seiner Mutter zu verabschieden, und schlich durch den Keller aus dem Haus. Die Zivilbeamten, die vor dem Haus warteten, bekamen davon nichts mit.

Der fehlende Kochtopf

Seine Mutter merkte es als Erste. Sie wollte *etli nohut*, Lammfleisch mit Kichererbsen, kochen und brauchte dafür ihren Schnellkochtopf. Aber der war nicht zu finden. Da, wo er sonst im Topfschrank stand, war eine Lücke. Sie ging ins Zimmer ihrer Töchter, um die zu fragen. Aber Nermin maulte nur müde herum, bis ihr einfiel: »Ich glaube, Kadir hat den mit in den Keller genommen.«

»Was will er denn mit dem Kochtopf?«, fragte die Mutter und schüttelte den Kopf.

»Kadir, wo ist der Kochtopf?«, fragte sie, als sie das Zimmer ihres Sohnes betrat. Aber das Bett war leer, und das Zimmer kam ihr merkwürdig verlassen vor. Der Computer schien kaputt zu sein. Als Nermin im Nachthemd hinter ihr ins Zimmer kam, schrie sie auf: »Der Computer. Kadir hat den Computer kaputt gemacht.«

»Im Keller, sagst du?« fragte die Mutter, nahm sich den Kellerschlüssel und fuhr hinunter.

Kadirs Mutter war nur einmal im Keller gewesen. Sie wusste zwar, wo er war, aber nicht, was ihr Mann und der Sohn da getrieben hatten. Der Verschlag war verschlossen. In einer Ecke lagen die Winterreifen vom Auto, und sonst lagen da alte Sachen und Kabel und angebrochene Tüten mit weißem Zeug rum, grüne Splitter und ein Hammer. »Was für eine Unordnung«, sagte sie.

Vom Kochtopf aber auch hier keine Spur. Sie konnte sich das alles nicht erklären. »Wo ist Meral?«, fragte sie, als sie wieder oben war.

»Weißt du doch. Die wollte doch bei Sevda schlafen«, sagte Nermin, die immer noch völlig außer sich war, dass jetzt der Computer kaputt war.

Mutter telefonierte. Kadir ging nicht ans Telefon, und Meral erreichte sie erst gegen elf Uhr. »Mama, ich habe heute frei, da kann ich wohl mal ausschlafen«, maulte die Tochter und verstand kaum, was die Mutter sagte. Sie verstand nur Kadir, Kochtopf, Computer und nach Hause kommen. Mit Kadir, dem Verräterarsch, wollte sie nicht telefonieren, und eigentlich hatte sie auf die ganze Familie überhaupt keinen Bock. Als sie dann kurz vor ein Uhr zu Hause ankam, hatte ihre Mutter schon die ganze Verwandtschaft zusammengeheult. Nermin kochte immer noch vor Empörung und erklärte, was alles auf dem Computer für wichtige Dinge gewesen seien, die jetzt verloren waren. Meral zählte eins und eins zusammen. Auf dem Computer waren Kadirs Videos und Kontakte, und zum Kochen hatte Kadir sich den Kochtopf bestimmt nicht ausgeliehen.

»Wollte er heute nicht zum Spiel von St. Pauli?«, fragte sie ihre Mutter.

»Ja, aber mit dem Kochtopf?«

Meral überlegte. Es brauchte etwas, dann rannte sie los. Vor dem Haus stand immer noch das Auto mit dem Polizisten. Er döste vor sich hin. Sie klopfte an die Scheibe von dem Ford Fiesta. »Haben Sie meinen Bruder aus dem Haus gehen sehen?«, fragte sie den überraschten Mann.

»Wer sind Sie, was wollen Sie?«, fragte der Beamte, der sich ertappt fühlte.

»Ich bin die Schwester von dem Mann, den Sie beobachten. Aber der ist weg. Er hat seinen Computer kaputt gemacht, und ein Schnellkochtopf ist auch weg.«

»Aha«, sagte der Beamte. »Und wie heißen Sie?«

»Meral Ölmez, die Schwester von Kadir Ölmez. Machen Sie was.«

Notbremse

Kadir schrie: »Allahu Akbar. Gott ist groß.« Er stand auf dem Platz vor dem Stadion am Millerntor, hielt sein Handy in die Höhe, zwischen seinen Beinen die Sporttasche. Ringsum gingen die Leute, die auf dem Weg ins Stadion waren, in Deckung. Polizeisirenen heulten, Polizisten in Kampfmontur und mit Maschinenpistolen in der Hand kamen angerannt, stoppten, knieten sich hin und zielten auf Kadir. Die Glocken von AC/DC läuteten zur Höllenfahrt, und ich rannte auf den Todeskandidaten zu, hörte nichts mehr, lief nur noch.

Kadir sah mich nicht kommen, sondern starrte auf die Waffen, die auf ihn gerichtet waren. »Allahu Akbar.« Es klang, als riefe er: »Schießt doch.« Es war der längste Fünfzig-Meter-Sprint, den ich je gemacht hatte. Ich hatte Angst, zu spät zu kommen. Zu spät vor den Schüssen der Polizisten, zu spät vor Kadirs Druck auf den Zünder. Wenige Schritte vor ihm sprang ich ab, als wollte ich einen vor mir laufenden Stürmer mit einer Notbremse am Torschuss hindern. Ich streckte das linke Bein gerade nach vorn, sodass ich es vor seine Beine bringen konnte, das rechte Bein winkelte ich an und trat dem Freund von hinten in die Kniekehlen. Ein stechender Schmerz schoss mir durch den Ellbogen, als ich auf dem Betonfußboden landete. Kadir fiel vornüber und knallte völlig überrascht auf den Boden. Sein Handy flog im hohen Bogen weg, die Tasche rutschte zur Seite. Alles schmiss sich auf den Boden. Die Polizisten in Schwarz waren die Ersten, die bei uns ankamen. Einer schmiss sich über mich, ein anderer über Kadir. Sie zerrten uns in affenartiger Geschwindigkeit von der Tasche weg. Auch danach ging alles ganz schnell. Sie schleppten uns mit in das Gebäude, räumten in Windeseile den Platz. Ich sah nicht, wohin sie Kadir brachten. Sie untersuchten ihn, ob er einen Sprenggürtel trug.

Ich musste warten, bis sie die Sporttasche gesichert hatten. Das dauerte eine Weile. Sie wurde von einem kleinen Roboter geöffnet. Man fand einen Wecker, Drähte und einen Schnellkochtopf. In dem Schnellkochtopf war Katzenstreu.

5

Der Prozess

Berühmt

Niemand hatte Kadir verleumdet, er hatte sich selbst in die Lage gebracht. Die Zeitungen schrieben von einem versuchten Terroranschlag auf das St.-Pauli-Stadion durch einen Islamisten, der nur durch das mutige Eingreifen eines Fußballfans verhindert werden konnte. Für ein paar Stunden oder Tage war ich der Held. Weltberühmt in St. Pauli. Man klopfte mir auf die Schulter, bis sie schmerzte, und ich musste wieder und wieder erzählen, was ich getan hatte. Tayfun spendierte mir sogar einen Döner und sagte Abi, großer Bruder, zu mir.

Ich wurde von der Polizei und allen möglichen anderen Stellen verhört. Dann sickerte bald durch, dass Kadir gar nicht vorgehabt hatte, einen Anschlag zu verüben. In der Sporttasche hatte man kein Gramm Sprengstoff gefunden, sondern nur handelsübliches Katzenstreu. Man begann, sich über die »Aktion Katzeklo« lustig zu machen.

Ich glaubte nicht an diese Variante, sondern war der Meinung, Kadir hatte vor, durch die Polizei Selbstmord zu machen. Er hatte sich so verhalten, dass alle dachten, er würde sich in die Luft sprengen wollen, und legte es darauf an, dass die Polizei ihn erschoss. Suicide by cop wie bei »Falling down« oder dem Typen, der in London mit Fußfessel und Messer in der Hand Polizisten angegriffen hatte. Wir waren alle auf Kadir reingefallen. Meral, seine Mutter, die Polizei und ich. Ausgerechnet ich hatte ihm den finalen Abgang mit meiner Blutgrätsche versaut. Aber ich war immer noch sauer, denn ich hatte tatsächlich geglaubt, er wollte Schluss machen.

Man stellte alles Mögliche sicher, durchsuchte die Wohnung der Familie Ölmez und drehte jedes Blatt Papier dreimal um. Und natürlich fand man im Netz das Video mit der Katze.

Trotz Ruhm und Ehre befand ich mich in einer beschissenen Lage. Man befragte mich natürlich, ob ich wüsste, wo Kadir im »Urlaub« gewesen war. Ich wusste es ja nicht wirklich und war in einem echten Gewissenskonflikt. Sollte ich sagen, was ich wusste oder was ich vermutete? Was war die Wahrheit? Warum machte er nicht reinen Tisch und übernahm Verantwortung?

Kadir hatte keinen Ausweg mehr gesehen. Der Krieg in Syrien und in seinem Kopf. Die toten grünen Vögel in seinen Träumen. Die Schande, ein Verräter zu sein, die Aussicht, für lange Zeit ins Gefängnis zu müssen, ewig vom Onkel abhängig zu sein. Dann hatte er sich wohl gedacht, doch lieber als Märtyrer auf ewig zumindest auf YouTube zu überleben und vielleicht ins Paradies zu kommen. Ob das tatsächlich seine Gedanken waren, wusste ich nicht. Ich konnte ihn nicht mehr fragen. Denn als Zeuge und Beteiligter durfte ich bis zu seinem Prozess keinen Kontakt mit ihm haben.

Bye Bye

Eines Tages stand Meral dann vor unserer Haustür und wollte mich sprechen. »Ich wollte mich von dir verabschieden«, sagte sie.

»Wirst du heiraten?«, fragte ich sie. Wir hatten uns seit dem Vorfall nicht wieder gesprochen. Irgendwie war es klar, dass Kadir für immer zwischen uns stand.

»Nein«, sagte sie. »An Hochzeit ist gar nicht zu denken. Der Onkel will mit unserer Familie nichts mehr zu tun haben. Und Zeki macht sowieso, was sein Vater will. Aber ich hatte ihm schon vorher gesagt, dass ich ihn nicht heiraten werde.«

»O.k.«, sagte ich, »und was machst du jetzt?«

»Ich geh als Au-pair nach London. Für ein Jahr. Englisch lernen. Vielleicht kann ich dann da ja meine Ausbildung weitermachen.«

»Cool. London. Wollte ich auch schon immer mal hin«, sagte ich.

»Kannst mich ja mal besuchen«, erwiderte Meral, die immer noch in der Haustür stand.

»Gute Idee. Mach ich.« Ich kam nicht auf den Gedanken, sie hereinzubitten.

»Ja, ich komme dann noch mal wieder, zum Prozess.«

»Ja, da sind wir ja Zeugen«, sagte ich. »Wie geht es Kadir im Gefängnis?«

»Keine Ahnung. Er redet nicht, sagt meine Mutter.«

»Aber er hat einen guten Anwalt. Habe ich gehört von einem Schulkameraden. Dessen Vater ist auch Anwalt«, sagte ich.

»Den wird er brauchen«, sagte Meral. »Also. Ich geh dann mal.«

Sie kam einen Schritt auf mich zu, sagte: »Danke für alles.« Und küsste mich auf den Mund. Dann ging sie.

Die Anklage

Es dauerte Wochen, ich glaube sogar Monate, bis es zum Prozess kam. Ich war auch als Zeuge geladen, hatte aber schon vorher bei der Staatsanwaltschaft ausgesagt. Da hatte man mich gefragt, was, wieso und so weiter ich gemacht habe und was ich von Kadirs Einstellungen wusste. Konkret zu seinem Aufenthalt in Syrien befragt, hatte ich mich unbestimmt geäußert. Ich ging davon aus, dass Kadir mir die Peinlichkeit, ihn verraten zu müssen, ersparen würde, und hoffte darauf, dass er reinen Tisch machte.

Die Anklage gegen Kadir lautete wegen der Sache in St. Pauli auf »Störung des öffentlichen Friedens durch Androhung einer Straftat«, § 126 StGB, hier eines Terroranschlags, und wegen seines »Urlaubs« und der Mitgliedschaft in einer terroristischen Vereinigung im Ausland, § 129 a und b. Für jede dieser Sachen gab es reichlich Freiheitsstrafe.

Ich hätte mir den Prozess gern angesehen, aber Kadir stand vor einem Jugendgericht, und da sind die Verhandlungen generell nicht öffentlich. Ich war also darauf angewiesen, was ich über alle möglichen Ecken von dem Verfahren erfahren konnte. Die eine Ecke war Yps. Für mich war die Sache klar wie Kloßbrühe. Kadir hatte Scheiß gebaut, mit diesen Terroristen zusammengearbeitet, fast einen Anschlag in Syrien gemacht und einen in Hamburg vorgetäuscht, bei dem ich fast hopsgegangen wäre.

»Außerdem«, sagte Yps, »weiß man doch, dass die IS Terroristen sind. Prahlen damit doch im Internet.«

»Ganz so einfach ist das nicht«, sagte Yps' Vater. »Bei uns herrscht das Individualstrafrecht. Da musst du jedem einzeln nachweisen, was er konkret getan hat. Und ich bin mir nicht sicher, ob man Kadir überhaupt verurteilen kann. Wenn er nicht gesteht und man ihm nicht hieb- und stichfest beweisen kann, wann und wo er in Syrien bei dem IS war, dann wird es schwierig. Und die Sache vor dem Millerntor – sorry, Mark – ist auch nicht so eindeutig.«

»Wieso nicht? Das war so was von eindeutig. Allahu Akbar schreien und so tun, als würde man sich in die Luft sprengen, das ist doch eindeutig.«

»Tatsächlich? Ein Verteidiger wird sagen: Hohes Gericht, ist es verboten, auf einem öffentlichen Platz zu rufen: ›Gott ist groß‹? Was wird nicht alles in Fußballstadien gerufen und gesungen? Wir haben es hier mit einem Jugendlichen zu tun, dem vielleicht nicht so ganz die politischen Zusammenhänge klar waren. Musste er annehmen, dass sein – zugegeben etwas unsinniges – Verhalten als Terrorakt missverstanden wird?« – »Papa, bist du nun für ihn?«

»Ich sage nur, dass es um die Fakten geht. Und die kann man so oder so betrachten.«

Yps' Vater nahm einen Schluck Rotwein, Yps ein paar Chips, und ich sagte: »Aber ich weiß, dass er beim IS war.«

»Dann bist du ein Mitwisser und musst es auch vor Gericht sagen.«

»Aber ich kann es nicht beweisen. Er hat es mir ja nur im Vertrauen gesagt. Ich würde ihn ja verraten«, sagte ich.

»Aber der Richter wird entscheiden, ob er dir oder Kadir glaubt. Und hat er dich nicht verraten, als er da vor dem Millerntor stand?«, fragte der Vater.

»Na, er hat gar nichts gesagt. Ich habe gedacht, dass er uns in die Luft sprengen will. Ich hatte Angst um mein Leben und wollte nicht sterben.«

»Er hat dich verarscht, um es genau zu sagen«, sagte Yps.

»Ja, Mark, erst war dein Mut und jetzt ist dein Gewissen gefragt«, sagte Yps' Vater.

Das Schweigen

Der Verteidiger von Kadir verfolgte vor dem Gericht genau die Strategie, wie sie Yps' Vater vorhergesagt hatte. Er sagte, die »Sache vor dem Stadion« sei ein Dummer-Jungen-Streich und niemals ein vorgetäuschter Terroranschlag. Die Behörden hätten überreagiert und völlig unnötig in Panik ein Terrorkommando geschickt. »Und glauben Sie, hohes Gericht, sein Freund hätte ihn einfach so umgegrätscht, wenn er nicht gewusst hätte, dass Kadir nichts Böses vorhatte?«

Kadir schwieg zu all den Vorhaltungen und ließ seinen Anwalt reden, der mit jedem Verhandlungstag optimistischer wurde, Kadir bald aus der Haft herauszuhaben.

Der Richter machte seine Sache aber gründlich. Er ließ ein psychiatrisches Gutachten über Kadir anfertigen, er bestellte einen Sachverständigen, der über den Kulturverein und die politischen Verhältnisse in Syrien berichtete.

Dann sah sich das Gericht gemeinsam die im Internet und auf dem Computer und Handy gefundenen Videos und Fotos an. Man bestellte die Familie ein und vernahm sie. Aber entweder hatten die Verwandten nichts zu sagen, oder sie verweigerten die Aussage. Einzig Kadirs Vater fehlte noch. Er hatte sein Kommen zugesagt. Aber er war mit dem Auto aus der Türkei unterwegs und verspätete sich.

Als Nächster sollte ich mit meiner Aussage dran sein. Mir ging es schlecht, denn ich wollte nicht Richter über meinen Kumpel spielen. Sollte ich sagen, was Kadir mir anvertraut hatte? Ich saß also da mit Yps auf der Holzbank in dem großen Flur vor dem Verhandlungssaal und wartete auf das Jüngste Gericht.

Plötzlich hörte ich Stimmen. Kadirs Mutter und sein Vater kamen den Flur entlang. Kadirs Vater sah mich, kam auf mich zu, drückte mir die Hand und sagte zu Yps und mir seinen üblichen Spruch: »Na, die Jungs. Wie geht's«, und ging schnurstracks in den Verhandlungsraum. Ich wollte ihn noch aufhalten, denn man wurde hereingerufen und durfte nicht so einfach in die Verhandlung platzen. Aber Kadirs Vater hatte den langen Weg aus Anatolien nicht gemacht, um auf einem Flur zu warten. Er wollte seinen Sohn da rausholen.

Der Richter Dr. Grube war ein freundlicher Mann, der nicht allzu sehr auf der Autorität seines Amtes bestand. Als Jugendrichter war er sowieso eher verständnisvoll als strafend. Man war gerade dabei, sich das Bekennervideo aus Rakka anzusehen. Jemand sagte, dass die Katze auf dem Bild wohl etwa drei Monate alt und typisch für die Gegend dort sei. Sie sei wohl eine arabische Mau, wenigstens ein Elternteil. Der Richter zog die Augenbrauen hoch, als er das hörte. So genau wollte er das nun auch nicht wissen und fragte, ob der Mann auf dem Video eindeutig zu identifizieren sei. Der Spezialist vom Bundeskriminalamt musste das verneinen, mit letzter Sicherheit könne man das nicht sagen.

Dr. Grube zog dann die Vernehmung von Kadirs Vater vor und bat den Sachverständigen um etwas Geduld. Er fragte Kadirs Vater wie immer zunächst nach den persönlichen Daten und aktuellen Lebensumständen. Dann danach, wie er seinen Sohn sah. Anschließend wurde er konkreter und fragte nach den religiösen Interessen seines Sohnes und nach dem Aufenthalt von Kadir in seinem Dorf. Der Vater erzählte, dass er sich sehr gefreut habe, als sein Sohn zu ihm ins Dorf gekommen sei. Er habe ihm geholfen, ein neues Dach auf den alten Stall zu bauen. »Er ist ein guter Junge«, sagte er. Noch etwas *delikanli,* wild, aber das seien alle Jungen in dem Alter.

Der Richter wollte schon die Vernehmung beenden, als der Vater sagte: »Herr Richter, glauben Sie mir, mein Sohn kann kein schlechter Mensch sein. Als er zu mir kam, hatte er nichts dabei als die Sachen, die er auf dem Leib trug. Man hatte ihm alles gestohlen. Aber eines hat er sich nicht nehmen lassen.« Kadirs Vater nahm seine Tasche, die er dabeihatte, öffnete sie, holte etwas heraus und setzte es vor sich auf den Zeugentisch: eine Katze, rot mit einem weißen Ohr. »Herr Richter, kann jemand, der eine Katze rettet, ein schlechter Mensch sein?« Triumphierend blickte er sich nach seinem Sohn um. Er war sich sicher, ihn damit gerettet zu haben. Der Anwalt schlug die Hände vors Gesicht. Kadir senkte seinen Kopf bis auf die Tischplatte. Der Richter sagte: »Danke, Herr Ölmez, aber Tiere sind vor Gericht nicht erlaubt.«

Das Urteil

Meine Aussage war nun nicht mehr prozessentscheidend. Ich musste eine Woche später antreten und sagte alles, was ich wusste. Kadir starrte die ganze Zeit vor sich hin. Er ließ seinen Anwalt dann noch eine Erklärung verlesen, dass ihm alles leidtäte, er aber nichts Böses getan habe. Die Beweisaufnahme wurde schnell abgeschlossen, und das Urteil kam auch bald. Im Namen des Volkes wurde in der Strafsache gegen Kadir Ölmez für Recht erkannt: Der Angeklagte Kadir Ölmez wird wegen Mitgliedschaft in einer terroristischen Vereinigung im Ausland sowie der Vortäuschung einer schweren Straftat zu einer Freiheitsstrafe von vier Jahren und sechs Monaten verurteilt.

Kadir kam in die Jugendstrafanstalt nach Hahnöfersand, einer Insel in der Elbe, und lehnte es ab, mit seinen Eltern in Kontakt zu bleiben. Sie sind daraufhin mit Nermin in die Türkei zurückgegangen. Nermin sagte, sie wolle dort auf einer Imam-Hatip-Schule Abitur machen.

Kurz nach dem Urteil stand sie mit einer Tasche vor unserer Tür. »Kadir fragt, ob du, solange er im Gefängnis ist, auf seine Katze aufpassen kannst?« Ich nahm die Tasche. Als meine Mutter das Kätzchen sah, sagte sie: »Oh, ist die süß. Wie heißt die denn?«

»Ich glaube, Mu'izzi.«

Kadirs salafistischer Grundwortschatz

Abayyah
Im Buch eine der fünf besonderen Stuten Mohammeds. Kann aber auch verwechselt werden mit der Bezeichnung für die traditionelle schwarze Frauenkleidung, die den kompletten Körper umhüllt, ohne Konturen erkennen zu lassen, wie sie etwa auf der Arabischen Halbinsel getragen werden muss.

Abu
»Vater von«. Jeder Kämpfer oder jeder neue »Bruder« einer Salafi-Gruppe bekommt oder wählt für sich einen *Abu*-Namen, auf Arabisch sagt man eine *Kunya*, einen Beinamen. Meist gefolgt von einem Mädchen- oder häufiger Jungennamen, dessen Vater man künftig sein will oder bereits ist. Viele *Abu*-Namen werden aber auch nach den Vorbildern von Prophetengefährten gewählt, wie etwa Kadirs »Abu Hureira«. Außerdem gibt es Namen, in denen Abu ein Wort folgt, das den Träger charakterisieren soll, wie z.B. Abu Nazzara (Vater der Brille) für jemanden, der eine auffällige Brille trägt.

Ahmad ibn Hanbal (geb. 780)
Einer der wichtigsten Hadithgelehrten und Gründer einer der vier sunnitischen Rechtsschulen, der Schule der Hanbaliten. Dieser gehören lediglich fünf Prozent aller Sunniten an. Sie ist in Saudi-Arabien die staatlich befolgte Rechtsschule und gilt als besonders streng und kompromisslos.

Akhi
Das arabische Wort bedeutet Bruder. So redet Kadir seine Freunde an, die er zum engeren Kreis von Vertrauten zählt. Diese Ansprache signalisiert eine besondere Zugehörigkeit zur Gemeinschaft und damit Distanz zu anderen Freunden, wie etwa Mark.

Alhamdulillah
bedeutet »Gelobt sei Gott« oder auch »Gott sei Dank«. Wenn Kadirs Freunde dieses Wort sagen, drücken sie immer eine Form von Dank und Gottergebenheit aus, etwa wenn etwas geklappt hat. Sicher eine der am meisten gebrauchten Floskeln, die in beinahe jeder Situation angebracht werden kann. So ist Alhamdulillah auch die Antwort auf die Frage »Wie geht's?«, und kann inflationär einfach an beinahe jeder Stelle in einen gesprochenen Satz eingebaut werden.

Ansari
bedeutet, einer der *Ansar* zu sein, das bedeutet Helfer, Unterstützer. Ansar waren die Gefährten des Propheten bei seiner Auswanderung nach Medina. In Anlehnung an diese Vorbilder bezeichnen sich die Unterstützer der Muhadschirin, der Auswanderer, im IS ebenfalls als Ansar. Wird

gerne auch als »Unterstützer von« in Namen von Gruppierungen verwendet. Dem IS stehen etwa Gruppierungen in Ägypten oder Nordafrika nahe, die sich *Ansar al-Scharia*, also »Unterstützer der Scharia«, nennen.

Aura, eigentlich 'Aura
bezeichnet die Körperstellen, die bedeckt werden müssen. Dies ist in der Regel bei den Männern etwa der Bereich zwischen Bauchnabel und Knie. Bei Frauen gilt dies aber für den gesamten Körper, nach hanbalitischer und damit salafistischer Vorstellung sogar einschließlich der Hände, Füße und des Gesichts.

Dawa
bedeutet für Kadir »Einladung« oder »Aufruf zum Islam«. Dawa-Aktionen sind etwa Islamseminare, auf denen er Lehrsätze kennenlernt, um die Religion »richtig« zu praktizieren, oder Islamseminare, die Kadir übers Wochenende besucht. Die sicher bekannteste Dawa-Aktion ist das Verteilen von Koranen in den Fußgängerzonen.

Dschahannam (türk. Cehennem) oder selten Gahannam
Die Hölle. Diese wird in den Vorträgen, die Kadir gehört hat, immer besonders furchterregend mit erschütternden Details thematisiert. Dabei können die Einzelheiten gar nicht schrecklich genug ausgemalt werden. So brennen Feuer (die Hölle gilt als tiefe Grube voller Feuer), fließen Eiter, Blut, Erbrochenes, und es werden unerträgliche Schmerzen beschrieben. Manchem der Prediger, die Kadir möglicherweise kennengelernt hat, treiben die Beschreibungen Tränen in die Augen.

Dschanna
Das Paradies, das in vielen Vorträgen bei Salafisten vorkommt. Es wird in den schönsten Aspekten detailreich beschrieben. Besonders die unterschiedlichen Stufen des Paradieses werden thematisiert. Denn die höchste und erstrebenswerteste Stufe bleibt Märtyrern vorbehalten. Diese Stufen wollen Kadir und seine Freunde unbedingt erreichen. Manche Prediger gehen so weit, dass sie das »Chillen« im Paradies beschreiben.

Dschihad
Als Begriff, wie er von Kadirs Freunden benutzt wird, meint er immer den bewaffneten Kampf für die gute Sache gegen alle Feinde des Islam. Dieser Kampf wird von Kadirs Freunden häufig als vergessene Pflicht dargestellt, die jeder wahre Muslim zu erfüllen habe. Dabei werden die Schlachten und Kämpfe des Propheten stets als große nachahmenswerte Vorbilder dargestellt. Dies gilt besonders für die Texte, die Kadir zu lesen bekommt, oder die YouTube-Videos, die er sich anschaut. Die Kämpfer werden in der Propaganda häufig als Mischung aus mittelalterlichen Rittern zu Pferde und modernen »Special Forces« dargestellt.

Dschinn
auch Ginn oder Jinn, sind übersinnliche Wesen, aus Feuer erschaffen, die für Kadir und seine Freunde unsichtbar, aber dennoch sehr real sind, da sie häufig im Koran erwähnt werden. Dschinn werden als Gläubige und Ungläubige beschrieben und spielen in Träumen eine große Rolle. Sie sollen, so glauben es Kadirs Brüder, von Menschen Besitz ergreifen können und in deren Körper einfahren und diese dann in fremden Sprachen sprechen lassen.

Fitna
Die Versuchung oder eine Anfechtung, alles, was einen vom geraden Weg abbringen könnte. Für Kadirs Freunde in einem nicht islamischen Umfeld sind dies etwa Frauen und deren lockere Kleidung, selbstbewusste Frauen, Drogen, Musik, Kino, manche Sportarten, allgemein alle Ablenkungen, wie etwa Shopping, Kleidung, Comics, Bilder und selbst Bücher, wenn sie nicht religiös sind. Diesen Versuchungen zu widerstehen, gibt Kadirs Freunden Selbstbewusstsein.

Ghazu oder Ghazwa
Ein Streifzug, um Beute zu machen. Überfälle werden damit bezeichnet, die schnell vorgetragen werden, um rasch Beute zu machen und sich dann wieder zurückzuziehen. Das Wort »Razzia« leitet sich von diesem arabischen Begriff ab.

Hadithe
Aussprüche des Propheten, die für Kadir und seine Kumpels immer eine wichtige Rolle spielen. Im Laufe der Zeit lernen sie viele der Sprüche auswendig und zitieren sie dann bei passender Gelegenheit.

Haram
Ganz wichtig ist es für Kadir, die Gebote und Verbote zu kennen. *Haram* bezeichnet alles, was verboten ist. Das Gegenteil ist *halal,* erlaubt.

Hidschra
Die Auswanderung. So wie der Prophet Mohammed Mekka verlassen musste, als er keine Anhänger für seine Ideen

fand, und nach Yathrib, dem späteren Medina, übersiedelte, reisen heute meist junge Menschen aus der ganzen Welt nach Syrien oder in den Irak, um dort in einem vermeintlich islamischen Staat und Kalifat zu leben oder zu kämpfen.

hilafetdevleti
Türkisch für Kalifatsstaat, bezeichnet aktuell das Gebiet in Syrien und im Irak, das die Milizen des selbst ernannten IS kontrollieren.

Inshallah
»So Gott will«. Diese und andere religiöse Floskeln nutzen Kadir und seine Freunde ständig, um innerhalb ihrer Gruppe und nach außen demonstrativ ihre Gottergebenheit zu zeigen.

IS
In den Medien häufig benutzte Abkürzung für den sogenannten und daher in Anführungszeichen gesetzten »Islamischen Staat«, der im Juni 2014 ausgerufen wurde. Davor wurde ISIS, ISIL oder ISIG verwendet. Bis heute ist man sich noch nicht einig, ob diese Bezeichnung gerechtfertigt ist, denn es ist die Selbstbezeichnung, die den propagandistischen Herrschaftsanspruch zum Ausdruck bringen soll. In arabischen Medien, aber auch in Frankreich ist daher DAESH oder DAISH viel gebräuchlicher. DAESH ist ein Akronym, das aus den ersten Buchstaben des arabischen Namens: ***D**awlat **a**l-Islamiya fi 'l-**I**raq wa'l-**Sh**am* gebildet wurde. Im Arabischen haben diese Buchstaben aber einen negativen Beiklang, da man auch *zertreten* oder *zertrampeln, Zwietracht säen* verstehen kann.

Istikhara-Gebet
Wird von Salafisten immer wieder erwähnt. Damit meinen sie ein besonderes Gebet vor einer schwerwiegenden Entscheidung, das helfen soll, die richtige Wahl treffen zu können.

Kafir (pl. Kuffar)
Ungläubiger. Kadirs Freunde bezeichnen alle Nichtmuslime mit diesem Begriff. Dabei gelten ihnen aber auch Muslime als Kuffar, wenn sie sich nicht an die strikten Regeln ihrer Islamauslegung halten.

Kunya
Ehrenvoller Beiname wie *Abu* »Vater von« oder auch *Umm* »Mutter von«.

Mashallah
»Wie Gott will« verwenden Kadir und seine Clique gern, um ihre Gottergebenheit und Verwunderung, etwa wenn sie etwas Schönes sehen, auszudrücken.

Mescid
Türkische Bezeichnung für einen Gebetsraum oder eine kleine Moschee.

Mudschahed (pl. Mudschaheddin)
Der Kämpfer, der auf dem »Weg Gottes« für die gerechte Sache kämpft. Für Kadir sind dies die Krieger des IS, die als Soldaten Gottes den Islam verteidigen, ausbreiten und der Religion zur Herrschaft verhelfen.

Muhadschir
bezeichnet in der Szene Kadirs einen Mann, der die Ausreise nach Syrien vollzieht.

Naschid
Da Salafisten jegliche Musik mit Instrumenten und besonders weiblichen Stimmen ablehnen, bleibt ihnen nur männlicher A-capella-Sprechgesang. Musik gilt ihnen als verboten. Dennoch haben sie ihre Kampflieder und religiösen Hymnen, die sie als MP3-Dateien sammeln und tauschen oder zur Untermalung von Videos verwenden.

Nikab
Eine schwarze Vollverschleierung der Frauen, die lediglich die Augen freilässt. Besonders auf der Arabischen Halbinsel gebräuchliche Kleidungsweise, die in Europa von Frauen in salafistischen Szenen übernommen wird.

Rakat
Ganz wichtig für Kadir sind die Pflichtgebete und deren korrekte Ausführung. *Rakat* bezeichnet einen Gebetsabschnitt, der aus bestimmten Bewegungsabläufen (stehen, beugen, niederwerfen, sitzen) und aufzusagenden Formeln besteht. Kadir und seine Brüder können sich lange mit den Einzelheiten beschäftigen und werden sich nicht immer einig sein, wie viele *Rakat* zu beten sind. Bei der Haltung der Hände etwa kann es immer wieder vorkommen, dass die »Brüder« Kadirs anderen Muslimen vorwerfen, nicht richtig zu beten.

Sahabs
Etwas flapsig und unkorrekt ausgedrückt, steht dieser Begriff für *Sahaba,* das sind die Prophetengefährten. Der Einzelne heißt *Sahabi* oder *Sahib.* Sie sind die Referenzgruppe und die Vorbilder für Salafisten, denn sie sind die Kronzeugen und Ausgangspunkt aller Überlieferungen im Zusammenhang mit den Taten und Worten des Propheten Mohammed.

Salafi
bezeichnet den einzelnen Anhänger der *Salafiyya* oder des Salafismus. Er selbst sieht sich in der Regel dabei zuallererst als wahrhaft praktizierenden Muslim, der eben keiner Partei, keiner Sekte oder einer bestimmten Richtung angehört. In Deutschland lehnen Kadir und seine Freunde diesen Begriff ab, und sie werden sogar behaupten, diese Bezeichnung sei eine Erfindung des Verfassungsschutzes. Das ist sie selbstverständlich nicht, denn in arabischsprachigen Ländern ist diese Bezeichnung seit Jahrzehnten eingeführt und wird teilweise stolz als Eigenbezeichnung genutzt, um die Orientierung an den »frommen Altvorderen« (*as-salaf as-salih*) zu betonen. Man sieht sich als ein praktizierender Muslim, der einen reinen Islam, ohne jede Verfälschung oder verbotene Anpassung an die Moderne, befolgt.

SAW
Abkürzung für *salla llahu alay-hi wa-salam,* »Gott segne ihn und schenke ihm Heil«. Diese Eulogie (Segensspruch) ist dem Propheten vorbehalten und wird, wann immer der Prophet erwähnt wird, hinter dessen Namen gesprochen oder eben als Abkürzung geschrieben.

Schahid
Für die Kämpfer des IS und damit für Kadir ein Märtyrer, der direkt ins Paradies gelangt. Damit werden nicht nur die »Selbstmordattentäter« bezeichnet, sondern jeder, der im Kampf oder bei anderer Gelegenheit als *Mudschahed* stirbt. Um diese Märtyrer entsteht dann ein regelrechter Kult, wenn sie als Idole in Videos vorgestellt werden oder als Teile einer Märtyrerkarawane in den Propagandafilmen auftauchen. In diesem Zusammenhang wird auch immer wieder der Spruch zitiert: »Ihr liebt das Leben, wir lieben den Tod«, damit wollen Dschihadisten ihre Sehnsucht nach dem Paradies ausdrücken.

Scharia
bedeutet im Arabischen »Weg zur Wasserstelle«. Damit ist der »richtige Weg« gemeint, den ein Muslim zu beschreiten hat. Daher ist Scharia nicht nur die Gesetzgebung mit den bekannten drakonischen Körperstrafen, sondern allgemein die Rechtleitung und Richtschnur für ein »gottgefälliges Leben«. In diesem weiteren Sinn kann man also auch einen muslimischen »way of life« unter *Scharia* verstehen. So weit gehen Kadir und seine Freunde aber nicht, denn sie betonen den Gesetzescharakter und wollen den göttlichen Gesetzen in den eroberten Gebieten des IS Geltung verschaffen. Dies geschieht dann vor allem durch die brutalen Bestrafungen, wie Peitschenhiebe und Amputation von Händen oder den schrecklichen Hinrichtungen, die auch Kadir beobachten musste.

Schirk
ist für Kadirs Freunde immer ein schwerwiegendes Verbrechen, »Götzendienerei« oder »Beigesellung«, d.h., etwas an-

deres als Gott wird verehrt. *Schirk* ist der absolute Gegensatz zum *Tauhid,* »Eingottglauben«. Kadirs »Brüder« wittern überall *Schirk,* wo nicht exakt ihren Regeln gefolgt wird.

Al-Sham
Eigentlich *bilad ash-Sham,* bezeichnet ein Gebiet, das größer ist als das heutige Staatsgebiet Syriens. Daher wird es häufig auch mit Levante übersetzt, denn in der Frühzeit des Islam erstreckte sich das Gebiet bis auf Gelände in der heutigen Türkei, Libanon, Jordanien und Israel. Wenn der IS den Begriff verwendet, macht er seine Gebietsansprüche deutlich.

Sheikh, Shuyukh
ist im Arabischen ein Ehrentitel, mit dem man seinen Respekt zum Ausdruck bringt. Für Kadir ist ein *Sheikh* häufig ein Gelehrter, eine Autorität, der man nicht widersprechen darf und deren Weisheiten es ungefragt zu akzeptieren gilt.

Sheitan
ist die arabische Bezeichnung für den »Satan« als den obersten Teufel, der für die Freunde Kadirs hinter allem Übel steckt.

Sunna
wird die »Tradition«, im engeren Sinn die Prophetentradition, bezeichnet. Damit sind alle Aussprüche und Taten Mohammeds gemeint. Neben dem Koran ist die *Sunna* die zweite Hauptquelle religiöser Vorschriften und Glaubensvorstellungen für alle Muslime. Für Kadirs Gruppe gilt jedoch, dass sie diese Texte wortwörtlich in die Gegenwart und in ihr Leben übernimmt.

Taghutknechte
Taghut bezeichnet alles, was einen Gläubigen vom Weg Gottes abbringt, besonders »Götzendienst« für andere Götter. Damit können auch die Demokratie, der weltliche Staat, arabische Herrscher als etwas »Gottloses« gemeint sein. Kadir und seinesgleichen werden diesen Begriff häufig verwenden, um sich von ihm abzugrenzen. Taghutknechte sind daher »Staatsdiener«, Polizisten, Beamte usw., die ein gottloses System stützen.

Takbir
»*Allahu akbar*« sagen. Das bedeutet »(Der eine) Gott ist größer« oder »am größten«. Für Kadirs Gruppe ist es immer eine Art Kampfschrei und soll die Gruppe zusammenschweißen. Der Schrei ist dann auch ein Zeichen für starke Gefühle und Spannungen.

Wallahi
»Bei Gott« – ein häufig benutzter Ausdruck des Erstaunens.

Yaum al-Qiyama
Der Jüngste Tag, der Tag der Auferstehung und des Gerichts, an dem alles Leben auf der Erde endet. Dschihadisten thematisieren häufig die Endzeit, da sie an vielen Stellen bereits Vorzeichen für dieses Ende erkennen wollen. Apokalyptische Schreckensbilder tauchen in den Predigten immer wieder auf, um Kadir und seine Freunde auf dem rechten Weg zu halten, denn nur wer auf der richtigen Seite steht, so glauben sie, wird an diesem Tag wiedererweckt werden.

Zina
bedeutet »Ehebruch« oder außerehelicher Geschlechtsverkehr und gilt als schwere Sünde. In Ländern, die die Scharia anwenden, wird dieses Vergehen strafrechtlich verfolgt und mit drakonischen Strafen wie dem Auspeitschen und Steinigen belegt.

Die Geschichte einer Radikalisierung. Die Wirklichkeit hinter der Fiktion.

Ein Werkstattgespräch von Benno Köpfer und Peter Mathews

PM: Als wir Anfang 2015 über die Dramaturgie unseres Buches gesprochen haben, waren wir uns einig, dass die Geschichte mit Action beginnen sollte. Wir haben uns Lebensläufe verschiedener »Auswanderer« angesehen und waren uns außerdem einig, Kadir sollte ein Fußballer sein. Zum einen, weil unter den Dschihadisten tatsächlich auch junge Männer waren, die im Fußball hätten Karriere machen können, und zum anderen, weil Kicken ein Teil meines Lebens war. Ich habe meinen Fußball spielenden Sohn zehn Jahre auf allen Sportplätzen in Hamburg spielen sehen. Wir haben dann Kadir vor das Stadion in Hamburg St. Pauli gestellt und ihn »Allahu Akbar« rufen lassen. Sechs Monate später wurde das in Paris traurige Wirklichkeit. Als ich das im Fernsehen sah, wurde mir ganz schlecht. Ich erinnerte mich an einen Satz von Dashiell Hammett, dem amerikanischen Krimiautor, der den Detektiv Sam Spade erfand. Der sagte einmal sinngemäß zu einem Kollegen: »Überleg dir gut, was du deinen Figuren antust. Es könnte wahr werden.«

Wie viel Wirklichkeit steckt in unserer Geschichte? Gibt es Kadir tatsächlich?

BK: Leider steckt sehr viel Wirklichkeit in dieser fiktiven Figur. In ihr sind mehrere reale Fälle zu einem Handlungsstrang verwoben und teilweise verdichtet. Seit über zehn Jahren beschäftige ich mich als Analyst beim Verfassungsschutz mit dem sogenannten Islamismus. Dabei gab und gibt es Fälle, die mich auch nach Dienstende noch beschäftigen. Kadir ist zwar eine erfundene Figur, zugleich aber real, weil er über weite Strecken das Schicksal von mehreren Hundert nach Syrien Gereisten teilt. Es ist eine mögliche Geschichte.

PM: Ich zitiere mal: »Dies ist eine wahre Geschichte. Die Ereignisse, die hier erzählt werden, haben sich so zugetragen. Aus Respekt vor den Überlebenden haben wir die Namen geändert. Aus Respekt vor den Toten haben wir den Rest der Geschichte so erzählt, wie er passiert ist.« So ähnlich beginnt der Film »Fargo« der Gebrüder Coen, der 2015 als TV-Serie wiederaufgelegt wurde. Dies gilt auch für unsere Geschichte: alles erfunden und deshalb wahr.

BK: Die erste Idee zu dem Buch kam mir nach Gesprächen mit besorgten Eltern, deren Kinder nach Syrien reisen wollten. Eine sehr dramatische Geschichte, die mich lange Zeit beschäftigte. In den letzten Jahren habe ich mit einigen Menschen gesprochen, die in Kampfgebieten waren oder dorthin reisen wollten. Manchmal versuchten Kollegen und ich die Ausreise zu verhindern, das ist aber nicht immer gelungen.

Seit 2013 sind immer mehr Jugendliche aus ganz

Deutschland über die Türkei nach Syrien verschwunden. Es ergaben sich zahlreiche Gespräche – etwa nach Vorträgen – mit Jugendlichen oder Erwachsenen, die sich in der Jugendarbeit engagieren, und ich lernte immer mehr Betroffene kennen. Sozialarbeiter, die sich bei mir gemeldet hatten, weil sie sich anonym beraten lassen wollten, ob das, was sie bei einem Jugendlichen beobachteten, noch »normaler« Islam sei oder ob hier bereits salafistische Radikalisierungstendenzen vorliegen, haben mich darin bestätigt, diese Geschichte nicht als Sachbuch oder Studie eines Radikalisierungsverlaufs zu erzählen, sondern als spannenden, anregenden Roman.

PM: Zu Beginn jeder Erzählung steht die Überlegung, aus welcher Perspektive und von wem erzählt wird. Nun hätte sich in diesem Fall angeboten, Kadir sein Leben selbst erzählen zu lassen. Jeder Held einer Geschichte lädt ja zur Identifikation ein, der Leser geht dann in seinem Kopf auf die Reise. Es stellte sich jedoch schnell heraus, dass dies in diesem Fall nicht funktioniert. Um die Banalitäten als Banalitäten und den Unsinn als Unsinn deutlich zu machen, brauchte es eine gewisse »Fallhöhe«, das heißt ein wenig Distanz. Denn, das zeigte sich in der Recherche, Kadir und seine Geistesbrüder sind nicht nachdenklich. Keiner der Rückkehrer hat meines Wissens darüber reflektiert, was er getan hat. Die den Irrsinn in Syrien überlebten, berichteten, dass die Versprechungen des IS nicht stimmten, sie schlecht behandelt wurden oder enttäuscht und frustriert waren. Aber dass sie sich intellektuell mit dem eigenen Tun auseinandersetzten? Davon konnte ich in meinen Recherchen nichts lesen.

Die Entscheidung, aus der Sicht von Mark zu erzählen,

war der Glaubwürdigkeit der Figuren und der Spannung geschuldet. Die Öde der Gedanken eines Salafisten ist schlicht langweilig. Um dieser Banalität zu begegnen, gibt es in dem Buch Mark, Meral und Yps. Sie und die anderen Figuren und deren Lebensentwürfe verkörpern, was im Moment an Auseinandersetzung um das Thema stattfindet.

Oft sind die Chatverläufe, Postings und Kommentare der Islamisten in den verschiedenen sozialen Netzen so einfältig, dass ich dachte, daraus kann man keine Geschichte machen. Das glaubt uns keiner, und die Kritiker würden sagen, wir würden Karikaturen und keine Figuren zeichnen. Da stellt man sich vor, man hat es mit mordsgefährlichen und raffinierten Terroristen zu tun. Und dann liest man, wie sie stolz berichten, dass sie Spaghetti gekocht und Red Bull getrunken haben. Und dann lügen sie sich selbst in die Tasche, wie toll es in ihren Rattenlöchern in Rakka ist. Kadir und seine Gotteskrieger allein wären nicht auszuhalten gewesen.

BK: Ja, das mag alles sein, aber diese Auswanderer sind doch teilweise nicht nur getriebene oder manipulierte, krisengeschüttelte Jugendliche, sondern auch zornige, vom Dschihad faszinierte junge Männer und auf ihre Art kompromisslose und konsequente Akteure, die versuchen, ihren Weg zu gehen. Dabei landen sie dann aber in einer Art Piratenrepublik, einem Tortuga, wo Willkür und Scharia herrschen. Gleichzeitig finden sie einen salafistischen Spitzelstaat, in dem jeder jedem misstraut.

PM: Was bringt dann junge Menschen dazu, sich am Dschihad des IS zu beteiligen?

BK: Vor fünf Jahren bin ich bei der Auswertung der Internetseite salafimedia.com gefragt worden, in welchem Hadith der Prophet denn den Satz »*Lebe für nichts oder stirb für etwas*« gesagt haben könnte. Die Suche nach dem Ursprung dieses Zitats erforderte jedoch nicht den Islamwissenschaftler, sondern den Cineasten. Denn es war Rambo, der diesen Slogan prägte. Das heißt, Islam als Religion erklärt nur einen Teil des Rahmens, in dem sich Jugendliche für den Dschihad des IS begeistern lassen. Es geht letztendlich um die Überwindung von Krisen in der Zeit des Erwachsenwerdens, um Identität, die Frage: Wer bin ich? Was will/kann ich sein? Und hier kommen nun Antworten und Angebote von falschen salafistischen Freunden. Begriffe wie Ehre, Pflicht, Ruhm, Kampf für die gerechte Sache, Macht, Sieg oder Niederlage, Paradies und Hölle werden überhöht und bekommen eine enorme Bedeutung für den jungen Dschihad-Aspiranten. Er kann nun Teil einer ganz großen Geschichte sein. Es geht ja in Syrien, laut IS-Propaganda, um die letzte entscheidende Schlacht zwischen Ungläubigen und der »siegreichen Gruppe« der wahren Muslime.

Sein oder ihr Selbstwertgefühl wächst mit jeder engeren Bindung an die neuen Freunde. Gleichzeitig findet eine Abwertung und Distanzierung von den alten Kumpels oder Freundinnen statt. Dafür haben die salafistischen Prediger ein Konzept entwickelt: al-Walā' wa-l-barā', das man mit Loyalität und Lossagung übersetzen kann. Das heißt, wahre Freundschaft kann nur mit wahrhaft Gläubigen bestehen. Diese einfachen Botschaften werden dann in den *Poesiealben des Dschihad*, etwa bei Facebook oder den anderen sozialen Netzen, als Sinnsprüche mit Bildern vieltausendfach geteilt, geliked und kommentiert.

PM: Benno, zu Beginn unserer Zusammenarbeit und dann auch während des Schreibens hast du immer wieder Dokumente wie Videos, Postings von Facebook oder Chatverläufe und Kommentare von YouTube, Referate, Artikel, Aussagen über den Islamischen Staat und die Salafistenszene aufgetrieben. Woher hast du die?

BK: Fast alle Materialien, die wir verwendet haben, stammen letztendlich aus den unterschiedlichsten Internetquellen. Für meine Arbeit verwende ich aber auch häufig wissenschaftliche Untersuchungen der verschiedenen internationalen Thinktanks. Darüber hinaus gibt es inzwischen einige seit Langem in dieser Thematik recherchierende Journalistinnen und Journalisten, deren Interviews und Artikel wir ja ebenfalls als Quelle benutzt haben. Das ist ja auch letztlich das Betrübliche, dass Entwicklungen, wie sie Kadir durchläuft, vor aller Augen stattfinden, wenn man genau hinschaut.

PM: Du arbeitest beim Verfassungsschutz, das ist ja ein Nachrichtendienst. Wie muss man sich das vorstellen? Ein Hacker vor einem Dutzend Bildschirmen, ein Mann mit Schlapphut in einem dunklen Hauseingang oder ein ordentlicher Beamtenschreibtisch voller Akten?

BK: Nichts davon. Als Leiter einer wissenschaftlichen Analysegruppe des Verfassungsschutzes bin ich ein Beamter, der tatsächlich einen Großteil seiner Zeit an einem Schreibtisch mit vielen Akten verbringt. Aber bereits wenn ich mich nach hinten umdrehe, sieht es nicht mehr ganz nach Amtsstube aus. Dort steht ein Regal mit einer Vielzahl von

Büchern, Nachschlagewerken, wissenschaftlichen Artikeln, aber auch Schriften von salafistischen Büchertischen. Daneben habe ich einige Erinnerungen von meinen Reisen, etwa nach Syrien oder in den Jemen.

PM: Du hast Islamwissenschaft und Archäologie studiert. Wie wird aus einem Scherbensammler im Orient ein Agent?

BK: Wissenschaftlicher Referent – Agent bin ich keiner geworden. Der Schritt ist letztlich eng mit den furchtbaren Anschlägen am 11. September 2001 in den Vereinigten Staaten verbunden. Nach diesen Anschlägen suchten die verschiedenen Sicherheitsbehörden verstärkt nach Wissenschaftlern mit historischem oder politischem Wissen, Ländererfahrungen und Sprachkenntnissen. Islamwissenschaftler waren bei den Nachrichtendiensten gefragt, und so habe ich mich Anfang 2002 in Stuttgart um solch eine Stelle beworben, nachdem meine Reise- und Forschungsvorhaben, etwa im Jemen, Sudan oder Syrien, erheblich schwieriger geworden waren.

PM: Seit wann beschäftigt dich das Thema »Salafismus, Islamismus«?

BK: Seit über zehn Jahren beschäftigt mich das Phänomen Salafismus, hier verstanden als eine politische Ideologie, beruflich. Davor und außerhalb meiner Arbeit hatte ich aber bereits in den 1980er- und 1990er-Jahren immer wieder Erfahrungen mit militanten Formen des Islamismus machen müssen. So erinnere ich mich noch immer an Begegnungen mit dem Autor Farag Foda in Ägypten, der im Juni 1992 von – heute würde man sagen – Dschihadisten in Kairo ermordet wurde. 2004 bin ich in Ägypten auf der Buchmesse mit zahlreichen Dawaschriften konfrontiert worden, deren Inhalte das gesamte Spektrum vom frommen Fundamentalismus bis zum militanten terroristischen Dschihad abdeckten.

Meine Kolleginnen und Kollegen analysieren und beschreiben die Entwicklungen der Szene seit zwölf Jahren kontinuierlich in den Jahresberichten des Verfassungsschutzes. Seit etwa 2008 versuchen wir, die Radikalisierungsverläufe besser zu verstehen und möglichst auch zu verhindern, dass junge Menschen in die militanten Szenen abtauchen. Die Dynamik der Entwicklungen seit 2012, dem Scheitern der sogenannten Arabellion in Ägypten, Syrien, Libyen, Bahrain und dem Jemen, hat aber dazu geführt, dass dieses Thema viele Schlagzeilen bestimmt. Das Phänomen Salafismus entwickelte sich äußerst dynamisch im 21. Jahrhundert weiter, und man muss ständig dazulernen. Als Beispiel seien nur die jungen Mädchen erwähnt, die, wie Nermin im Buch, plötzlich über WhatsApp oder ask.fm in Verbindung mit Menschen in den Gebieten des IS traten. Das war und ist ein völlig neues Phänomen, und es lässt sich nicht nur mit Ideologie erklären.

PM: Wenn du einen Hinweis auf einen »Gefährder« hast, wie gehst du vor? Klingelst du einfach an der Tür und sagst, du möchtest mal reden?

BK: Nein, so geht das natürlich nicht. Außerdem werden diese sogenannten Gefährderansprachen in der Regel von den Kolleginnen oder Kollegen der Polizei geführt, denn wenn es Verdachtsmomente gibt, dass von einer Person Straftaten begangen werden könnten, ist die Polizei zuständig. Aber in einzelnen Fällen kam und kommt es vor, dass Analystinnen oder Analysten des Verfassungsschutzes hinzugezogen werden, um etwa vor einem Gespräch Punkte zu klären, oder auch zum Gespräch, um dann möglicherweise den Verdacht auszuräumen oder eben mögliche dschihadistische Einstellungen zu bestätigen.

PM: Und eine Frage zum Schluss: Werden noch viele Kadirs Weg gehen?

BK: Die meisten Salafisten sind sehr zögerlich, wenn es an den Punkt kommt, auszureisen, sich selbst an Kämpfen zu beteiligen oder gar Anschläge vorzubereiten. Denn es ist doch ein längerer Weg zum Dschihadisten, der uns und unsere Lebensweise hasst und uns nach dem Leben trachtet. Das haben wir bei Kadir ja auch gesehen. Ihnen genügt der nicht ungefährliche Status eines Sessel-Dschihadisten, der zu Hause am Computer eher als Maulheld seinen Kampf an der Propagandafront kämpft, sich an den Dawa-Aktionen in den Fußgängerzonen beteiligt oder an Islamseminaren teilnimmt. Dann gibt es noch ein weiteres Phänomen, das wir immer wieder beobachten, man kann das als Bore-out-Syndrom bezeichnen: Ideologisierten Mitläufern wird es einfach zu langweilig, und sie orientieren sich um.

Dank

Ohne Kaja wäre Kadirs Geschichte nicht erzählt worden.
Ohne Olivia hätten Kadir und einige andere Personen nicht zueinandergefunden.
Ohne Antje hätten wir uns nicht kennengelernt.
Ohne Timm, Julian und Leo gäbe es einige Figuren in diesem Buch nicht.
Timm hat zudem den Text von *Mooki* beigesteuert.
Ohne Necla hätte das Buch nicht diesen Titel und wäre nicht so türkisch.
Ohne Markus hätten wir die Situation in Raqqa nicht so realistisch schildern können.
Ohne Rüdiger nicht so klar und fehlerfrei formuliert.
Allen, die zu dieser Geschichte – auch ungewollt und ungefragt – durch Hilfe, Sätze, Zeilen oder Vorbild beigetragen haben, ein herzliches Dankeschön.